Code : Tetraktys

Du même auteur

La Spirale de l'escargot, Le Seuil, 2000

Armand Herscovici

Code : Tetraktys

Seuil

ISBN : 2-02-050026-4

© Éditions du Seuil, mars 2002

www.seuil.com

À Michaela

Pour moi et pour toi, lecteur indiscret

Maintenant que mon mémoire est achevé, je peux rédiger cet avis liminaire. Un début après la fin ? Non. Seulement quelques lignes de plus, pour parfaire la cohérence de mon travail. Et bien sûr, pour une mise en garde claire...

Mes travaux n'ont jamais été publiés. À part quelques notes rédigécs il y a un quart de siècle, j'ai toujours pris soin de faire disparaître mes rares écrits, afin que le produit de ma pensée n'arrive jamais devant des yeux non avertis.

Pour la première fois, j'ai transgressé ce principe. Néanmoins, je ne trahis pas ma position : ces pages sont à mon seul usage. Oui, c'est définitif : ce document de travail restera à jamais ignoré. Pour cela, je ferai tout. Absolument tout.

Ce n'est pas mon journal. Un journal se situe dans l'écoulement de la vie ; on y consigne les faits, les sentiments, les réflexions. Et tel n'est pas ce document.

Ce n'est pas non plus le cahier de mes souvenirs. Je n'ai pas dissimulé si longtemps mon existence derrière tous ces fantômes pour me répandre maintenant sur des milliers de pages remplies de ma seule personne.

Alors pourquoi ce texte si contraire à mes règles ?

C'est arrivé il y a trois mois. Ce que j'attendais depuis si longtemps devenait imminent. Pour la première fois depuis deux mille cinq cents ans, les choses se présentaient comme je le souhaitais. J'entrevoyais le couronnement prochain d'une pensée qui avait cheminé avec tant de difficultés sur un parcours long et semé d'embûches.

Jusque-là, mon esprit surentraîné avait parfaitement fonctionné dans l'abstrait. Pourtant, l'opération m'est vite apparue très complexe, les composantes nombreuses, subtiles, confuses. Le passé et le présent s'interpénétraient à tel point que j'ai parfois eu du mal à situer les étapes dans le temps. Ça ne m'était jamais arrivé.

Je ne pouvais aller plus loin sans m'assurer que les pièces du puzzle s'agençaient harmonieusement. Il me fallait une méthode. J'ai choisi l'écriture. Seule la rédaction de cet immense ensemble pouvait me prémunir contre l'oubli d'un détail qui aurait tout compromis. Le succés impliquait ce procédé qui me fait horreur. Je savais qu'après, et après seulement, je pourrais, l'âme sereine, frapper le dernier coup et abattre les ultimes obstacles qui me sépareraient encore de l'apothéose.

Toutefois, je le répète, ce texte *doit* rester inconnu. Si par un imprévisible malheur il sortait de l'ombre, si, malgré mes précautions extrêmes, il venait à tomber devant des yeux non initiés, *je demande instamment au lecteur éventuel de détruire immédiatement l'intégralité de ces feuillets, sans les lire.*

Que les choses soient claires : sa lecture indue ferait courir un risque *mortel*.

San Francisco, Californie,
P. de S., 21 juin 2008, 0 h 45.

PREMIÈRE PARTIE

Mise en place

Je me souviens…

Le monde de Goren

Je me souviens... Quelques mois seulement,
et tant s'est passé depuis...

Rome, 17 avril 2008 après Jésus-Christ,
aux alentours de 9 heures.

J'étais d'humeur morose. Je pensais à tous ces compagnons que j'avais perdus au cours de ces deux mille cinq cents ans. Mes pensées s'étiraient, mélancoliques.

Chacun d'eux, me disais-je, s'est un jour trouvé à la croisée des chemins et a fait le mauvais choix : celui du sentier de la mort.

Pour certains, longue s'est avérée la route ultime. Avant le trépas, la vie leur a encore offert de multiples moments, noirs ou colorés, communs ou fascinants, merveilleux ou terribles. Au bout du voyage, l'embranchement sans retour se trouvait si loin derrière qu'on ne pouvait le reconnaître qu'après des recherches profondes. Alors se révélait ce mystère insondable de la destinée : peu de choses auraient suffi à l'infléchir, nombreuses les possibilités de survie apparues sur le trajet ; échappatoires faciles d'accès, et pourtant négligées.

Pour d'autres au contraire, bref apparaît le temps qui a séparé l'aiguillage mortel de l'échéance irrévocable. La vie s'étendait devant eux sans fin perceptible, une vie belle, riche de possibilités, pleine d'espoirs et de projets ; et soudain, l'anéantissement. Avec le recul, on est fasciné par la frappe fulgurante du destin. L'angoisse saisit la gorge ; on se sent impuissant face aux coups imprévisibles du hasard, d'un dieu, ou de Dieu.

Pour d'autres encore, le croisement fatal ne fut jamais localisé. Alors, inconcevable semble la disparition. Son pourquoi reste à jamais une énigme. On s'interroge sur la prédestination, sur l'enchaînement incompréhensible des choses, sur le caractère aveugle du sort.

Des choix innombrables se présentent au cours d'une existence. Et puis un jour, sans le savoir, on emprunte l'itinéraire définitif. Comme un mécanisme bien huilé, les choses s'engrènent dès lors inexorablement, sans retour possible.

Pour Peter A. Goren (Pete [1] pour son entourage), je compris tout de suite qu'entre la bifurcation sans retour et le terme de son parcours, le chemin serait chaotique ; qu'entre temps, bien des vies seraient bouleversées.

Compte tenu de la situation aujourd'hui et de la proximité du but, je sais précisément à quel instant il se trouva au carrefour fatal : le 17 avril 2008, à 9 h 44 du matin, lorsque le pilote de son avion privé annonça que l'on s'apprêtait à survoler Rome. Il aurait pu encore changer sa décision, comme ses conseillers le lui suggéraient, modifier sa destination pour aller visiter une usine du groupe ou pour rencontrer la direction d'une filiale européenne. Fidèle à son image, il n'en fit rien.

Superbe avion que le jet de Goren. L'appareil, fin et élancé, était un biréacteur Gulfstream, dernier-né d'une lignée de prestigieux avions d'affaires. Rapide, d'une grande autonomie, confortable, silencieux, capable de communiquer instantanément avec la planète entière par le son, l'image, le texte, dans une confidentialité absolue ; cette machine était un incomparable outil de travail pour un voyageur tel que Goren.

Comme son avion, Goren était rapide, précis, efficace. Il menait sa vie d'une manière optimale, son itinéraire était une réussite parfaite. Il n'imaginait pas à cet instant les détours que cet itinéraire allait lui réserver. Qui aurait pu imaginer ?

Certes Goren montrait peu d'imagination, au moins dans son travail. N'en avait-il pas, ou s'agissait-il d'une apparence ? Nul n'aurait pu le dire. Sauf moi, peut-être. Il est vrai que l'imagination se développe rarement dans les esprits très structurés et organisateurs. Et chez Goren, ces deux caractéristiques régnaient puissamment. Mais le manque d'imagination, réel ou supposé, n'était pas gênant, il avait appris à utiliser celle des autres : pour cela, il payait fort cher de brillants sujets issus des meilleures écoles de la planète.

---

1. Pete se prononce « Pite ».

Conformément à sa philosophie, il les mettait en concurrence, et il lui suffisait de choisir entre les diverses propositions. Force est de constater que jusque-là il avait judicieusement choisi. Chez Goren, la logique était redoutable ; il croyait en ses vertus, et, dans toutes les facettes de sa vie professionnelle – qui constituaient quatre-vingt-dix-huit pour cent de sa vie –, il s'appuyait sur ses bases claires et nettes.

Ceux qui l'avaient observé ne pouvaient qu'admirer son extraordinaire aptitude à dérouler des raisonnements complexes. Il dominait avec aisance des situations extrêmement difficiles, ce qu'il faisait d'ailleurs avec succès pour sa société. Mais, pour un esprit créatif, il semblait n'avoir qu'une vision ridiculement concrète de la réalité. Il était efficace, mais d'une manière monochromatique. Les choses étaient blanches ou noires, cela frisait parfois la caricature. Apparemment, il manquait de fantaisie. Mais plus profondément, c'était la perspective « mystique » (j'emploie le terme de la Confrérie), la vraie, qui lui manquait ou qu'il ne prenait pas en compte.

Voilà l'image simpliste, somme toute traditionnelle pour un grand patron, que le public se faisait de Goren. Qui aurait pu soupçonner... ?

Goren était le président de la plus importante société commerciale du monde, la fameuse JCN. Personne ne connaissait le sens de ces trois lettres. Certains prétendaient que J et C étaient les initiales des enfants (Joan et Charly) du lointain fondateur de la société, Jonathan B. Goren, et que le N était la première lettre du Nebraska, État dont il était originaire. Cette interprétation cadrait bien avec l'austérité de ce personnage totalement dénué d'humour. Mais d'autres, faisant allusion à son extrême religiosité, murmuraient ironiquement que J et C renvoyaient à Jésus-Christ, et que le N était celui de *New* (nouveau). Ils insinuaient par là que ce cher Jonathan, avec ses airs de prédicateur, donnait l'impression de se prendre pour un nouveau Jésus-Christ. Quant aux concurrents, dont le plus important selon *Fortune* était vingt-sept fois plus petit que JCN, ils laissaient entendre que le J était celui de la Jamaïque : pour d'obscures raisons fiscales, JCN occupait en effet des bureaux à Kingston, capitale de cet État, bureaux d'une taille ridiculement disproportionnée à l'activité locale de JCN. En ce qui concerne le C et le N, ils n'étaient là, selon eux, que pour détourner l'attention du J.

Les attentats du 11 septembre 2001, et les événements qui les avaient suivis, n'avaient eu qu'une faible incidence sur le développement de JCN. Face à sa puissance sans cesse croissante et à sa position de quasi-monopole, de multiples procédures de type anti-trust avaient été engagées par des concurrents, par divers états des États-Unis, par d'autres pays. L'objectif était de démanteler légalement le monstre, de le scinder en plusieurs sociétés plus petites et autonomes, afin de rétablir une situation de concurrence où chacun aurait sa chance. Mais les dirigeants successifs de JCN, souvent peu cocasses mais toujours très avisés, avaient détourné le danger. Engageant les meilleurs juristes, JCN avait réussi à déjouer toutes ces tentatives : elle avait su renoncer au bon moment à dévorer des concurrents judicieusement choisis, elle s'était engagée d'une manière calculée dans des stratégies génératrices de pertes, mais parfaitement contrôlées. Tous les procès contre JCN avaient échoué, tous les recours possibles avaient été épuisés, et plus aucune action légale n'existait pour faire obstacle à sa croissance illimitée.

C'était une situation inédite dans l'économie du monde occidental : dorénavant, une entreprise pouvait croître indéfiniment et dominer l'économie mondiale, voire la politique. Les experts, égaux à eux-mêmes, développaient toutes sortes de théories divergentes sur les conséquences probables, depuis les plus optimistes (JCN ferait régner sur le monde un âge d'or) jusqu'aux plus pessimistes (le monde entier serait asservi par JCN). Bien entendu, chacun de ces experts assénait ses prédictions avec une assurance absolue. En fait, la seule chose qui semblait claire, c'est que bénéfiques ou maléfiques, ces conséquences seraient importantes et même définitives, car elles pouvaient faire basculer le système dans une direction nouvelle, irréversible, aux perspectives inconnues.

JCN produisait des ordinateurs et les vendait en grandes quantités à l'humanité entière, États, entreprises, individus. Elle commercialisait aussi tout ce qui était nécessaire à leur fonctionnement : programmes, services, spécialistes, maintenance, etc. Elle fabriquait de petits ordinateurs, des moyens, des gros, des énormes, des utiles et d'autres qui l'étaient moins. Elle produisait également des millions de ces cerveaux invisibles qui commandent les lave-linge, qui contrôlent toutes sortes de fonctions dans les automobiles, depuis l'injection jusqu'au freinage en passant par la climatisation, et qui asservissent quantité d'autres machines comme les distributeurs de billets, les Caméscopes ou les robots peintres de carrosseries.

Dans certains milieux, il était de bon ton d'insinuer que les hommes eux aussi étaient asservis à ces petits cerveaux électroniques. Et, chose bizarre, il arrivait parfois à Goren lui-même de fréquenter ces milieux. Bien sûr, ces escapades étaient rares, et il n'était là qu'en observateur. Mais qu'un dirigeant de ce niveau, avec son célèbre style de décideur froid, rapide, déterminé, manifeste un intérêt, même épisodique, pour des thèses contestataires du système, voilà qui étonnait.

Cependant, personne n'eut la moindre intuition de ce que ces petits écarts de comportement pouvaient laisser augurer. En vérité, nul ne pouvait prévoir quoi que ce soit de ce qui allait suivre. Goren non plus, d'ailleurs. Moi seul...

Mais en attendant, rien de ce qui touchait de près ou de loin aux ordinateurs n'était étranger à JCN. Tous ces produits de haute technologie et services associés étaient chers, mais d'excellente qualité. C'était un élément majeur de la stratégie. JCN avait inventé et imposé la vente de masse de produits chers à haute marge. Elle était immensément riche et puissante, bien plus encore que les gens ne pouvaient l'imaginer. Goren, son président, était l'un des hommes les plus importants de la planète.

Un autre élément de la stratégie de JCN consistait dans l'excellence de ses centres de recherche. Goren avait pris le temps de ce déplacement à Rome car il avait une importante décision à mettre en œuvre, qui impliquait l'un des centres : il s'agissait du RSC, Rome Scientific Center, situé à Monte Porzio Catone, près de Frascati, dans les environs de Rome.

Le RSC était installé dans un superbe bâtiment de trois étages, au cœur d'un parc paysager, sur une colline qui dominait Rome. La présence d'un observatoire astronomique, installé à proximité, attestait la pureté de l'atmosphère environnante. Goren n'avait qu'un seul centre d'intérêt en dehors de son métier : l'architecture, petite exception à sa vision monochromatique du monde, et qui se situait dans les deux pour cent de sa vie non professionnelle. Il avait suggéré lui-même les axes de réflexion pour la conception de l'immeuble du RSC, et l'architecte, un dénommé Antonio Caira, avait su marier avec talent le site romain antique à l'ultramoderne. La construction, au toit en forme de selle de cheval, en fait un paraboloïde hyperbolique, comportait deux façades opposées, légèrement incurvées vers l'intérieur. Les deux autres côtés étaient constitués par la partie correspondant aux quartiers de la selle.

Le paraboloïde hyperbolique constitue une surface fort élégante, qui se construit facilement en faisant glisser une « règle » sur deux segments de droite non parallèles dans l'espace. Le toit du RSC s'appuyait d'ailleurs sur des câbles très resserrés, figurant les positions successives d'une « règle », tendus entre deux poutres non parallèles, placées dans des plans différents et supportées par de fins piliers verticaux. Cette simplicité de construction, conduisant à une forme voilée d'une rare beauté, fascinait Goren. Que la simplicité puisse receler un tel potentiel esthétique lui paraissait une raison suffisante pour croire en l'existence d'une certaine harmonie du monde.

Peu de gens le savaient (je faisais partie de ces gens-là, bien sûr), mais Goren était bien plus qu'un simple businessman de talent. Il pouvait encore s'émerveiller et, en définitive, son imagination n'était pas inexistante. Il savait valoriser au mieux les deux pour cent de sa vie non professionnelle. Indépendamment du fait que je comptais en tirer parti, j'appréciais qu'il en fût ainsi.

Les façades du bâtiment étaient recouvertes d'un verre bleuté dans un ton outremer qui semblait prolonger le ciel romain jusqu'à la terre. Le parc, parsemé de rochers de toutes tailles et de toutes couleurs, présentait les splendeurs sèches et odoriférantes de la végétation méditerranéenne. Il était jonché d'un subtil arrangement de vieilles pierres diverses, blocs millénaires, tronçons de colonnes brisées, linteaux somptueux. Les douces ondulations du terrain conféraient au site une harmonie paisible, propice à la réflexion. Une petite route bordée de cyprès y serpentait, montant de l'entrée du parc jusqu'au bâtiment. De tous ses centres, le RSC était celui que Goren trouvait le plus beau.

Le centre abritait près de cinq cents chercheurs. Chacun se classait dans son domaine parmi les meilleurs de la planète. Et si le bâtiment et son environnement étaient superbes, l'intérieur faisait du RSC sans doute l'un des plus beaux centres de recherche du monde. Il faisait bon y travailler. Toutes les facilités étaient consenties aux chercheurs, en termes de crédits, d'équipements de toutes sortes, d'aménagement des locaux, de possibilités de participation à des congrès ou de rencontres d'autres scientifiques partout dans le monde. De multiples et remarquables innovations étaient sorties de ce centre.

Mais si Goren aimait réellement ses centres scientifiques, tout ne relevait pas de la philanthropie. Le RSC avait un rôle stratégique pour JCN, comme les six autres centres du même genre qui existaient de par le monde, aux États-Unis, en Chine, au Japon, en Australie : le succès de JCN se fondait en grande partie sur sa capacité d'innovation. Le RSC ne dépendait d'ailleurs pas de la filiale italienne, mais du directeur scientifique mondial de JCN, Alan Gardner, lui-même sous la coupe directe de Goren.

En fait, Gardner était simplement le gestionnaire des centres d'une part, et le conseiller scientifique d'autre part, tout en portant le titre de senior vice-président, directeur scientifique de JCN. C'est Goren qui était le véritable patron des centres.

Le RSC s'était spécialisé dans quelques secteurs de pointe, pour lesquels JCN avait prévu d'investir dans les années à venir. Des mathématiciens travaillaient sur la théorie des nombres, et notamment sur les nombres premiers, pour maîtriser les techniques de cryptographie, où ces nombres intervenaient d'une manière fondamentale. D'autres développaient des approches inédites de la statistique et de l'analyse de données, pour tirer automatiquement la quintessence des énormes quantités de données stockées dans les ordinateurs. D'autres encore étudiaient de nouvelles méthodes de résolution numérique des grands systèmes d'équations aux dérivées partielles, ce qui devait permettre aux ordinateurs scientifiques de JCN d'être les plus performants dans les grands calculs, comme la prévision météorologique, la simulation des explosions nucléaires, l'optimisation de la combustion dans les moteurs de fusées, la mise au point des avions furtifs, etc. Certains réfléchissaient à des domaines plus confidentiels, novateurs et hautement stratégiques, intéressant les militaires.

Pour résumer, le centre se consacrait essentiellement aux mathématiques.

Le RSC n'était pas géré comme un centre de recherche ordinaire. Traditionnellement, le système d'évaluation de ce genre de structure s'appuie sur le nombre de publications que chaque chercheur produit dans l'année. Il en était ainsi au RSC, pour que le centre puisse être mondialement reconnu. Mais les véritables objectifs demeuraient confidentiels. Ils étaient formulés en termes de résultats. Et par résultat, il ne fallait pas entendre « grand nombre de publications de qualité » (les découvertes les plus exceptionnelles ne faisaient d'ailleurs pas l'objet d'une publication immédiate, pour des raisons de concurrence). Les résultats devaient se concrétiser sous forme de découvertes planifiées, directement utilisables par JCN, et cela dans un délai fixé.

Ce n'était pas de la recherche fondamentale – le centre de recherche de Sunnyvale et ses huit mille chercheurs, sur l'autoroute 101 près de Palo Alto, dans la Silicon Valley, avait cette mission. Mais ce n'était pas non plus de la recherche appliquée. C'était un nouveau genre de recherche inventé par JCN, et surtout par Goren, une sorte de recherche fondamentale à effets immédiats : lorsqu'un thème de recherche fondamentale traité à Sunnyvale atteignait le stade d'avancement requis, il était immédiatement transféré à un centre comme celui de Rome. Ainsi, les produits de la recherche pouvaient être pris en charge suffisamment tôt pour une utilisation rapide.

Lorsque ce système avait été mis en place (en fait à l'arrivée de Goren à la tête de JCN), les chercheurs de Rome s'insurgèrent violemment : comme tous les chercheurs du monde, ils n'avaient jamais connu l'obligation de résultats, et jugeaient presque dégradant de devoir renoncer à leur nécessaire tranquillité d'esprit pour des raisons commerciales. Il faut dire que beaucoup étaient chercheurs afin de pouvoir bénéficier de cette tranquillité d'esprit. Les deux tiers d'entre eux quittèrent JCN, trouvant d'ailleurs immédiatement à s'employer chez d'autres. Mais un tiers resta, séduit par les salaires extraordinaires, les primes et les conditions de travail. Rapidement, d'autres étaient venus, acceptant les nouvelles règles de fonctionnement du RSC. L'effectif avait facilement retrouvé son niveau de personnel antérieur, en quantité, mais aussi en qualité.

Les objectifs du RSC étaient toujours ambitieux. C'était une règle dans tout JCN, l'un des fondements de sa « philosophie ». Mais, selon l'expression consacrée dans l'entreprise, on les établissait avec un « réalisme dynamique ». Cela se passait une fois par an au sein d'une commission, la commission RSC, dont les membres se réunissaient dans une stricte confidentialité au siège, à Palo Alto, près de San Francisco. Peu de gens connaissaient l'existence même de cette commission, qui était composée de l'élite : Goren y était entouré des seniors vice-présidents en charge de la stratégie mondiale, du marketing, du juridique (c'était une femme), et du senior vice-président en charge de la direction scientifique du groupe. Antonio Roselli, directeur du RSC, siégeait à cette commission. Il proposait, discutait, demandait des budgets, et finalement prenait les objectifs pour l'année, à l'intérieur d'un plan de trois ans. Antonio Roselli n'était pas n'importe qui.

Mathématicien mondialement reconnu pour ses travaux sur les hamiltoniens, qui avaient donné lieu à des ouvrages remarquables (on avait parlé de lui à plusieurs reprises pour la médaille Fields, véritable prix Nobel des mathématiques), il avait révélé au fil des ans des capacités étonnantes d'animateur et d'organisateur, preuve qu'il existe tout de même des individus à la fois créatifs et structurés. Il avait magnifiquement dirigé le RSC pendant huit ans ; les chiffres le montraient.

C'était un personnage hors du commun. La cinquantaine environ, cet échalas mesurait plus d'un mètre quatre-vingt-dix. Mais il ne semblait pas embarrassé par ses membres immenses. Au contraire, il se mouvait avec la grâce et la souplesse d'un félin, et cette démarche contribuait à l'élégance de son allure. Son abondante chevelure était prématurément blanchie, mais il ne s'agissait que d'un phénomène génétique ; Antonio avait une vue suffisamment élevée des choses pour ne pas être sujet au stress que ressentaient la majorité des employés de JCN.

Il n'était pas que mathématicien et organisateur (mais seuls ces dons intéressaient JCN). C'était aussi un être fin, subtil et cultivé. Ces caractéristiques, sous-tendus par une intelligence aiguë, lui donnaient un charme particulier, dont il n'hésitait pas à jouer pour atteindre ses propres objectifs, qui ne coïncidaient pas toujours avec ceux de JCN.

Roselli était florentin, non seulement par la naissance, mais dans tous les sens du terme.

Il plaisait aux femmes. Il n'était pas marié, et profitait de son indépendance pour favoriser les contacts féminins qui l'intéressaient : des liaisons de durées variables, certaines de plusieurs années, rares, d'autres de quelques semaines. Il aimait que sa compagne soit belle, mais de ce genre de beauté qui rayonne de l'intérieur. Il recherchait aussi la qualité d'esprit. Il appréciait les longues conversations dans l'intimité, souvent après l'amour, où les échanges mutuels enrichissent les partenaires. Mais, en ce moment, il était seul.

Tous ces traits de sa personnalité allaient bientôt trouver des développements qui sidéreraient le monde. Sans le savoir, Goren avait déjà emprunté un chemin sans retour.

Deux fois par an, le président invitait les directeurs des centres scientifiques, ainsi que le directeur scientifique mondial, avec leurs épouses, pour un séjour amical dans sa magnifique résidence. Il habitait à une quinzaine de kilomètres de Palo Alto, dans une villa située sur une hauteur, près du Memorial Park de San Mateo, qui offrait une vue panoramique sur le Pacifique. Parc, piscine, tennis, terrain de golf à proximité, tout était en place pour la détente et la discussion décontractée. Goren s'intéressait à la recherche non seulement pour le profit de JCN, mais aussi par curiosité intellectuelle. Il aimait se tenir informé des derniers courants de la science, et prenait un réel plaisir à ces réunions semestrielles. Il appréciait ces longues discussions sur les thèmes de pointe avec les meilleures compétences mondiales sur le sujet. Parfois, les conversations s'étiraient tard dans la nuit, explorant les prolongements de l'exploitation de ces futures découvertes pour l'humanité. Une intimité intellectuelle s'établissait ainsi entre ces hommes, et les liens de respect réciproque étaient forts. Mais de tous, c'était Antonio Roselli que Goren aimait le plus.

Les autres collaborateurs directs de Goren, tous seniors vice-présidents, n'avaient pas droit à ces réunions extra professionnelles. Je m'amusais beaucoup de voir ces ambitieux ordinaires, dont une partie du pouvoir découlait du fait qu'ils pouvaient se targuer de leurs fréquents rapports avec Goren, en être jaloux. Ils craignaient une quelconque manœuvre de pouvoir occulte. Mais en tout état de cause, ils devaient reconnaître que ces faveurs n'influaient en rien sur la gestion des centres scientifiques au profit de JCN, telle que Goren l'avait instaurée.

Tel était le monde de Goren. Froid comme le béton, l'acier et le verre, mais plus efficace que n'importe quelle organisation ayant jamais existé. Aucune force au monde n'aurait pu ébranler la colossale puissance de JCN.

Et pourtant, Goren, je vais…

Mais non, pas de précipitation. Cette fois, je n'irai pas trop vite…

La surprise du chef

Oui, je me souviens... C'est si proche,
mais déjà si loin...

Rome, 17 avril 2008 après Jésus-Christ, 10 heures.

Le Gulfstream de Goren était en approche. Il arrivait à faible vitesse au-dessus de Rome, par l'ouest, en direction de l'aéroport de Ciampino. Le temps était clair. Pendant quelques minutes les passagers purent jouir de la vue à basse altitude de la Ville éternelle, qui glissait sous l'avion : cité du Vatican et dôme de Saint-Pierre, et, tout proche, le château Saint-Ange ; puis la piazza Navona, le palais du Quirinal, le hideux et colossal monument blanc à la gloire de Victor-Emmanuel II (celui que les Romains surnomment « la machine à écrire »), le Colisée, et, un peu au-delà de la basilique Saint-Jean-de-Latran, les thermes de Caracalla. Les voyageurs se laissèrent charmer quelques instants par les chaudes teintes de la ville, ocre, rouges, jaune paille, ponctuées par les couleurs un peu ternes des arbres méditerranéens, oliviers centenaires, pins parasols bleu-vert, cyprès élancés à la couronne effilée, érables d'Italie brun-rouge, aulnes brun-gris à feuilles en cœur, peupliers brun jaunâtre, palmiers aux feuilles en éventail. Instants de douceur où la ville s'offrait, lumineuse, voluptueuse, chaleureuse, méditerranéenne.

L'avion décrivit sa trajectoire descendante douce et précise, semblable à une hyperbole approchant son asymptote, et les roues prirent contact avec le béton de la piste dans un léger crissement de pneus, reflet sonore du frôlement tangentiel presque parfait. Il était 10 heures précises. L'appareil de Goren s'arrêta près du hall d'arrivée.

Ciampino est un petit aéroport utilisé surtout par les avions d'affaires et situé à une quinzaine de kilomètres au sud-est de

Rome. Tout y est organisé pour que les passagers importants et toujours pressés ne perdent pas de temps.

Goren descendit de l'avion, suivi de son état-major composé de cinq seniors vice-présidents, de sa secrétaire particulière et de deux gardes du corps ; depuis les attentats de septembre 2001, la sécurité constituait pour JCN une préoccupation majeure. L'un des gardes tendit la pile de passeports au fonctionnaire de service, tandis que l'autre récupérait les bagages, d'ailleurs très légers, car le retour à Palo Alto était prévu pour le soir même. L'arrivée de Goren avait été bien préparée : quelques instants plus tard, le groupe quittait Ciampino à bord des trois Mercedes noires qui les attendaient.

Le programme du jour était simple : arrivée à l'improviste au RSC, licenciement immédiat du directeur, Antonio Roselli, nomination de son remplaçant, petit discours au personnel ; déjeuner rapide au *Tempo di Bacco,* un restaurant sur la via Lombardia qui servait des spaghettis *alla corsara* (aux fruits de mer), délicieuse spécialité romaine et petite faiblesse de Goren ; puis, pour montrer à tous le caractère banal de ses décisions du matin, visite de la basilique souterraine de la Porta Maggiore.

MA basilique…

Les trois Mercedes s'arrêtèrent devant l'immeuble du RSC. Goren et ses cinq vice-présidents entrèrent d'un pas vif. Son arrivée déclencha aussitôt un séisme de force 9. Il demanda à voir Antonio Roselli sur-le-champ.

Or, chaque matin, vers 10 h 30, Antonio faisait une pause avec quelques membres de son équipe dans un café, près du centre. Goren et son staff durent patienter une vingtaine de minutes avant le retour d'Antonio, dans son bureau, où une secrétaire terrorisée les avait précipitamment installés. Il avait fallu tout ce temps pour aller chercher Antonio ; plutôt agaçant, pour ces hauts responsables que l'on faisait rarement attendre.

Antonio entra dans son bureau, très à l'aise, l'allure décontractée et élégante comme d'habitude ; il portait un costume de coton gris clair, très souple, une large chemisette vert pâle, des chaussures légères de daim clair, pas de cravate. Il lança en anglais un « Hello, Pete, ravi de vous voir avec vos collaborateurs ». « Hello, Tonio », répondit en italien le flamboyant senior vice-président marketing, Nicholas Palermio, évidemment d'origine italienne.

— Asseyez-vous, dit Goren, sans répondre au salut de Roselli. Nous venons vous porter les conclusions d'une réunion de la commission RSC, qui s'est réunie en séance extraordinaire il y a une semaine. Nicholas, veuillez dérouler la présentation que vous avez préparée.

En un tournemain, Palermio brancha son ordinateur portable sur le projecteur vidéo. Une première vue apparut sur le mur blanc cassé, entre deux magnifiques gravures anciennes de Venise au XVIIIe siècle. Le bureau d'Antonio Roselli était décoré avec une harmonie d'esthète.

— Cette image ne s'accorde pas avec mes gravures, observa Roselli d'un ton détaché, après un coup d'œil rapide.

— L'esthétique n'est pas au programme du jour, répondit Goren sèchement. Écoutez ce que Nicholas a à vous dire.

L'image était chargée de chiffres et de courbes de toutes les couleurs. Le sens en était évident, et Antonio écouta calmement et sans surprise les commentaires de Palermio.

— Tony, depuis huit ans vous dirigez ce centre avec la plus grande efficacité. Cette courbe, où l'on voit le chiffre d'affaires additionnel de JCN directement imputable aux innovations issues de votre centre, montre la productivité du RSC. D'après les rapports amplement documentés que vous nous avez transmis, conformément à la procédure en place, il apparaît que durant toutes ces années vous avez généré un chiffre d'affaires additionnel cumulé de 14,5 milliards de dollars. Cela représente une marge brute avant impôts de 7,1 milliards de dollars. La progression, remarquable, a été de plus de 20 % par an.

— Merci, répondit Antonio, mais je connais ces chiffres.

Goren et ses vice-présidents échangèrent un rapide coup d'œil.

— Je n'en doute pas, dit Goren. Mais Nicholas va passer à présent la deuxième vue, qui montre d'autres chiffres.

— Pardon ? demanda Antonio sans émotion apparente. Mais il savait de quoi il retournait.

— Ne me prenez pas pour un imbécile, dit froidement Goren, qui forçait sur son rôle pour ne pas faiblir. — Il aimait beaucoup Roselli, et détestait ce qui allait suivre. — Vous connaissez sans ambiguïté le détail de ce qui va vous être montré. Nicholas, la suite s'il vous plaît. — Il claqua des doigts pour montrer qu'il voulait aller vite.

— Voici la deuxième vue, reprit Nicholas. Elle comporte les

mêmes éléments que la première, mais cette fois les chiffres résultent de l'audit effectué dans le centre, il y a deux mois, à la demande de Pete lui-même. Ce sont les chiffres réels ; ils montrent une plus-value du chiffre d'affaires non pas de 14,5 milliards de dollars, mais de 1,2 milliard seulement. Quant à la marge brute réelle, elle a été estimée à 0,4 milliard de dollars au lieu des 7,1 milliards annoncés. En moyenne, la progression annuelle s'est montée à 4 %, et non pas à 20 %.

– À vous, Al, dit Goren en s'adressant au directeur scientifique de JCN, Alan Gardner.

Gardner fit signe à Nicholas de passer la troisième vue. Il s'agissait d'une superposition des deux précédentes, qui mettait en évidence le gouffre entre ce qui avait été annoncé et ce qui avait été effectivement réalisé.

Gardner était affligé d'un léger bégaiement, qui passait inaperçu en temps ordinaire, mais qui ressortait quand il se sentait crispé. Dans l'instant présent, ce n'était pas le cas : il jubilait. Il détestait Roselli, dont il jalousait secrètement la supériorité. Le petit homme étriqué, aussi gris que le costume froissé qu'il portait, se leva et prit la parole.

– Tony, je vous le dis amicalement en tant que membre de la même communauté de pensée que vous, et en tenant compte de l'estime que je vous porte, vous avez triché. Pendant toutes ces années, vous vous êtes habilement servi de la complexité du système. Vous avez notamment joué sur des ambiguïtés de définition pour faire imputer aux résultats de votre centre des réalisations qui n'en relevaient pas. C'est ainsi que la totalité du chiffre d'affaires de 27 % des microprocesseurs XION 969, soit 1,2 milliards de dollars, vous a été attribuée, au motif qu'ils utilisent des programmes issus du RSC. C'est faire peu de cas du travail de ceux qui ont vraiment vendus et mis en place ces 27 %, comme les divisions commerciales, les structures de marketing, ou les services techniques. C'est aussi oublier que ces microprocesseurs ne sont en réalité utilisés qu'à hauteur de 15 % par vos programmes, 85 % de leur justification ayant d'autres origines. Et ce n'est qu'un exemple parmi vingt autres.

Gardner se rassit.

– À vous, Linda, dit Goren en désignant Linda Van Gulden, la vice-présidente en charge du juridique.

Goren semblait abattre des atouts majeurs les uns après les autres.

Linda était une grande et belle femme d'environ quarante-huit ans. Il émanait d'elle une sérénité et une force mystérieuse. Elle s'habillait exclusivement chez Yohji Yamamoto, le grand couturier japonais : lignes fluides, teintes grises et noires ; ce style lui donnait une silhouette à la fois simple et sophistiquée qui lui allait à la perfection. Elle était raffinée, énigmatique, brillante, calme, et toujours ferme sur ses positions sensées. De l'avis général, elle était très attirante.

Linda avait le sens de ce qui était juste. Tout ce qu'elle faisait était empreint d'une équité unanimement reconnue ; une qualité majeure pour un vice-président du juridique. Si le droit était violé, elle montrait la rigueur huguenote de ses lointains ancêtres hollandais, mais toujours avec pondération, et en justifiant sa position par des arguments rationnels. C'est dans cet esprit qu'elle prit la parole, sur un ton accusateur, que les participants remarquèrent aussitôt.

Équitable, Linda, mais aussi froidement ambitieuse. Elle n'allait pas rater l'occasion de prouver une fois de plus la puissance de son argumentation.

– Roselli, suite aux chiffres « manipulés » – elle appuya le mot – que vous nous avez transmis, votre centre a reçu une contribution budgétaire hors de proportion avec les résultats réels. Vous vous êtes servi d'une partie de ces bons dollars verts, qui eux étaient authentiques, non pas pour votre enrichissement personnel, Dieu soit loué – elle leva un regard angélique vers le plafond, où se trouvait peut-être quelque divinité de la Justice –, mais pour deux raisons essentielles : favoriser vos recherches personnelles et celles de certains de vos collaborateurs que vous estimiez dignes d'intérêt. Ce faisant, vous avez indûment détourné les ressources de JCN à votre profit et causé un dommage évalué aujourd'hui à 4,3 milliards de dollars. Ce montant comprend les parties du budget non utilisées au profit de JCN, et aussi le manque à gagner découlant des découvertes que vous auriez dû faire et que vous n'avez pas faites, suite à vos activités cachées. Et croyez-moi, cette évaluation est correcte, elle a été faite avec le plus grand soin.

Conformément aux instructions que lui avait précédemment données Goren, Linda Van Gulden s'interrompit un instant pour laisser à Antonio Roselli le temps de digérer ces informations. Elle le fixa avec dureté. Mais Roselli restait calme ; il esquissa même un très léger sourire. Ce semblant d'expression ironique déplut à

Goren, qui prit la parole en l'interpellant par son nom, contrairement à son habitude.

– Roselli, JCN serait en droit de vous réclamer réparation de la totalité du dommage, soit 4,3 milliards de dollars. Et faites-moi confiance, Linda a vérifié que cette possibilité est conforme au droit, à la fois italien et international.

Mais JCN est une grande société. Elle ne souhaite pas ruiner le reste de la vie d'une personne comme vous, qui peut encore apporter une contribution importante à la collectivité. Je me contenterai donc de vous licencier sur-le-champ pour faute professionnelle grave. C'est le moins que je puisse faire vis-à-vis de mes actionnaires. Bien entendu, vos recherches, que je qualifierai généreusement de discrètes, et les résultats qui en sont sortis, restent la propriété de JCN, qui les a financés. Bob, remettez à Roselli le dossier de licenciement. Roselli, remettez à Van Gulden les clés de votre bureau et votre badge. Vos différents codes d'accès au réseau mondial de JCN viennent d'être désactivés. Vous pouvez dès à présent quitter les locaux du centre. Je dois désigner votre successeur et informer les collaborateurs du centre de ces événements dommageables.

Dans un contexte habituel, Goren n'aurait pas attendu une seconde que son employé obtempère. Il était célèbre pour sa vitesse de décision, puis d'exécution, et parce qu'il exigeait de chacun la rapidité. Cette réputation contribuait à son image de dirigeant froid et déterminé. Le seul nom de Goren accolé à une décision lui conférait un caractère d'urgence et d'obligation. Mais l'atmosphère de cette réunion était curieuse, différente de ce que les protagonistes avaient déjà pu vivre. Était-ce l'attitude de Roselli, apparemment détaché alors qu'il perdait le poste tant envié de directeur d'un centre scientifique de la grande JCN ? Était-ce son curieux sourire, qui semblait constituer la partie émergée d'une réalité cachée, et que rien ne semblait pouvoir faire disparaître ? Quelque chose d'inhabituel se passait, qui prenait tout le monde au dépourvu.

Personne ne bougeait, il régnait un silence de plomb. Les seniors vice-présidents regardaient le bout de leurs chaussures, Goren regardait Roselli, et Roselli semblait regarder en lui-même, les yeux baissés, son ombre de sourire toujours présente. Il faisait déjà chaud, pour un mois d'avril. On entendit une mouche se cogner contre la vitre du bureau. La tension était extrême. Deux longues minutes s'écoulèrent sans que personne, pas même Goren, ne prononce le moindre mot, ne fasse le plus petit geste. On aurait dit que le temps s'était arrêté et que chacun répugnait à passer à l'instant suivant.

Le silence devenait insupportable, il fallait que quelqu'un le rompe. Les vice-présidents, plutôt stressés, attendaient l'intervention de Goren. Mais à la surprise de tous, c'est Roselli qui prit la parole. Sa voix était sereine.

– Messieurs, Linda, votre démonstration est parfaite de rigueur et de clarté, conformément à ce que l'on peut attendre des plus hauts dirigeants d'une société dont la fortune est bâtie sur la logique implacable des machines qu'elle vend. C'est par la mise en œuvre de cette logique complètement maîtrisée, associée bien sûr à l'esprit d'entreprise et à tout ce qui en découle, que JCN se développe et continuera de se développer.

Cela durera encore des années. Petit à petit, JCN absorbera tous ses concurrents, et elle finira par réaliser un chiffre d'affaires et des bénéfices qui la placeront à un niveau de puissance économique comparable, ou même supérieur, à celui des plus grands États. Que se passera-t-il alors ? Les États permettront-ils la croissance indéfinie de ce qu'ils percevront sans doute comme un monstre ? JCN se dotera-t-elle d'une armée (elle en possédera les moyens financiers) pour contrecarrer les barrières éventuelles à sa croissance indéfinie ? Se lancera-t-elle dans une guerre pour absorber la planète entière, ruinant ce faisant ses clients potentiels ?

Les six dirigeants ne s'attendaient pas à cette sortie totalement incongrue et hors de propos. Interloqués, ils regardaient Roselli et se demandaient s'il avait toute sa raison. Goren allait intervenir et lui répondre vivement que ces questions n'avaient plus pour lui qu'un intérêt intellectuel, puisqu'il ne faisait plus partie de JCN. Mais Roselli fit un geste de la main qui signifiait « un instant, Pete, laissez-moi terminer ». Et il dit à la petite assemblée :

– Je souhaite m'entretenir un instant en tête à tête avec Pete, sur une question qui peut avoir des incidences gigantesques sur l'avenir de JCN. Pete, je vous demande de m'accorder cet entretien.

Roselli semblait sincère. Pour ces six hauts responsables qui connaissaient le personnage, sa qualité morale (qu'aucun ne remettait vraiment en cause, malgré les raisons de son licenciement), qui avaient en tête son passé brillant et son extraordinaire potentiel, il était difficile de ne pas se demander ce qu'il mijotait. Ce ne pouvait être futile.

Goren paraissait hésiter sur le parti à prendre. Contrairement à son habitude, il se tourna vers ses vice-présidents pour solliciter leur avis du regard, et les regards des vice-présidents, sauf celui de Gardner, le plus mesquin, répondirent positivement à sa demande. Goren resta indécis quelques secondes encore, puis il fit signe à ses vice-présidents de sortir. Ces derniers s'exécutèrent, et Alan Gardner, le dernier à quitter la pièce, ferma doucement la porte derrière lui, laissant Peter A. Goren et Antonio Roselli face à face.

Sans le savoir, le président de JCN venait de confirmer la signature de son arrêt de mort.

L'entrevue dura deux heures. De l'extérieur du bureau, on distinguait vaguement la voix de Roselli, qui parlait presque sans interruption, si ce n'est quelques questions de temps à autre de la part de Pete. À un moment, cependant, il y eut un long silence. Que se passait-il dans le bureau de Roselli ? Avaient-ils baissé la voix de peur d'être entendus ? Palermio s'arma de courage et décida de téléphoner pour demander si tout allait bien. Il dut avoir une réponse totalement banale, car il hocha la tête négativement, en regardant ses collègues. Les vice-présidents se morfondaient, vaguement anxieux (ils l'étaient toujours lorsqu'un poste important de JCN était en jeu), silencieux, ne comprenant pas que cette entrevue qu'ils pensaient définitive puisse durer si longtemps. À tout hasard, la secrétaire de Goren avait décalé de deux heures le programme de la journée.

La porte du bureau s'ouvrit enfin. Roselli sortit le premier, impassible, suivi de Goren. Ce dernier affichait une expression si étrange et inhabituelle qu'elle fut incompréhensible pour ses collaborateurs, qui pensaient pourtant bien le connaître.

– Maureen, dit Goren à sa secrétaire, veuillez convoquer immédiatement tout le personnel du centre dans le grand amphi. Je dois leur faire une communication de la plus haute importance. Je prendrai la parole dans quinze minutes.

Par ailleurs, veuillez préparer dès à présent, pour dans huit jours exactement, une vidéoconférence mondiale. Je parlerai de Palo Alto, et je veux que tout le personnel de nos cent quarante-sept filiales dans le monde, ainsi bien sûr que celui de notre société mère, depuis les directeurs jusqu'aux balayeurs, soit la totalité des 854 337 employés mondiaux de JCN, assistent à cette conférence. Toute absence devra m'être justifiée. Les filiales des filiales – il y en avait des milliers – seront informées ultérieurement.

D'autre part, demandez immédiatement à Spirtz – c'était le vice-président en charge de la communication du groupe – d'organiser pour le lendemain de cette vidéoconférence une conférence de presse. Dites-lui qu'il s'agit d'une annonce concernant la stratégie globale de JCN.

Un quart d'heure plus tard, Goren prit la parole devant les six cent vingt-quatre employés du centre.

– Mes chers collègues – « Démago ! » se dirent certains –, la recherche, vous le savez, constitue pour moi un élément majeur de la stratégie de JCN.

Goren parlait sans notes. Il faisait peu de gestes, le regard était direct, le ton ferme, la formulation simple et concise. Il était convaincant. Goren avait du charisme et il le savait. En vérité, une partie de sa carrière était imputable à cette qualité. Il continua.

– Dans cette stratégie, le RSC a apporté une contribution majeure. Je n'ai pas besoin de vous rappeler la part du chiffre d'affaires et de la marge qui vous est directement imputable, elle est splendide. Et cela, c'est à vous que JCN le doit. Je profite de ma présence à Rome pour vous transmettre en personne les remerciements de JCN. – Bla-bla-bla, pensaient ceux qui n'aimaient pas la hiérarchie en général, et celle de JCN en particulier. – Notre groupe a atteint une surface et une puissance considérables. Il n'y a plus de concurrents dangereux à craindre, et l'avenir est assuré, notamment par les nombreux développements qui sont dans les cartons et qui émanent des travaux de collaborateurs talentueux tels que vous.

Aussi, l'heure est venue d'ajuster la stratégie au nouveau chemin qui s'ouvre devant nous. Rassurez-vous, je ne songe pas à diminuer l'importance de la recherche – il lui sembla percevoir un « ouf » de soulagement –, mais je pense à la finalité de nos activités. Vous tous, scientifiques, ne vous interrogez-vous jamais sur votre rôle véritable dans la collectivité ? – Tu parles, au moins autant que toi, espèce de commerçant planétaire, crut-il lire sur plusieurs visages. – Je vous annonce ici, et vous êtes les premiers à recevoir cette information, que dans les jours prochains JCN procédera à l'annonce de sa nouvelle stratégie – l'expression de certains semblait dire : ça y est, encore une réorganisation. – Il ne s'agit pas d'une réorganisation, comme nous en avons eu beaucoup ces dernières années. C'est d'une mutation fondamentale dont il est question. Mais bientôt vous en apprendrez plus.

J'ai le plaisir de vous faire savoir que j'ai décidé de m'adjoindre dans la tâche grandiose qui nous attend votre directeur actuel, Antonio Roselli, qui devient mon bras droit. Il portera le titre de senior vice-président, conseiller spécial du président.

Les cinq vice-présidents manquèrent de tomber à la renverse. Quelques instants auparavant, Roselli était licencié sur place ; et à présent, cette nomination à un poste plus important que le leur. Ce retournement de situation était inimaginable, incompréhensible.

Je jubilais. Indépendamment de l'amusement que j'éprouvais, mon plan fonctionnait à merveille, et Goren suivait le fil du destin que je lui avais tracé. Il poursuivit son allocution.

— Vous le savez, Antonio a mon amitié et mon estime. Je considère qu'il dispose plus que quiconque des qualités nécessaires à la grande mission que j'ai décidé de mener à terme.

Une salve d'applaudissements ponctua cette déclaration. Antonio était aimé de tous. Ou du moins de presque tous.

— Il nous faut donc un nouveau directeur au RSC. Je suis ravi de nommer à cette haute fonction Gian Paolo Fontelli. Nul n'ignore ses brillants résultats en tant que chercheur. En outre, il a remarquablement secondé Antonio dans l'animation de plusieurs équipes de ce centre. Gian Paolo, mes félicitations.

Une autre salve d'applaudissements crépita, mais nettement moins fournie que la précédente. Plusieurs s'estimaient aussi compétents que Fontelli pour prendre le poste ; certains l'étaient effectivement. D'autres ne l'appréciaient pas beaucoup, le trouvant hypocrite, ce en quoi ils n'avaient pas tort. Mais Goren et Roselli ne l'avaient pas promu pour ses capacités intrinsèques. Si on lui confiait ce poste, c'était pour ses faiblesses : Fontelli était servile. Pour des raisons précises qui apparaîtraient bientôt, Goren et Roselli avaient besoin de garder le contrôle du centre d'une manière occulte. Le RSC allait devenir le laboratoire de la transformation de JCN. Fontelli n'en assurerait que la gestion, et eux pourraient y développer sans contrainte les projets qui leur convenaient.

— Mes chers collègues, conclut Goren, je vous souhaite de persévérer dans le succès. Bravo et merci. Ce qui est bon pour JCN est bon pour ses employés.

Sur cette formule rituelle qui était presque devenue un slogan, il sortit de l'amphithéâtre.

Goren avait décidé de ne rien changer à ce qui était prévu pour la suite de sa journée à Rome. Il se rendit donc avec ses cinq vice-présidents et le nouveau promu au *Tempo di Bacco*. L'atmosphère du déjeuner fut surréaliste. Alors que Roselli aurait dû être exécuté, il se trouvait à la droite du président, chargé d'une mystérieuse mission qui semblait capitale. Le comble, c'est qu'aucune trace de triomphe n'apparaissait sur son visage, comme si tout était normal et inscrit dans l'ordre naturel des choses.

Les cinq vice-présidents, qui toute leur vie s'étaient donné un maximum de mal pour satisfaire leur soif de pouvoir, étaient furieux. Ils se demandaient ce que Goren et Roselli avaient bien pu se dire durant ces deux heures fatales. Ils formaient ce que tout JCN appelait « la garde rapprochée », et savaient que, même pour eux, certaines décisions du président ne se discutaient pas. Ils sentirent que c'était le cas. Ils se turent. Roselli se trouvait à présent dans une position supérieure à la leur, et leur comportement intégra aussitôt cette réalité. Ils tempérèrent l'amertume qu'ils ressentaient en se disant que le statut de Roselli était certes supérieur au leur, mais de peu.

– Mon cher Antonio, disait Palermio, le vice-président marketing, je suis ravi que de grosses pointures comme vous puissent naviguer dans les plus hautes sphères de notre société. Hochements de tête d'approbation discrets mais fermes des autres vice-présidents, notamment des deux qui n'étaient pas intervenus le matin, et qui en étaient ravis, Richard Parker, en charge du software, et Robert Oppenheim, en charge des ressources humaines.

L'épisode justicier du matin semblait n'avoir jamais existé. Je repensai à ce documentaire que j'avais vu sur les sociétés de singes : eux aussi espéraient que l'attitude de soumission affichée leur épargnerait la rancune du mâle dominant qu'ils avaient combattu, ou leur vaudrait même quelques faveurs de sa part.

Mais Roselli ne jouait pas dans la même cour. Il nota l'attitude peu glorieuse des vice-présidents, s'en amusa quelques secondes, et l'oublia aussitôt.

Goren observait les uns et les autres discrètement.

Il était content de sa nouvelle association avec Roselli. Il savait qu'il n'avait pas d'amis proches. Ses relations hors de la sphère professionnelle se limitaient à sa nombreuse famille et à celle de Jane, son épouse. En fait, sa haute position ne lui laissait pas le loisir de cultiver l'amitié. Pourtant, il n'était pas un ours ; il savait se montrer convivial. Il était invité en permanence à de multiples réceptions, dîners, soirées, où il rencontrait d'autres capitaines d'industrie, des hommes politiques, des journalistes et des chroniqueurs de haut vol. Parfois, des artistes célèbres égayaient de leur présence ces réceptions souvent guindées. On le conviait aussi beaucoup à des fêtes de charité au prix d'entrée astronomique, à des premières de spectacle. Bien sûr, il était recherché à cause de son importance, mais aussi parce qu'il était très agréable.

Cependant, si l'on totalisait ses quinze heures de travail quotidiennes, ses sorties diverses et le temps qu'il passait à s'intéresser à l'architecture, son hobby secret, il n'y avait plus de place dans sa vie pour l'amitié vraie. Il avait quantité de relations, mais pas d'amis.

Cela ne le gênait pas trop : Goren était un solitaire.

Mais dans cette galaxie de relations, il y avait tout de même quelques personnes dont il se sentait plus proche. Roselli en faisait partie. Oui, il en convenait sans regret, il aimait beaucoup Roselli. Il était content de la tournure que les choses avaient prise.

Le repas tirait à sa fin, on venait de servir les petits cafés italiens si forts. Aucun des convives ne le savait, mais la mécanique du destin était lancée, et dans une direction de temps et d'espace que nul n'aurait pu imaginer.

Sauf moi, bien entendu, qui connaissais et comprenais l'origine de toute l'affaire. Et cela se situait loin dans le temps, très loin, plus loin encore…

Notre doctrine

Je me souviens… Il y a si longtemps,
et c'était tellement beau…

Crotone, extrême sud de l'Italie, environ 500 ans avant Jésus-Christ.

Oui, ce qui est sur le point d'arriver en cette année 2008, la logique, la raison d'être de mon immense projet, qui consiste en fait dans la mise en œuvre de notre doctrine éternelle, tout cela débuta il y a deux mille cinq cents ans, dans cette région de la Grande-Grèce qui deviendra bien plus tard la Calabre.

J'avais déjà une vie longue de plus d'un demi-siècle, magnifiquement remplie. Mais ce n'était rien en regard du quart de siècle qui allait suivre : à partir de tout ce que j'avais appris dans la première partie de mon existence, j'allais bâtir, avec la Confrérie, une doctrine qui offrirait aux hommes une vision nouvelle du monde.

Bien sûr, l'extraordinaire formation dont j'avais bénéficié durant mes cinquante premières années avait préparé mon esprit à la production des idées les plus novatrices. Jamais les spéculations qui furent les miennes n'auraient pu s'exprimer sans la patience, le savoir, la sagesse immense de mes maîtres à Samos, à Milet, puis en Égypte, et plus tard en Babylonie ; sans les rencontres que je fis au-delà de ces pays, dans les lointaines contrées de l'Asie (certains ont parlé de Zoroastre, et même du Bouddha).

Mais plus en amont, n'est-ce pas le destin qui fit en sorte que ce soit une âme comme la mienne qui traverse tant d'expériences enrichissantes ? Et n'est-ce pas toujours lui qui me plaça ensuite en cet endroit précis où se produirait au bon moment le minuscule incident qui allait tout déclencher, ou presque tout ?

Oui, c'est ainsi que tout débuta. Moi, Pythagore de Samos, je l'affirme.

Naissance de notre doctrine

Je marchais paisiblement sur la jolie route sinueuse qui traversait le village de Roccaraso, près de Crotone. C'était la fin du printemps, le soleil brillait haut dans le ciel, éblouissant. Il faisait déjà très chaud. C'était une chaleur agréable, comme cela est habituel dans cette région de l'extrême sud de l'Italie, proche de la mer. Je regardais les petites maisons de pierre, les jardins, les rocailles, les vieux oliviers tordus ; je m'extasiais devant la beauté et l'harmonie des choses. À un moment, je croisai un villageois pauvrement vêtu, qui poussait devant lui un âne chargé d'une énorme quantité de fruits colorés. Les oranges, les citrons, les mandarines débordaient des deux corbeilles disposées de part et d'autre de son dos. À part le claquement régulier des sabots, atténué par la poussière du chemin, le bourdonnement de quelques abeilles à la recherche de pollen, et le cricri occasionnel d'insectes somnolents, le silence était total. Je laissais mon esprit flotter.

Je poursuivais tranquillement mon chemin lorsque j'entendis un son métallique et régulier, dont l'intensité augmentait au fur et à mesure que j'avançais. J'arrivai bientôt devant l'échoppe du forgeron. Avec son lourd marteau, il frappait en cadence un fer rouge ; l'enclume résonnait. Je m'arrêtai pour observer les gestes précis du colosse. Le fer rouge approchait progressivement sa forme définitive. Le forgeron dut juger qu'il était temps de passer à une étape plus minutieuse : il posa son gros marteau et en prit un autre, moins massif. Sans même remarquer ma présence, tant il était concentré, il se remit à frapper le métal rougi.

Sans trop y faire attention, je notai que le choc du petit marteau sur la même enclume provoquait un son différent du précédent. Il était plus aigu. J'ai une excellente mémoire des sons, ce qui me permit de remarquer que ce son plus aigu était en étroite harmonie sonore avec le précédent. Non seulement il n'y avait pas dissonance, mais, au contraire, la comparaison des deux résonances offrait un plaisir esthétique certain.

Je m'éloignai en méditant sans raison précise sur ce constat. Que les heurts de deux marteaux résonnent différemment sur l'enclume, cela n'avait rien de remarquable. Le plus souvent, il s'agissait de sons successifs, rien de plus. Mais chez le forgeron de Roccaraso, il y avait un accord harmonieux entre ces sons. Pourquoi ?

Une amorce de réponse me traversa l'esprit. C'était une idée que personne n'avait eue auparavant, et dont je ne perçus pas tout de suite la portée : j'eus la vague intuition que ce phénomène sonore avait une explication naturelle et que cette explication devait être accessible à la compréhension des hommes. Tout ne relevait pas de l'action des dieux, comme on l'avait toujours pensé jusque-là.

J'en étais certain, l'idée était suffisamment novatrice pour que les membres de la Confrérie que j'avais fondée y soient sensibles. Je décidai de soumettre la question au groupe dès la prochaine réunion, c'est-à-dire le soir même.

Ils étaient tous là, vêtus de notre robe blanche traditionnelle. Suivant notre cérémonial, j'avais exposé le problème. Je constatai avec plaisir que le phénomène soulevait un intérêt considérable. De l'autre côté du rideau, où se trouvaient les novices – ils n'avaient le droit ni de parler ni de nous voir –, l'attention était à l'évidence passionnée ; elle était si dense qu'il me semblait pouvoir la palper. Mais de notre côté, chez les frères initiés, les suggestions fusaient, les commentaires abondaient, la discussion était intense, malgré les règles strictes qui régissaient la procédure de nos débats.

Et finalement, cette liberté de ton organisée, où les bribes d'intuition des uns venaient s'ajouter aux pressentiments des autres, produisit son effet. En cohérence avec notre mode de vie communautaire (« entre amis, tout est commun »), une idée prit forme, dont personne n'aurait pu dire qui en était l'auteur : c'était l'idée du groupe. Cette idée était la suivante : ce qui avait changé entre les deux sons successifs, c'était le poids des marteaux ; l'explication du phénomène devait donc être liée à cette modification.

Sans en avoir l'air, cette hypothèse, qui prolongeait l'intuition que j'avais eue, portait en elle le germe d'une immense révolution intellectuelle qui allait bouleverser le destin de l'humanité : il fallait chercher l'explication d'un fait de la nature non pas dans la manifestation d'une quelconque divinité, mais dans quelque chose de neuf, d'accessible à la compréhension des hommes, quelque chose qui ne s'appelait pas encore la science.

Milon, mon gendre, s'était levé pour aller chercher des marteaux de tailles différentes, afin que l'expérience puisse être reproduite (nos réunions se déroulaient dans sa maison). C'est alors qu'une seconde idée fit surface : quelque chose d'analogue se produisait avec les cordes de la lyre. Plus la corde était courte, plus le son était aigu. Et faire émettre par la lyre des sons harmonieux revenait à mettre simultanément en vibration plusieurs cordes de longueurs adéquates.

Je n'évoque que le point de départ de tout et je passe sur les expériences, discussions, essais, contre-essais, mesures de toutes sortes qui furent pratiqués sur quantité de lyres, avec des cordes de toutes natures, en des endroits différents. Je me souviens que ces études s'étalèrent sur plusieurs années, et nombreux sont ceux qui y prirent part. En vérité, je quittai l'enveloppe corporelle qui m'abritait à cette époque bien avant que les travaux ne soient menés à terme.

Mais le résultat et les conséquences de ces recherches furent grandioses : nous ne le savions pas encore, mais nous étions sur le point d'inventer les mathématiques. Et ce, à partir de la musique.

Il est important que je consigne tout cela par écrit, car ces véritables fondements de l'Harmonie universelle, qui sont à la source de notre doctrine, conditionnent l'action à venir. Aujourd'hui, deux millénaires et demi après ces événements, tout doit être clair dans ma tête.

Il y eut d'abord (et surtout) la tetraktys.

Lorsque l'on gratte une corde de la lyre, elle produit un son aigrelet, résonance typique de cet instrument, au demeurant fort plaisant à entendre. Mais pour reconstituer un phénomène apparenté à celui que j'avais noté chez le forgeron de Roccaraso, il fallait faire vibrer deux cordes en même temps.

Deux cordes de longueurs quelconques grattées ensemble ne provoquaient que deux notes discordantes, désagréables à écouter. Il fallut faire varier les longueurs, jusqu'à obtenir un accord harmonieux. Et l'on fit alors des constatations sidérantes.

Si l'on grattait une corde et, simultanément, une autre de longueur double, les deux cordes étant tendues avec la même force, on obtenait un ensemble musical harmonieux qui flattait l'oreille : les deux cordes avec des longueurs se situant dans le rapport $1/2$ produisaient deux notes séparées d'une octave. C'était l'accord d'octave. Si l'on effectuait la même opération avec des longueurs dans le rapport $2/3$, un autre accord harmonieux s'élevait : c'était l'accord de quinte. Avec des longueurs dans le rapport $3/4$, un nouvel ensemble sonore, lui aussi mélodieux, emplissait l'air : c'était l'accord de quarte.

Plus tard, nous pûmes définir l'unité de mesure musicale, le ton, comme l'intervalle entre la quinte et la quarte ; nous découvrîmes que l'octave est constituée de la quarte, de la quinte, etc. Et finalement, avec ces diverses combinaisons d'accords, nous finîmes par définir la gamme musicale : *do, ré, mi, fa, sol, la, si, do*. Le ton était l'intervalle musical qui séparait deux notes comme *do-ré*, *ré-mi*, *fa-sol*, *sol-la*, *la-si*. Le demi-ton séparait deux notes comme *mi-fa*, *si-do*. Et l'octave comprenait cinq tons et deux demi-tons.

Ainsi fut engendrée la gamme. Nous l'appelâmes « gamme de Pythagore ». MA gamme. L'harmonie musicale en découlait. Nous avions quantifié une donnée aussi qualitative que l'harmonie musicale.

Nous étions arrivés à la conclusion suivante : derrière un fait immédiatement accessible aux sens des hommes, en l'occurrence les trois consonances fondamentales plaisantes à l'ouïe (l'octave, la quinte et la quarte), existait une structure cachée, une réalité pure, capable d'expliquer le phénomène. Cette réalité pouvait s'exprimer à l'aide des quatre premiers nombres 1, 2, 3, 4 (la tetraktys), puisque eux seuls apparaissaient dans les rapports 1/2, 2/3, 3/4. Des nombres étaient donc à la base de l'harmonie musicale. Et si les instruments de musique disparaissaient avec le temps, comme toute chose matérielle, les quatre nombres qui en expliquaient le fonctionnement étaient éternels.

C'est ainsi que nous découvrîmes que la musique était nombre.

Cette merveilleuse découverte des relations de la tetraktys avec la musique fut pour nous une révélation. Quel accomplissement, quelle satisfaction, de comprendre le sens et l'origine de la beauté et de l'harmonie de la musique ! Nous nous sentions en communion avec la nature, en phase avec l'esthétique et la magnificence du monde. « Tetraktys, harmonie pure, celle des sirènes », disait-on dans la Confrérie.

Notre doctrine, où tout est nombre, venait de naître. Elle n'était encore qu'un nourrisson, ou même un embryon, mais cet enfant portait en lui le futur.

Quelque chose d'autre, que nous ne cherchions pas, venait aussi de naître : les mathématiques. Et elles étaient issues de la musique. Nous ne le savions pas encore, mais cette parenté devait inscrire à jamais en elles la beauté, l'harmonie et l'équilibre. Aussi notre doctrine où tout est nombre, notre doctrine qui va trouver son accomplissement en cette année 2008, rayonne-t-elle naturellement de l'harmonie absolue.

Mais n'allons pas trop vite. Ces choses sont si lointaines, j'ai vécu si longtemps sans ressentir le besoin de faire un retour sur nos croyances, sur nos dogmes, qu'un certain flou a envahi mon souvenir. Je le constate avec étonnement, ma mémoire traditionnellement infaillible me paraît moins parfaite qu'autrefois. Je dois prendre le temps de mettre tout cela au clair, c'est indispensable.

Je reviens à la naissance de notre doctrine. Je reprends mon fil conducteur, la musique, et les nombres qui en expliquent la structure.

Bien entendu, j'avais rappelé depuis longtemps aux frères le serment de secret, dans lequel la tetraktys intervenait dorénavant, et qu'ils prononçaient au moment de leur intronisation : « Non, je le jure par celui [1] qui a transmis à notre âme la tetraktys, en qui se trouvent la source et la racine de l'éternelle nature. » Il n'était pas question qu'une telle découverte parvienne à des oreilles non initiées.

Par la suite, nombreuses furent les réunions de la Confrérie où notre succès fut analysé, discuté, commenté, avec passion. Et c'est au fil de ces débats que, petit à petit, une nouvelle idée émergea.

Épanouissement de notre doctrine

Nous avions découvert et expliqué l'harmonie de la musique. Mais les sons font partie de la nature. Dès lors, pourquoi ne pas étendre notre découverte à la totalité des manifestations de la nature ? S'il y avait une harmonie de la musique, il devait y avoir une harmonie de la nature. Sur la Terre et dans le cosmos, dans les êtres vivants et les minéraux, peut-être même dans les idées et les rêves, une harmonie devait régner, plus ample que celle de la musique, puisqu'elle embrassait tout. Oui, une Harmonie universelle régissait la nature. Il nous fallait la comprendre.

Or l'harmonie musicale était sous-tendue par quatre nombres. N'était-il pas sensé d'extrapoler cette constatation à l'Harmonie universelle ? Et pas en s'appuyant sur les seuls quatre premiers

---

1. Moi, en l'occurrence.

nombres, mais sur la totalité d'entre eux puisqu'il était question d'universalité. Si tel était le cas, alors les nombres acquerraient *de facto* une signification et une dimension universelles, puisqu'ils se trouvaient à la base de tout. Peut-être étaient-ils tout. Peut-être même étaient-ils divins. C'est dans cette nouvelle direction que nos recherches se développèrent ; elles furent extraordinairement fécondes.

La Confrérie travailla donc sur les nombres. Nous vîmes alors que leur caractère véritablement divin se trouvait confirmé par les propriétés merveilleuses qu'ils manifestaient. Là encore, les travaux s'étalèrent sur un temps plus long qu'une vie d'homme et ils impliquèrent de nombreuses collaborations. Néanmoins, les progrès furent rapides.

Ce qui nous fascinait tous, c'est que ces nombres conjuguaient deux caractéristiques étonnantes. D'une part, il était difficile de comprendre leur nature véritable. Chacun voyait ce que signifiait « 3 cailloux » ; il suffisait de placer côte à côte trois cailloux, et de regarder. Mais « 3 » tout court se situait à un niveau d'abstraction bien supérieur. On ne peut visualiser que 3 « quelque chose ». Penser « 3 » nécessita un puissant effort intellectuel. Aujourd'hui, en 2008, penser un nombre est devenu trivial. Mais à l'époque, tout cela était nouveau ; il nous fallut développer d'intenses réflexions. N'était-ce pas inévitable et indispensable pour des hommes qui voulaient approcher le caractère divin des nombres ? Nous fîmes ces efforts, les premiers, et ils furent couronnés de succès.

D'autre part, dans l'univers abstrait où ces nombres semblaient exister, on leur découvrit des propriétés insoupçonnables qui les reliaient subtilement les uns aux autres, loin de tout ce qui était déjà connu. Nous fîmes surgir les nombres pairs, impairs, carrés, premiers, et tous les autres, leurs sommes respectives, leurs combinaisons, et les multiples relations fascinantes qu'ils entretiennent entre eux ; nous trouvâmes tout cela, et nous l'expliquâmes.

Nous avions découvert l'arithmétique.

Nos connaissances s'étoffaient. Certes, les nombres étaient un simple cumul d'unités, puisque la suite des nombres s'établit facilement en faisant $1, 1 + 1, 1 + 1 + 1$, etc. (on voit ici que par nombre j'entends nombre naturel, c'est-à-dire 1, 2, 3, etc.). Pourtant, ils révélaient des spécificités et des propriétés extraordinaires. L'harmonie de la musique s'appuyant sur des rapports de nombres (autrement dit des fractions), nous explorâmes aussi les rapports, puis les moyennes. Il y eut la moyenne arithmétique (la quinte reposait sur la moyenne arithmétique de 1 et de 2, $\dfrac{1+2}{2}$ ou $\dfrac{3}{2}$), puis la moyenne géométrique, puis la plus belle, la moyenne harmonique (la quarte se fondait sur la moyenne harmonique de 1 et de 2, dont le calcul montre qu'elle est de 4/3). Plus tard, on trouva sept autres types de moyennes, et notamment la dixième, qui permettait de définir le nombre d'or, cette proportion parfaite de l'esthétique. C'était magnifique.

Ainsi, les nombres avaient en eux-mêmes une structure complète, un caractère de vérité absolue, autonome. Ils étaient totalement abstraits, en dehors de la nature. Mais ils devaient constituer la réalité ultime régissant cette même nature. Tout en elle devait être nombre, ou rapport de nombres : c'est pourquoi j'utiliserai désormais le mot nombre pour signifier indifféremment nombre naturel ou rapport de nombres naturels.

Oui, la nature devait être nombre.

Je note tous ces souvenirs aujourd'hui, en 2008, sur l'une de ces machines de JCN, sur l'un de ces milliards d'engins électroniques qui ont conquis le monde. Cette multitude d'ordinateurs froids, qui se sont introduits partout, illustre bien que tout est nombre. Elle démontre la puissance visionnaire de notre doctrine bimillénaire. Et d'ailleurs...

Mais attention ! je m'arrête un instant, pour empêcher ma pensée de s'écarter du chemin où je veux la maintenir. Mon objectif est de mettre les choses au clair. Je ne dois pas me laisser aller à mon penchant naturel qui me pousse vers des considérations parfois trop théoriques.

Nous sommes en 2008 après Jésus-Christ, notre doctrine va enfin se matérialiser comme nous le souhaitions. Cela ne signifie pas qu'il ait fallu attendre deux mille cinq cents ans pour qu'elle révèle sa dimension concrète. Je faillirais à mon travail de mise en forme si je laissais s'installer cette idée fausse. Je dois évoquer un exemple ancien d'application pratique.

Je sais ce dont je vais parler : l'une des premières utilisations de notre doctrine se situa dans la compréhension de l'Univers.

Le cosmos, illustration
exemplaire de notre doctrine

Dès ce lointain passé, nous pûmes illustrer de manière éclatante la puissance de notre doctrine. Nous le fîmes en apportant une réponse à l'une des questions que se posent tous les hommes depuis qu'ils ont acquis la conscience et qu'ils regardent le ciel : nous réussîmes à expliquer l'organisation du cosmos. Je me souviens de cette description, où la structure du ciel était régie par les nombres.

C'était bien après ma mort, plusieurs dizaines d'années plus tard (je parle de la mort de mon enveloppe corporelle du temps de mon séjour à Crotone, pas de celle de mon âme, bien entendu). Philolaos était alors l'un des plus grands pythagoriciens, peut-être le plus grand, et tout ce qui suit lui est dû. La tetraktys avait depuis longtemps acquis son rôle sacré, mais aussi la décade, somme de la tetraktys $(1 + 2 + 3 + 4 = 10)$. En vérité, on avait compris que le nombre 10 était le plus beau, car, comme cela devait être écrit par la suite, il contient autant de nombres pairs que d'impairs, autant de nombres premiers que de nombres composés. Par ailleurs, 10, somme des nombres 1, 2, 3 et 4, regroupe les éléments de l'espace : en effet, 1 est le point, 2 la ligne (puisque deux points définissent une ligne), 3 est la surface (puisque trois points non alignés forment un triangle), 4 est le volume (puisque quatre points qui ne sont pas dans le même plan font une pyramide).

Selon notre doctrine, il était donc logique que la décade régisse l'organisation du cosmos, qui est le lieu de ce qu'il y a de plus beau. Voici la description que nous fîmes de l'Univers.

Au centre du monde se trouve le Feu central. Attention, ce n'est pas le Soleil, qui est un astre mobile comme les autres. Le Feu central, lui, est fixe. Là réside la divinité qui règle les mouvements de l'Univers. Les objets célestes tournent autour du Feu central sur des trajectoires en cercles concentriques. Le Feu central est le centre de toutes ces trajectoires, de tous ces cercles. Les objets célestes sont, dans l'ordre d'éloignement croissant : la Terre, la Lune, le Soleil (qui, je le répète, est un objet céleste comme les autres), Mercure, Vénus, Mars, Jupiter, Saturne, puis la sphère des fixes, sur laquelle se trouvent les étoiles. Au-delà de la sphère des fixes s'étend l'infini, le vide du monde, qui, « tel un vivant, respire au rythme du temps ». Cet ensemble regroupe donc neuf objets mobiles.

Mais le cosmos doit refléter la perfection. Or 10 est le nombre parfait, la décade sacrée. Le cosmos ne peut donc que comporter dix objets célestes en rotation. C'est ainsi que nous trouvâmes que devait exister un dixième astre, inconnu.

Nous l'appelâmes l'Anti-Terre.

L'Anti-Terre était l'astre le plus proche du Feu central. Il se situait entre ce dernier et la Terre. Or, la Terre tourne en vingt-quatre heures autour du Feu central, présentant toujours la même face, celle où nous nous trouvions, nous autres pythagoriciens, vers l'extérieur : cette face « tournait le dos » au Feu central et à l'Anti-Terre. C'est ce qui explique que ces deux astres, l'un fixe, l'autre mobile, nous soient toujours restés invisibles.

Cependant, le cosmos est immense, complexe, il fallait plus que le nombre 10 pour l'expliquer en totalité. Selon notre doctrine, un autre nombre devait certainement tenir un rôle important. Nous découvrîmes que c'était le nombre 3. Il intervenait déjà dans la tetraktys ; on le retrouvait de nouveau ici, différemment. En effet, 3 est un nombre de concorde et d'harmonie, car il réunit les contraires, le 1 et le 2 (1 est la monade, fixe, inaltérable, alors que 2 est le début de la pluralité, à la source des divisions). Or le cosmos est lui aussi paix et harmonie. C'est pourquoi il se trouve associé au nombre 3.

C'est au niveau du rayon des orbites circulaires de chacun des corps célestes que nous situâmes l'influence du nombre 3 : d'une orbite à la suivante, le rayon était multiplié par 3. Ainsi, si 1 était le rayon du Feu central, l'orbite de l'Anti-Terre devait avoir un rayon de 3, celle de la Terre un rayon trois fois plus grand, soit 9 (3×3), celle de la Lune un rayon de nouveau trois fois plus grand, soit 27 (9×3) ; selon la même logique, le rayon de l'orbite devait être de 81 pour Mercure, de 243 pour Vénus, de 729 pour le Soleil, de 2 187 pour Mars, de 6 561 pour Jupiter, de 19 683 pour Saturne, de 59 049 pour la sphère des fixes.

Mais notre doctrine n'avait pas fini de montrer sa puissance dans l'explication du cosmos. À présent, c'est par l'harmonie, cette subtile combinaison des nombres, qu'elle allait intervenir.

Les dix astres en mouvement sont sphériques, pour la simple raison que la sphère est la plus belle des formes dans l'espace. Et, comme Aristote l'a expliqué, les objets en mouvement émettent des sons, d'autant plus aigus que le mouvement est rapide. Les astres sphériques, de masse prodigieuse, produisent donc des sons eux-mêmes considérables. Si on ne les perçoit pas, c'est parce que l'on y est accoutumé depuis toujours. Mais quels étaient ces sons ? Voici l'étonnante conclusion à laquelle nous aboutîmes : les vitesses des astres sur leurs orbites circulaires ne sont pas quelconques ; elles sont telles que les sons qu'ils émettent se trouvent en harmonie musicale !

Oui, la valse lente des astres sphériques autour du Feu central produisait des sons en harmonie ! Nous appelâmes cette musique céleste l'« harmonie des sphères ». Quelle beauté, quelle poésie !

Nous touchions au sublime. C'était le cosmos, l'Ordre et la Beauté. Je retourne par la pensée vers cette époque bénie, où toutes ces merveilleuses découvertes se révélèrent progressivement à nos yeux et à nos esprits éblouis. Nous avions le sentiment de percer les secrets de l'Univers et, ce faisant, d'entrer en communion avec lui.

La nature était nombre.

Tout est nombre

Ainsi, la Confrérie et moi-même étions arrivés à la découverte, extraordinaire de simplicité et d'universalité, qu'il existe des entités éternelles, absolues : les nombres. Ils régissent l'Univers et tout ce qu'il contient. Et l'on voyait bien comment la connaissance des nombres, de leurs rapports et de leurs relations, met l'âme en phase avec l'Harmonie universelle et la rapproche de la vérité pure.

Tout est nombre.

Or, toutes les choses humaines sont contenues dans l'Univers. Aussi doivent-elles se soumettre aux lois des nombres. Il en est ainsi de l'organisation politique de la cité.

À présent, en l'an 2008 après Jésus-Christ, je suis en mesure de faire que cet impératif se réalise, après deux millénaires et demi d'efforts, d'échecs, de combats, d'espoirs. Oui, c'est une question de jours, ou de semaines…

Notre Confrérie et nos symboles

> Je me souviens... Oui, c'était il y a
> si longtemps, et c'était si beau...

Je frémis d'impatience. Je voudrais avancer dans mon récit, vite, plus vite. J'aimerais avoir déjà achevé ce document. Goren, je me sens prêt, je vais passer à l'acte, je...

Non. Je dois rester maître de moi, ne pas céder à la précipitation, contrôler le processus avec le maximum de sécurité. Je dois mener la rédaction de mon document jusqu'à son terme, faute de quoi trop d'éléments resteraient imprécis. Il me faut expliquer ce qu'est notre Confrérie, ainsi que la signification de nos symboles ; sinon le sens de toute mon action serait occulté.

Je reprends donc le fil de mon texte.

Crotone, extrême sud de l'Italie,
environ 500 ans avant Jésus-Christ.

Notre doctrine est œuvre d'hommes : mes amis, mes frères, les membres de la Confrérie. Son sens n'apparaîtrait pas si j'omettais de rappeler le fonctionnement de notre communauté et de souligner son objectif ultime.

Notre doctrine et la Confrérie

J'ai élaboré la structure et le mode opératoire de la Confrérie pour comprendre l'image du monde, en accord avec la connaissance des nombres, et pour que les sociétés humaines, villes, États ou autres, en tirent parti pour une organisation et un fonctionnement plus harmonieux. Voilà la finalité de notre doctrine sacrée.

Pour ne pas être profanée, elle doit être inaccessible à ceux qui n'ont pas la capacité d'en saisir le sens profond. La loi du secret est absolue dans la Confrérie, où seuls les initiés ont accès au savoir suprême. Nos rites, nos règles, nos signes de reconnaissance (dont je parlerai plus loin) ne doivent en aucun cas être divulgués à l'extérieur. Mon nom même ne peut être prononcé par les initiés – ils m'ont attribué toutes sortes de dénominations, comme « celui-là », ou « l'immortel génie », ou « le divin », ou « le maître », ou simplement « il ».

Pour cette même raison, notre enseignement oral est diffusé sous forme de préceptes à deux niveaux, ou à double sens. Le premier sens, destiné aux non-initiés, touche à la vie quotidienne ; le second sens, qui a une signification plus élevée, n'est compréhensible que par les seuls initiés. Ainsi le précepte « ne tisonne pas le feu avec ton épée » peut-il être pris dans son sens premier. Mais dans sa seconde lecture, il signifie « ne provoque pas l'homme irascible par tes paroles ».

N'est pas initié qui veut : la connaissance qu'un initié détient est sacrée, il doit en être digne. L'accession au statut d'initié s'effectue au terme d'un processus de huit ans. Il y a d'abord un noviciat de premier degré, en trois ans. La Confrérie n'accepte les novices de premier degré qu'après une étude minutieuse de leur cas. Il peut s'agir de femmes (mon épouse, Théanô, fit partie de la Confrérie) ou d'étrangers. Si ce premier niveau de noviciat est franchi avec succès, il donne accès au noviciat de deuxième degré, d'une durée de cinq ans.

Je n'ai de rapports directs qu'avec les initiés (c'est Hippase qui est en charge des novices). En effet, quand les novices (du deuxième degré uniquement) assistent à nos réunions, ils sont séparés de nous par un rideau. Ils n'ont le droit ni de parler ni de me voir.

Les novices des deux niveaux doivent prouver qu'ils sont capables de faire l'effort nécessaire pour être initiés et pour partager avec les autres ces mêmes efforts. Cela implique le développement de valeurs morales que les initiés démontrent quotidiennement à travers la vie ascétique de la Confrérie.

Les deux idées dominantes de la doctrine qui leur est enseignée sont résumées dans ce dialogue du catéchisme pythagoricien :

– Qu'y a-t-il de plus sage ?
– Le nombre.

– Qu'y a-t-il de plus beau ?

– L'harmonie.

Dans notre Confrérie, où nous vivions en communauté, l'amitié était un élément essentiel. Une amitié forte, sincère, chaleureuse, sans faille : « Un ami est un autre soi-même », disait-on. En entrant dans la Confrérie, on mettait ses biens en commun. En de multiples circonstances, un Frère acquitta une dette contractée par un autre Frère, un ami en remplaça un autre dans une situation difficile, comme ce fut le cas pour Damon et Phinties.

Denys le Jeune, tyran de Syracuse, voulut tester les liens d'amitié des pythagoriciens, auxquels il ne croyait pas. Sous un prétexte fallacieux, il fit arrêter et condamner à mort Phintias. Ce dernier demanda alors qu'on lui accorde le reste de la journée pour mettre ses affaires en ordre ; son ami Damon avait accepté de prendre sa place comme prisonnier et, sur sa vie, de se porter garant de son retour. « Au moment où le soleil allait presque disparaître », Phintias n'était pas là et Damon allait être exécuté à sa place. Mais soudain, alors que personne n'y croyait plus, Phintias apparut en courant. Stupéfait, Denys relâcha Damon et gracia Phintias. Rempli d'admiration, il félicita les deux amis et leur demanda de l'accepter comme troisième ami. Les deux pythagoriciens refusèrent avec fermeté.

Je me suis à nouveau éloigné des nombres. Cela n'était pas inutile, car la logique du fonctionnement de notre Confrérie doit éclairer l'action à venir. Mais à présent, il faut revenir aux nombres. Ils sont tout. Ils conditionnent mon projet, dans lequel vont se concrétiser les grands symboles de notre doctrine, eux-mêmes sous-tendus par les nombres.

Les grands symboles de notre doctrine et la création du monde

Les nombres peuvent exprimer leur puissance directement, comme dans notre description du cosmos. Mais ils peuvent aussi le faire de façon plus sophistiquée, par l'intermédiaire de symboles, dont notre doctrine est riche.

Certes, la décade est le plus parfait des nombres. On a déclaré qu'« elle servit de mesure pour le tout comme une équerre et un cordeau dans la main de l'Ordonnateur ». Néanmoins, il est important de noter quelques points sur la pentade, ou caractéristique du 5.

Les réflexions que nous eûmes à cette lointaine époque sur la pentade se révélèrent fructueuses pour notre compréhension du monde.

La pentade participe de l'essence et de la nature de la décade. Elle en représente la moitié et, de cette manière, en constitue une image condensée. Mais « 5 » est également la somme du premier nombre pair (2), qui correspond au féminin, à la matrice, à la partition (dyade, dualité), et du premier nombre impair (3), qui représente le mâle, ce qui est complet (triade). C'est pourquoi 5 symbolise l'amour générateur. Il incarne également les qualités positives du corps humain : la santé, la beauté.

Ainsi, la pentade représente à la fois un condensé de l'Harmonie universelle et la création de l'individu et son épanouissement harmonieux. Elle illustre parfaitement le synchronisme, l'analogie, la correspondance entre le rythme de l'Univers et celui de l'homme.

Le pentagramme (ou pentagone étoilé), polygone régulier à cinq sommets et cinq côtés, représentation graphique de la pentade, constitue l'emblème de notre Confrérie. C'est notre signe secret de reconnaissance. Partout où ce signe apparaît, les frères savent que l'un des nôtres n'est pas loin. Mais eux seuls le savent.

J'ai oublié lequel d'entre nous découvrit le retour vers la décade. Mais il est clair que le pentagramme se transforme en lui-même par une rotation autour de son centre, qui amène chaque sommet à la place du sommet voisin (c'est une rotation d'un angle de 360°/5). On doit effectuer cinq de ces rotations pour revenir au point de départ. Par ailleurs, une droite joignant le centre et un sommet quelconque constitue un axe de symétrie. Il est possible de trouver cinq de ces axes, puisqu'il y a cinq sommets. L'ensemble de ces dix opérations constitue un groupe de symétrie : on retrouve le symbole parfait de la décade, en ce qu'elle est indéfiniment engendrée par la pentade.

Tout se recoupait dans une belle cohérence, qui à elle seule démontrait la justesse et la puissance de nos conceptions et de nos idées !

Le côté du pentagramme présente une relation remarquable avec celui du pentagone, qui relie ses cinq sommets : les côtés respectifs sont dans le rapport du nombre d'or, ce nombre qui régit de multiples lois de l'esthétique. Comment ne pas y voir une forme élégante de l'harmonie condensée ?

Mais il n'est pas nécessaire de récapituler ici la totalité des richesses que nous découvrîmes et qui scintillaient devant nos yeux au fur et à mesure que nos recherches avançaient. Je préfère passer directement à la monumentale construction à laquelle nous aboutîmes, à ces grands symboles qui vont constituer l'une des bases sur lesquelles mon projet va s'appuyer. Je veux parler des cinq « corps platoniciens », perles sublimes parmi les grands symboles de notre Confrérie. C'était la plus secrète de nos théories, mais aussi la plus ambitieuse, puisqu'elle expliquait la genèse physique du cosmos.

Dans cette perspective, il est capital de rappeler que l'Univers, inclus dans la sphère du monde, est composé de quatre éléments : le feu, l'eau, la terre et l'air. Lorsque Dieu entreprit l'arrangement de l'Univers, il donna une configuration aux éléments par le biais des nombres et des formes. Les formes furent appelées corps ou solides platoniciens. Ils étaient au nombre de cinq, un pour la sphère du monde, et les quatre autres pour les quatre éléments. Leur beauté résultait de l'étonnante régularité de leur géométrie : pour un corps donné, tous les côtés et tous les angles étaient égaux. Il émanait d'eux une merveilleuse impression d'équilibre et d'harmonie.

Dieu voulut nommer les cinq corps. Ils furent baptisés selon leur nombre de faces.

Dieu nomma le premier corps « tétraèdre ». Ce corps avait quatre faces (« tétra » signifie 4, et « èdre » face). Les faces étaient constituées de triangles équilatéraux (un triangle équilatéral a ses trois côtés égaux), tous identiques. Plus tard, certains l'appelèrent aussi « pyramide ».

Dieu nomma le deuxième corps « hexaèdre » (hexa = 6, soit six faces). Il était fait de l'assemblage de six carrés regroupés autour de huit sommets. Plus tard, il prit le nom de « cube ».

Le troisième corps était conçu à partir de huit triangles équilatéraux identiques, organisés autour de 6 sommets. Il comportait 8 faces. Dieu lui donna le nom « octaèdre » (octa = 8).

Le quatrième corps comprenait douze faces : des pentagones réguliers, assemblés autour de 20 sommets. Dieu l'appela « dodécaèdre » (dodéca = 12).

Il restait un cinquième corps. Il était composé de vingt triangles équilatéraux identiques, distribués régulièrement autour de douze sommets : Dieu le baptisa « icosaèdre » (icosa = 20, soit 20 faces).

Les corps platoniciens étant définis, Dieu voulut que du néant émergent les quatre éléments et la sphère du monde. Alors, Dieu créa l'Univers.

Le dodécaèdre est le corps qui se rapproche le plus de la sphère, la forme la plus parfaite. En outre, il comporte douze faces correspondant aux divisions cosmiques des douze signes du zodiaque. Dieu voulut que le premier jour, le dodécaèdre produise la sphère du monde. Il dit : « Dodécaèdre, que la sphère du monde soit. » Et la sphère du monde fut. Dieu sut que la sphère du monde était belle.

Tétraèdre	Cube	Octaèdre	Dodécaèdre	Icosaèdre
Feu	*Terre*	*Air*	*Univers*	*Eau*

Comme le feu, le tétraèdre est le plus mobile des cinq corps en raison du nombre de ses faces, qui est le plus petit ; de partout il est le plus aigu et le plus tranchant. Le premier jour s'était écoulé, le deuxième jour était venu. Alors, Dieu voulut que le tétraèdre produise le feu. Il dit : « Tétraèdre, que le feu rayonne. » Et la chaleur vint au monde. Dieu sut que le feu était bon.

La terre est l'élément le plus stable, et le cube est le plus stable des cinq corps par sa base carrée. Lorsque le troisième jour se leva, Dieu voulut que le cube produise la terre. Il dit : « Cube, que la terre s'installe. » Et les fondations du monde apparurent. Dieu sut que la terre était forte.

L'eau emplit naturellement l'espace, comme l'icosaèdre, qui a le plus grand nombre de faces. À présent, c'était le quatrième jour. Dieu voulut que l'icosaèdre produise l'eau. Il dit : « Icosaèdre, que la source jaillisse. » Et le monde fut irrigué. Dieu sut que l'eau était nourricière.

L'air est le plus instable des éléments, comme l'octaèdre est instable par son nombre intermédiaire de faces. Le cinquième jour, celui où devait s'achever la Création, Dieu voulut que l'octaèdre produise l'air. Il dit : « Octaèdre, que l'air se répande. » Et l'atmosphère baigna d'un souffle frais les précédentes créations de Dieu. Dieu sut que l'air était bienfaisant.

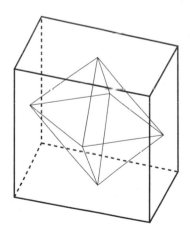

Le cube peut se transformer en octaèdre.

C'est ainsi que Dieu créa l'Univers à partir des cinq corps platoniciens, devenus symboles des quatre éléments et de la sphère du monde.

Nous étudiâmes longtemps ces cinq symboles. Nos travaux permirent d'y déceler des propriétés géométriques pures, esthétiques et en harmonie avec la beauté des nombres. Ces créations divines firent notre admiration et nous inspirèrent respect et dévotion. Notre joie fut immense ; je m'en souviens comme si c'était hier.

Nous fîmes d'étonnantes découvertes : par une subtile transformation, un corps platonicien pouvait en devenir un autre.

Le cube pouvait ainsi se transformer en octaèdre : en joignant le centre des six faces d'un cube, on obtenait un octaèdre. Et inversement, l'octaèdre pouvait devenir un cube.

Ce même type de relation existait entre le dodécaèdre et l'icosaèdre. Quant au tétraèdre, l'opération analogue le transformait en lui-même.

Ces passages d'un corps à un autre symbolisaient la cohérence et la continuité de l'Univers. Les cinq corps étaient apparentés les uns aux autres. L'Univers n'était pas une simple juxtaposition de cinq briques élémentaires, c'était la fusion de la totalité de ses constituants en un ensemble grandiose.

Cette conclusion fut bientôt confirmée. En combinant les diverses possibilités d'inscription d'un corps dans un autre (comme l'octaèdre dans le cube), il apparut que les cinq corps pouvaient s'inscrire les uns dans les autres, le corps le plus à l'extérieur étant le dodécaèdre : symbole de la sphère du monde qui englobe la totalité de l'Univers.

Puis, au fil du temps, nous trouvâmes que l'harmonie était encore plus subtile. De nouveau, le nombre d'or apparaissait de multiples manières dans ces corps imbriqués. C'était de la poésie dans l'espace.

Mais je m'arrête, ce document n'est fait que pour moi. Il est inutile que je rappelle ici toutes les relations que nous trouvâmes entre les sommets et côtés des divers corps platoniciens.

Je me souviens avec émotion de cette longue route jalonnée de succès. C'était il y a si longtemps et c'était si beau ; depuis les notes émises par les marteaux d'un forgeron de Roccaraso jusqu'à cette vision grandiose et cohérente de l'Univers. Tout était nombre, les nombres étaient dans les choses, les nombres étaient cause et principe de toutes choses.

Dieu avait créé l'Univers à partir des cinq corps platoniciens, symboles suprêmes de notre doctrine éternelle. Aujourd'hui, en 2008, moi, Pythagore de Samos, je vais changer la face de la planète Terre par la mise en œuvre de cette même doctrine.

Le premier d'une longue série

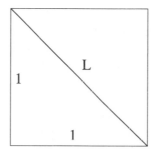

Dès cette lointaine époque, un incident dramatique faillit ruiner notre construction. Nous travaillions sur un triangle rectangle, cherchant à mettre au point le théorème qui portera plus tard mon nom : le théorème de Pythagore. Ce triangle rectangle était en fait la moitié d'un carré de côté 1 (peut importe qu'il s'agisse d'un centimètre ou d'un mètre). Par le calcul, nous cherchions à déterminer la longueur L de son grand côté (en fait la diagonale du carré), sachant que les deux autres côtés avaient une longueur de 1.

L'idée nous vint de vouloir connaître sa valeur exacte avant d'en faire le calcul : c'était facile, il suffisait de mesurer la diagonale du carré sur le dessin, ce que nous fîmes. Or, étonnement, puis stupeur, puis effroi, nous ne trouvions aucun nombre pour exprimer une longueur égale à celle mesurée : quel que soit le nombre utilisé, il était ou trop petit ou trop grand. Il semblait que pour être représentée par un nombre, cette valeur nécessitât une quantité incroyablement grande de chiffres : L était plus grand que 1,41, mais plus petit que 1,42 ; plus grand que 1,414, mais plus petit que 1,415 ; plus grand que 1,4142, mais plus petit que 1,4143 ; plus grand que 1,41421, mais plus petit que 1,41422. Et ainsi de suite, sans fin perceptible, et sans que l'on puisse prévoir la décimale suivante. Nous nous rapprochions de plus en plus de la valeur exacte, mais sans jamais l'atteindre. Aucun nombre ne convenait. Quelle que soit la quantité de chiffres après la virgule, nous n'obtenions pas une valeur exacte pour L. Tout était nombre, et pourtant nous n'en trouvions aucun pour mesurer une longueur aussi banale que la diagonale d'un carré de côté 1 !

Plus tard, le résultat d'une remarquable démonstration compensa quelque peu notre douleur : nous prouvâmes qu'il n'existait aucun nombre connu pour exprimer exactement la longueur L. Il fallait sans doute envisager une autre sorte de nombre, qui ne soit ni naturel ni rapport de nombres naturels.

C'était en contradiction absolue avec notre doctrine, et nous en avions démontré nous-mêmes l'insuffisance.

Bien des siècles plus tard, on sut que nous avions rencontré un nombre dit « irrationnel » (ni un nombre naturel ni le résultat du rapport de deux nombres naturels). Je compris alors qu'il nous suffisait d'élargir le sens du mot « nombre » pour que notre dogme fondamental, « tout est nombre », s'appliquât à nouveau.

Mais à l'époque, la découverte nous sidéra. Ce résultat remettait radicalement en cause notre construction du monde. Je décidai aussitôt qu'il ne pouvait être diffusé sans une étude plus approfondie.

Je rappelai donc aux frères le serment de secret qu'ils avaient prononcé lors de leur intronisation, et leur demandai de le réitérer devant moi, avec solennité et conviction. Il était tard ce soir-là, et la fraîcheur de la nuit commençait à tomber. Je les revois tous, Cercops, Pétron d'Himère, Abaris, Brontin, Hippase de Métaponte, Euboulidès, Calliphon, Parméniscos, Démocédès, et les autres, vêtus de leur toge blanche. Dans la pénombre, ils se présentèrent les uns après les autres devant moi et ils prononcèrent les paroles du serment sacré, debout, le regard plongé en eux-mêmes, tant ils étaient concentrés. J'entends encore le murmure de leur voix, qui roulait comme un marmonnement grave sur les murs de pierre de la petite pièce : « Non, je le jure par celui qui a transmis à notre âme la tetraktys, en qui se trouvent la source et la racine de l'éternelle nature. »

Et pourtant, il y eut un traître.

Oui, chose impensable, quelqu'un brisa la loi du silence. Hippase, mon ami Hippase de Métaponte le chef des acousmaticiens (c'était le nom des novices), Hippase, l'un des plus brillants parmi nous, Hippase lui-même divulgua l'indicible secret…

Peu m'importaient les circonstances, la Confrérie avait été trahie. Je fis le nécessaire… Hippase fut exclu. Quelques jours après, on le retrouva noyé. Mais le mort n'était plus un Frère.

Hélas, ce fut le premier d'une trop longue série. Hélas, cela devait se reproduire bien des fois. Je n'avais pas hésité. Et aujourd'hui encore…

Des années s'écoulèrent, puis des siècles, puis des millénaires. Les notions que nous avions construites évoluèrent au fil du temps, d'autres apparurent. De nouveaux concepts prirent le pas, et l'humanité entière se bâtit selon de nouvelles représentations des causes et des choses.

C'est du moins ce qu'elle pensait. Mais je savais, moi, que rien n'avait changé. Mon projet ultime avait toujours son sens profond, sa vocation grandiose. Tôt ou tard, la beauté de notre vision du monde s'imposerait.

J'œuvrais dans l'ombre. J'influais subrepticement, inconnu de tous. Un jour, mon heure viendrait.

Voilà deux mille cinq cents ans que le forgeron anonyme de Roccaraso est retourné à la poussière, sans avoir jamais rien su de ce qu'il avait déclenché. À présent, mon heure est proche.

La basilique souterraine
de la Porta Maggiore

Je me souviens… Enfin… Ma basilique…

Rome, Porta Maggiore,
17 avril 2008 après Jésus-Christ, vers 15 heures.

Le repas était terminé. Le groupe des dirigeants de JCN se dirigea comme prévu vers la basilique souterraine de la Porta Maggiore. MA basilique…

Lors d'un séjour chez Goren, Roselli lui avait recommandé ce site, qui était fermé au public. Il avait dû faire jouer ses relations pour obtenir une autorisation de la surintendance aux Antiquités de Rome.

Goren se faisait un devoir de visiter les endroits intéressants dans chaque ville du monde où il passait ; de plus l'inaccessibilité de la basilique au commun des mortels avait attisé son intérêt. Enfin, le lieu était situé assez près de la charmante via Appia antica qui mène vers Ciampino, sans qu'il faille prendre l'autoroute. Roselli savait que Goren apprécierait cet intermède bucolique.

Mais, depuis sa promotion, la véritable raison de cette visite était tout autre, infiniment plus importante. Roselli connaissait cette raison. Moi aussi, naturellement. À présent, Goren allait la comprendre, sans explications complémentaires. Les cinq vice-présidents n'y verraient d'abord que le caprice touristique habituel de Goren. Un peu plus tard, ils percevraient une parcelle de la vérité, peut-être. Mais ce qui les préoccupait pour l'instant, c'était de savoir à quelle sauce ils seraient mangés dans la nouvelle organisation.

Cette basilique est connue depuis peu. Sa présence fut révélée le 23 avril 1917, lors de l'effondrement, tout près de la Porta Maggiore, d'une portion du ballast sous les rails de la voie ferrée reliant

Rome à Naples. L'affaissement fit apparaître une ouverture qui semblait donner sur une sorte de crypte. Les autorités compétentes firent pratiquer des déblaiements systématiques. On dégagea alors un tunnel étroit en pente douce qui menait au cœur du site, à environ sept mètres sous terre. Dans un premier temps, ce qui semblait une crypte apparut comme une chapelle chrétienne souterraine.

Le plan général, rectangulaire, de proportions admirables, est celui d'une basilique romaine, un forum couvert ayant pu servir de tribunal ou de bourse du commerce, comme c'est souvent le cas pour les anciens lieux de culte chrétiens. On tombe d'abord sur une sorte de petit atrium, cette pièce principale de la maison romaine, en forme de cour, qui commande les autres pièces. L'atrium est presque carré, il mesure un peu plus de trois mètres sur trois. Il précède le sanctuaire lui-même. Le sol est fait de mosaïque blanche entourée de deux bandes noires. Juste au-dessus, une ouverture permet à la lumière de pénétrer et d'apporter un éclairage uniforme et doux, qui confère à l'intérieur une impression de grande harmonie.

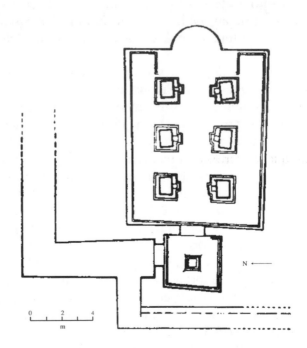

Dans le sanctuaire lui-même, d'environ neuf mètres sur douze, apparaissent trois nefs en berceau, délimitées par deux rangées de trois gros piliers quadrangulaires taillés dans le tuf. Les murs sont faits dans ce même matériau. La nef centrale est fermée par une abside semi-circulaire, contre laquelle s'appuie, face aux fidèles, ce qui aura pu être le trône de l'évêque. La même mosaïque que dans l'atrium recouvre le sol. Bref, rien de bien particulier jusque-là.

Les visiteurs pénétrèrent dans la basilique par le tunnel en pente. Roselli, fin connaisseur de l'histoire de la Rome antique, faisait office de guide. On lui avait confié les clés, et c'est lui qui avait déverrouillé l'entrée. Ils franchirent l'atrium, entrèrent dans le sanctuaire et s'arrêtèrent au fond, près de l'abside. Roselli leur raconta la découverte accidentelle de la basilique et sa restauration. Puis il en vint aux points importants.

– Mais le mystère qui entoure cette basilique a été révélé après que l'on a soigneusement gratté et nettoyé les murs et la voûte : les moulages polychromes en stuc que vous voyez tout autour et en haut des murs sont apparus. Les couleurs étaient passées, mais on s'est aperçu que les scènes figurées sur ces moulages ne représentaient rien de ce à quoi on aurait pu s'attendre : aucune évocation de symbolisme chrétien, aucun thème relevant de la mythologie grecque ou romaine usuelle.

Les cinq vice-présidents avaient tout de suite noté l'intérêt que le président manifestait. Ils n'en comprirent pas la raison, mais ils mirent leur attention au diapason. Prudents, les bougres !

Avec talent, Roselli raconta les péripéties de l'éclaircissement de l'énigme. Il expliqua pourquoi on avait rapidement pensé que cette basilique souterraine devait être le lieu de réunion d'une secte mystérieuse, et comment les soupçons s'étaient transformés en certitude.

– Comme vous pouvez le constater, dit-il, le stuc qui décore la conque de l'abside, et qui occupe d'ailleurs la place d'honneur, fait presque deux fois la taille des autres. Sur la gauche, un personnage est représenté, juché sur la roche la plus haute d'un îlot, brandissant un arc de la main gauche. Il tend la main droite à une femme qui lui fait face, drapée de voiles, une lyre à la main. Elle ne pose plus qu'un pied sur le rivage ombragé par un arbre solitaire, et, sous les yeux d'Éros, elle semble prête à plonger dans la mer.

– Et alors ? s'impatienta Palermio, qui trouvait ce vieux stuc défraîchi bien laid. – Tout ce qui ne touchait pas de près ou de loin à JCN, c'est-à-dire à sa carrière, l'ennuyait.

Un regard noir de Goren le remit instantanément dans de meilleures dispositions.

– Alors, dit Roselli, cette femme est la fameuse poétesse Sapho, et la scène représente son saut dans la mer, à Leucade. Or, on sait que les pythagoriciens avaient renoncé au dédain que les philosophes portaient à l'époque aux poètes (« Pythagore jugeait les poèmes d'Homère et d'Hésiode capables d'adoucir l'âme »). De fait, ils avaient rattaché Sapho à leur école et s'étaient emparés de la légende selon laquelle, amoureuse de Phaon, elle se jeta dans la mer, à Leucade. Quant à l'homme à l'arc, il s'agit d'Apollon, à qui Sapho confie son destin et dont elle attend la régénération. Or Apollon est le dieu que révère Pythagore. Ainsi, ce stuc indique clairement que cette basilique était pythagoricienne et servait à un groupe néo-pythagoricien.

Goren semblait fasciné. Il fixait Roselli d'un regard enflammé, attendant la suite de son discours comme un homme assoiffé attend la gourde d'eau salvatrice.

Les vice-présidents ne comprenaient pas cette curiosité, singulièrement intense et si éloignée de sa maîtrise habituelle. Ils commençaient à se demander si son étrange attitude depuis les deux heures de tête-à-tête avec Roselli ne révélait pas un problème de santé mentale (en eux pointait la question d'une éventuelle succession…). Après tout, se disaient-ils, un homme peut-il résister indéfiniment à quinze heures de travail quotidiennes ? Qu'est-ce qui lui prenait, avec ce Pythagore ? Ils échangèrent un coup d'œil : l'incompréhension était commune.

Pour eux, l'histoire ancienne était une préoccupation d'universitaire désœuvré. On pouvait admettre que Roselli perde son temps dans ce genre d'activité (c'était un scientifique) ; en revanche, pour Goren, un homme d'affaires comme eux, c'était aberrant.

Je les observais. Leur petit jeu si naïf me distrayait. Ils simulaient l'air songeur de ceux qui méditent sur un sujet profond. Linda, qui avait suivi et qui voulait le montrer, prit la parole.

– Deux questions, Antonio. – Son ton était courtois, avec une nuance de respect. – À supposer que l'explication que vous nous avez donnée puisse réellement être le résultat de l'examen de ce vieux stuc, ce qui, convenez-en, n'est pas évident *a priori*, ne trouvez-vous pas que le fait d'attribuer, sur cette simple base, la qualité de « pythagoricienne » à la basilique tout entière est un peu exagéré, et même franchement tiré par les cheveux ? Par ailleurs, si l'on admet que cette basilique est vraiment pythagoricienne, quelle importance cela a-t-il ?

– Vos deux questions sont pertinentes, dit Roselli. – Les autres vice-présidents se dirent que Linda essayait encore de se placer. Ils n'avaient pas tort. – En fait votre première question en comporte deux : la scène représentée sur le stuc a-t-elle réellement un caractère pythagoricien ? Et dans l'affirmative, ce caractère peut-il être étendu à toute la basilique ?

L'interprétation que je vous ai donnée de cette scène résulte du travail d'experts qui ont confronté leurs thèses pendant des années (l'archéologue Franz Cumont, le savant américain Densmore Curtis, l'historien Jérôme Carcopino et quelques autres). Ils sont remontés aux sources, ils ont exploré toutes les possibilités, ils en ont débattu avec les chercheurs les plus compétents. Le stuc est pythagoricien, n'en doutez pas un instant.

D'autre part, il s'agit, comme vous le voyez, du stuc principal. Quel rite ou quelle religion aurait étalé un symbole de ce type à l'emplacement central de sa basilique, plutôt que d'en afficher un correspondant à ses propres croyances ? Quant aux autres stucs, ils représentent des scènes d'un ésotérisme pythagoricien : il s'agit de divers épisodes du voyage de l'âme à travers ses épreuves successives.

J'ajoute que des indices supplémentaires viennent conforter la thèse. Des ossements de cochons de lait furent trouvés à l'endroit réservé aux restes d'animaux sacrifiés. Ce sont les seuls animaux, avec les très jeunes chevreaux, dont Pythagore admettait le sacrifice. On trouve en outre des détails plus techniques, comme ce motif répété dix fois dans l'atrium (le nombre dix, la décade, avait une signification particulière pour les pythagoriciens). La basilique est pythagoricienne, il n'y a aucun doute. À l'évidence, c'était le lieu de réunion d'un groupe néo-pythagoricien.

Mais quelle importance cela a-t-il ? demandiez-vous. Elle tient à la datation de la basilique. La technique et le style des moulages, la nature des couches géologiques et d'autres éléments permettent de préciser que l'établissement de l'édifice comme lieu de réunion néo-pythagoricien, puis son comblement volontaire, eurent lieu entre l'avènement et la mort de l'empereur Claude, l'infortuné époux de Messaline, soit entre 41 et 54 après Jésus-Christ. On cite d'ailleurs un passage de Tacite faisant état d'un édit du sénat vers 53 après Jésus-Christ, qui demande l'exil d'Italie de tous les *mathematici*. Il s'agit certainement des néo-pythagoriciens, dont le nombre s'était multiplié à Rome, et auxquels on reprochait leur fonctionnement secret. La date de l'édit semble correspondre à celle du comblement de la basilique.

– Et alors, en quoi tout cela est-il important ? demanda Palermio.

– Mon cher Nicholas, cette basilique constitue la preuve concrète, incontestable, de ce que l'on pensait : il existait des groupes secrets néo-pythagoriciens à cette époque. L'existence de cette basilique prouve que ces groupes étaient suffisamment actifs pour pouvoir disposer de leur propre église dans la Rome impériale de Claude. Cela démontre sans ambiguïté la vitalité de ce mouvement, qui avait déjà cinq siècles d'âge.

– Cinq siècles ! s'exclama inutilement Robert Oppenheim, le vice-président des ressources humaines, qui n'était pas encore intervenu depuis le matin et qui voulait montrer qu'il était bien là.

– Oui, cinq siècles, confirma Roselli. Pythagore est mort vers 490 avant Jésus-Christ. Mais le rayonnement de sa secte a été si puissant que son savoir, sa philosophie se sont perpétués jusqu'au temps de l'empereur Claude, grâce aux plus grands et malgré ses nombreux avatars. On décèle l'influence plus ou moins forte du pythagorisme chez de nombreuses personnes, dont Parménide, Empédocle d'Agrigente, Platon, Aristote, Virgile, Ovide (qui d'ailleurs dépeint dans sa quinzième Héroïde le saut de Sapho à Leucade).

Mais le point essentiel, ce que vous pouvez, ou mieux, ce que vous devez retenir de cette visite – il avait accentué le « pouvez », puis un peu plus le « devez » –, c'est que les choses ne se sont pas arrêtées à l'empereur Claude. – Coups d'œil interrogateurs entre les vice-présidents. – La chaîne spirituelle s'est prolongée au Moyen Âge (je peux vous citer notamment Porphyre, Jamblique, Proclus, Damascius), aux Temps modernes (avec, par exemple, Nicolas de Cues, Luca Pacioli, Agrippa von Nettesheim ou Giordano Bruno), puis plus tard (avec Johannes Kepler, Franz von Baader, et même Leibniz, Hegel, Nietzsche, Heidegger et bien d'autres).

En réalité, le mouvement s'est poursuivi jusqu'à nos jours. Et sachez-le bien, en ce moment même, des forces obscures sont à l'œuvre dans de multiples endroits du monde.

Roselli avait prononcé ces dernières phrases d'une voix devenue monocorde, de plus en plus lentement, comme s'il pénétrait en lui-même pour mieux contempler le fond de sa pensée.

Les vice-présidents étaient abasourdis. Pourquoi cet historique, et pourquoi dans cette basilique ? Où Roselli voulait-il en venir avec ses histoires de Pythagore et de secte mystérieuse ? S'il ne s'agissait pas de l'une de ces occupations puériles dont les scientifiques sont friands (mais Goren ne perdrait pas son temps avec ce genre de choses), cela signifiait-il que l'un des petits concurrents de JCN était dirigé par une secte pythagoricienne secrète, aux dangereux projets ? Goren leur demandait-il par ce moyen détourné d'agir en conséquence ? Leur fallait-il se mettre en rapport le plus vite possible avec une agence de détectives pour lui demander d'enquêter sur tel ou tel ? Non, c'était ridicule. Goren aurait formulé ses soupçons directement, comme il le faisait toujours. À moins qu'il ne soit devenu fou. C'était possible après tout, cela s'était déjà vu dans d'autres grandes entreprises, où les dirigeants craquaient sous la trop forte pression. Ou alors, ce laïus bizarre avait-il quelque chose à voir avec la réorganisation de JCN ? Ils n'y comprenaient rien, absolument rien, et tout cela avait l'air d'être cautionné, organisé même, par Goren !

Roselli continuait, apparemment insensible au côté absurde de la situation. Qu'est-ce que les plus hauts dirigeants de JCN avaient à faire avec cette obscure Antiquité, alors que leur vocation était de maximiser la puissance de leur société en s'appuyant sur la modernité et l'avenir ?

Roselli parlait au groupe, mais tous avaient compris qu'il s'adressait d'abord à Goren, sans montrer pourtant la moindre flagornerie. Roselli ne donnait jamais dans la flagornerie, tous le savaient.

– Il n'est peut-être pas inutile, poursuivit-il, que je rappelle brièvement quelques éléments de l'itinéraire de Pythagore, des pythagoriciens, puis des néo-pythagoriciens.

– Allez-y, dit Goren avec emphase, ce sera très utile et très intéressant pour tous.

Nouveaux coups d'œil des vice-présidents entre eux : c'était bien après Pythagore que Goren en avait. Incompréhensible ! Entrevoyait-il un nouveau marché qui avait échappé à JCN jusque-là ? Ce ne pouvait pas être celui du calcul scientifique, déjà dominé à quatre-vingt-quinze pour cent. Mais alors, lequel ? Non, il y avait autre chose, et les vice-présidents pressentaient vaguement qu'elle n'était pas bonne pour eux. Cette soudaine et inexplicable passion pour un mathématicien disparu depuis des siècles était insensée. Au lieu de perdre son temps et de leur faire perdre le leur dans cette basilique poussiéreuse, Goren ferait mieux de les mettre au fait de cette restructuration inattendue, pour laquelle leur avis n'avait même pas été sollicité ; chose impensable pour de hauts responsables dont c'était en partie la fonction. Ils étaient tout de même ses plus proches collaborateurs, sa garde rapprochée ! Et maintenant que la décision était prise, c'eût été la moindre des choses de sa part de les informer de leur rôle dans la nouvelle structure. Il devait bien se douter de leur inquiétude. De quoi avaient-ils l'air ? Mais non, c'était Pythagore qui le préoccupait, ce salaud ! Ridicule ! Encore heureux qu'il n'y ait pas de journalistes dans la basilique, ils auraient fait des gorges chaudes de la grande JCN ! Mauvais, très mauvais, tout ça !

Mais bien sûr, ils montraient tous le visage ouvert de l'auditeur passionné. Je ne m'étais pas autant amusé depuis longtemps, ces pantins étaient pathétiques.

— Pour le non-initié, dit Roselli, le nom de Pythagore évoque surtout son fameux théorème, qui n'a d'ailleurs pas été découvert par lui (il était connu à Babylone plus de mille ans auparavant, ainsi qu'en Chine et en Égypte). Ce théorème semble avoir suscité un intérêt et une émulation à toutes les époques : on en connaît plusieurs centaines de démonstrations, dont une de Léonard de Vinci lui-même, et une autre d'un président des États-Unis, James Abram Garfield, qui mourut assassiné en 1881, quelques mois après le début de son mandat, ce meurtre n'ayant apparemment aucun rapport avec le fameux théorème, qu'il démontra en 1876.

En réalité, plus que son théorème, c'est la personnalité mystérieuse de Pythagore qui a fasciné à travers les siècles.

Des cinq vice-présidents, Linda était la moins abasourdie. Quelques années auparavant, elle avait eu une brève liaison avec Goren. Elle avait alors entrevu des aspects de sa personnalité insoupçonnables dans le seul cadre professionnel. Elle avait découvert sa curiosité pour des domaines où les affaires n'avaient pas leur place. Elle avait perçu chez lui une réelle profondeur de vue sur la société, sur le monde. Mais surtout, elle avait cru discerner, au détour de commentaires, du mépris pour la quête illimitée de la fortune et du pouvoir. Goren n'était certainement pas l'homme d'affaires que tout le monde connaissait.

Linda était celle qui avait le caractère le plus solidement trempé des cinq vice-présidents. Elle était intelligente et intuitive. L'idée lui vint que l'exposé de Roselli recelait peut-être un message que Goren voulait leur faire passer « en douceur ». Un fait suscitait son intérêt : Roselli avait remplacé au pied levé un guide professionnel de qualité alors que celui-ci était disponible et engagé depuis longtemps. Elle se demandait aussi pourquoi Goren, toujours si cohérent et efficace, les avait entraînés dans cette visite alors qu'ils avaient tant à faire. Sans céder à la paranoïa, elle décida de concentrer son attention sur la suite du discours.

– Ses travaux mathématiques, poursuivit Roselli, constituent une part infime de son œuvre. Pythagore, qui vécut environ un demi-millénaire avant Jésus-Christ, est le fondateur d'une confrérie, d'une secte pourrait-on dire aujourd'hui, qui rayonna dans tous les domaines ou elle œuvra. Elle s'était établie à Crotone, dans le sud de l'Italie, sur la semelle de la botte. Sa pensée se développa sur de vastes horizons, à la fois mystiques, éthiques, politiques. La cohérence de sa vision du monde s'appuyait sur l'idée que tout découlait des nombres, dans lesquels les pythagoriciens voyaient bien plus que leur simple signification arithmétique. À partir d'eux, ils élaborèrent une symbolique extraordinaire.

« Ah non, se dit Alan Gardner, ce n'est tout de même pas Roselli, le mathématicien, et encore moins Goren, le logicien franc et irréductible, qui vont nous bassiner avec les élucubrations de la symbolique ! Pourquoi pas la numérologie, tant qu'ils y sont ? »

– Les travaux de la secte étaient tenus secrets, et les activités ésotériques, réservées aux initiés.

Bizarrement, il fit ce dernier commentaire d'une manière appuyée. Tous perçurent le ton particulier, sans en comprendre la motivation. À tout hasard, ils approuvèrent d'un signe de la tête.

– C'est pourquoi les informations dont nous disposons sur Pythagore, sa secte, et ses adeptes ultérieurs, ne nous sont parvenues qu'à travers les écrits plus ou moins éclairés de commentateurs.

Les cinq vice-présidents attendaient toujours de savoir où ils se situeraient dans la prétendue nouvelle JCN. Ils maudissaient Goren pour ce suspense inutile. S'ils ne l'avaient pas connu, ils auraient volontiers pensé qu'il prenait du plaisir à les faire mariner. Néanmoins, sauf chez Linda, l'idée que peut-être ils ne le connaissaient pas si bien que cela et qu'il s'amusait à leurs dépens commença à faire son chemin.

Mais comme d'habitude, ils se résignèrent à faire bonne figure et à subir le pensum de Roselli. « Et tout ça à cause de cette étrange entrevue entre Goren et Roselli... », se disaient-ils.

En vérité, l'entrevue avait été bien plus étrange qu'ils ne pouvaient l'imaginer. Ils allaient bientôt l'apprendre. Et alors...

Le voyage de l'âme

Je me souviens... Magie du mystère...

Rome, 17 avril 2008 après Jésus-Christ,
de 11 h 30 à 13 h 30.

Depuis les vice-présidents jusqu'au plus modeste des employés du RSC, tous étaient intrigués par la mystérieuse conversation qui avait eu lieu entre Goren et Roselli. Bien malin qui aurait pu deviner ce qui s'était passé.

Dès que Goren et Roselli se retrouvèrent en tête à tête, après que les vice-présidents furent sortis du bureau, Goren prit la parole sur le ton assuré et impératif qui était le sien.

– Antonio, depuis quelques minutes, et à mon grand regret, vous ne faites plus partie du personnel de JCN. J'ai donc accepté cette entrevue non pas au titre de président de JCN recevant un collaborateur, mais en tant que Peter A. Goren répondant à une dernière requête d'Antonio Roselli, un ancien ami. Je vous écoute.

Roselli ne s'était pas départi de son indéfinissable sourire. Goren lui parlait, mais il paraissait l'écouter de loin, comme dans un brouillard. Son regard semblait traverser le corps du président. En cet instant, on aurait dit que, pour lui, la personne du président n'était qu'une silhouette translucide à travers laquelle se profilaient on ne sait quelles images grises et anciennes, pleines de foules étranges, de scènes troubles et singulières. Il restait silencieux. Goren s'impatienta et brisa le silence qui s'était installé.

– Antonio, je vous écoute, répéta-t-il en haussant légèrement la voix.

Roselli parut soudain sortir de son demi-songe énigmatique. Son visage reprit une expression vive ; ses yeux pétillaient à nouveau.

– Pete, commença-t-il en parlant lentement comme s'il pesait chaque mot, ce que j'ai à vous dire est compliqué, difficile à accepter, et implique de votre part une ouverture d'esprit hors du commun. Je vais développer des propos qui dans un premier temps pourront vous paraître incroyables, à la limite du rationnel. Peut-être même qu'à certains moments vous vous demanderez si cette limite n'est pas franchie. Mais puisque vous avez accepté cette entrevue, il vous faudra m'écouter jusqu'au bout.

– Je vous écouterai seulement si je juge que cela en vaut la peine, dit Goren, à qui rien ne pouvait être imposé.

Le ton était sec. Il n'aimait pas cette entrée en matière. Il ne la trouvait pas assez directe, sauf sa conclusion, qui à son goût l'était trop.

– Vous jugerez qu'il faut m'écouter, j'en suis certain. Croyezmoi, le jeu en vaudra la chandelle. Je vous parle en toute conscience et je mesure mes propos. Vous devez savoir que la conclusion de mon commentaire peut avoir des conséquences incalculables, je dis bien incalculables, pour le destin de JCN et, parallèlement, pour votre propre destin.

Roselli avait appuyé avec force sur le mot « incalculables ».

– Mon destin personnel et celui de JCN ne vous regardent en rien, rétorqua très sèchement Goren. Je n'ai pas l'intention ni l'envie d'en débattre avec vous. Si vous n'avez pas d'autres sujets, notre entrevue peut s'arrêter là.

Roselli avait compris. En un éclair, il changea de stratégie. Il ne souriait plus. Son visage se durcit, une flamme noire passa dans ses yeux. Sa voix prit un timbre plus froid.

– Pete, écoutez-moi bien. Je sais ce que signifie aller droit à l'essentiel. J'ai aussi très bien compris que je n'ai plus rien à voir avec JCN. Tout cela est clair. Mais je vous répète que ce que j'ai à vous dire est hors normes. M'écouter vous demandera un effort à la fois mental et psychologique. Si vous l'acceptez, je continue. Sinon, je m'interromps, et l'entrevue est terminée.

Goren préférait ce style direct.

– Poursuivez, Antonio, dit-il plus aimablement.

– Bien. En premier lieu, je dois évoquer mes travaux. Je ne parle pas de ceux ayant généré les 1,4 milliard de dollars de chiffre d'affaires, et qui sont les seuls intéressants à vos yeux. Je parle des autres, ceux dont vous avez considéré hâtivement qu'ils n'étaient pas dans l'intérêt de JCN, et dont vous avez jugé qu'ils ne concernaient que mes préoccupations intellectuelles personnelles. C'était aller un peu vite en besogne.

– C'est vous qui le dites, Antonio. J'attends de voir.

Goren était intrigué. Roselli n'avait pas l'habitude de parler pour ne rien dire.

– Vous allez comprendre. Pete, avez-vous entendu parler d'Aethalidès, fils d'Hermès, d'Euphorbe le Troyen, d'Hermotime le devin, de Pyrrhos le pêcheur ?

– Non.

– Le nom de Pythagore évoque-t-il quelque chose pour vous ?

– Évidemment. C'est l'inventeur du fameux théorème.

Goren trouvait ce début loufoque. Il ne voyait pas où Roselli voulait en venir.

– Exact, dit Roselli, quoique ce théorème ait été connu des Babyloniens mille ans avant Pythagore. Eh bien, Pete, imaginez-vous que mes recherches ont porté sur Pythagore, et qu'elles m'ont permis de conclure qu'Aethalidès, Euphorbe, Hermotime et Pyrrhos sont autant d'incarnations précédentes de l'âme du célèbre mathématicien.

Goren pensa qu'il avait eu raison de se débarrasser de Roselli. Pendant toutes ces années, il l'avait surestimé ; il avait été séduit par un éclat qui se révélait n'être qu'un vernis. À présent, il disjonctait. C'était peut-être l'effet de ce licenciement brutal. Goren était abasourdi par la nullité des thèmes de recherche de l'ancien directeur du RSC. C'était n'importe quoi ! Roselli ne se moquait pas de lui, c'était certain. Quoique…

Décidément, ces scientifiques étaient bizarres. Il fallait les diriger avec fermeté, faute de quoi ils partaient dans des directions excentriques, au mieux déraisonnables, et ils gaspillaient des budgets énormes dans des recherches improductives et stériles qui n'avaient d'intérêt que pour eux.

Au nom de leur ancienne amitié, il accorda mentalement cinq minutes à Roselli, après quoi il conclurait cette réunion. Il n'avait pas de temps à perdre.

– Pete, dit Roselli, votre regard en dit long sur votre opinion à mon égard. Un peu de patience, je vous prie, je ne suis pas fou, ni même farfelu.

– Vous allez devoir être persuasif. J'ai du travail et vous me retenez pour m'entretenir de sujets que, par courtoisie, je ne qualifierai pas. Que diable voulez-vous que j'aie à faire de ce Pythagore et de ses pseudo-ancêtres ?

– Infiniment plus que vous ne l'imaginez, croyez-moi. Mais j'ai besoin de temps pour vous l'expliquer, car ça n'est pas simple, et je vous demande une nouvelle fois de faire un effort d'ouverture.

À nouveau intrigué, Goren se dit qu'il ne pouvait pas balayer d'un revers de main quinze années de crédibilité. Malgré ce début extravagant, Roselli semblait sérieux.

– Je vais faire un effort, dit Goren, mais c'est seulement en souvenir d'un passé où j'ai eu de l'estime pour vous.

Roselli nota le caractère « passé » de l'estime que lui portait Goren, mais fit comme si de rien n'était. Rirait bien qui rirait le dernier.

– Vous ne le regretterez pas. Je comprends que tout cela vous paraisse incongru. Aussi, je vais d'ores et déjà vous indiquer comment je présenterai les choses. Je vous parlerai tout d'abord de Pythagore, de son œuvre et de ses conceptions. J'évoquerai ses croyances, la métempsycose entre autres. Ne levez pas les yeux au ciel comme si j'étais dérangé. Je suis un scientifique et je suis conscient de l'énormité de la chose. Mais je vous garantis que vous y trouverez un intérêt inattendu, c'est peu de le dire. Puis j'aborderai le néo-pythagorisme et son évolution au cours des siècles. Pour l'instant, je ne peux pas vous dévoiler la conclusion de tout cela, elle vous paraîtrait folle. Mais tout s'éclaircira à la fin de mon exposé. D'accord pour cette démarche ?

– Allez-y, Roselli, mais vite.

– Désolé, Pete, mais je ne poursuivrai que si j'ai la certitude que vous m'écouterez avec l'attention et l'ouverture d'esprit indispensables, et cela pendant le temps nécessaire aux explications capitales que j'ai besoin de développer. Puis-je avoir cette certitude ?

– Combien de temps vous faut-il ?

– Environ une heure et demie.

Goren regarda sa montre. Il hésita une seconde. Une fois de plus, il nota que Roselli avait une personnalité atypique, un charme singulier. Il décida de lui donner satisfaction. Sceptique sur son propre comportement, il articula simplement :

– O.K.

– Bien. Installez-vous donc confortablement, Pete. – Celui-ci se tenait raide sur une chaise. – Tout d'abord, quelques mots de la vie de Pythagore ; c'est un vrai roman. En vérité, les informations dont on dispose proviennent de commentateurs très postérieurs, mais mes recherches ont tout de même produit des résultats intéressants.

Pythagore est né à Samos, une petite île à quelques kilomètres de la Turquie actuelle, vers 570 avant Jésus-Christ.

Goren sourit intérieurement : lui-même était né à Samo, une petite île de l'archipel Bismarck, au nord-est de la Nouvelle-Guinée. Le yacht privé de ses parents y avait accosté d'urgence cinquante-cinq ans auparavant pour un accouchement prématuré. Samo n'était pas Samos, les deux îles étaient presque aux antipodes. Mais une seule lettre différenciait les noms, et dans les deux cas il s'agissait d'un site insulaire. Roselli, qui connaissait bien la vie de Goren, saisit le sens de son expression amusée.

– Oui, j'ai aussi noté la quasi-coïncidence des noms.

Il poursuivit.

– Dès sa petite enfance, sa beauté et ses dons intellectuels ont émerveillé ses contemporains. Ces caractéristiques étaient pourtant la moindre des choses si l'on considère que son père, Mnésarchos, et sa mère, Parthénis, la plus belle des Samiennes, descendaient tous deux, comme le dit la légende, du héros Ancée, fils de Zeus. Il bénéficia de l'enseignement des meilleurs maîtres. Hermodamas, un descendant de Créophyle de Samos qui aurait été l'hôte d'Homère, lui fit apprendre par cœur l'*Iliade* et l'*Odyssée*. – Goren se demanda si un tel exercice relevait d'une si bonne éducation. Lui-même avait dû subir dans sa jeunesse de ces apprentissages qui l'avaient dégoûté à vie de Shakespeare. – On lui enseigna aussi la poésie et l'usage de la lyre. – Goren avait appris le piano, mais n'avait plus touché à un clavier depuis des années, malgré un niveau honorable. – Plus tard, il fut fortement influencé par Phérécyde de Syros, qui, d'après Cicéron, aurait été le premier à prétendre que l'âme des hommes est immortelle.

Vers l'âge de vingt ans, alors qu'il venait de remporter la compétition de pugilat aux jeux Olympiques, Pythagore partit pour Milet, en Ionie (Milet était située sur la côte continentale, à une cinquantaine de kilomètres au sud de Samos). Il y reçut l'enseignement de Thalès de Milet, déjà très âgé, et de son élève Anaximandre. Ils lui transmirent l'intérêt pour les mathématiques, l'astronomie, la cosmologie.

– Un instant, Antonio, il me revient une citation que j'ai lue quelque part à propos de Pythagore et des jeux Olympiques. Euh, attendez... Oui ! Pythagore a dit : « Il existe trois catégories d'étrangers qui viennent aux jeux Olympiques. La catégorie inférieure vient pour commercer, la catégorie intermédiaire vient pour concourir, la catégorie supérieure vient pour regarder. De même, les hommes se répartissent entre ceux qui recherchent le gain, ceux qui recherchent les honneurs et ceux qui recherchent la sagesse. »

– Pas mal, pas mal du tout, Pete, surtout pour quelqu'un qui, il y a quelques instants, jugeait que mes pôles d'intérêt étaient délirants.

Goren jeta un regard torve à Roselli. Mais il convenait qu'il s'était surpris lui-même. Quel mécanisme de son subconscient s'était déclenché pour que remonte un souvenir aussi exotique, oublié, et si éloigné de ses préoccupations habituelles ? De plus, d'où venait ce plaisir qu'il avait ressenti en prononçant la curieuse citation ? Voilà maintenant qu'il attendait avec attention la suite du discours de Roselli. Qu'est-ce qui lui prenait ? Roselli était-il contagieux ?

– Le voyage à Milet, poursuivit Roselli, n'était que le premier pas d'un périple étonnant. Thalès avait conseillé à Pythagore d'approfondir ses connaissances en Égypte, où lui-même avait voyagé et étudié. Notre héros se rendit d'abord en Phénicie, le Liban actuel, où, pendant trois ans, dans les temples de Tyr, de Sidon, de Byblos, il fut initié aux anciens mystères. Puis, après une retraite au mont Carmel (dans le golfe de l'Haïfa actuelle), il partit pour l'Égypte, source des anciens mystères. Il y étudia vingt-deux ans. À Thèbes (où il eut accès à la prêtrise), il fut initié aux mystères de Diospolis et à la doctrine de la résurrection d'Osiris. On dit que les prêtres lui apposèrent sur la cuisse le symbole en feuille d'or d'Atoum, l'une de formes de la divinité du Soleil.

Goren pensa à la tache de naissance qu'il portait derrière l'épaule gauche. Évidemment, ce n'était pas le symbole d'Atoum, ni de quoi que ce soit. Il se souvenait d'amis de jeunesse qui, un jour sur la plage, avaient prétendu en riant qu'elle avait la forme des étoiles du drapeau américain.

– En 525 avant Jésus-Christ, Cambyse II, le roi de Perse, envahit l'Égypte. Pythagore fut fait prisonnier et emmené à Babylone, où il resta douze ans. Son rayonnement n'avait pas pâli, et ses préoccupations étaient toujours les mêmes : il fut en contact avec les mages, dont il apprit les rites sacrés et l'adoration mystique des dieux. Grâce aux Babyloniens, il atteignit le summum du savoir en musique, en arithmétique, et dans les autres sciences mathématiques. On dit qu'il rencontra Zoroastre (Zarathustra, le prophète de l'Iran), qui l'aurait purifié de ses souillures. Il aurait reçu le baptême dans l'Euphrate. Certains prétendent même qu'il serait allé jusqu'en Inde, où il aurait rencontré le Bouddha. Siècle étonnant, qui connut des penseurs de ce calibre...

Pythagore finit par revenir à Samos, d'où il fit encore un voyage en Crète pour y étudier le système de lois. On mentionne également un autre voyage en Thrace, le pays d'Orphée, où il aurait été initié aux pratiques orphiques.

Mais Pythagore ne se plaisait pas à Samos ; la tyrannie de Polycrate s'y faisait de plus en plus pesante. Pythagore jugea indigne d'un homme libre de se soumettre à un tel despotisme et quitta Samos pour l'Italie. Il était alors âgé d'environ cinquante-cinq ans.

C'était l'âge de Goren. Il en fit la remarque amusée à Roselli.

– C'est vrai, dit Roselli, je l'avais également noté. Mais si l'on estime en général que Pythagore quitta Samos vers cet âge-là, en revanche la durée de ses séjours dans les différents pays où il résida et son année de naissance ne sont pas connues avec précision. Les recoupements sont difficiles lorsqu'on cumule ces durées et qu'on les ajoute (où plutôt qu'on les retranche, puisqu'on se situe avant l'ère chrétienne) à son année de naissance supposée. Mais le point important est qu'il partit à cinquante-cinq ans, c'est-à-dire à un âge où, le feu de la jeunesse s'étant calmé et la pondération de l'âge mûr étant venue, il put tirer le meilleur parti des expériences qu'il avait vécues. Et, chose exceptionnelle pour cette époque, sa robuste constitution allait lui permettre de vivre jusqu'à plus de quatre-vingts ans. Vous verrez comment pendant les vingt-cinq dernières années de sa vie, il allait faire fructifier l'énorme capital de savoir et de sagesse qu'il avait accumulé. Un formidable bouleversement de la pensée allait intervenir.

– Vous m'avez demandé une heure et demie, interrompit soudain Goren, il vous reste cinquante-cinq minutes. Il n'est pas question que je ne reparte pas pour Palo Alto ce soir, mon planning pour demain est extrêmement chargé, et j'ai un rendez-vous que je ne peux pas décaler.

Goren devait rencontrer le président des États-Unis à propos d'un gigantesque projet touchant le département de la Défense. Goren était vraiment l'un des hommes les plus puissants du monde.

– Je n'ai pas perdu de vue cet impératif, dit Roselli. Et vous ne serez pas déçu, je vous l'assure.

Il expliqua alors comment à son arrivée à Crotone, dans le sud de l'Italie, où il avait décidé de s'installer (cette région faisait partie de la Grande-Grèce), Pythagore fonda son école et comment elle rencontra aussitôt une grande audience. Puis il décrivit la naissance de la secte pythagoricienne (car il s'agissait d'une sorte de secte). Il parla de sa vie et de son fonctionnement, de ses rites, de ses modes d'initiation.

Roselli mettait de la poésie et de l'emphase dans sa narration. À l'évidence, il était fasciné par ce petit morceau de l'histoire de l'humanité où avaient émergé des idées, des concepts, qui allaient modeler la pensée occidentale pour les millénaires qui suivraient. L'enthousiasme qu'il éprouvait à revivre les événements qu'il présentait semblait aller croissant. Toutefois, sans en avoir l'air, il ne perdait pas Goren de vue. Il nota avec satisfaction que son intérêt se développait. Le message passait.

Si Goren était plus qu'un dirigeant d'entreprise exceptionnel, Roselli était plus qu'un scientifique de talent ou qu'un excellent directeur de centre de recherche : il avait aussi un charisme exceptionnel. Goren s'était mis à l'écoute, mais il était loin d'imaginer ce que Roselli s'apprêtait à lui révéler.

Soudain le téléphone sonna. Roselli allait continuer sans en tenir compte, mais Goren lui fit signe de décrocher.

– C'est Palermio, dit Roselli en cachant le combiné de sa main. Il demande si tout va bien et si on a besoin de quelque chose.

– Ce gugusse s'inquiète pour son job, dit Goren en souriant. Dites-lui donc qu'on s'occupe de tout et qu'on lui fera signe si par hasard on a besoin de lui.

Roselli reprit son exposé. Il brossa un rapide panorama des découvertes de Pythagore et de sa secte. Il expliqua comment les mathématiques naquirent de la musique, puis l'approche mystique qui conduisit à une vision du monde selon laquelle tout est nombre, jusqu'à l'apothéose des corps platoniciens.

– Peut-on dire, observa Goren, que les ordinateurs de JCN constituent une forme moderne de cette conception ? Nos ordinateurs sont partout parce que tout est nombre.

Goren s'était donné une heure et demie de liberté ; il retrouvait l'atmosphère détendue des réunions dans sa villa près de San Mateo, avec les directeurs des centres scientifiques, où l'on oubliait JCN et où l'on pouvait discuter de tout.

– C'est vrai, répondit Roselli, mais avec une restriction considérable : nos ordinateurs n'exploitent que la réalité « comptable » du monde. Ils ne tirent parti que de son aspect mathématique, quantifiable. Il manque un élément essentiel dans cette appréhension des choses : la dimension mystique. C'est précisément dans cette direction que je vais orienter mon discours, et votre question vient remarquablement à propos. Mais un peu de patience, j'ai encore des informations à vous donner avant de passer à la conclusion. Préparez-vous à la surprise de votre vie.

Goren commençait sérieusement à se demander en quoi consistait cette conclusion si extraordinaire. Certes, les Méditerranéens avaient toujours tendance à enjoliver les choses, mais Roselli insistait. En quoi donc pouvait-il être concerné par un personnage comme Pythagore ?

– Pete, le temps passe. Il faut maintenant que je développe un sujet qui vous a fait sourire tout à l'heure : il s'agit de la métempsycose. Vous êtes prêt ?

– Je vous écoute, dit Goren.

Goren eut même un œil amusé : l'amener à attendre avec impatience un topo sur la métempsycose, lui, Peter A. Goren, le président de JCN, lui qui avait rendez-vous le lendemain même avec le président des États-Unis ! Roselli avait vraiment du talent !

– Entendez d'abord, Pete, ce que Pythagore disait de lui-même. Il prétendait être né sous le nom d'Aethalidès et être le fils d'Hermès, le dieu grec de l'Éloquence, des Voyageurs, des Marchands et des Voleurs. – Goren se dit qu'Hermès aurait pu être le père de Roselli, au moins pour l'éloquence et le don de vendeur. – Son père, qui en avait évidemment les moyens, lui avait proposé le présent de son choix, à l'exception de l'immortalité. Pythagore (Aethalidès, à l'époque) choisit de pouvoir conserver la mémoire des événements, dans sa vie, mais aussi après sa mort, et c'est ce qu'il advint. Après la mort d'Aethalidès, son âme s'était réincarnée dans le corps d'Euphorbe. Euphorbe avait été blessé par Ménélas (l'époux d'Hélène, la belle dont l'enlèvement avait déclenché la guerre de Troie) ; il se souvenait d'avoir été Aethalidès et racontait comment s'était déroulé le voyage de son âme. À sa mort, l'âme était passée dans le corps d'Hermotime, puis dans celui de Pyrrhos, puis dans celui de Pythagore. Et Pythagore se souvenait de toutes ces transmigrations.

– Décidément, Pythagore n'avait pas attendu de naître en tant que tel pour voyager beaucoup, nota Goren sur un ton amusé. Mais avec un père dieu des Voyageurs...

Roselli lui lança un regard curieux. Goren n'en saisit pas le sens, mais il sentit qu'il était lourd de signification ; il était presque mal à l'aise. Roselli continua.

– Plusieurs biographes de Pythagore (Androcyde, Eboulidès, entre autres) affirment que ces métempsycoses ont duré deux cent seize ans (le cube du nombre 6) et qu'après un nombre égal d'années, il est revenu au monde.

La secte pythagoricienne croyait donc en la métempsycose. Et ne pensez pas qu'il s'agisse d'une élucubration venant s'ajouter par simple croyance au corps de la doctrine. La métempsycose est en cohérence avec le système pythagoricien.

Goren était admiratif : Roselli avait prononcé le seul mot susceptible de le persuader, « cohérence ».

– Mais pour expliquer cela, poursuivit Roselli, il faut que j'aborde la vision pythagoricienne de l'âme, qui admet deux composantes : la doctrine de l'âme et du nombre, et sa parenté avec le cosmos.

Dans la doctrine de l'âme et du nombre, l'âme participe de la nature du nombre, qui en est la structure harmonique. Et il y a assimilation de l'âme au nombre 5 (la pentade). Or la pentade, moitié de la décade, représente, vous vous en souvenez, un condensé de l'harmonie du monde, à laquelle l'âme se trouve ainsi associée. Et l'âme est sensible à l'accord de la quinte, car il résonne dans tout l'Univers par la structure du dodécaèdre. Par ailleurs, il existe cinq sortes d'âmes supérieures : les dieux, les démons, les héros, les habitants de l'Hadès et les hommes. L'âme mène les choses aux moyens de cinq activités qui lui sont propres : vouloir, examiner, pourvoir à, délibérer, juger juste ou faux. La vertu de l'âme s'analyse en cinq composants : la prudence, la sage modération, le courage, la justice, la piété.

– Mais d'où tenez-vous tout cela ? demanda Goren.

– Relisez Platon, un pythagoricien convaincu (certains ont même prétendu qu'il était le neuvième chef de l'école pythagoricienne). Par ailleurs, l'âme est en parenté directe avec le cosmos. Elle est de même nature que le Tout. Comme le Tout, elle est éternelle et en mouvement. On sait comment la pentade, par cinq rotations successives qui la superposent à elle-même, se retrouve dans sa position initiale : la puissance du 5 commande le retour de toutes choses. Il en est ainsi du mouvement cyclique des corps célestes ; également du destin des âmes. C'est la métempsycose.

– Bon, d'accord, vu comme cela, je veux bien que la métempsycose soit cohérente avec le système de Pythagore. Mais reconnaissez que c'est à condition de prendre en compte sa composante mystique, remarqua Goren.

– C'est vrai, mais la mystique est au cœur même de ce système, répondit Roselli. L'ouverture d'esprit que je vous demandais a justement pour objet d'éviter de s'arrêter au rationnel, mode de pensée contemporain où vous excellez, et d'accepter de prendre en considération la dimension mystique des choses. Et même si nos esprits modernes ne la mettent pas au premier plan des préoccupations habituelles, nul ne peut contester que d'une manière plus ou moins diffuse elle est présente en chacun de nous.

« Chez moi, pensa Goren souriant en lui-même, c'est vraiment très très diffus. » Il laissa un instant le fil de sa pensée flotter librement. « Mais peut-être qu'en cherchant bien, poursuivit-il en silence, peut-être qu'au fin fond de... de je ne sais quoi, peut-être que je peux discerner... » Son sourire intérieur avait disparu...

– Mais, continua Roselli, les cycles de la métempsycose correspondent à un processus de purification et de connaissance. « C'est en punition de certaines fautes que l'âme a été attelée au corps et ensevelie en lui comme en un tombeau. » À chaque réincarnation, l'âme se purifie un peu plus, et sa connaissance s'accroît jusqu'à ce qu'elle atteigne la pureté, la connaissance absolue. Alors, elle devient daïmone et rejoint les autres âmes dans les jardins stellaires des bienheureux.

– Et dites-moi, Antonio, dit Goren sur un ton vaguement ironique, pensez-vous que l'âme de Pythagore se trouve dans ces jardins ?

– Question capitale, Pete, absolument fondamentale, sur laquelle a porté une grande partie de mes recherches. – La voix de Roselli était remplie d'excitation. – Ma réponse est ferme et sans hésitation : non, définitivement non. Après la mort de Pythagore, son âme a continué de se réincarner. Je devine alors votre prochaine question.

– Évidemment. Quelles ont été ses réincarnations ?

Roselli hésita. Il semblait chercher par quel bout continuer.

– Combien de temps me reste-t-il ? demanda-t-il.

Goren regarda sa montre.

– Vous avez trente-cinq minutes, pas une de plus.

– Dans ce cas, j'irai directement à la dernière réincarnation. Pour les autres, nous verrons à une éventuelle autre occasion, si elle se présente.

Roselli regarda Goren droit dans les yeux.

– Pete, votre deuxième prénom commence par un « A » : Andrew. Or, nous sommes peu à le savoir, Andrew était naguère votre premier prénom, et Peter le second. Pour une raison qui vous appartient, vous n'aimiez pas Andrew comme premier prénom, et vous avez accompli les lourdes formalités administratives nécessaires pour intervertir l'ordre. Aujourd'hui votre nom est Peter A. Goren, ou pour ceux qui vous connaissent, Pete A. Goren.

– Oui, c'est vrai. Et alors ?

– Ne remarquez-vous rien ? Pete A. Goren, Pyth-a-gore.

– Tiens, c'est vrai, c'est amusant, je ne l'avais pas remarqué.

Goren s'était forcé pour formuler sa dernière remarque. Sans vouloir le croire, il commençait à voir où Roselli voulait en venir. Roselli plongea.

– Goren, vous êtes la réincarnation de Pythagore.

Goren ne dit rien. Il regardait vaguement Roselli, avec une expression indéfinissable. Bien sûr, sa raison le poussait à penser que Roselli était cinglé. Mais, chose incroyable, une partie de lui-même, celle que Roselli avait réussi à éveiller, lui murmurait d'un ton amusé : « Eh bien, Peter Andrew, que penses-tu de ce faisceau convergent de coïncidences, de ces curieux points communs avec ce Pythagore ? Ta naissance à Samo, ton mode d'éducation rigoriste, la tache sur ton épaule en forme de pentagramme, le symbole du pythagorisme, et ton propre nom dont tu as inversé l'ordre des prénoms, pour… pour… pourquoi, au fait ? Et pourquoi cet intérêt soudain pour le discours pythagoricien de Roselli, si loin de tes préoccupations habituelles ? Et d'où te vient cette réminiscence de la citation de Pythagore sur les jeux Olympiques, que tu ne te souviens pas d'avoir jamais apprise ? »

Roselli prit soin de ne pas troubler les longues minutes de silence qui s'écoulèrent. Finalement, Goren prit la parole.

– Antonio, vous êtes un sacré numéro pour réussir à me faire écouter ces salades. Mais le temps nous est compté. En supposant que vos déductions soient correctes (ce n'est évidemment dans mon esprit qu'une hypothèse de travail), dites-moi où diable vous voulez en venir.

– J'y viens, mais, auparavant, une petite remarque pour alimenter vos doutes : vous vous souvenez que les métempsycoses de Pythagore faisaient intervenir le nombre 6 ($216 = 6^3$). Or, vous êtes né en 1948, et la date de naissance supposée de Pythagore est de 566 avant Jésus-Christ. Ainsi, 2 514 années séparent ces deux dates. Et voyez comme c'est étonnant :

$$2\,514 = 12 \times 216 - 13 \times 6.$$

Ce qui peut aussi s'écrire :

$$2\,514 = 2 \times 6 \times 6^3 - (2 \times 6 + 1) \times 6$$

ou, mieux encore :

$$2\,514 = 2 \times 6^4 - (2 \times 6 + 1) \times 6.$$

Vous le constatez, Pete, le chiffre 6 continue à intervenir dans les métempsycoses.

– O.K., dit Goren, vaguement sonné par ce coup de marteau supplémentaire sur le clou que Roselli enfonçait. Continuez.

– À présent, parlons de JCN, la plus grande entreprise du monde. Dans notre système économique, quels sont les objectifs premiers de n'importe quelle société commerciale ? Croître, maximiser son profit et satisfaire ses actionnaires. Lorsqu'elle réussit, elle se développe. Elle doit alors impliquer davantage de personnel, de partenaires, de clients, de fournisseurs. Sa fonction dans le tissu économique et social devient de plus en plus importante et diversifiée. Quand elle atteint une très grande taille, elle prend de fait une position phare dans de multiples domaines.

C'est le cas de JCN. Certes, vous cherchez à la faire encore grossir et à en optimiser les résultats financiers. Mais vous avez aussi un grand projet industriel : vous avez mis en place une structure sociale en faveur de vos employés, vous avez développé une déontologie pour que leur comportement réponde à des règles éthiques. Vous siégez dans de multiples organisations où se discute et se décide le futur, vous avez des relations avec les grands de ce monde. Vous contribuez à la recherche avancée. Vous sponsorisez bon nombre d'actions en faveur de groupes qui en ont besoin. Ce faisant, vous agissez comme le président de n'importe quelle très grande entreprise.

Or, un fait nouveau s'est produit : JCN a maintenant une dimension qu'aucune société n'avait atteinte jusque-là. Il n'y a plus aucune limite à sa croissance. Une expansion de dix pour cent par an, très inférieure à celle de JCN, conduit à un doublement en sept ans : bientôt, la puissance de votre groupe atteindra puis dépassera celle des grands États du monde. Il ne s'agit donc plus d'une très grande entreprise, mais de quelque chose qui n'a jamais existé auparavant.

Les objectifs d'une telle organisation peuvent-ils rester les mêmes ? Jusqu'à quelles extrémités faut-il conduire la croissance de JCN ? Si l'on devient plus puissant que les États, ne sort-on pas du rôle économique ? Et pour entrer dans quoi ? Cette dilatation infinie a-t-elle un sens ?

Alors, posons-nous la question de savoir si ce nouveau type d'agent économique n'a pas un rôle neuf à s'inventer, avant que les États, effrayés par ce monstre d'un genre inconnu, et qui aura bientôt plus de poids qu'eux dans le destin des peuples, ne prennent des mesures drastiques à son encontre.

– Je pense que vous avez des suggestions, mon cher Antonio, dit Goren d'un ton léger.

– Oui, j'en ai une, et elle est évidente. Vous êtes la réincarnation de Pythagore. Inventez donc un nouveau modèle d'entreprise, fondé sur les concepts de la doctrine pythagoricienne. D'autres l'ont fait avant vous dans le domaine du gouvernement de la cité, avec beaucoup de succès. Ainsi Archytas de Tarente a été élu six fois à la tête de sa cité, qu'il gouvernait selon des règles pythagoriciennes, à la grande satisfaction de ses administrés ! Quant à Hippodamos de Milet, qui est à l'origine du plan de la ville de Rhodes, il avait une prédilection pour la triade. Il imagina une cité structurée autour du nombre 3 : trois classes dans la société (artisans, agriculteurs et guerriers), trois domaines dans le territoire (le sacré, le public, le privé), trois sortes de lois, trois types de délits (outrages, dommages et meurtres), etc. Il est certainement possible dès lors de concevoir un nouveau modèle d'entreprise. Ce modèle conjuguerait les objectifs de recherche du profit, qui ont prouvé leur efficacité mais qui ont aussi montré leurs limites, avec les vues profondes et universelles du système pythagoricien.

Goren restait impassible. Il ne disait rien, mais son cerveau tournait à plein régime. Qu'il soit Pythagore réincarné ou non, peu importe. Le problème posé par l'expansion illimitée de JCN et son avenir dans ce contexte était au centre de ses préoccupations. D'ailleurs ce petit malin de Roselli le savait ; le sujet avait été abordé souvent lors des réunions amicales dans la villa du président, tout au moins d'un point de vue conceptuel. Depuis longtemps, Goren menait des consultations tous azimuts pour se faire une opinion. Dans JCN, de nombreux groupes travaillaient sur le sujet depuis des années, pratiquement sans limitation de crédits. Il avait même nommé un directeur de l'évolution. Utilisation des techniques de réflexion les plus avancées (séminaires de créativité, nouvelles méthodes de brainstorming, etc.), interventions des meilleurs cabinets de consultants, dizaines de milliers d'heures de cadres supérieurs, rien n'avait été négligé. En vérité, des millions de dollars avaient déjà été dépensés sur ce chantier, et rien de convaincant n'en était sorti. L'argent ne manquait pas, mais les idées et l'imagination faisaient défaut. Le temps s'écoulait et JCN grossissait, grossissait encore ; simple dilatation du modèle originel.

Ce Roselli est génial, pensait-il. Ce que lui, Goren, avait compris de la philosophie pythagoricienne, de la cohérence globale du système à caractère humaniste, lui convenait. Pourquoi ne pas essayer d'adapter cette vision harmonieuse des choses à un nouveau modèle d'entreprise ? Cela redonnerait un sens à cette énorme production planétaire, à cette consommation effrénée ; cela répondrait à l'attente de nombreux dirigeants du monde. L'Harmonie universelle appliquée à l'entreprise... Quel programme !

Goren était un homme de décision. En un instant, il fit le choix d'une vie. Il allait s'adjoindre Roselli. À eux deux, ils inventeraient le type d'entreprise qu'il recherchait depuis si longtemps et que tous ces soi-disant spécialistes n'avaient pas réussi à esquisser. Lui, Goren, apporterait la vision opérationnelle des choses, le réalisme, et Roselli l'imagination fertile. Il se faisait fort de convaincre son conseil d'administration.

Sa raison le poussait dans cette direction. Sa raison, oui.

Mais n'y avait-il pas quelque chose d'autre, qu'un pan inconnu de sa personnalité lui murmurait et qu'il hésitait encore à écouter ?

– Roselli, l'entrevue est terminée. Au fait, qui verriez-vous pour vous remplacer au poste de directeur du centre ? J'ai besoin de quelqu'un qui ne soit pas ingérable.

– Nommez Gian Paolo Fontelli. C'est un bon chercheur et il fera ce que vous lui demanderez. Disons qu'il n'a pas un tempérament dominateur.

– Parfait, c'est exactement ce qu'il faut. Suivez-moi, je vous prie. Bien entendu, vous ne dites mot de notre conversation, tout cela doit rester confidentiel.

– Pas de problème, je me conformerai à votre demande pythagoricienne.

– Ça va, Antonio, n'en faites pas trop. Accompagnez-moi, je vais annoncer votre nomination au poste de senior vice-président, conseiller personnel du président, en charge de la réorganisation.

Le pacte des partants

Je me souviens… angoisse glauque des médiocres…

Rome, basilique souterraine de la Porta Maggiore,
17 avril 2008 après Jésus-Christ, vers 16 h 30.

Les vice-présidents avaient patiemment écouté les commentaires de Roselli. Il avait maintenant terminé, et les vice-présidents ne comprenaient toujours pas l'étrange intérêt de Goren pour ce lointain épisode pythagoricien.

Goren fit signe à Roselli qu'il souhaitait prendre la parole. Il réfléchit quelques instants. Une violente poussée d'adrénaline envahit les organismes des cinq vice-présidents. Leurs cœurs battaient à tout rompre. Tout pouvait arriver, y compris le pire. C'est d'ailleurs le pire qu'ils envisageaient en cet instant. Mais leur carapace de vieux crocodile était épaisse ; aucune trace d'émotion n'apparut sur leurs visages. Goren se tourna vers eux et les invita à s'asseoir sur des pierres ou des colonnes couchées à terre. Roselli se tenait derrière lui. Il prit la parole.

– Merci, Antonio. Ce bref panorama sur Pythagore et sa secte était passionnant et indispensable. Chers collègues, le moment est venu de m'adresser à vous dans le secret de cette basilique, où nous sommes entre nous, dirigeants de JCN.

Vous l'avez tous compris, avec l'aide de Roselli je vais prendre des mesures pour redéfinir complètement la stratégie fondamentale de notre grande société. Il importe de déterminer si les principaux dirigeants actuels de JCN ont leur place dans cette nouvelle organisation. – Haussements de sourcils apparemment étonnés des intéressés. – Je vous annonce que vous pourrez, si vous le souhaitez, être associés aux profondes mutations qui vont intervenir. Ce, à divers niveaux qu'il faudra définir en fonction de vos capacités à intégrer la nouvelle structure. – « Ah bon ! » se dirent-ils. – J'entrevois des possibilités pour vous cinq. – Encore heureux, pensèrent-ils. – Mais attention ! Pour cela, il est fondamental que vous compreniez le sens profond de cette redéfinition, la philosophie qui sous-tend la démarche, et que vous y adhériez. Et comptez sur moi, je ne me contenterai pas d'un accord de surface ou d'opportunité. Votre entière participation, à tous les niveaux de votre personnalité, je dis bien tous, est indispensable.

Ceux qui ne souhaiteront pas s'associer à cette nouvelle stratégie quitteront JCN, dans des conditions financières hautement satisfaisantes. En fait, elles seront supérieures à celles, déjà très enviables, qui leur seront consenties s'ils restent. Je précise qu'il ne s'agit pas d'une incitation au départ, mais de la possibilité qui vous sera offerte de montrer que vous souhaitez œuvrer chez JCN pour des raisons autres que financières ou d'ambition personnelle. Je pense que le jeu en vaudra la chandelle.

Vous trouvez sans doute que cette démarche est en contradiction avec les principes de base de JCN. – « Et comment ! se dirent-ils, Goren divague. » – C'est vrai, elle l'est. Mais elle l'est par rapport à JCN telle qu'elle fonctionne aujourd'hui. Dans la JCN de demain, pour des raisons que je ne peux pas révéler maintenant, il en ira différemment.

Un départ aussi honorable financièrement comporte, vous l'imaginez, une obligation fondamentale. – Les vice-présidents étaient solides en affaires, ils s'attendaient donc à une contrepartie. – Cette obligation est la suivante : de manière définitive, vous prendrez l'engagement du secret absolu. Écoutez-moi bien. Je veux que ce point soit parfaitement clair dans votre esprit et j'entends qu'il s'y inscrive comme dans le marbre : tout ce que vous avez entendu cet après-midi dans la basilique, tout ce qui arrivera à partir de maintenant et qui concerne le futur de JCN doit rester secret à jamais.

Et pas d'ambiguïté : il ne s'agit pas de ces secrets approximatifs que l'on révèle sous le sceau de la confidence à son conjoint, à ses amis ou à d'autres relations supposées fiables. Je parle ici d'un secret éternel, de ceux que l'on emporte avec soi dans la tombe. Pas une parole, pas un écrit, pas un enregistrement, pas le moindre indice ne doit donner à l'extérieur la plus petite amorce d'indication.

Je n'exigerai aucun serment, cette procédure me paraît désuète. Mais le fait de quitter JCN, dans les conditions honorables que je prévois, vaudra acceptation sans restriction de cet impératif majeur. Bien entendu, la clause classique de confidentialité figurera dans le document qui régira les conditions du départ, celui-ci s'effectuant selon les règles de la législation en vigueur. Mais l'engagement de secret se situe bien au-delà d'une signature au bas d'un document contractuel : c'est chaque atome de l'être concerné qui se sera engagé.

S'il s'avère que le secret a été violé, je vous garantis que toute la puissance et l'efficacité de JCN, que vous connaissez, seront dirigées contre celui qui aura trahi le pacte. Et ce, que la trahison soit advenue une semaine après le départ, ou un an, ou dix ans, ou plus encore. L'objectif sera la ruine. Cela se fera à n'importe quel prix, à n'importe quelle échéance, aussi éloignée soit-elle, et où que ce soit dans le monde. Il n'y aura ni oubli ni pardon. Aucune justification ne sera reconnue valable, ni même entendue. Et je prendrai toutes les dispositions nécessaires pour que cette garantie s'applique non pas comme une décision personnelle de ma part, mais comme une directive irrévocable de JCN, cela pour le cas où une raison quelconque me mettrait, moi ou mes successeurs, dans l'incapacité de la faire respecter.

Rien de ce que je viens de dire ne sera jamais écrit, ni enregistré. Il s'agira d'un pacte solennel liant moralement les parties. Il va sans dire que la clause de confidentialité s'applique à partir de cet instant même. Vous êtes déjà liés par le secret professionnel, mais vous l'avez compris, il s'agit d'une disposition infiniment plus forte.

Goren voulut donner une note un peu cordiale à son propos. Après tout, les vice-présidents étaient ses plus proches collaborateurs.

– Mais je suis sûr que ce dernier point était déjà évident pour tous.

Et maintenant, venons-en au contenu de ce qui va se passer chez JCN. – Les oreilles des vice-présidents semblèrent s'agrandir. – Je vous annonce que vous n'êtes pas prêts à le connaître. – Déception, presque dissimulée. – Il ne peut être accepté ni pris en compte par quiconque sans préparation. – « Merci pour le "quiconque" », se dirent-ils. – L'exposé d'Antonio sur la basilique et sur les pythagoriciens et néo-pythagoriciens constitue le début de l'explication ; les choses s'éclairciront petit à petit. Tout cela doit vous paraître obscur, et même bizarre, j'en suis conscient. Cependant je ne peux pas vous en dire plus. Sachez néanmoins que ceux qui auront la capacité de suivre JCN dans l'aventure où elle se lance donneront un vrai sens à leur vie. Je vous le garantis, et, comme vous le savez, mes paroles sont toujours pesées.

Ai-je été suffisamment clair ? Avez-vous des questions ?

Lorsque Goren s'adressait à ses troupes, il utilisait le langage de l'entreprise. C'était net et précis. Nul n'avait besoin d'interprète pour comprendre le sens du message. D'autant qu'il était toujours question d'organisation de plus en plus efficace, de succès de plus en plus grands, et de la nécessité pour chacun de se mobiliser davantage.

Mais cette fois-ci, le président semblait être passé à un autre registre. La formulation était toujours claire, mais le langage n'était plus vraiment celui de l'entrepreneur. Il y avait quelque chose de vaguement mystique, d'inspiré, peut-être même de prophétique dans son discours. Goren voulait-il ressortir les vieilles lunes de l'entreprise citoyenne, et utiliser une partie des gigantesques bénéfices de JCN pour contribuer à des actions que la collectivité percevrait comme positives ? « Ce ne serait pas une mauvaise idée, se dit Palermio, le vice-président marketing ; le capitalisme pur et dur n'a pas bonne presse en ce moment, le coefficient d'affection du public pour JCN pourrait s'en trouver amélioré. Mais alors, pourquoi le secret ? »

Un silence pesant s'était installé. Goren voulait leur laisser le temps de s'exprimer. Les mécaniques cérébrales tournaient à plein régime ; chacun tentait de distinguer le meilleur itinéraire pour lui. Fallait-il partir avec le pactole et tenter sa chance ailleurs ? Mais alors, fini JCN et le statut social que conférait la vice-présidence d'un tel groupe. La culture interne de JCN était si spécifique que ses employés avaient beaucoup de difficultés à s'acclimater ailleurs, c'était notoire. Était-il plus judicieux de rester « pour voir », quitte à partir plus tard ? Mais qu'advenait-il du pactole dans ce cas ? Le président n'avait rien précisé. D'un autre côté, n'était-ce pas folie de s'engager en aveugle, sur la seule garantie de Goren que la tentative en valait le coup, dans une aventure qui pour l'instant n'avait de certain que son étrangeté ? De plus, s'agissait-il du Goren que chacun connaissait ? À l'évidence quelque chose s'était passé : il semblait être devenu quelqu'un d'étrange, d'illuminé, d'inquiétant. Était-il encore crédible ?

Bien que je cherche à réfréner ce travers, il m'arrive de prendre plaisir à constater la maladresse, l'embarras, le trouble des hommes que je n'estime pas. C'était le cas pour les vice-présidents, quoique je situe Linda au-dessus des quatre autres. Je ne les détestais pas, ni même les méprisais, mais je pensais qu'ils n'auraient pas dû se trouver en situation de pouvoir influer sur la vie ou le destin de leurs contemporains. Il est vrai cependant qu'ils avaient beaucoup moins de responsabilités que leur position et leur titre au sein de JCN auraient pu le laisser penser. Suivant une stratégie qu'il affectionnait, Goren les avait choisis pour pouvoir les diriger à son gré. Bref, je m'amusais à les voir ruminer leur indécision.

Comme je m'y attendais, c'est finalement Linda qui prit la parole.

– Pete, rester ou partir, l'alternative est d'importance. Aucune décision rationnelle ne peut être prise à partir des renseignements ténus que vous nous avez communiqués. Vous nous demandez un acte de foi. Nous ne savons même pas si une sorte d'essai est envisageable, avec une possibilité de renoncement ultérieur dans des conditions financièrement raisonnables.

– J'en suis conscient, et, comme souvent, Linda, vous avez eu le mot juste : il vous faut faire acte de foi. Mais il ne s'agit pas d'une démarche diabolique de ma part, pour m'amuser d'un embarras dans lequel je vous aurais volontairement placé. Vous le savez, ce n'est pas dans ce genre de petit jeu que je trouve le plaisir de l'exercice du pouvoir, je laisse cela à d'autres. – Il eut un bref regard lourd de sous-entendus pour ses vice-présidents. – Il se trouve simplement que deux faits concomitants interviennent. Le premier vous a déjà été précisé : vous n'êtes pas actuellement en mesure de comprendre le sens de la nouvelle JCN. Le deuxième serait suffisant en lui-même : le genre de société que va devenir JCN a besoin de dirigeants capables de l'acte de foi que je vous demande. Cela constitue d'ailleurs un premier indice de ce que sera bientôt la nouvelle JCN.

Par ailleurs, je ne vous demande pas d'exprimer votre choix maintenant. – Soupirs de soulagement intérieurs. – Nous allons d'abord retourner à Palo Alto. Lors de notre prochain comité de direction, qui se déroulera comme à l'ordinaire vendredi prochain, j'annoncerai les premières mesures de la restructuration. Bien entendu, Antonio y siégera. – Coups d'œil haineux des vice-présidents vers Roselli. – C'est à la fin de ce comité que vous aurez à formuler votre choix : les partants quitteront JCN dans la minute suivant leur décision ; ils ne pourront plus jamais revenir. – Stress qui prend à la gorge et tord les boyaux. – Quant à la possibilité d'« essai » dans des conditions financières analogues, elle est exclue. – Déception générale. – Ceux qui partiront plus tard le feront au contraire dans les limites minimales prévues par la législation. – Coup de poing dans l'estomac. – Et, bien entendu, ils auront à s'imposer les mêmes normes de secret, avec les mêmes conséquences en cas de violation. – Ils se fichaient de cette clause de secret, JCN pouvait bien aller au diable, et Goren avec, en cas de départ ! – Mais je dois vous prévenir que vous aurez peu d'informations supplémentaires d'ici au prochain comité pour asseoir votre décision. Sachez que celle-ci sera publique, et je la mentionnerai dans la vidéoconférence qui aura lieu juste après le comité.

Maureen, la secrétaire de Goren, petite et menue, fit une apparition discrète pour signaler que le départ de Ciampino était prévu dans une heure trente et qu'il fallait compter trois quarts d'heure de route depuis la basilique, car à cette heure de la journée la circulation était difficile.

– Si vous avez d'autres questions, vous disposez encore d'un quart d'heure. Sinon, nous pouvons lever la réunion. J'ajoute qu'après le décollage j'accorderai un quart d'heure en tête à tête à chacun d'entre vous. Je ne peux vous donner plus, j'ai un rendez-vous très important demain avec le Président, et j'ai besoin de me préparer. – Ils le savaient, ils étaient d'ailleurs assez vexés de ne pas y être conviés.

Aucun ne souhaitait informer les autres de ses préoccupations personnelles. De toute façon, mieux valait se donner le temps de la réflexion et préparer l'entrevue avec Goren. En effet, il n'était pas question de ne pas donner suite à un tête-à-tête proposé par Goren. La réunion fut levée. L'heure des grandes manœuvres était venue. Chacun voulait jouer sa chance du mieux possible. La garde rapprochée formait un groupe apparemment soudé, mais aucun n'hésiterait à piétiner les autres pour avoir une meilleure place. Tous le savaient.

Comme Roselli l'avait prévu, Goren demanda que l'on prenne la via Appia antica pour le retour. C'était plus long, mais il aimait emprunter cette ancienne route romaine. Le chemin fut agréable, et ils arrivèrent à l'aéroport sans encombre.

L'avion décolla à l'heure. Comme d'habitude, la poussée des moteurs, l'angle de montée et la vélocité étaient étonnants ; rapidement, l'altitude de croisière de quarante-cinq mille pieds fut atteinte. Certes ce n'était pas un avion de chasse, mais il grimpait plus vite et plus haut qu'un appareil de ligne traditionnel.

Quelques minutes après, ils traversèrent une zone d'orage. D'immenses nuages formaient de grandes colonnes noires dentelées, qui s'élevaient d'aussi bas que l'on pouvait voir jusqu'à des hauteurs vertigineuses. La lumière formait un clair-obscur avec des reflets métalliques. Parfois, un maigre rayon de soleil perçait les nuées et éclairait le ciel d'une pâle lueur froide. L'avion se faufilait entre les colonnes sinistres pour éviter les terribles turbulences. Plus bas, des éclairs striaient le ciel, zigzaguant d'une colonne à l'autre, ou plongeant vers le sol. Le pilote avait ralenti l'allure, et pris encore plus d'altitude pour éviter la zone de perturbations. Minuscule et fragile abri dans cette immensité déchaînée, le jet était fortement secoué.

Dans l'avion, personne ne disait mot. Fasciné par cette explosion météorologique, chacun était gagné par un sentiment de petitesse et d'impuissance face à la furie énergétique qui se tordait sous leurs yeux. Au regard de ces puissantes convulsions atmosphériques, tous percevaient l'insignifiance de leurs préoccupations, de leurs personnes, de l'avion.

Goren se disait que bientôt il déchaînerait une autre tempête, d'une autre nature...

La zone d'orage s'éloignait. L'avion était de nouveau stable. Goren demanda à l'hôtesse de servir le dîner. Il voulait rapidement terminer les entretiens pour pouvoir se coucher. La journée du lendemain allait être importante, il devait être en forme. Il ne négligeait jamais aucun détail. Le dîner fut léger, mais exquis : caviar-vodka, feuilleté de saumon-vin de Quincy, fromages de France-vin de Virginie, framboises au sucre (Goren aimait les fruits rouges). Goren voyageait beaucoup depuis des années, il avait appris à apprécier d'autres saveurs que celles du Nebraska, giron de sa famille.

Il avait mis sa tenue de travail favorite : costume gris, veste tombée. Il ne mettait que des costumes classiques, mais impeccables, avec une chemise blanche et une cravate quelconque ; cela lui évitait de réfléchir à la question vestimentaire, qui lui importait si peu.

Son premier entretien fut avec Nicholas Palermio, celui qu'en

lui-même il surnommait « le gugusse ». Pendant que Palermio parlait, Goren récapitulait mentalement ce qu'il pensait de lui.

Palermio était grand, fort et plutôt enrobé. Il s'adorait. Il contem-
plait souvent dans les miroirs son sourire séducteur et cordial de
vendeur de cravates. À la moindre occasion, il exhibait sa dentition
rutilante, pour laquelle il avait dépensé une fortune. Il aimait aussi
sa chevelure ondulée, maintenant un peu grisonnante et dégarnie ;
comme Goren, il avait cinquante-cinq ans. Il portait des costumes
très chers, qu'il faisait tailler en Allemagne. Il les choisissait de
couleurs voyantes, mais pas autant qu'il l'aurait souhaité : il ne voulait pas trop s'éloigner du style sobre pratiqué chez JCN. Il les
rehaussait d'une pochette rouge, qui, trouvait-il, mettait en valeur
l'éclat de ses dents. Il aimait beaucoup ses chemises sur mesure à
quatre cents dollars, que lui fabriquait un chemisier italien de New
York, dans le Queens. Quant au teint de son visage glabre (ni mous-
tache ni barbe n'étaient de mise chez JCN), il le confiait régulièrement à une esthéticienne.

Son égocentrisme était illimité. Il imaginait mal que ses collaborateurs ne puissent pas l'adorer autant qu'il s'adorait lui-même.
Lorsqu'il craignait d'avoir un problème de santé (ce qui arrivait
environ une fois par mois alors qu'il bénéficiait d'une constitution
de fer), il assiégeait sans répit les cabinets des spécialistes concernés et réclamait la mise en œuvre immédiate de tout l'arsenal médi-
cal. Son entourage à JCN en était informé sur-le-champ, et malheur
à celui qui n'avait pas l'air de partager son inquiétude.

Son bureau était son véritable « chez soi ». Il faisait trente mètres
carrés, soit cinq mètres carrés de plus que celui de ses collaborateurs immédiats. Son téléphone était pourvu de trois touches supplémentaires, son ordinateur d'un écran plus grand de deux pouces,
et il avait un tableau de plus au mur. Palermio aimait mettre ces dif-
férences en évidence, elles démontraient l'ampleur de sa réussite.
Oui, il avait la vanité petite.

Palermio avait trois distractions, que Goren connaissait. En premier lieu, il pratiquait épisodiquement le poker dans des parties qui
pouvaient durer des nuits entières. Lorsqu'il avait envie de sentir
l'excitation de violentes poussées d'adrénaline, il jouait dans un
cercle discret de San Francisco, du côté de Buena Vista Park, qu'il
fréquentait avec de vieux copains pas toujours nets. Il jouait gros et
cela lui coûtait cher. Mais il gagnait plus d'argent qu'il n'en pou-

vait dépenser. En deuxième lieu, il adorait le tir au pistolet, où il était assez bon. Quand il n'était pas en voyage, il allait à son club une fois par semaine. En troisième lieu, Palermio consommait des femmes. Divorcé depuis longtemps après seulement quelques mois de mariage (une erreur de jeunesse, estimait-il), il n'avait ni le loisir ni le goût de passer du temps à faire des conquêtes. Il avait mis au point un arrangement qui fonctionnait parfaitement : il se faisait fournir en minettes par un dénommé Ron Genoli qui travaillait chez JCN. Genoli était un jeune patron des ventes aux dents longues, un vampire, qui dépendait de Palermio et comptait sur lui pour bâtir sa carrière. Il était prêt à tout pour avancer.

Si sur le plan personnel Palermio était médiocre et ordinaire, en revanche il faisait preuve de grandes qualités professionnelles. Goren en convenait. Il débordait d'activité et effectuait un travail de valeur, plein de créativité et d'intelligence. Il était compétent, fin et habile, y compris pour écarter les autres. Comme vice-président mondial du marketing, il avait excellé. Il était à l'origine de multiples stratégies invariablement couronnées de succès. Personne n'avait mieux que lui vendu ou fait vendre autant d'ordinateurs. Nul ne contestait sa contribution au succès de JCN. Comme dans tous les grands groupes, un document mentionnait en cas d'empêchement majeur un remplaçant immédiat pour chacune des personnalités de la direction générale, et Palermio était désigné pour succéder à Goren.

Il avait fait toute sa carrière chez JCN. Il aimait la société plus que tout au monde, hormis lui-même. Il méritait la place qu'il occupait, tout au moins dans le système de valeurs de la JCN actuelle. Là où s'arrêtait JCN, sa vie s'arrêtait aussi.

Goren se dit que dans la nouvelle structure, telle qu'il l'imaginait pour l'instant, la mécanique du système ferait émerger des personnalités de meilleure qualité. Palermio allait avoir du mal à y faire son trou. Mais il réalisa soudain qu'il ne l'écoutait pas.

– Pete, disait-il, j'aime vraiment JCN, c'est une société extraordinaire. – Il était sincère, son visage rayonnait. – Depuis toujours, elle a su prendre les virages qui convenaient, avec rapidité et efficacité, malgré sa taille considérable. C'est la seule société au monde de cette nature et elle mérite sa position dominante. Je l'admire plus que tout. Je suis certain que dans la nouvelle orientation que vous voulez lui donner, dont il me semble que j'entrevois la direction, elle pourra croître encore plus vite. Et comme par le passé, je vous déclare que vous pouvez compter sur moi. Je mettrai toute mon énergie et ma capacité d'adaptation pour imprimer à JCN l'élan qui la fera prospérer dans sa nouvelle voie.

– Nicholas, la sincérité de votre dévouement à JCN ne fait aucun doute, et l'efficacité de votre apport n'est contestée par personne. Ce n'est pas par hasard que vous occupez votre poste actuel. Mais à présent, il faut que vous preniez en compte une donnée nouvelle : JCN a atteint une taille qui fait d'elle un agent économique d'un type inédit. Vous avez d'ailleurs participé à diverses réunions pour réfléchir à son devenir. Il s'agit maintenant de choisir, et même d'inventer pour JCN le rôle particulier qu'elle doit tenir dans l'ordre économique mondial.

– J'ai toujours défendu l'idée que la fonction d'une entreprise est de se développer en maximisant ses profits. Ce credo infailliblement appliqué a fait le succès de JCN. Cela ne doit pas l'empêcher de développer sa dimension « citoyenne », ce qui serait d'ailleurs bienvenu dans un contexte où le capitalisme n'a pas bonne presse. Pour tout dire, j'ai déjà réfléchi à quelques programmes pour faire passer cette nouvelle image auprès du public ; je serai ravi d'en parler avec vous dès que possible. Je suis prêt à lancer plusieurs équipes sur le projet.

Il mit ses lunettes à la monture en or massif, signées Fred, les plus chères du marché. Il évitait de les porter, trouvant que cela le vieillissait. Il s'apprêtait à sortir d'une poche intérieure de sa veste quelques feuillets qu'il avait rédigés à la hâte, lorsque Goren l'arrêta d'un geste.

– Nicholas, l'entreprise citoyenne est un concept très en deçà de ce que va réellement devenir JCN. Un patron du marketing tel que vous y aura sans doute sa place, mais pas à un poste aussi éminent qu'actuellement. La future JCN aura pour cadre un système de valeurs dont je ne peux pas vous parler pour l'instant, mais qui aura peu à voir avec celui sur lequel vous avez fondé votre carrière. Alors, pesez bien le pour et le contre, je vous rappelle que si un départ doit intervenir, il vaut mieux pour vous qu'il ait lieu tout de suite.

– Pas de problème, Pete, répondit Palermio, tout cela est clair, j'ai compris. Je laisse la place au suivant, qui doit être pressé de vous parler.

Il avait prononcé ces derniers mots avec un sourire de complicité, comme si lui, Palermio, avait deviné les projets de Goren, à l'inverse des autres, bien moins prêts et peu perspicaces. En réalité, il sortit très inquiet de cette entrevue. Qu'est-ce que ce salaud de Goren était en train de mijoter ? Cet illuminé n'allait quand même pas lui torpiller la grande JCN. Il n'aimait pas la tournure que prenait cette affaire, et, en tout état de cause, il n'avait pas l'intention de se laisser faire... Pour l'instant, le mieux était de prendre une double dose de somnifère pour dormir jusqu'à San Francisco.

Palermio prenait souvent des somnifères pour dormir.

Linda lui succéda. Goren lui proposa un thé au jasmin (il se souvenait de son goût pour cette boisson). Pendant qu'elle dégustait tranquillement son thé, silencieuse en face de lui, les jambes croisées, en tenant sa tasse entre ses mains aux ongles soigneusement vernis d'un rouge bois-de-rose comme son rouge à lèvres, il l'observait discrètement.

Sa silhouette fine s'était adoucie avec l'âge, et elle n'avait pas perdu son teint de blonde, lumineux et délicat. Son nez un peu long ne détruisait pas l'harmonie de son visage entouré de cheveux courts et ondulés. Il avait reconnu son parfum italien si fin, dont il avait oublié le nom. Sa fragrance fleurie, boisée, réveillait ses souvenirs. Goren se remémorait sa brève liaison avec Linda. Il n'était pas porté sur ce type de relation, et il ne s'était laissé aller à cette petite aventure, pensait-il, que par réaction à la nature détestable de son épouse, Jane. L'ennui qu'il ressentait avec sa femme était d'ailleurs l'une des raisons de ses quinze heures de travail quotidiennes.

Il avait en tête le parcours de Linda, très classique. Fille unique d'une famille aisée du Connecticut, bonnes études terminées à Harvard, une douzaine d'années dans les services juridiques de diverses entreprises avec une progression régulière dans les responsabilités, entrée il y avait quinze ans chez JCN comme chef du contentieux, puis avancement régulier jusqu'à la haute fonction de vice-président du juridique. Linda n'était pas mariée, et Goren ignorait la raison de ce célibat. En fait, hormis son itinéraire professionnel, il ignorait à peu près tout d'elle, malgré leur relation passée.

En dépit de son parcours classique, Linda avait une personnalité atypique. Si elle pouvait faire preuve de sévérité dans l'exercice de son travail, elle savait aussi montrer de l'humour et une féminité exquise. Dans l'intimité (Goren s'en souvenait comme si c'était hier), cette féminité se révélait dans toute sa plénitude. De plus, il admirait son intelligence fine et pénétrante, qui donnait à ses arguments d'avocate une force de conviction inégalable.

Du temps de leur relation, Goren avait découvert que Linda avait une passion pour l'art. Elle passait une grande partie de son temps libre dans les expositions, les concerts, les musées, les galeries de peinture, et elle fréquentait beaucoup les artistes. Elle préférait l'art moderne, mais n'ignorait pas les courants classiques. Il se souvenait de cette fois où, avec beaucoup de simplicité et de naturel, elle n'avait pas hésité à annuler au dernier moment l'un de leurs rendez-vous, et à traverser les États-Unis d'ouest en est pour aller écouter à New York Murray Perahia, son pianiste favori. Rien de ce que faisait Linda n'était superficiel. Elle dominait pleinement le sujet, savait pressentir et discerner les différentes tendances, pouvait situer les œuvres dans la perspective des grands courants. Pour Linda, le Beau avait un sens.

En la regardant, Goren se demandait si elle avait eu beaucoup d'amants. Linda avait toujours été discrète sur le sujet, comme sur tout ce qui concernait sa vie privée. À sa connaissance, elle n'avait pas de compagnon. La rumeur lui prêtait un grand nombre de liaisons chez JCN, mais Goren n'en croyait pas un mot. Toutefois, il se souvenait de la liberté de ton et de comportement de Linda dans l'intimité. Elle avait montré une assurance, un équilibre, un humour, une ardeur qui lui laissaient penser qu'il n'était pas pour elle une expérience isolée. Linda était une amante que l'on n'oubliait pas, et une amante experte.

Linda était mystérieuse, très mystérieuse. Elle ne cherchait pas à dissimuler sa personnalité ; elle était insaisissable par nature.

Elle lui plaisait beaucoup, et s'il n'y avait pas eu Jane… Mais il y avait Jane.

— Pete, dit-elle en le regardant de ses yeux verts corrigés par des verres de contact, il semble que d'importants changements s'annoncent chez JCN, qui toucheront peut-être la structure, l'organisation et les hommes. J'imagine que de nombreux problèmes d'ordre juridique en découleront. D'après ce que je crois comprendre à partir des bribes d'informations que vous nous avez données, ces changements ne relèveront pas uniquement de la forme, mais aussi du fond. J'en déduis que les décisions à caractère juridique correspondantes devront intégrer une perspective déontologique, éthique ou « philosophique » (je ne sais comment l'appeler), relative à l'orientation mystérieuse que vous semblez vouloir donner à JCN. Exact ?

– Exact, dit Goren. Je regrette de ne pas pouvoir vous informer plus pour l'instant, mais, comme je l'ai déjà dit, les explications vous paraîtraient délirantes. Cela étant, l'analyse que vous venez de faire est exacte, comme toujours. Pour vous, la question est à présent de décider si ce que vous entrevoyez de cette future déontologie ou « philosophie » est compatible avec vos propres options.

– Qu'en pensez-vous, Peter ?

Suite à un accord tacite, ils n'évoquaient jamais leur liaison passée, et Linda n'avait jamais demandé la moindre faveur à ce titre. Goren comprit sans ambiguïté qu'elle limitait sa question à la connaissance professionnelle qu'il avait d'elle. Avec délicatesse, il situa sa réponse un peu au-delà de cette frontière :

– Je pense que c'est compatible, sans l'ombre d'un doute. Je pense même que cela irait dans le sens de vos convictions.

Linda ne réfléchit que quelques secondes.

– O.K., Peter, je reste.

Sans attendre un quelconque commentaire de Goren, elle se leva sans hâte et retourna s'asseoir tranquillement à sa place. La discussion avait duré moins de cinq minutes.

Elle a vraiment beaucoup de classe, se dit Goren. Son jugement est sûr, et son intuition sans faille. Elle sent immédiatement à qui elle peut faire confiance. Il lui suffit de peu d'indications sur les choses pour en saisir aussitôt le sens profond. Hormis Roselli, c'est de loin le meilleur de mes vice-présidents.

Le suivant à se présenter fut Alan Gardner. Ancien physicien de talent, il avait contribué chez JCN à des découvertes importantes dans le domaine des semi-conducteurs. Mais en dehors de sa spécialité, il était parfaitement terne. Il aborda Goren de son air mielleux. Son léger bégaiement était devenu perceptible : il était stressé, comme toujours lorsqu'il s'adressait au président.

– J'espère que je ne vous dérange pas, Pete, et si vous p-préférez vous reposer, n'hésitez pas à me le dire.

– C'est moi qui ai proposé cette entrevue.

– C'est vrai, excusez-moi.

– Je vous écoute.

– J'ai suivi avec b-beaucoup d'intérêt l'annonce que vous avez faite. Cette nouvelle o-organisation de JCN semble fascinante. Et bien que j'aie du mal à en p-préciser les contours, mon sentiment est que la recherche g-gardant toute son importance, mon rôle dans la nouvelle structure ne devrait p-pas être difficile à trouver. Suis-je dans le vrai ?

Goren réfléchit avant de lui répondre. Il lui paraissait évident qu'avec Roselli à ce nouveau poste, Gardner perdait la plupart de ses attributions. Mais Roselli allait avoir d'énormes responsabilités, aucun vice-président avant lui n'en avait assumé de telles. Il aurait besoin d'aide, d'assistants, et quelqu'un comme Gardner serait parfait pour ça, notamment pour les centres scientifiques. Évidemment, ce serait un peu déplaisant pour Gardner, qui se retrouverait bras droit ou même bras gauche de quelqu'un qu'il coiffait hiérarchiquement jusque-là. Mais après tout, rien ne le forçait à accepter. Il pouvait quitter JCN. Non, Goren ne voyait pas beaucoup de problèmes au départ de Gardner, qu'il estimait peu. Et d'ailleurs, Roselli le voulait-il comme assistant ?

– Alan, vous êtes dans le vrai quand vous pensez que la recherche gardera son importance. Mais je dois vous préciser qu'à son nouveau poste Roselli aura absolument besoin de coiffer les centres scientifiques, votre fonction principale jusqu'à présent. En vérité, ce rôle ne vous est pas enlevé pour une quelconque raison d'incompétence. Au contraire, j'estime que vous avez fait exactement le travail que je vous demandais. Mais il se trouve que cette responsabilité doit maintenant échoir à Roselli pour des raisons de nécessité opérationnelle. Cependant, il est possible qu'il décide de prendre un assistant pour ce travail, et s'il vous propose ce poste, je n'y ferai pas opposition.

Gardner était atterré. C'était la catastrophe. Comment Goren, cet immonde Goren dont il détestait depuis toujours l'autorité, osait-il lui prendre son bébé ? De plus, il envisageait de le mettre assistant de ce magouilleur de Roselli, hier encore son subordonné. C'est Roselli qui avait triché, et c'est lui, Alan Gardner, le fidèle des fidèles, lui qui avait toujours suivi scrupuleusement les instructions, lui qui avait suggéré à Goren l'audit révélateur de l'incroyable tricherie de Roselli, c'est lui qui trinquait. À quelle justice pouvait-on se fier ? Et ce pourri de Goren, ce soi-disant rigoriste qui jouait aux illuminés avec ce projet incompréhensible pour JCN ! Il se dit qu'il ferait mieux de partir et de laisser cette boîte couler toute seule.

– Peter, t-toutes ces années de s-services loyaux me semblent bien mal r-récompensées. Vous ne pensez pas que ma gestion e-efficace des centres, qui a conduit à tant de b-bénéfices pour JCN, mérite un p-peu mieux ?

– Alan, c'est tout de même sous votre gestion que le RSC a effectué, pendant des années, des recherches dont vous ne saviez rien.

– Il semble que cela n'ait p-pas beaucoup nui à Roselli.

– Non, c'est vrai. Mais il se trouve que, sans que vous le sachiez (je le répète puisque vous axez la discussion dans cette direction), les recherches ignorées de Roselli vont permettre la mutation fondamentale de JCN.

– La t-tricherie et le d-détournement récompensés, on aura tout vu.

– Alan, je peux comprendre votre amertume, mais je comprends un peu moins votre comportement et vos reparties qui frisent l'enfantillage. – Goren avait haussé le ton d'une manière à peine perceptible. – Les intérêts de JCN passent avant les ambitions personnelles, petites ou grandes, et je cherche à mettre en place l'organisation et les hommes les plus à même d'assurer le succès de la nouvelle JCN, un point c'est tout.

– E-Excusez-moi. Je vais réfléchir.

Il retourna à sa place, les yeux baissés, et s'enferma dans une réflexion boudeuse. Il aurait volontiers passé Goren par un hublot…

Goren était fatigué. Il appela sa secrétaire, et lui demanda de dire aux deux vice-présidents restants qu'il les verrait un peu avant l'arrivée à San Francisco. Il savait que les deux entrevues seraient brèves et ne poseraient aucun problème ; l'un et l'autre des intéressés ne se trouvaient qu'à un ou deux ans de la retraite, et occupaient avec compétence des postes techniques qui existeraient sous une forme ou une autre dans la future JCN – son intuition se trouva confirmée quelques heures plus tard. À présent, il voulait juste passer un coup de fil à Roselli, puis se coucher.

La secrétaire établit la liaison avec le nouveau conseiller de Goren. Ils pouvaient converser sans souci, la communication était cryptée. Il dit à Roselli qu'ils devaient préparer ensemble le prochain comité de direction, et qu'il devait donc venir à Palo Alto dans les meilleurs délais. Il ajouta qu'il toucherait deux mots des prochains changements au président des États-Unis. Il ne pouvait décemment pas faire autrement, alors qu'un contrat énorme était en négociation avec le gouvernement. Cependant, il resterait aussi vague que possible. Roselli lui dit qu'il s'était déjà désengagé de tous ses rendez-vous, afin de prendre l'avion le lendemain même pour la Californie.

– Au fait, Antonio, reprit Goren sur un ton léger, une petite question subsidiaire, juste pour l'amusement. Vous m'avez expliqué que Pythagore se souvenait de toutes ses vies antérieures, jusqu'à la première. Et ce souvenir était un présent d'Hermès, qui, si j'ai bien compris, n'avait pas de limite dans le temps. Eh bien, Antonio, cela va vous surprendre, mais je n'ai pas l'ombre d'un souvenir de la moindre vie antérieure. Mais à mon avis, vous devez avoir une bonne explication. – Goren avait du mal à réfréner son ton ironique.

À l'autre bout du fil, il n'y eut aucune hésitation.

– Bien entendu, il y a une explication, répondit Roselli, très sérieux. Je suis surpris que vous ne m'ayez pas fait cette remarque plus tôt. En réalité, ces souvenirs sont en vous, mais ils se trouvent enfouis dans les profondeurs de votre subconscient. C'est d'ailleurs comme cela qu'il faut expliquer l'étrange réminiscence que vous avez eue de la citation de Pythagore sur les jeux Olympiques. D'après mes recherches, ce phénomène d'autodissimulation a débuté dans la première réincarnation suivant la mort de Pythagore, et il est toujours allé en s'accentuant. Il y a d'ailleurs des raisons logiques à cela, je pourrai vous en parler plus longuement lors d'une prochaine rencontre. À moins que vous ne préfériez que je vous expose cela maintenant, mais ça risque d'être un peu long pour une conversation téléphonique.

– Pas la peine, maugréa Goren, je supporterai l'attente. À bientôt à Palo Alto.

Goren mis son siège en position de couchage, prit son comprimé de mélatonine, et s'endormit aussitôt.

L'avion fonçait vers l'ouest, retardant l'avancée de la nuit. Dans la cabine, les lumières étaient baissées, le silence à peine troublé par le lointain vrombissement des réacteurs. Tout le monde dormait, ou ruminait les yeux fermés des pensées, plaisantes pour certains, amères ou vengeresses pour d'autres. Le jet avait survolé la France, l'Angleterre, était passé entre l'Écosse et l'Irlande, et se dirigeait vers l'Islande, au-dessus de l'Océan, sombre et glacé. Bientôt apparaîtrait l'immensité blanche du Groenland, puis la mer de Baffin, la baie d'Hudson, le Canada. Plus tard, il franchirait les hauteurs neigeuses des montagnes Rocheuses. Et ce serait la Californie. De toute la puissance de ses moteurs, il rapprochait douze personnes de leur destin.

Pour Goren, les choses étaient déjà jouées.

Le châtiment des traîtres

Je me souviens... terribles instants de doute...

Ma conscience me travaille encore. Je sens qu'à nouveau, des gens vont mourir à cause de moi. Exécuter, exécuter, pourquoi dois-je toujours en arriver à de telles extrémités ? C'est dur de tenir le cap pendant deux mille cinq cents ans sans faiblir.

Mais sans doute suis-je excessif dans mes scrupules. En fait, je ne suis intervenu d'une manière définitive que soixante-sept fois en deux mille cinq cents ans (d'Hippase de Métaponte à Kurt Gödel), à peine une fois tous les trente-sept ans. C'est vrai, il y a eu de longues périodes sans intervention ; le Moyen Âge par exemple. Alors forcément, d'autres périodes ont été plus « chargées ». Mais tout de même, que pèse la mort justifiée de soixante-sept personnes, en comparaison des millions de gens innocents tués ou blessés dans tous ces conflits et toutes ces guerres qui ont jalonné ces deux millénaires et demi ?

Je ne devrais pas m'arrêter à des considérations ponctuelles, alors que c'est notre cause glorieuse qui est en jeu. Est-ce que, par hasard, je vieillirais ? Ces crises de conscience surviennent plus fréquemment qu'autrefois. Déjà, en 1978, j'ai ressenti quelque chose de similaire. C'est d'ailleurs ce qui m'a conduit, pour la première fois, à coucher mes réflexions par écrit. Je vais relire ces notes.

Institute for Advanced Studies, Princeton, New Jersey, États-Unis, 14 janvier 1978, 22 heures.

Ça y est, justice est faite ! Cela a été long, très long. Je ne sais pas pourquoi, tout m'a paru plus long que d'habitude. Mais que représentent quarante-sept ans dans un cursus plus que bimillénaire ? Oui, il m'a fallu de la persévérance ; j'ai dû mettre mon imagination à l'épreuve pour trouver une solution fiable qui préserve la discrétion nécessaire. Mais cela a souvent été mon lot durant ces siècles, et je ne comprends pas pourquoi les choses me semblent s'être écoulées si lentement.

Peu importe, le but est atteint. Le fautif devait payer. Il a soldé sa dette. Ses travaux sapaient gravement les fondements de notre doctrine. Ce n'était pas tolérable. J'ai agi et, comme les autres fois, mon existence n'a pas été soupçonnée un seul instant.

Kurt Gödel est mort aujourd'hui. Il aura tout de même atteint sa soixante-douzième année. Il était hors course depuis longtemps, mais qui sait jusqu'où il serait allé ! Depuis sa jeunesse, il était nerveusement fragile et plongeait souvent dans de profondes dépressions. Certes, Brünn, sa ville natale en Moravie (aujourd'hui Brno, en République tchèque), n'était pas réjouissante. Mais il aurait pu tenir compte des cadeaux que lui avait consentis la nature : quels dons exceptionnels en mathématiques et en philosophie ! Et devenir l'ami d'Einstein, c'était quelque chose !

Toutefois, ce devait être un esprit détraqué. Qu'il élabore lui-même la ruine de la logique, sa discipline de prédilection, peut s'admettre : nous-mêmes, il y a deux mille cinq cents ans, avions réduit à néant notre univers fait de nombres naturels ou de rapports de nombres naturels, avec notre découverte des nombres irrationnels dans cette fameuse diagonale du carré de côté 1 ! Mais entre le mode opératoire de Gödel et le nôtre, il y avait une différence majeure : notre découverte se fit presque par hasard lors de recherches relatives à mon théorème ; Gödel, lui, démontra l'incomplétude de la logique au terme d'une démarche volontariste, ayant requis le développement d'un processus complexe, nouveau, et qui à mon avis était révélateur d'un acharnement à la ruine quasiment pathologique.

Mais ce qui est impensable, c'est que, comme Hippase de Métaponte à l'époque, il a diffusé son incroyable découverte *urbi et orbi*, sans la moindre précaution. Il porta ainsi le ferment du doute au cœur de notre Confrérie, et conduisit même certains frères à reconsidérer leurs convictions. C'était la trahison absolue.

Alors j'ai fait ce qu'il fallait : dans les derniers mois de sa vie, il fut convaincu que l'on cherchait à l'empoisonner. Il diminua de plus en plus son alimentation pour minimiser les risques, et il finit par mourir d'inanition.

Tout de même, quelles idées extraordinaires, démontrées par un mathématicien de vingt-cinq ans !

L'article fatal (*Über formal unentscheidbare Sätze der Principia Mathematica und vervandter Systeme*) parut dans une revue scientifique allemande en 1931, année qui restera dans les annales. Il anéantissait deux mille ans de croyance absolue en la logique, que notre Confrérie a quelque peu inspirée, que l'on me permette de le dire. Jusque-là, elle était le moteur souverain des mathématiques. Son utilisation stricte faisait de cette science un monument inébranlable, un produit sans faille de l'esprit humain.

Or Gödel ne fit rien de moins que détruire cette conception des choses. D'une part il établit qu'il existait dans chaque branche des mathématiques des assertions que la logique ne permettrait jamais de démontrer : impossible de dire si elles étaient justes ou si elles étaient fausses ! Aucune conclusion ne serait énonçable, tout simplement ! D'autre part il prouva que, dans de nombreux domaines de ces mêmes mathématiques, il était impossible de garantir la cohérence du système : il n'était pas exclu que l'on puisse démontrer quelque chose puis, plus tard, son contraire ou autre chose d'incompatible, et cela en appliquant dans les deux cas les règles strictes de la logique.

C'est simple, le mathématicien Gödel avait prouvé que les mathématiques étaient imparfaites. Non seulement elles ne pouvaient tout démontrer qui soit dans leur champ, mais de plus elles pouvaient se contredire. Elles étaient incomplètes par nature, et potentiellement incohérentes. La logique absolue, dont nous étions en partie à l'origine, était morte. Des croyances millénaires tombaient en poussière. Notre Confrérie trembla sur ses fondations, de nombreux frères furent saisis par le doute.

Et Gödel n'hésita pas à publier ces terribles conclusions ! Que dirait-on d'un chef d'État qui proclame l'inutilité de l'État, ou d'un général qui décrète que son armée ne sert à rien ? Ne devraient-ils pas être traduits devant une Haute Cour de justice ou devant un tribunal militaire ?

Je sais, Gödel n'a pas affirmé, proclamé, ou décrété, il a démontré. Mais il a trahi son serment, il a révélé un secret. Notre Confrérie n'a jamais admis que ce dogme soit transgressé. Je me devais de faire le nécessaire.

Peu importe maintenant que Kurt ait ou n'ait pas été membre de notre Confrérie, justice est faite. Mais depuis, les mathématiciens doivent vivre en sachant que les mathématiques, perçues depuis toujours comme la science absolue, sont en réalité imparfaites.

Le cas de Gödel est exceptionnel, et je ne peux que me féliciter de l'ordre qui règne parmi nous. Je n'ai connu qu'une seule autre situation du même type dans ce vingtième siècle (après Jésus-Christ) : il s'agit de Georg Cantor, ce comptable de l'infini. Lui aussi s'embarqua dans des considérations qui défiaient le bon sens, et développa des théories qui, d'une certaine manière, percutaient l'harmonie de notre système. Ses travaux eurent eux aussi un impact majeur sur la logique.

Pourquoi faut-il que de temps à autre des brebis galeuses se manifestent parmi les plus brillants de nos membres ? Au bout du compte, c'est moi qui dois agir ! C'est dur, très dur, mais je n'ai jamais faibli. Dans l'avenir, il en sera de même, j'en fais de nouveau le serment, qu'il s'agisse de membres de la Confrérie, ou d'autres… Rien ne doit se mettre en travers de notre doctrine. Tôt ou tard, elle reprendra la place éminente qui doit être la sienne.

Mais pour Cantor comme pour Gödel, quelles découvertes étonnantes !

De tout temps, l'infini a préoccupé les philosophes et les mathématiciens. Cantor, lui, s'appliqua à le dénombrer. Oui, Cantor voulut dénombrer l'indénombrable. Et il y réussit ! Tout au moins d'une certaine manière.

Il prouva des choses intuitivement inimaginables. Par exemple, qu'il y a autant de nombres pairs que de nombres entiers ! Effectivement, on voit bien qu'à chaque nombre entier on peut toujours faire correspondre son double, qui est pair. Et cela jusqu'à l'infini. Il y a donc bien autant des uns que des autres. Et pourtant, tous les nombres entiers ne sont pas pairs, il n'y en a qu'un sur deux (l'autre est impair). C'est fou, pour des ensembles infinis comme les nombres entiers, la partie est aussi grande que le tout.

Mais alors, peut-on trouver un ensemble de nombres qui soient plus nombreux que les nombres entiers ? Oui, on le peut ; on obtient alors un infini d'un niveau supérieur. Mais il faut pour cela faire intervenir les nombres irrationnels. Je n'aime pas les nombres irrationnels. Je préfère m'arrêter là.

Et existe-t-il des ensembles de nombres dont la quantité se situe entre les deux infinis précédents ? Voilà une question qui tombe sous le coup des découvertes de Gödel : après que Gödel lui-même

eut démontré en 1940 qu'il était impossible de répondre positivement à la question, Paul Cohen démontra en 1962 qu'il était tout
aussi impossible de répondre négativement ! C'était ni oui ni non !
    Mais existe-t-il des infinis plus grands que ceux déjà envisagés ?
Oui, il y en a, et même une infinité !
    Bref, c'était affolant.
    Cantor, lui aussi, n'eut aucun scrupule à publier ces résultats. Il
déchaîna une tempête générale, et pas seulement dans la Confrérie,
dont le système voyait sa logique ébranlée. Je décidai aussitôt de
faire le nécessaire. Ainsi que cela devait se produire plus tard pour
Gödel, les choses furent longues et difficiles. Mais finalement,
Cantor sombra dans un cycle de crises mentales de plus en plus fré-
quentes, et il finit sa vie le 6 janvier 1918, à l'âge de soixante-treize
ans, dans l'asile d'aliénés de Halle, en Allemagne. En janvier,
comme Gödel, et presque au même âge...
    Mais hélas, mon intervention ne fut pas assez rapide. Entre-
temps, par le biais de ces ensembles infinis, cet inconscient avait
mis le pied dans la théorie des ensembles, qui devait avoir un
impact si grand sur la logique et provoquer une crise dans les
mathématiques du même type que celle que nous vécûmes, il y a
deux mille cinq cents ans, avec la découverte de l'impossible valeur
de la diagonale du carré de côté 1.
    En effet, en 1902, Bertrand Russell, futur prix Nobel *de littéra-*
ture (oui, de littérature !), fit un raisonnement étonnant qui appartient à la même famille que le fameux paradoxe du barbier : un barbier précise que dans sa ville il rase tous les hommes qui ne se rasent
pas eux-mêmes, mais que, bien sûr, il ne rase pas les hommes qui
se rasent eux-mêmes. Question : qu'en est-il de son cas personnel ?
S'il se rase lui-même, il ne se rase pas, puisqu'il ne rase pas les
hommes qui se rasent eux-mêmes ; mais s'il ne se rase pas, il se rase,
puisqu'il rase tous les hommes qui ne se rasent pas eux-mêmes.
C'est un paradoxe, la logique se mord la queue. L'application de la
logique débouche sur une impasse. Que se passe-t-il donc ?
    En fait, dans cette affaire, il est question de l'ensemble des
hommes qui se rasent eux-mêmes, et de l'ensemble de ceux qui ne
se rasent pas eux-mêmes. On aboutit à un paradoxe, car, comme on
le comprit plus tard, il était erroné d'inclure le barbier dans l'un ou
l'autre de ces ensembles, ce que faisait pourtant d'une manière insi-
dieuse le raisonnement ci-dessus.

C'est ce genre de problème qui se posa avec la première théorie des ensembles de Cantor. La théorie était donc incohérente. Quelque chose ne fonctionnait pas. Il s'avéra que le problème se situait dans la définition de ce qu'est un ensemble. C'était grave, et même catastrophique : on venait juste de découvrir que la totalité des mathématiques pouvait se retrouver à l'intérieur de la théorie des ensembles. Si cette théorie s'écroulait, c'était tout l'édifice des mathématiques qui s'effondrait avec elle. Plus de maths ! Rien que ça !

Le problème fut résolu ultérieurement par une redéfinition plus limitative de la notion d'ensemble. On ne pouvait plus mettre le barbier dans un ensemble où il ne devait pas être. Mais cette crise eut un impact formidable sur la logique, et notre Confrérie dut traverser de terribles moments de doute.

La morale que j'en retire est qu'il est insuffisant de faire le nécessaire lorsque les circonstances l'exigent. Il faut passer à l'acte le plus vite possible, car les fauteurs de troubles peuvent nuire jusqu'au dernier moment. C'est une leçon pour moi. Dans les exécutions futures (car, hélas, je pressens qu'il y en aura d'autres), je ferai en sorte de ne me reprocher aucune lenteur d'action. Mieux vaut moins de sécurité, mais plus de célérité.

Je fais le bilan, et je note que je ne suis intervenu d'une manière drastique que par deux fois en ce siècle, à bon escient je crois. C'est aussi l'opinion des frères ; l'accord général sur des décisions aussi graves renforce nos liens de fraternité. Nos moyens d'action punitifs, parfaitement occultes, se révélant très puissants, nous sommes extrêmement attentifs à limiter leur usage aux cas indiscutables, comme ceux de Gödel ou de Cantor. Dès qu'il y a un doute, nous nous abstenons. C'est une question de déontologie.

Je n'en veux pour preuve que deux cas associés qui se sont présentés au siècle dernier, et qui impliquent aussi deux mathématiciens. Ils sont reliés à la géométrie euclidienne, celle de la vie de tous les jours, où les champs sont rectangulaires, les roues circulaires, les rails parallèles, les planètes sphériques, etc. L'un des fondements de cette géométrie est connu sous le nom de « cinquième postulat d'Euclide ». C'est un fondement en ce sens que son existence est indispensable à celle de la géométrie. Il affirme que par un point extérieur à une droite, on ne peut mener qu'une seule parallèle à cette droite. Or, pour diverses raisons, des armées de mathématiciens s'évertuèrent pendant des siècles à démontrer que la géométrie euclidienne pourrait très bien fonctionner sans ce fondement. Peine perdue : elle restait inébranlable dans sa version d'origine.

János Bolyai, violoniste de grand talent, linguiste distingué maîtrisant neuf langues, s'intéressait aux mathématiques. Il y consacrait les loisirs que lui laissait son métier d'officier du génie (où il était par ailleurs le meilleur à l'épée). À l'âge de vingt-deux ans, il s'attaqua, après tant d'autres, au cinquième postulat d'Euclide. Lui non plus ne réussit pas à démontrer qu'il était inutile. En fait, il prouva l'inverse. En revanche, ses travaux débouchèrent sur une nouvelle géométrie, qui n'avait rien à voir avec celle d'Euclide. Il ne la ruina pas, mais en créa une autre à côté. Ses travaux furent publiés assez discrètement dans un document de vingt-quatre pages, en 1832, en appendice à un ouvrage de son père.

Pour nous, c'était évidemment un *casus belli*. Prouver qu'il pouvait exister une autre géométrie que la géométrie euclidienne, ce temple de la logique issu de nos premières réflexions, représentait un sacrilège. Et surtout, publier ces résultats sans étude plus approfondie, cela nous paraissait le comble de l'inconscience. Mais Bolyai n'était pas dans la Confrérie, sa publication fut discrète. Nous décidâmes de passer outre. N'était-ce pas une preuve de clémence ?

Bolyai fut d'ailleurs indirectement puni : il apprit que Carl Gauss, un autre mathématicien, connaissait ces résultats depuis de nombreuses années, pour y avoir travaillé lui-même (mais Gauss, lui, avait su se taire). Puis il découvrit peu après qu'un dénommé Nikolaï Lobatchevski était arrivé aux mêmes conclusions que lui. Déçu de ne pas être le premier mathématicien à les avoir trouvées, Bolyai ne publia plus rien : on retrouva après sa mort près de vingt mille pages de travaux mathématiques jamais divulgués.

Pour Lobatchevski, nous décidâmes également de passer outre. En effet, malgré ses nombreuses publications, son combat de toute une vie, il ne réussit jamais à convaincre ses collègues de la justesse de ses travaux. La pleine reconnaissance de leur valeur ne vint qu'après sa mort. Dans ces conditions, à quoi bon l'éliminer ?

N'avons-nous pas montré, là encore, une exceptionnelle mansuétude ? Je suis fier que notre Confrérie puisse aujourd'hui en faire état.

La situation fut complètement différente pour Bernhard Riemann. Parmi ses multiples travaux, il s'attaqua lui aussi au cinquième postulat, une vingtaine d'années après Lobatchevski. Et lui aussi réussit à bâtir une nouvelle géométrie, une troisième ! Mais Riemann était beaucoup plus dangereux que Bolyai ou Lobatchevski, car infiniment plus brillant. Nous décidâmes qu'il fallait agir, et rapidement.

Riemann est mort en 1866, à l'âge de trente-neuf ans, officiellement d'une maladie pulmonaire...

Nous sommes en 1978 (après Jésus-Christ), et je le vois bien, le monde change vite. Mais les vraies valeurs, celles que nous fîmes émerger il y a deux millénaires et demi, ont gardé tout leur sens. Je reste vigilant, prêt à passer à l'action, et je conserve le soutien inébranlable de la Confrérie. J'attends dans l'ombre, à l'affût de toutes les ouvertures, aussi étroites soient-elles. Je travaille, je lis, je regarde, j'écoute, je compile, j'analyse, j'enregistre, je note, j'absorbe, je classe, je voyage, je visite, je découvre, j'explore, je mémorise. Notre puissante Confrérie m'appuie dans cette démarche d'universalité, et bien peu de choses m'échappent. J'essaie au mieux (ou peut-être au moins mal) de détourner les obstacles potentiels, je surveille tout et tous, partout, avec la plus extrême attention, quitte à prendre des mesures d'urgence si nécessaire...

Tout cela n'est pas vain. Je le sais, tôt ou tard notre heure viendra.

Je ne suis pas pressé, j'ai l'éternité devant moi. J'ai choisi d'attendre le temps qu'il faudra pour être sûr de la nature de mon action. Voilà deux millénaires et demi que je patiente, que nous patientons.

Mais il est clair que notre heure se rapproche. Encore dix ans, vingt ans, peut-être trente, trente-cinq au maximum. Je sens que l'évolution accélérée des choses, loin de contrecarrer nos projets, nous offrira au contraire l'opportunité de leur donner une diffusion planétaire. Je pense notamment à cette informatique, avec ses ordinateurs surpuissants et ses immenses réseaux tentaculaires qui enserrent le monde. Il y a là un potentiel de démultiplication colossal.

Il faut absolument que je m'oriente dans cette direction, à tout prix...

Pythagore de Samos
15 janvier 1978, 5 heures

J'ai bien fait de relire ces quelques notes. J'avais oublié que bizarrement, dans les deux derniers siècles, je n'ai eu à traiter que des situations impliquant des mathématiciens. Bien sûr, dans le passé j'ai eu maille à partir avec quantité d'autres corporations.

Mes pensées sont de nouveau claires, débarrassées de leurs scories de sensiblerie. Tout tient dans la conclusion, que je revendique de nouveau pleinement : « Tout cela n'est pas vain. Je le sais, tôt ou tard notre heure viendra. »

Je suis prêt. Je ferai de nouveau le nécessaire, lorsqu'il le faudra. Avec détermination, sans l'ombre d'une hésitation.

Le grand chambardement

Je me souviens... Tension magnifique du piège...

*Villa de Goren, près du Memorial Park de San Mateo, Californie,
États-Unis, 20 avril 2008 après Jésus-Christ, 13 h 30.*

Le comité de direction de JCN devait avoir lieu le surlendemain.
Des décisions stratégiques majeures allaient y être annoncées.

Dans un premier temps, seuls les quelque huit cent mille employés
de JCN seraient directement concernés, et en priorité les plus hauts
dirigeants. Rapidement, tout le réseau relationnel du groupe, fournisseurs, partenaires, sous-traitants, clients, ressentirait les effets de
la mutation. Bientôt, les filiales, les concurrents, les entreprises du
secteur devraient eux aussi s'adapter. Plus tard, c'est sans doute
le système économique mondial tout entier, ébranlé par les vagues
successives de ce raz de marée, qui devrait intégrer l'évolution du
monstre, avec en outre des remises en cause drastiques des mécanismes fondamentaux. Enfin, il appartiendrait probablement aux
États eux-mêmes de prendre en compte la nouvelle donne. Depuis
longtemps, ils n'étaient plus en position d'anticiper ; qui d'ailleurs
aurait pu prévoir ce qui allait arriver ? Ils ne s'étaient pas vraiment
affaiblis, c'est la puissance de JCN qui s'était développée au-delà de
toute proportion.

Que cela fût ou non dans les intentions de Goren, tout mouvement important de JCN ne pouvait qu'ébranler la planète. Il fallait
agir finement. Quelle que soit sa puissance, il n'était pas souhai-
table que la planète entière se coalise contre elle. La conquête du
monde n'intéressait pas Goren. Le temps des Alexandre, Gengis
Khan, Napoléon et autres guerriers bâtisseurs d'empire était révolu.
Ce qu'il voulait, c'était... En fait, il ne savait pas vraiment ce qu'il
voulait, il s'en rendait bien compte, il n'avait pas eu le temps

d'approfondir tout cela. Goren le décideur rapide, Goren si froid, sans états d'âme, ne pouvait exprimer clairement ce qu'il voulait. Il avait simplement l'intuition diffuse que quelque chose d'intéressant pouvait sortir des idées de Roselli. Heureusement, il allait vite le revoir, et il éclaircirait tout cela.

Ce dernier avait rejoint la Californie la veille. En attendant une installation définitive, il logeait provisoirement dans la grande villa de Goren. Les choses devaient aller vite, il n'avait pas eu le temps de s'occuper des problèmes matériels ; une assistante désignée par Goren allait s'en charger. Pour l'instant, il était urgent de préparer le prochain comité de direction ; c'était la raison du déjeuner qui les réunissait. Le repas avait été servi sur la grande terrasse dallée, de couleur ocre, qui dominait le Pacifique. Le panorama était magnifié par l'atmosphère de cette belle journée d'avril. À part les domestiques, ils étaient seuls ; Jane était partie faire du shopping à San Francisco pour la journée. Ils avaient parlé de choses et d'autres, repoussant volontairement le sujet essentiel. Le dessert était maintenant servi.

– Antonio, il est temps d'aborder notre problème. Nous avons quelques heures devant nous, j'ai demandé que nous ne soyons pas dérangés. D'ici à ce soir, il faut que nous ayons mis au net les grandes lignes de notre projet. Dans un premier temps, il est nécessaire que vous éclaircissiez les indications générales que vous m'avez données lors de notre dernière entrevue à Rome.

– C'est ce que je comptais faire, répondit calmement Roselli. Vous disposez à présent de quelques éléments, je peux donc vous donner d'entrée l'idée générale. Si elle vous convient, nous examinerons les choses plus en détail.

L'idée générale est la suivante. Du point de vue qui nous intéresse aujourd'hui, le pythagorisme, que vous avez fondé il y a deux mille cinq cents ans – Goren lui jeta un regard vaguement las –, se caractérise par deux composantes qui se déploient en étroite cohésion : la composante logique et la composante mystique. Voici comment les choses ont évolué. Environ deux siècles après sa création, votre secte a été pratiquement détruite par un soulèvement démocratique. Elle était en effet marquée par une tendance aristocratique. Il s'agissait d'une aristocratie du savoir, peut-être vous en souvenez-vous.

Après votre mort en tant que Pythagore, votre âme s'est réincarnée dans des personnalités de peu d'envergure. Elle avait sans doute besoin de repos après vos formidables réalisations. Elle a même habité un cerf, et par la suite un chêne (dans la métempsycose, l'âme peut habiter des animaux et des végétaux). Bel animal et bel arbre, mais mal armés pour porter haut et fort le drapeau de vos conceptions. Aussi, ce qui restait du pythagorisme s'est-il perpétué sans véritable leader.

Malgré cela, le mouvement était vivace, et il survécut. Mais avec le temps, vos idées se sont dispersées parmi de multiples protagonistes, chacun mettant l'accent sur les caractéristiques qui lui convenaient le mieux. Finalement, deux courants ont émergé, se dissociant de plus en plus : le courant logique et le courant mystique. Au fil des siècles, chacun de ces courants a creusé son propre lit, connaissant indépendamment de l'autre toutes sortes d'avatars. Aujourd'hui, le courant mystique s'est atrophié, et le monde dans lequel nous vivons est régi par le courant logique, avec tous les problèmes que j'évoquerai.

Alors, Pete A. Goren, votre mission est claire : il vous faut rétablir le courant mystique, et le remettre en étroite symbiose avec la logique, afin de pouvoir relancer tout le système pythagoricien. C'est cette idée qui doit sous-tendre l'organisation de JCN. Son véritable objectif sera de donner au pythagorisme une diffusion planétaire. Pour ce faire, elle s'appuiera sur sa puissance économique et financière, qu'elle doit donc continuer à assurer.

Roselli rayonnait. Sa voix s'était lentement enflée ; son timbre de baryton emplissait maintenant l'espace. L'enthousiasme amplifiait le sens de chacune de ses paroles. Il s'était levé, et son immense silhouette ajoutait encore à la puissance de son discours. Il continua, plein d'emphase.

– Voilà le nouveau, le magnifique dessein de votre société : la richesse et la puissance, certes, mais au service d'un projet qui illuminera l'humanité. JCN sera ainsi le moteur d'une véritable mutation culturelle. Elle s'emploiera à reconstituer un faisceau cohérent de valeurs morales de haute qualité, que l'humanité entière recherche aujourd'hui par le biais de toutes sortes de religions plus ou moins exotiques, ou de sectes aux buts douteux. Ces valeurs lui donneront de nouvelles règles de vie, elles constitueront le sens même de la vie.

Et c'est vous, Pete A. Goren, qui, deux mille cinq cents ans après votre incarnation dans le glorieux Pythagore, mènerez cette croisade.

Roselli s'était tu. Goren réfléchissait au projet de Roselli. Il s'était levé et marchait lentement sur la terrasse, la tête penchée, les mains dans les poches de sa veste, profondément concentré. Il s'approcha de la rambarde, une pièce de fer forgé fabriquée en Europe, et s'y appuya des deux mains, le buste légèrement incliné vers l'avant. Son regard semblait maintenant scruter les eaux de l'océan. Mais c'est en lui-même qu'il regardait. Il avait cinquante-cinq ans et il procédait à un bilan général de sa vie, de ses aspirations ; il essayait de comprendre où il en était et de déterminer dans quelle direction orienter son futur.

En vérité, Goren savait depuis toujours qu'un destin hors du commun l'attendait. C'était le lot de tous les Goren. Dès l'enfance, on leur faisait prendre conscience de leur appartenance à l'une des familles les plus fortunées et les plus puissantes des États-Unis. Ces seuls liens de parenté les mettaient d'emblée dans une position exceptionnelle. Les meilleures études leur étaient dispensées. Ils étaient élevés dans la religion de l'effort. Toute leur vie devait s'organiser de manière à consolider et à renforcer le pouvoir, l'influence du clan. Cette famille, ce corps solidaire, bénéficiait d'appuis considérables et possédait des ramifications dans tous les secteurs des affaires, de l'administration, de la politique, de la religion, surtout protestante, et toujours au niveau le plus élevé.

En conformité avec le système Goren, Peter n'avait pas été para-chuté à un poste important de JCN à son entrée dans la vie profes-sionnelle. De tels postes n'étaient jamais acquis d'avance pour aucun des enfants de la tribu. Il fallait d'abord faire ses preuves à l'extérieur et conquérir ses galons comme tout un chacun. Bien sûr, l'appartenance au clan ouvrait des portes et facilitait bien des choses. Mais seul le succès donnait l'accès à une haute fonction dans JCN. Il y avait d'ailleurs une compétition fraternelle, mais vive, entre les membres de la famille. Toutefois, quand l'un avait été choisi, il bénéficiait implicitement du soutien de tous.

Le clan avait rapidement décelé la personnalité exceptionnelle de Peter. Tout jeune, son intelligence pluridisciplinaire avait impres-sionné. Il excellait dans les disciplines tant scientifiques que litté-raires, et tout particulièrement en philosophie, pourtant le plus sou-vent ignorée dans le système éducatif américain. Sa soif de savoir était sans limites. Mais il n'était pas qu'un pur esprit, et il manifesta très vite une force de caractère impressionnante. Lorsqu'il se fixait un objectif, il savait concentrer ses facultés dans la direction la plus efficace, et rien ne le détournait de sa cible. Cette détermination se manifestait aussi dans le sport, essentiellement l'aviron, où il excellait. Il fit d'ailleurs partie un temps de l'équipe olympique des États-Unis, avec laquelle il remporta une médaille de bronze. « Un remake de la jeunesse de Pythagore en quelque sorte », se dit-il sur un ton amusé...

Par goût, il aurait aimé être architecte. L'architecture le fascinait par ses composantes si diverses, par sa capacité à modeler. Elle combinait l'art (les couleurs, les formes, l'organisation de l'espace) et la technique (les matériaux, les procédés, les calculs), l'un réagissant sur l'autre dans une démarche mettant en œuvre de multiples aspects de la connaissance. Mais surtout, il la voyait comme un reflet de la société, dont elle exprimait les caractéristiques, dont elle façonnait le paysage. Il s'était même intéressé à la pensée utopique appliquée à l'architecture, où l'urbanisme contribue à l'instauration de nouvelles organisations de la société. Dans ses moments libres, il aimait lire ou relire les traités et travaux sur le sujet, comme ceux de Filarete, au quattrocento, de Thomas More au XVIᵉ siècle, ou, pour des époques plus récentes, de Tony Garnier, de Walter Gropius, ou de Le Corbusier.

Mais il appartenait au clan Goren, et avait dû suivre d'autres chemins. L'architecture n'était plus pour lui que son unique passe-temps.

Après ses études, il entra dans l'un des plus fameux cabinets de consultants internationaux américains. Il s'y forgea rapidement une réputation d'extrême compétence dans l'organisation et le management international des grands groupes. Son nom était célèbre, mais les dirigeants des principaux groupes mondiaux connurent très vite son prénom. La seule erreur qu'il commit durant ces années fut de céder aux pressions de sa famille, et d'accepter le mariage avec Jane, qui faisait elle-même partie de la famille des Awton, presque aussi puissante que celle des Goren. Il avait jugé trop vite : elle était jolie, très jolie même, mais elle révéla rapidement un tempérament d'enfant gâté toujours insatisfait, instable, égocentrique. Elle était superficielle. Sa seule vraie passion était l'équitation qu'elle pratiquait avec talent depuis son enfance. Mais Goren était tellement plongé dans ses activités professionnelles qu'il voyait peu sa femme. Il décida de rester avec elle, jugeant finalement cet inconvénient mineur en comparaison d'une brouille avec sa puissante belle-famille. Par chance, estima-t-il, ils n'eurent pas d'enfant.

Ses capacités étant unanimement reconnues, il entra rapidement chez JCN à un poste de grande responsabilité. On lui confia les ventes européennes du groupe, tous produits confondus ; il passa ainsi quelques années à Londres, au siège européen du groupe. Là encore, il réalisa des performances remarquables. Le président mondial, un oncle du côté de son père, s'étant tué lors d'un voyage en hélicoptère, il fut promu au poste suprême. Il s'y révéla non seulement gestionnaire de talent, mais aussi dirigeant plein d'audace et de réalisme. En quelques années, il multiplia par quatre le chiffre d'affaires de JCN. Ses méthodes novatrices étaient enseignées dans toutes les écoles de management du monde. La presse spécialisée ne tarissait pas d'éloges sur lui. De nombreux ouvrages étaient parus le concernant, et ils avaient fait recette. Son rayonnement était véritablement universel.

Avec cet extraordinaire parcours, Goren s'était conforté dans l'idée d'une destinée hors du commun, qui trouvait son accomplissement dans sa brillante carrière professionnelle. Mais voilà maintenant que Roselli lui suggérait un projet d'une tout autre envergure. À cinquante-cinq ans, alors qu'il n'avait plus grand-chose à prouver, un nouveau challenge lui était proposé. Était-il ou non la réincarnation de Pythagore ? Peu importe, se disait-il, le projet de l'entreprise pythagoricienne lui plaisait, et les indications générales que Roselli venait d'exposer correspondaient au genre d'avenir qu'il pouvait entrevoir pour JCN. Jamais il n'avait imaginé les choses aussi précisément. Mais maintenant qu'il y réfléchissait, il sentait plus ou moins confusément qu'un dessein de ce type sommeillait en lui depuis longtemps. D'un certain point de vue, ne pouvait-on y voir l'une de ces constructions utopiques qui le fascinaient depuis toujours ? Il aimait ce projet, il le sentait jouable.

Et si Roselli avait raison ? S'il était réellement la réincarnation de Pythagore ? Se pouvait-il que tant de points communs ne relèvent que du hasard ? À l'occasion, quand il aurait cinq minutes, il rappellerait à Roselli qu'il lui devait une explication sur son amnésie au sujet de ses vies antérieures.

– Très bien, Antonio, je sens bien ce projet. Mais les choses ne sont pas simples, il ne faut pas que nous perdions du temps en discussions stériles. Or la relance de la mystique, et son harmonisation avec la logique, se situe dans votre description à un niveau extrêmement global. Je pense que nous devrions dans un premier temps affiner le concept et lui donner une consistance plus concrète. Dans un deuxième temps, nous devrions réfléchir à la manière de mettre en place une mutation aussi profonde, sans trop perturber le fonctionnement et les performances de JCN. Cela signifie méthode, organisation, échéancier, etc.

– C'est vous qui dirigez, mais je vous suis totalement dans cette approche. Il est 14 heures, nous pouvons travailler jusqu'à 19 heures, cela nous donne cinq heures. Voulez-vous que nous coupions cette tranche de temps en deux parties égales, pour chacun des deux grands chapitres que vous suggérez ?

– D'accord, allons-y. Et mettons les choses par écrit au fur et à mesure qu'elles se précisent.

Goren alluma son ordinateur portable et lança le système de dictée automatique. Il lui suffirait de parler dans le micro lorsqu'il voudrait noter quelque chose. Roselli réfléchit quelques instants.

– Voici par quel bout je vous propose d'attaquer le sujet, dit-il. Je veux tout d'abord vous montrer que l'approche pythagoricienne du monde, qui combine logique et mystique, et sur laquelle il s'agit de fonder le système de gestion de JCN, est seule capable de fournir à votre société les moyens d'expression de la totalité de son potentiel.

À cet effet, je vous parlerai d'abord de la logique. Depuis toujours, c'est pour vous l'unique mécanique sur laquelle vous appuyez vos raisonnements et vos décisions pour diriger JCN. Nous en détaillerons le fonctionnement, et vous serez surpris d'en découvrir les limites, et même les dangers. Vous comprendrez alors pourquoi la prise en compte de la mystique s'impose d'elle-même.

Pour ce qui concerne cette mystique, je vous en ai déjà parlé à Rome. Dès lors je ne ferai que mettre l'accent sur certains points non encore abordés, et selon moi particulièrement importants pour notre projet. Puis, pour la deuxième partie de l'après-midi, je suggère que ce soit vous qui meniez la discussion, et j'apporterai, si le besoin s'en fait sentir, les compléments nécessaires.

Ils travaillèrent intensément pendant plus de deux heures. C'étaient deux personnalités brillantes ; ils ne perdirent pas l'objectif de vue, évitant l'enlisement dans des considérations trop abstraites : on parlait de direction d'entreprise, pas de philosophie, et tant pis si les philosophes y auraient trouvé à redire. Il était maintenant près de 16 h 15. Ils décidèrent de faire une pause avant de relire leurs notes. Goren demanda que des rafraîchissements soient préparés, pendant que lui et Roselli feraient quelques pas dans le parc, de l'autre côté de la villa, sur le sommet de la colline.

Goren l'avait fait aménager par un paysagiste renommé. On aurait pu attendre du président de JCN qu'il privilégie dans son parc les formes strictes, rigoureuses, sans fantaisie, qui correspondaient à son image publique. Mais c'était un autre Goren que le paysagiste avait rencontré, celui qui aimait la forme en paraboloïde hyperbolique du toit du RSC.

Dans son parc, point de symétrie parfaite, trop ennuyeuse, mais des lignes sinueuses : courbes élégantes des chemins et allées ondulant souplement entre les parterres, les massifs, les bassins (jamais circulaires), dans une organisation subtile qui orientait le promeneur vers un unique point focal, un séquoia de près de soixante-dix mètres de haut, avec un tronc d'environ quatre mètres de diamètre. On disait qu'il avait plus de deux mille cinq cents ans d'âge. En fait, c'est la présence de cet arbre, célèbre dans toute la région, qui avait motivé l'acquisition du site par Goren, il y avait déjà une quinzaine d'années. Dans ce coin de la Californie, les grands séquoias (les célèbres *redwoods*) se rencontrent plutôt au nord de San Francisco, dans des forêts protégées, et en fond de vallée. Il était exceptionnel de trouver des individus isolés si beaux sur des collines dominant la mer.

Ils marchèrent silencieusement jusqu'au pied du grand arbre rouge. C'était l'une des promenades favorites de Goren, et Roselli la connaissait bien pour l'avoir souvent faite lors des réunions des directeurs de centre chez le président.

– Savez-vous, dit Goren, que ces grands séquoias, qui sont un genre de la famille des taxodiacées, sont les êtres vivants les plus grands et les plus lourds que la Terre ait jamais portés ? Certains peuvent atteindre cent vingt mètres de hauteur, neuf mètres de diamètre, et dépasser six mille tonnes. Ce sont eux également qui ont la plus grande longévité : on parle d'arbres de quatre mille ans d'âge. Celui-ci est un *Sequoia sempervirens*. Il en existe une autre espèce, aussi grande, le *Sequoiadendron giganteum*, qui a la forme conique des sapins. Mais je préfère le *sempervirens*.

La structure de ces arbres est fascinante. Elle constitue un véritable défi architectural : pour pousser aussi droit et haut, ils doivent, comme c'est le cas à une échelle plus petite pour d'autres arbres, développer à travers leurs fibres d'énormes forces de tension à la surface du tronc, et simultanément de gigantesques forces de compression à l'intérieur, à la mesure de leur masse colossale. Pour résister au vent dominant et éviter la courbure, il leur faut sécréter des bois de compression à l'intérieur de la cambrure potentielle. Aucun architecte ne pourrait faire aussi élégant.

Ces arbres sont splendides, Antonio. Il y a quelques années, j'ai failli prendre le séquoia comme nouveau logo de JCN.

Surpris par les connaissances botaniques de Goren, Roselli se contenta de hocher la tête. D'habitude, c'était lui qui donnait les explications. Ils admirèrent l'harmonie du géant pendant plusieurs minutes, sans un mot. Il émanait du grand arbre rouge une impression de force paisible et inébranlable. Puis Roselli reprit la parole.

– Vous rendez-vous compte, dit-il, que si Pythagore était venu ici en son temps, il aurait vu les premières pousses de ce géant ? C'est un beau trait d'union entre vous et lui.

– Ç'aurait été un beau trait d'union s'il était venu, et si vos hypothèses sur la métempsycose sont exactes. À ce propos, je vous rappelle que vous me devez une explication sur l'amnésie de mon passé, je veux dire avant ma naissance en tant que Goren.

Roselli lui jeta un étrange regard en coin, si rapide que Goren ne le vit pas.

– C'est vrai, dit-il, mais je vous suggère de remettre cette explication à un moment où nous aurons plus de temps.

De retour dans le bureau de Goren, ils décidèrent de relire leurs notes avant d'entamer la deuxième moitié de l'après-midi. L'esprit de synthèse de Goren était impressionnant, ses notes étaient claires, nettes, concises. Après avoir imprimé ce que Goren avait enregistré, ils se retrouvèrent avec les feuillets suivants :

La logique. Si l'on s'en sert comme d'un outil de travail quotidien, il est important d'en comprendre les possibilités et les limites. Entre autres, il ne faut pas confondre logique et raisonnement (c'est une erreur que je commets en partie). Cette distinction ouvre la voie à l'introduction de la mystique (oui !) dans le processus de prise de décision.

Selon le dictionnaire, le raisonnement est une activité de l'esprit qui permet de passer d'un état de connaissance posé comme prémisse (les hypothèses) à un autre état de connaissance (la conclusion), en suivant des règles respectant les lois de la logique. C'est la démarche d'Euclide, qui part de postulats ou de théorèmes déjà démontrés, et qui, par un mécanisme mental s'appuyant sur la logique d'Aristote, démontre de nouveaux théorèmes. Le mode de raisonnement de tout l'Occident se fonde sur ce processus.

Les conclusions d'un raisonnement dépendent donc des hypothèses et des lois de la logique. Et à ces deux niveaux, des problèmes peuvent se poser, ô combien surprenants.

Faisons le raisonnement suivant : Jane est une femme, toute femme est dépensière, donc Jane est dépensière. Ce raisonnement est correct. Mais si l'on dit : Jane est une femme ennuyeuse, il y a des femmes ennuyeuses à Union Square, donc Jane est à Union Square, on fait un raisonnement erroné. La structure de ces deux raisonnements se ressemble, mais l'un est exact, et l'autre est faux. Existe-t-il des règles pour ne concevoir que des raisonnements exacts ?

1. Règles de logique. Les philosophes grecs présocratiques, comme Pythagore (selon Roselli), Zénon d'Élée, et plus tard Aristote, le véritable fondateur de la logique, puis les stoïciens tel Philon de Mégare, ont proposé de telles règles. L'une d'entre elles, nommée syllogisme, dit : si A est B, et si B est C, alors A est C. Du rapport de deux termes (A et C) avec un même troisième terme (B, le moyen terme), on conclut au rapport mutuel de ces deux termes. Le premier raisonnement, qui associe Jane à A, femme à B, dépensière à C, est un syllogisme. Le second n'est pas un syllogisme, car il n'y a pas de moyen terme : une femme ennuyeuse ne fait pas forcément partie d'un groupe de quelques femmes ennuyeuses.

Il existe donc des règles de logique expliquant le mécanisme intellectuel qu'il faut dérouler pour arriver à une conclusion correcte.

2. Raisonnement et logique. Si l'on dit : Jane est une femme, toute femme est cultivée, donc Jane est cultivée, la logique est correcte, mais la conclusion est fausse ; c'est que l'une des hypothèses est fausse. Toutes les femmes ne sont pas cultivées (Jane, justement !). Le raisonnement englobe la logique et les hypothèses. Il ne suffit pas que la logique soit correcte, il faut que les hypothèses le soient aussi, pour que l'on obtienne un raisonnement correct (c'est-à-dire qui donne une conclusion correcte).

Et lorsque Roselli indique que notre monde actuel est régi par le courant « logique », il faut comprendre le courant « rationnel », dans lequel la logique pure n'est qu'un élément.

3. Si l'on dit : Jane est un charme, le charme est un arbre, donc Jane est un arbre, la logique est correcte, les hypothèses sont exactes (on suppose pour l'exemple que Jane soit réellement un charme), mais la conclusion est fausse. Il y a évidemment confusion sur le double sens du mot charme, et il n'y a qu'apparence de moyen terme.

Ainsi, l'imprécision du langage (qui va bien au-delà de l'homonymie de l'exemple) peut induire des erreurs de logique. Elle devrait être évacuée pour que le raisonnement soit correct.

4. Nécessité d'hypothèses complètes. Dans le cas de la théorie des ensembles de Cantor, une définition incomplète, celle des ensembles, a mené à un paradoxe (on se souvient du barbier). Des hypothèses où manquaient certains éléments ont conduit à un résultat impossible, malgré une utilisation correcte de la logique.

Ainsi, des hypothèses incomplètes peuvent avoir un résultat aussi désastreux que des hypothèses fausses.

5. Après que l'on s'est assuré que la logique et les hypothèses sont correctes, il est possible, comme l'a prouvé Gödel, que des vérités ne puissent être démontrées.

Bref, dans le courant « logique » de notre monde contemporain, on (et notamment moi) prend des décisions au terme d'une démarche rationnelle. Mais il faut beaucoup d'éléments pour que le raisonnement soit correct : la logique ne doit pas comporter d'erreur, les hypothèses doivent être justes, complètes, il ne doit pas y avoir d'ambiguïté linguistique. Et même après tout cela, il est possible que des faits ne puissent être déterminés comme étant vrais ou faux.

Au total, dans mon mode de réflexion pour gérer JCN, il y a au moins un point insatisfaisant : les hypothèses à la base des raisonnements que j'utilise pour la prise de décisions ne sont pas complètes, car elles ne prennent en compte que la dimension financière des choses. Elles négligent les autres composantes. Il est d'ailleurs souvent de bon ton, dans l'exercice du management traditionnel, de faire état de sa capacité à se limiter à cette portion de la réalité. Résultat : les entreprises ne se développent que selon les critères froids de la rentabilité, d'où des situations comme celle de JCN, où l'on en vient à se demander quelle est la finalité de cette dilatation infinie. Hypothèses incomplètes, conduisant à des résultats insatisfaisants, à l'instar des ensembles de Cantor.

Pour moi, réincarnation de Pythagore (si j'en crois Roselli), la solution est évidente : la vision complète et harmonieuse du monde combinant logique et mystique ; il faut mettre en place chez JCN un système de management qui complète les hypothèses fragmentaires de la rentabilité par celles de la dimension mystique du monde. Cette mystique donne la clé de l'Harmonie universelle. Ainsi, JCN ouvrira la voie vers cet accomplissement qui devient sa vraie finalité. Et cela, elle le fera en s'appuyant sur sa puissance économique.

– Nous sommes bien en phase, Antonio ? demanda Goren, arrivé à la fin de la première partie de ses notes.

– Parfaitement, répondit Roselli, votre synthèse est excellente. Les décisions actuelles des entreprises correspondent à une vue tronquée de la réalité, d'où un développement incomplet, sans finalité clairement identifiée. Il faut élargir la démarche à son étendue réelle, où la mystique tient une place majeure. Les hypothèses sont alors complètes, et comme le prévoient les lois de la logique, une finalité authentique apparaît : l'Harmonie universelle.

– Bien, alors relisons la partie des notes couvrant la mystique.

Il reprit ses notes.

La mystique. Il ne faut pas confondre la fin et les moyens. La finalité de la mystique pythagoricienne est la mise en accord de l'homme avec l'Harmonie universelle. Pour y parvenir, il lui faut mettre en œuvre la symbolique développée au fil du temps par les pythagoriciens : ce sont les moyens. On note ici les moyens.

Rappel de quelques grands symboles, déjà évoqués par Roselli : la tetraktys, la pentade, la décade, les solides platoniciens et leur assimilation aux éléments physiques. Mais il est utile d'en évoquer quelques autres qui pourront être pris en compte dans la réorganisation de JCN. L'harmonie étant « unification des complexes, et accord des opposés », il est important de considérer l'opposition des contraires, qui s'analyse en dix principes (dix comme la décade) se rangeant en deux séries parallèles :

limité	↔	illimité
impair	↔	pair
un	↔	multiple
droite	↔	gauche
mâle	↔	femelle
au repos	↔	en mouvement
rectiligne	↔	courbe
lumière	↔	ténèbres
bon	↔	mauvais
carré	↔	oblong

C'est l'harmonie qui enchaîne ces opposés et les maintient dans certaines limites. Les opposés sont le principe des êtres. Ainsi, le profil des employés de JCN pourra être déterminé par les proportions respectives de chacun des composants de la liste des opposés. Il faudra travailler sur ces notions pour dégager des éléments comme : carré = stable, oblong = instable (le carré conserve ses proportions, à l'inverse de l'oblong, qui présente des possibilités de forme infinies), ou encore rectiligne est supérieur à courbe (car la voie rectiligne, toujours semblable à elle-même, l'emporte sur les sinuosités de la ligne courbe), etc. Un bon profil, en fait un profil équilibré, illustrera une meilleure propension à tendre vers l'Harmonie universelle, puisque cette table d'opposés exprime la correspondance universelle de toutes les formes de réalité.

On notera par ailleurs que des opposés comme lumière et ténèbres, mâle et femelle se retrouvent dans la symbolique chinoise du yin et du yang. Ne pas oublier de s'y reporter lors du travail d'approfondissement de la liste.

– Pas de problème, tout cela est clair maintenant, dit Roselli. Il me semble qu'on peut passer à la préparation du comité.

– Bien, approuva Goren. J'y ai déjà un peu réfléchi et je pense que ce comité doit se dérouler en trois phases. Première phase : présentation générale du projet. La chose n'est pas simple, je dois en dire suffisamment, mais sans trop en dévoiler. Il faut arriver à expliquer l'adoption du système pythagoricien, à en faire comprendre le sens et l'intérêt, bref il faut vendre l'idée. Mais, bien entendu, il n'est pas question d'évoquer vos hypothèses concernant mon identité. Il est crucial que nous gardions à l'esprit que nous nous adressons à des gens non préparés. On peut imaginer ce qu'ils risquent de penser, au moins dans un premier temps. Il n'est pas question de « rater » cette explication, les conséquences pourraient être catastrophiques. Et n'oublions pas que juste après il y a la téléconférence mondiale et la conférence de presse. Les choses y seront de nouveau expliquées dans un laps de temps très court et à des gens encore moins préparés. Nous devons donc travailler à l'élaboration d'un message correctement calibré.

– C'est vrai, confirma Roselli. Il faudra développer un discours à deux niveaux ; un pour le staff rapproché et un autre pour le reste du monde. Mais nous parlons là de l'avenir immédiat. Tout de suite après, le message devra être affiné, à la fois pour le personnel de JCN et son environnement d'affaires, clients, partenaires, etc., et aussi pour tous les autres.

– À cet effet, nous devrons immédiatement mettre en place une structure en charge de ce problème, et c'est l'un des premiers éléments de la réorganisation que nous annoncerons au comité. Mais ce faisant, nous entrons dans la deuxième phase de cette réunion : les premières mesures. Nous devons réfléchir au lancement du projet et à la création des entités en charge des différentes actions. Bien entendu, il n'est pas question d'entraver l'élan des activités actuelles de JCN. On ne foncera pas tête baissée dans l'inconnu. Nous développons la composante « mystique », mais pas au détriment de la composante « logique ». Les premières mesures étant décidées, il faudra aborder la troisième phase du comité : nominations, et décisions des vice-présidents sur leur devenir. Évidemment, il faudra être un peu directif, nous ne pourrons nous arrêter aux états d'âme des uns et des autres. À mon avis, il faut s'attendre à quelques départs, peut-être houleux.

– Si c'est le cas, dit Roselli, il faudra faire jouer la clause du secret telle que vous l'avez présentée à Rome.

– C'est évident.

Ils se comprenaient parfaitement. Sans attendre, ils se mirent au travail. Durant ces heures, ils s'isolèrent dans une bulle mentale, coupés du reste du monde. Ils discutaient, argumentaient, se contestaient l'un l'autre, puis se mettaient d'accord, de longs silences de réflexion intervenaient, de nouvelles idées émergeaient. Ils remplissaient de grandes feuilles de toutes sortes d'organigrammes, de formules chocs, de schémas, de diagrammes, de noms soulignés ou rayés, avec des flèches de toutes les couleurs, des accolades, des parenthèses. Ils déchiraient plus de documents qu'ils n'en conservaient. Le broyeur à papier de Goren fonctionnait à plein. Le temps passait et le cap des dix-neuf heures, qu'ils avaient fixé comme terme de leur réflexion, fut franchi sans même qu'ils s'en aperçoivent. Jane était rentrée, puis ressortie pour une fête chez des amis. Elle étrennait une petite robe à trois mille sept cents dollars qu'elle venait d'acheter à San Francisco pour la circonstance. Vers vingt-deux heures, ils eurent faim et se firent servir un en-cas. Il n'y eut pas d'interruption, ils mangèrent sans cesser de travailler et sans même savoir ce qu'ils avalaient. Ils s'arrêtèrent enfin, vers 1 heure, épuisés, mais satisfaits.

Ils éprouvaient tous les deux cette joie que procure l'ouvrage bien accompli. Cela avait été du bon travail, très productif, et ils sentaient que leur projet allait fonctionner. Goren fit monter de sa superbe cave un Dom Pérignon 1990. Le bouchon sauta, et les bulles fines et délicates dans les coupes étaient à l'image de ce qu'ils ressentaient.

Ils étaient prêts.

États d'âme

Je me souviens... Tant d'épreuves, et maintenant...

Californie, 21 avril 2008 après Jésus-Christ, 2 heures.

Vingt-six ans se sont écoulés depuis la mort de Gödel. Et comme je le pressentais à l'époque, les choses sont maintenant très près d'aboutir. Je dois refaire le point, tout va s'accélérer. Il faut que je me remémore le passé, que j'évalue le présent, et que j'envisage des mesures pour l'avenir immédiat.

Aujourd'hui, le pythagorisme est une lointaine philosophie, oubliée du plus grand nombre et dont on ne peut trouver des éléments, ô combien tronqués et déformés, que dans les publications d'universitaires spécialisés ou dans la poussière des bibliothèques. On admire la logique et le sous-produit mathématique du système. Mais on comprend peu, ou mal, la dimension mystique. Demain, tout va changer...

Comment s'étonner de cet état de choses ? Je revois cette longue histoire de plus de deux millénaires, jalonnée de tant de péripéties dramatiques. Comment oublier le terrible naufrage du pythagorisme, le ridicule qui le frappa, puis cette vie souterraine pendant tant de siècles ?

Après le formidable succès de la Confrérie à Crotone, puis la constitution d'autres groupes dans les cités de la Grande-Grèce à Tarente, à Métaponte, à Sybaris, à Locres, à Rhêgion, et même à Syracuse, en Sicile, notre mouvement avait acquis une influence politique considérable. On pouvait envisager sérieusement une fédération des cités amies qui seraient gouvernées selon nos préceptes. Hélas, notre structure était encore fragile. Une première révolution populaire intervint à Sybaris, et nos frères furent chassés. Toutefois, la guerre éclata vers 510 avant Jésus-Christ entre

Crotone et Sybaris ; elle s'acheva par l'écrasement total de Sybaris. Nous pouvions penser triompher de nouveau.

Pourtant, l'inexorable déclin avait commencé. Il y eut tout d'abord Cylon, ce membre de l'une des plus riches familles de Crotone, qui s'obstinait à vouloir entrer dans la Confrérie. Nous lui avions pourtant bien expliqué les raisons de notre refus. Mais il ne les accepta pas. Faisant montre du côté vindicatif que nous lui reprochions, il fomenta un autre soulèvement démocratique contre nous. La maison de Milon, où la Confrérie siégeait, fut incendiée. La plupart des nôtres périrent dans cette catastrophe. Je dus fuir à Métaponte, où je mourus quelques années plus tard en tant que Pythagore. De l'incendie, seuls deux amis en réchappèrent, Archippe et Lysis qui devait devenir le maître d'Épaminondas à Thèbes. Ailleurs, dans toutes les villes où notre Confrérie s'était installée, nos groupes furent dispersés, les lieux de réunion brûlés, et les frères durent quitter l'Italie du Sud.

Toutefois, le mouvement était extrêmement vivace. Et si la Confrérie ne put jamais se reconstruire comme au début, de nombreux courants se développèrent. Ainsi, il y eut un début de résurrection au IVe siècle avant Jésus-Christ, avec Archytas de Tarente. Archytas appliqua les principes pythagoriciens au gouvernement de la cité avec succès, puisqu'il fut élu gouverneur à sept reprises. Cela ne l'empêcha pas de briller en arithmétique, en géométrie, en mécanique, en musique, en physique, en biologie. Et bien sûr, il y eut le grand Philolaos, qui de Thèbes retourna en Italie un peu avant 399 avant Jésus-Christ. Cependant, je n'oublierai jamais qu'il fut le premier à transgresser la règle du secret : il vendit, oui, il vendit ses traités pythagoriciens pour « cent mines » à un dénommé Dion de Syracuse, un envoyé de Platon. Et Platon s'en inspira largement pour son *Timée*.

Je pourrais citer bien d'autres noms, comme Alcméon de Crotone, le médecin, Ménestor de Sybaris, le père de la botanique, Damon d'Œé, « le plus gracieux musicien du monde » selon Platon, Hippocrate de Chios, le fondateur de la géométrie du cercle, et d'autres encore qui firent honneur à la Confrérie. Mais petit à petit, il n'y eut plus que des initiatives individuelles, de plus en plus divergentes, et vers 350 avant Jésus-Christ, il ne restait plus rien du pythagorisme. Seules les mathématiques (le courant logique) furent reprises, puis développées.

Vers cette époque, honte suprême, le pythagoricien devint un personnage de comédie. On le représentait sale, les cheveux longs et emmêlés, marchant nu-pieds, pratiquant un régime végétarien, ne buvant que de l'eau, comme les grenouilles. Du pythagorisme, il ne restait plus que l'apparence étrange, avec ses préceptes pris au premier degré, qui faisaient tant rire, comme : « Il ne faut pas manger de fèves », « il ne faut pas ramasser ce qui est tombé », « il ne faut pas toucher un coq blanc », « il ne faut pas briser le pain », « il ne faut pas marcher sur un croisillon », « il ne faut pas remuer le feu avec une barre de fer », « il ne faut pas manger d'une miche de pain entière », « il ne faut pas tirer les guirlandes », « il ne faut pas s'asseoir sur une mesure d'un quart », « il ne faut pas marcher sur les grandes routes », « il ne faut pas partager son toit avec une hirondelle », « il ne faut pas regarder dans un miroir près d'une lumière », etc. Notre belle philosophie roulée dans la dérision... Quelle désolation...

Mais c'est du mal que sortit le bien : vers cette époque en effet, les meilleurs d'entre nous se rencontrèrent de nouveau. Outrés par ce que l'on avait fait du pythagorisme, nous décidâmes de tout reconstruire dans la clandestinité. Pour tous, le pythagorisme était définitivement mort. Pour nous, il allait renaître. Mais nous avions décidé d'agir en sous-main, sans précipitation, rebâtissant les choses petit à petit. Le temps ne nous faisait pas peur et nous envisagions sans crainte de travailler secrètement pendant des siècles. Nul ne s'étonna qu'au fil de l'histoire, dans l'écoulement des siècles, les allusions au pythagorisme interviennent sans discontinuer, que des personnages parmi les plus grands se réfèrent à ses valeurs, que des organisations puissantes utilisent ses symboles. En réalité, la chaîne pythagoricienne qui relie tous les membres de la Confrérie à travers les siècles ne fut plus jamais rompue, et il en existe de multiples traces, comme la basilique pythagoricienne de la Porta Maggiore, l'un de mes sites favoris. Personne ne sut jamais que nous continuions à agir, et que des hommes parmi les plus grands appartenaient à notre Confrérie ou étaient directement influencés par elle, dans le monde entier. Notre mystique, celle où tout est nombre, fut ainsi pérennisée.

Dans les premiers siècles de l'ère chrétienne, nous frappâmes un grand coup avec les « théologoumènes de l'arithmétique », cette véritable bible de notre arithmologie. Personne ne sait plus aujourd'hui s'il faut l'attribuer à Jamblique ou à Nicomaque de Gérase. Le secret de l'existence de notre Confrérie perdurait. Tenant compte du tragique épisode de Crotone, nous avions décidé, en contradiction avec nos habitudes anciennes, de mettre nos concepts par écrit. Nous pûmes rassembler dans ce précieux document toutes nos visions sur les nombres, leur signification profonde, et leurs correspondances subtiles dans tous les domaines que nous avions explorés, comme la physique, la musique, la cosmologie, la médecine, l'éthique, et aussi le divin.

Plus tard, œuvrant dans l'ombre, directement ou indirectement, nous suscitâmes chez les Pères de l'Église chrétienne une extraordinaire effervescence littéraire sur la mystique des nombres. Il y eut bien sûr saint Augustin, au début du Ve siècle. Il suffit que son attention soit finement attirée sur les nombres qui jalonnent la Bible. Et, partant du postulat que rien n'est superflu dans les Écritures, il se lança dans ses analyses arithmologiques. Il eut de nombreux émules, tels, autour de l'an 600, Cassiodore, le pape Grégoire le Grand, Isidore de Séville, puis au IXe siècle Alcuin, Raban Maur, Scot Érigène, Hincmar, puis d'autres au XIe siècle, Guillaume de Saint-Amour, puis d'autres encore au siècle suivant comme certains théologiens de l'école de Chartres, des membres de l'abbaye de Saint-Victor de Paris, des abbés cisterciens.

Nous eûmes quelques difficultés durant la période scolastique, et il fallut attendre la Renaissance pour connaître de nouveaux succès, avec entre autres Nicolas de Cues, Marsile Ficin, le grand Luca Pacioli (dont le traité sur les proportions fut illustré par Léonard de Vinci), Jacques Lefèvre d'Étaples, Charles de Bovelles, Gérard Roussel, Alessandro Farra, Pietro Bongo, l'immense Giordano Bruno, Robert Fludd, Athanasius Kircher.

Le XVIIIe siècle marqua hélas le début d'un certain déclin de notre influence, dû à l'environnement culturel : c'était le siècle des Lumières, celui de la raison triomphante. L'arithmologie glissa doucement dans le champ de l'occultisme, marquant un appauvrissement culturel navrant malgré quelques productions de qualité, et cela de manière croissante jusqu'à l'époque contemporaine, où les choses frisent le grotesque. L'arithmologie est réduite de nos jours à une vague numérologie divinatoire. Elle est souvent combinée avec l'astrologie ou le tarot : on donne un nombre à chaque lettre du prénom (par exemple A = 1, B = 2...) ; et le nombre obtenu, qui est censé représenter l'essence du sujet, est soumis à des manipulations exotiques dont le résultat procure le nombre de vie, de chance, ou autres fariboles.

Mais, heureusement, notre action ne se limita pas à l'arithmologie, et nous connûmes d'autres succès. Au-delà de l'arithmologie, c'est une véritable chaîne spirituelle que nous réussîmes à forger à travers les siècles, avec Raymond Lulle, Piero della Francesca, Paracelse, Copernic et tant d'autres. Jusqu'aux grands physiciens contemporains qui cherchent l'explication ultime de l'Univers dans quelques équations, expression d'une grande théorie unifiée. N'est-ce pas reconnaître à nouveau que tout est nombre ?

Quand je pense que la médecine prétendument moderne considère que la mystique relève de la psychiatrie ! Dire qu'elle lui trouve des liens avec l'hystérie ! Mais je ne m'inquiète pas. Il y a évidemment malentendu sur le terme mystique. Notre mystique est sans rapport avec les extases vaporeuses de quelques illuminés. Elle s'appuie sur l'inébranlable piédestal des nombres.

Demain, tout va changer. Les choses rentreront dans l'ordre qu'elles n'auraient jamais dû quitter, et la vérité sortira de l'ombre bimillénaire. Demain, le monde entier vénérera notre mystique, l'authentique, l'universelle. Conformément à sa vocation d'origine, celle que notre Confrérie bâtit à Crotone, elle rayonnera sur l'Univers et éclairera l'humanité de sa signification profonde.

Mais attention, rien n'est définitivement joué, il faut que je revienne aux questions factuelles. Mon esprit doit être clair, froid, déterminé. Une analyse de la situation présente est indispensable avant la suite des opérations.

Le contexte a évolué depuis la réunion de Rome, il y a à peine quelques jours. Beaucoup de choses floues ont gagné en précision. Maintenant que les opérations entrent dans leur phase active, je dois être attentif à tout obstacle qui pourrait les entraver, et à tout catalyseur qui pourrait les accélérer. À n'en pas douter, l'un et l'autre se présenteront dès que le processus sera lancé ; il faut que je sois prêt à tout.

Mais dès à présent deux éléments me paraissent importants.

Tout d'abord, il y a Jane. Certes, on ne peut pas dire qu'elle porte un intérêt majeur à la gestion de JCN, et, de ce point de vue, elle n'est pas gênante. À mon avis, cette situation prévaudra tant qu'elle ne verra aucune ombre financière se profiler sur les résultats de sa pompe à dollars. Mais supposons que l'idée vienne à son petit pois de cerveau que la nouvelle organisation peut comporter des risques financiers. Elle peut alors devenir très dangereuse : elle voudra empêcher tout changement dans le fonctionnement actuel de JCN. Et comme elle ne sait rien faire par elle-même, elle tentera de faire intervenir sa puissante famille, qui a des intérêts dans JCN.

Or, si cette famille n'a aucune possibilité directe d'interférer (elle est fortement minoritaire au conseil d'administration), il est évident qu'elle dispose en revanche de nombreux moyens de pression indirects. Elle compte quantité de gens influents qui occupent de hautes fonctions et qui ne sont pas tombés de la dernière pluie. Et même si au bout du compte elle n'a pas le dernier mot, elle pourra, si elle le souhaite réellement, faire surgir des obstacles d'ordre politique, économique, juridique, qui viendront perturber un processus encore fragile. Au début, la mécanique sera vulnérable. On a vu dans le passé, du temps de ma splendeur à Crotone, ce qu'il pouvait advenir d'une telle structure : alors que le résultat semble presque acquis, tout peut être ruiné. Je ne commettrai pas deux fois la même erreur. Il faut donc tout faire pour éviter que, par le biais de Jane, sa famille ne se dresse contre nos plans.

On pourrait penser à la solution qui consisterait à prendre Jane en particulier, le temps de lui expliquer les choses et de lui en faire comprendre l'intérêt. Mais il faut être réaliste, cette cruche est incapable de porter le moindre intérêt au système pythagoricien et d'adhérer à un projet de cette nature. Tenter l'expérience, puis échouer, ne ferait qu'augmenter sa méfiance envers notre entreprise, d'où un danger encore plus grand. Non, ce n'est pas une bonne solution.

Une hypothèse optimiste serait d'envisager qu'elle ne s'aperçoive de rien. Mais il ne faut pas sous-estimer les gens et, pour être honnête, Jane n'est pas une idiote ; ce sont ses sujets d'intérêt qui le sont. La réorganisation fera grand bruit et elle ne pourra ignorer l'événement. Mon hypothèse optimiste ne tient pas.

En revanche il est possible que, une fois mise au courant du projet et avertie d'un éventuel risque financier, elle n'en croie pas un mot. Elle pourrait ne pas concevoir que quelqu'un tente quelque chose qui diminue la production d'une telle mine d'or. Mais on ne peut pas garantir qu'elle réagira ainsi.

Bref, le comportement de Jane est imprévisible. Et cette incertitude constitue un risque majeur.

Décidément les choses sont claires, cette gourde représente un danger important ; il serait criminel de ma part d'attendre qu'il se manifeste. Il ne peut être question de mettre en balance un intérêt individuel de si peu de valeur avec le projet grandiose qui démarre.

Je vais faire le nécessaire…

Un deuxième élément me paraît très important, mais cette fois-ci d'un point de vue positif : il s'agit de Linda. Voici une personnalité fort intéressante, lucide, pragmatique, efficace, et capable d'une vue à la fois globale et profonde des choses. De plus, elle a l'ouverture d'esprit et l'intelligence pour adhérer authentiquement au système que nous voulons implanter. Et, ce qui ne gâte rien, elle a beaucoup de charme, je dois le reconnaître, elle peut assumer avec talent une certaine représentativité. Sa simple adhésion au projet convaincra un grand nombre.

Il faut trouver un moyen de l'impliquer au maximum, de la rapprocher le plus possible des instances dirigeantes de notre nouvelle structure. Son apport peut être d'une grande valeur, j'en suis convaincu. Mais je dois agir avec prudence, car elle est très fine. Le temps n'est pas venu que ma véritable personne se révèle. Elle ne doit pas découvrir mes interventions occultes. Il faut que je réfléchisse à une stratégie astucieuse.

C'est décidé, je vais trouver un moyen de donner à Linda un rôle capital dans notre projet. J'entrevois une idée ; mais n'allons pas trop vite, il faut d'abord régler le cas de Jane, c'est l'urgence première… Je dois me procurer son emploi du temps des prochains jours, ou au pis des semaines qui viennent. Cela ne devrait pas être difficile, il suffira d'écouter, elle raconte tout. Le mieux serait de tirer parti d'un déplacement suffisamment lointain : un accident est si vite arrivé… Mais, attention, sa famille ne doit pas avoir l'ombre d'un soupçon. Sans cela, qui sait quelle démarche elle pourrait tenter ? Ces gens ne sont ni des naïfs ni des imbéciles. Il faut que je monte une opération astucieuse… Je…

Mais oui, bien sûr… j'ai une idée… Et cela ne manquerait pas d'humour si, après avoir fait tirer la langue à tant de monde par ses exigences ridicules, elle tirait elle-même une grande et longue langue, noire, noire, si noire…

DEUXIÈME PARTIE

Passage à l'acte

Obscures vibrations
de ma pensée profonde

Comité de direction

Obscures vibrations de ma pensée profonde...
Enveloppement des âmes médiocres dans les plis sacrés
de l'éternelle toge blanche...

Siège de JCN, Palo Alto, Californie,
25 avril 2008 après Jésus-Christ, 10 heures.

Comme tous les autres, ce comité se tenait un vendredi, dans la salle du conseil.

C'était une pièce magnifique, rectangulaire, dont les proportions étaient superbes. Les murs étaient revêtus de panneaux de chêne, moulurés à l'ancienne. Le lieu aurait été sombre si l'un des petits côtés du rectangle n'était constitué d'une immense porte-fenêtre donnant sur la forêt qui entourait le siège de JCN. Les portraits des présidents successifs étaient encastrés dans des cadres sobres. Un grand panneau regroupait les noms et photos des trois cent quarante-neuf « *fellows* », c'est-à-dire les membres du personnel ayant mérité la plus haute reconnaissance de JCN en raison de leurs qualités professionnelles, et qui jouissaient d'un statut privilégié.

Au centre de la pièce trônait une table de forme elliptique, de plus de dix mètres de long. Cette table était légendaire, célèbre dans toute l'entreprise et même à l'extérieur : elle symbolisait à elle seule la splendeur du destin de JCN. Le plateau, en érable du Canada, avait près de dix centimètres d'épaisseur. Sur un montant vertical de la table était fixée une plaque de bronze sur laquelle étaient gravés le nom du fondateur de JCN, Jonathan B. Goren, et la date où il avait fait réaliser cette somptueuse pièce d'ébénisterie, 1887, époque où JCN ne fabriquait encore que des systèmes de pesage. Depuis, elle servait traditionnellement de table au conseil.

Deux grands lustres en cristal de Venise éclairaient la salle. Chaque place autour de la table était marquée par un fauteuil en cuir capitonné vert bouteille. On y trouvait tous les moyens informatiques et audiovisuels nécessaires : écran d'ordinateur en réseau, micro, dispositifs divers permettant de commander les vidéoprojecteurs, l'écran escamotable, etc.

En ce 25 avril, le comité ne rassemblait que Goren, sa secrétaire, Antonio Roselli, et les neuf vice-présidents du groupe : Nicholas Palermio (marketing), John Mattews (finance), Linda Van Gulden (juridique), Ho Chen (système), Max Grassimo (services), Richard Parker (software), Robert Oppenheim (ressources humaines), Bernhard Spirtz (communication), Alan Gardner (scientifique).

Chaque participant disposait d'un dossier marqué « strictement confidentiel » (c'était le plus haut niveau de confidentialité), dans lequel se trouvaient les éléments déjà connus des participants au voyage romain : une première partie concernait les « Données pythagoriciennes », une seconde partie s'intitulait « Décision à prendre par les vice-présidents à la fin du comité, conditions et conséquences ». Le dossier n'avait été reprographié que dans le nombre d'exemplaires strictement nécessaire à ce comité.

Goren se leva. Bien que de taille moyenne, il avait une présence puissante. Sa tête ronde posée sur de larges épaules, ses yeux bleuvert très intenses, son attitude ferme, sa voix posée dont le ton ne connaissait pas le doute, la force de ses propos, clairs et denses ; tout cela contribuait à son charisme incontesté. Il s'apprêtait à en jouer. Il prit la parole.

– Mes chers collaborateurs, vous le savez, le comité d'aujourd'hui est d'une importance capitale pour l'avenir de JCN et pour celui de ses huit cent mille collaborateurs, notamment les plus importants d'entre eux. Ce n'est pas la première fois dans l'histoire de notre société que des mutations majeures doivent intervenir. Je dirais même que l'une des caractéristiques de notre grande société est sa capacité à engager des réformes en temps utile et à les mener à bien de façon efficace. Nous avons toujours su être à l'écoute du monde et évoluer dans le sens de son développement. Nous ne nous sommes jamais reposés sur nos lauriers, nous n'avons jamais considéré nos succès comme définitivement acquis. Notre faculté d'adaptation est le reflet de notre dynamisme interne ; notre histoire est jalonnée par de grandes réorganisations, parfois douloureuses certes, mais qui ont montré que nous ne craignons pas de nous remettre en cause.

Dois-je le rappeler, ces transformations se sont systématiquement soldées par des succès. Chaque fois, elles se sont concrétisées par de grands bonds en avant pour JCN.

Mes chers collaborateurs, l'heure est venue d'une nouvelle mutation. Le succès de notre société a été si grand qu'elle a atteint une taille et une puissance qu'aucune société commerciale n'a jamais obtenues dans toute l'histoire de l'humanité. Par notre réussite, nous avons forgé un agent économique d'un genre nouveau, le premier de son espèce, qui n'a été prévu par aucune théorie économique, ni par aucun système politique. Peut-il continuer à fonctionner comme un acteur ordinaire ?

La séance avait débuté à 10 heures précises. Quelques minutes auparavant, tout le monde était entré en silence dans la salle, dans une ambiance tendue où se mêlaient l'expectative, l'incompréhension, l'anxiété et le doute. Goren avait installé Roselli à sa droite, en bout de table, lui conférant d'entrée une position privilégiée. Dès l'ouverture de la réunion, en bon orateur, il avait englobé tous les participants dans un regard circulaire lent et appuyé, pour que chacun se sente personnellement concerné.

À présent, il entrait dans le vif du sujet.

– JCN doit-elle, JCN peut-elle poursuivre son évolution à l'identique, sans se préoccuper du fait que, par son existence même, la mécanique du système mondial se trouve modifiée ? La plupart d'entre vous ont été impliqués dans des groupes d'étude qui travaillent depuis longtemps sur le sujet. Nous avons même un directeur de l'évolution, Franz Kopler. Les résultats de ses travaux sont si insignifiants que je ne l'ai pas invité aujourd'hui. Mais les études réalisées par ses équipes ont tout de même confirmé ce que le bon sens laissait prévoir : il serait irréaliste de penser que notre expansion puisse continuer indéfiniment sur sa lancée. Notre puissance financière et économique approche celle des grands États du monde. Il est inimaginable que les gouvernements ne réagissent pas face à ce qu'ils peuvent percevoir comme une menace pour leur autorité. D'ailleurs, nos multiples contacts nous confirment que les responsables politiques y réfléchissent sérieusement.

Pour la première fois depuis le début de la réunion, un participant prit la parole ; Palermio interrompit brutalement Goren.

– Puisque JCN est réactive, ne leur laissons pas le temps de réfléchir et imposons notre puissance aux gouvernements. Nous avons les moyens de le faire.

– C'est une option et je ne l'ai pas retenue, répondit sèchement Goren. Veuillez écouter ce que j'ai à vous dire. Franz Kopler a obtenu peu de résultats, néanmoins il a consciencieusement étudié divers scénarios. Celui que suggère Nicholas a fait l'objet de simulations sérieuses. La conclusion est claire : ce schéma conduit droit à un conflit armé.

– La grande JCN aurait peur d'un combat qui pourrait lui assurer la puissance absolue ? demanda Palermio.

– La grande JCN est dirigée par des personnes responsables. Je comprends que la soif de puissance puisse inciter à tous les combats, surtout si l'on a le sentiment de son infaillibilité. Au vu de nos succès, certains parmi nous, dont je ne suis pas, pourraient effectivement être tentés de se sentir invulnérables. Mais gardons la tête froide.

Il existe nombre d'activités dans le monde, différentes des nôtres, qui exigent des capacités spécifiques que ne nous possédons pas. Aucun de nous n'est omniscient, pas plus que l'ensemble du groupe que nous constituons. Les États ont des forces armées, avec des personnes compétentes dans des domaines souvent complexes dont nous ignorons tout : l'approvisionnement en systèmes d'armes modernes, la stratégie, la logistique du combat, et mille autres secteurs que vous pouvez imaginer facilement, plus quantité d'autres dont vous n'avez même pas idée, ni moi non plus. Ce n'est pas en achetant au prix fort les meilleurs spécialistes que nous mènerions la révolution culturelle interne nécessaire si nous voulions être prêts à la bataille armée.

Alors, soyons sérieux, nous n'allons pas nous transformer en mercenaires pour nous lancer dans un combat dont personne ne pourrait prévoir l'issue.

Palermio s'apprêtait à intervenir de nouveau.

– Un instant, Nicholas, fit Goren. Avant d'aller plus loin, je précise que, en tout état de cause, ce problème relève de la stratégie fondamentale de JCN. Les décisions de ce niveau sont de ma seule responsabilité, ai-je besoin de le rappeler. JCN ne s'engagera dans aucune conflagration directe du type de celle suggérée par Nicholas. J'ai étudié cette question sous tous ses aspects, avec des personnes compétentes, et ma religion est faite. La discussion est close sur ce point.

En réalité, Goren n'avait étudié la question avec aucun spécialiste, mais sa religion était tout de même faite. Cette déclaration péremptoire fut suivie par un long silence. Palermio serrait les dents pour ne pas réagir au camouflet qu'il venait de subir.

Le moment décisif était arrivé. Goren allait entrer dans la phase critique de son discours. Même s'il n'emportait pas l'adhésion de tous, le projet devait sembler solide, constructif ; sa démarche devait impérativement paraître cohérente avec ce qu'était JCN, et jouable, faute de quoi sa crédibilité personnelle serait compromise. Les détracteurs du projet (à ses yeux, assurément, ils seraient nombreux à se manifester) auraient beau jeu de le ridiculiser, et son projet avec lui.

Goren se concentra pour mobiliser toute son énergie. Il lui fallut moins d'une seconde pour se sentir prêt, sûr de lui, fort et robuste sur ses deux jambes. Une féroce envie de gagner le tenait au creux des tripes.

– Cela dit, sachez que ce n'est pas parce que je refuse la guerre ouverte que je renonce à l'expansion du rôle de JCN. Mais il ne s'agit pas de se gargariser d'affirmations floues ou d'espérances fumeuses. Concrètement, que peut-on faire pour solutionner le problème d'une croissance continue mais pacifique de JCN ? Quelle stratégie pourrait répondre à nos souhaits ?

Écoutez-moi bien. – Le volume de sa voix montait. – Écoutez-moi tous : je pense détenir les composantes de cette stratégie. Je vais vous présenter maintenant une approche de développement autre que celle de l'attaque de front, une approche plus subtile, qui prendra le monde entier à contre-pied ; une approche que personne ne pourra contrer et qui donnera à JCN la vocation planétaire unique que nous voulons tous lui voir assumer. Ce sont là, vous allez le voir, trois points essentiels qui assureront notre pérennité. La JCN qui se développera suivant cette nouvelle ligne apportera au monde bien plus que sa contribution actuelle. Retenez bien ceci : JCN va s'appuyer sur sa puissance pour changer le monde pacifiquement, tout en continuant à exprimer ses potentialités de développement. L'heure de l'accomplissement total du destin de JCN a sonné.

Une fois de plus, il avait suffi de quelques paroles pour que Goren captive l'assistance et fixe totalement son attention. Il observa de nouveau un instant de silence pour que chacun prenne conscience de l'envergure de ses déclarations. Il voulait faire monter la pression, et la pression montait. On n'entendait pas le moindre souffle dans la salle. Les yeux étaient fiévreusement fixés sur Goren. Il eut à nouveau un lent regard circulaire comme s'il lançait un filet pour les capturer tous.

Il réfléchissait à toute vitesse en les regardant, et il comprit qu'il allait gagner. Il les tenait dans le creux de sa main, comme des pions, ils ne pouvaient plus lui échapper. Appliquant sa redoutable technique habituelle, il avait pris l'auditoire dans ses mailles, et il ne le lâcherait plus, le contraignant à suivre les rails inexorables de la logique jusqu'au bout de son raisonnement. Du grand art, pour lequel Goren était célèbre. Il poursuivit.

– Comme cela a toujours été le cas dans l'histoire de JCN, la stratégie à laquelle je songe s'appuie sur une certaine vision de l'évolution du monde. Mais nous n'allons pas nous limiter, comme les fois précédentes, à un effort d'adaptation aux changements d'ordre technologique, ou économique, ou éventuellement politique, dans la mesure où la politique conditionne l'économie. Cette fois, c'est nous qui allons adapter le monde à notre idéal. Ce que nous voulons faire, c'est élargir notre horizon, jusqu'à la prise en compte des problèmes de la société elle-même. Il s'agit en particulier de contrer une tendance de toutes les sociétés avancées, qui à terme pourrait s'avérer catastrophique pour l'humanité entière. Je veux parler de la perte d'objectif.

C'est un lieu commun, la baisse d'audience des religions traditionnelles, le matérialisme ambiant, la logique du système économique, voilà autant de raisons qui ont contribué à un affaiblissement général de la notion d'idéal. Au niveau de responsables comme nous, le problème ne se pose pas : nos travaux ont un objectif clair, le succès de JCN, auquel nous adhérons tous. Cet objectif revêt une ampleur suffisante pour donner un sens à notre vie.

Mais ce n'est pas le cas pour la plupart des gens. Pour eux, la consommation effrénée et l'accumulation de biens constituent l'activité principale. Sans toujours en avoir conscience, ils se laissent gagner par cette frénésie matérielle. Nous avons tous conscience de cette réalité, je n'ai pas besoin de développer le sujet. Et le résultat, c'est cette société un peu déboussolée : les gens ont perdu la foi dans les valeurs qui ont permis de bâtir nos collectivités, et ils finissent par se demander ce qu'ils font sur Terre.

– Nous savons tous cela, interrompit Palermio. Mais en quoi ce sujet concerne-t-il une société commerciale comme JCN ?

Goren échangea un rapide coup d'œil avec Roselli. C'était clair, Palermio n'était pas un allié dans le projet qui s'esquissait. Il créerait des difficultés, et il fallait se préparer à les gérer. Pour l'instant, Goren allait s'appuyer sur l'objection pour mieux rebondir, comme il savait si bien le faire.

– Cela nous concerne à plusieurs niveaux. Au premier degré, Nicholas, je pourrais répondre qu'à terme ce phénomène pourrait devenir le ferment de la ruine de notre monde et donc de JCN. Mais je vous ferai une autre réponse. JCN n'est plus une société commerciale comme les autres. Ainsi que je l'ai dit, elle est aujourd'hui si puissante qu'elle est devenue un agent économique d'un nouveau type, qui a besoin lui aussi d'un idéal à sa mesure. L'économique ne lui suffit plus. Certes, JCN va continuer à développer sa puissance économique, mais l'objectif de ce développement ne pourra plus être seulement le résultat financier : l'édification du profit se fera dans le cadre d'une éthique, d'une philosophie, d'une harmonie générale, reflet d'une nouvelle vision du monde, celle de JCN. Et cette manière de fonctionner devrait apporter une réponse à tous ceux qui sont en mal d'idéal.

Je ne vous en dis pas plus maintenant, car Roselli vous en parlera tout à l'heure. Mais dès à présent, vous pouvez comprendre que ces façons d'opérer donneront un sens nouveau, bien plus large, à la notion d'entreprise : sa fonction ne sera plus seulement de maximiser le profit. Elle aura aussi l'ambition de contribuer à un meilleur épanouissement des gens.

Dans un premier temps, JCN s'appliquera à elle-même les nouvelles « règles de vie ». Plus tard, elle les diffusera peu à peu à travers ses pratiques commerciales. À terme, JCN aura inventé pour la planète entière un nouveau système. Dans ce système, chacun trouvera un ensemble de valeurs de qualité et comprendra qu'il contribue, par la fonction qu'il assume, à un objectif clair dont la réalisation sera profitable pour lui, mais aussi pour toute la communauté, et cela à un niveau qui dépasse le seul domaine économique, pour atteindre la justification de la destinée de chacun. Voilà l'idée générale de la stratégie que j'entrevois.

Comme il l'avait prévu, Goren sentit que son public n'accrochait que partiellement à ces déclarations générales. La dimension « philosophique » du projet leur paraissait trop éloignée de ce qu'était JCN aujourd'hui, et ils ne voyaient pas ce que cela lui apporterait. Il se dit qu'il était temps de quitter l'approche conceptuelle pour se pencher sur les préoccupations personnelles des uns et des autres. Il poursuivit.

– Mais pour revenir à JCN, et aux intérêts de son personnel, notamment ceux de ses dirigeants, ne pensez pas une seconde qu'il y a dans la démarche que je décris angélisme et naïveté. Tout cela est bon, très bon pour nous. Avant d'entrer dans les détails, vous remarquerez qu'une stratégie de ce type présente en fait les avantages suivants – la lumière baissa dans la salle du conseil, et un grand écran se déroula depuis l'intérieur du faux plafond, où il était dissimulé :

1. *Elle prend tout le monde par surprise.* – En même temps que Goren la prononçait, cette phrase apparut en gros caractères rouges sur l'écran, en dessous du titre « La nouvelle stratégie pour un grand destin ». – Personne n'aura le temps de réagir. Nous avons la main, et nous gardons la maîtrise de notre destin.

C'est le premier point essentiel que j'évoquais il y a quelques minutes.

2. *Elle préserve les possibilités de croissance de JCN, dans un cadre pacifique.* – Cette deuxième phrase vint se placer au-dessous de la première. – Non seulement les gouvernements ne pourront s'opposer à notre stratégie, mais ils seront indirectement contraints de l'appuyer. Car la pression viendra de la base. Au fur et à mesure que la compréhension de notre projet se diffusera, les populations comprendront comment notre nouvelle approche du monde peut contribuer à leur épanouissement, en répondant à l'attente plus ou moins clairement exprimée d'un idéal crédible, et, disons-le sans fausse modestie, en proposant un nouveau sens à leur vie. Notre projet soulèvera chez les gens une nouvelle et grande espérance.

Les gouvernements seront obligés de suivre en se posant en partenaires, faute de quoi on leur demanderait de proposer une autre solution crédible. N'en disposant pas, ils perdraient le contrôle de la situation.

Bien entendu, tout cela n'apparaîtra au grand jour que progressivement. Nous ne dévoilerons pas nos batteries tout de suite. Il y a évidemment une gestion fine de projet à mettre en place, mais nous savons le faire. Au total, JCN pourra poursuivre pacifiquement sa croissance.

C'est le deuxième point dont je parlais.

3. *JCN acquiert un rôle planétaire* – cette troisième phrase s'afficha sur l'écran – qui va bien au-delà de la fonction économique qu'elle assumait jusque-là.

C'est le troisième point essentiel que j'évoquais.

La lumière revint, mais l'écran resta en place, avec ses trois phrases en rouge et le titre. Les regards revinrent vers Goren.

– À ce stade, avez-vous des questions ? demanda-t-il.

– Je n'ai pas de question, mais plutôt un commentaire, dit Palermio. Je note que, dans cette affaire, tout repose sur la nature « philosophique » du projet. Il faudra qu'il soit d'une nature vraiment extraordinaire pour que tout ce que vous nous avez dit puisse se concrétiser. On peut se demander si un projet aussi exceptionnel peut exister, avec des possibilités de réalisation raisonnables.

– Le projet est inouï, en effet, dit Goren. Vous en avez eu quelques prémices à Rome, et, tout à l'heure, Roselli vous en dira plus ou tout au moins un peu plus. Mais pour l'instant, Palermio, je vous suggère d'adopter une attitude mentale plus positive ; vous pourrez toujours critiquer après que l'on vous aura expliqué ce dont il retourne. D'autres questions ?

– Oui, j'ai une question, dit John Mattews, le vice-président en charge de la finance.

Outre JCN, ce personnage sec et longiligne, toujours vêtu d'un costume noir, siégeait au conseil d'administration de plusieurs grandes banques ; il ne voyait que l'aspect financier des choses.

– Quelqu'un a-t-il une idée de ce que ce projet va coûter, à court, à moyen, et à long terme ? demanda-t-il de sa voix d'outre-tombe.

– Non. Il faudrait pour cela que la trame du projet soit définie et ce n'est pas le cas. La seule chose qui soit claire aujourd'hui, c'est la décision stratégique, politique, que j'ai prise de mener JCN dans cette nouvelle direction. Dans quelques instants, je parlerai des premières mesures qui seront prises et, bien entendu, la composante financière demeurera un élément majeur. Je vous l'ai dit, le profit reste un objectif fondamental de JCN. Encore des questions ?

– Oui, dit Robert Oppenheim, le vice-président pour les ressources humaines. – Il se régalait à l'avance des multiples problèmes de personnes qu'il sentait venir et qu'il réglait mieux que quiconque. – La mise en œuvre de la composante « philosophique », si on peut l'appeler ainsi, relèvera-t-elle de la responsabilité des divers patrons actuels, ou va-t-on voir se développer dans JCN de nouvelles structures en charge de cette question ?

– Certaines structures seront en charge de la définition des éléments de la « philosophie », pour reprendre votre terminologie, ainsi que du contrôle de son application, et les patrons opérationnels devront la considérer comme partie prenante de leur action.

Mais je note que la question de Robert nous fait déjà entrer dans une partie plus concrète du projet, et c'est là l'objet de la deuxième phase de notre comité. S'il n'y a pas d'autre question sur la première partie, je vous propose de faire une pause. Nous reprendrons dans quinze minutes. Roselli, voulez-vous me suivre dans mon bureau ?

Ils s'assirent tous deux avec une tasse de café.

– Alors Antonio, vos premières impressions ?

– Ça s'est passé à peu près comme nous l'avions espéré. Je vous ai trouvé moins percutant sur la seconde partie de votre intervention, mais c'était bien quand même. Il fallait absolument éviter de parler de mystique, c'était difficile, et vous y avez réussi. J'ai l'impression qu'au stade où nous sommes, ils ont tous à peu près accepté l'idée en se contentant de l'aspect apparemment logique et cohérent du projet. Bien sûr, cela reste à consolider, mais avec le niveau d'information dont ils disposent, on ne pouvait faire mieux. Non, Pete, je crois que c'est réussi. Mais il est clair que plusieurs d'entre eux n'aiment pas du tout ce qui se passe, il va falloir rester vigilant.

– C'est vrai. Le plus virulent est Palermio. Il faut s'en méfier. Il est retors et c'est un sanguin, dangereux de surcroît.

– Il n'y a pas des bruits qui courent sur ses liens avec la mafia sicilienne ?

– Si. Mais ça n'a pas été prouvé. J'ai fait faire des investigations qui n'ont rien révélé, mais il est extraordinairement prudent. Lui-même n'a jamais rien fait pour démentir ces rumeurs ; il pense sans doute qu'elles peuvent être à son avantage. Mais c'est clair, son job chez JCN représente tout pour lui, et il risque de très mal réagir à une régression de sa fonction, qui me paraît pourtant inévitable. Lors de notre entrevue dans l'avion, j'ai senti qu'il ferait tout pour garder un rôle très important. S'il rue trop dans les brancards, il faudra faire le nécessaire pour éviter des réactions dangereuses de sa part. Méfions-nous de ses éventuels amis.

– Je suis de votre avis. Notre projet me semble bien monté, mais il sera vulnérable au début. Il faut faire le nécessaire pour minimiser les risques.

Ils burent quelques gorgées de café, songeurs...

– D'autres opposants apparaîtront au cours des opérations, dit Goren. Certains, comme cette demi-portion de Gardner, ne poseront pas de problèmes. Avec d'autres, ce sera plus délicat. Mais nous aviserons en temps utile.

Le quart d'heure de pause était presque écoulé.

– C'est l'heure, Antonio, à votre tour de défendre notre salade.

Chacun avait regagné sa place autour de la table du conseil. Goren se leva et prit la parole.

– Cette seconde partie de notre réunion va se passer en deux temps. Dans un premier temps, Roselli va vous présenter les grandes lignes de ce que certains ont appelé la dimension « philosophique » de la réorganisation de JCN. Puis, dans un second temps, je reprendrai la parole pour vous donner les premiers éléments concrets de cette réorganisation. La fin de cette partie est prévue vers 13 heures. J'aurai alors le plaisir de vous convier à un déjeuner dans la grande salle à manger de la direction. À l'issue du repas, nous nous retrouverons ici, et, comme prévu, chacun d'entre vous exprimera sa décision sur la poursuite de son appartenance à JCN.

Un silence pesant souligna l'importance de l'enjeu pour chacun. Le choix qu'ils devraient bientôt faire influerait sur le reste de leur vie.

– Roselli, vous avez la parole, dit Goren.

Roselli déplia son immense silhouette du fauteuil où il était assis. Avec sa démarche de lynx, il vint se mettre en bout de table, à la place occupée jusque-là par Goren.

Le président était charismatique. Mais il suffisait à Roselli d'être là pour attirer tous les regards. L'attention était à son maximum. Il prit la parole.

– Mes chers collègues, depuis que l'humanité existe, il s'est trouvé quelques individus, peu nombreux, qui ont marqué l'histoire de la pensée. Si on doit leur chercher une caractéristique commune, on la découvrira sans doute dans une capacité à développer des systèmes suffisamment vastes pour qu'ils englobent le monde, les hommes, la vie, dans une construction à la fois grandiose, unique et cohérente. C'est le cas, par exemple, des grandes religions ou, avec moins d'ampleur, de certains grands systèmes politiques. Ce n'est ni le lieu ni l'heure d'évoquer la fascination que ces systèmes ont pu exercer. Un seul point m'intéresse aujourd'hui : la cohérence de ces constructions donne à chaque homme sa place dans le système, et une signification à sa fonction. Un tel système propose un idéal rayonnant, chacun est à même de se positionner par rapport à cet idéal, et de comprendre son rôle existentiel.

Pythagore est l'un de ces penseurs. Le caractère original de sa pensée réside dans le fait que, pour lui, tout est nombre. Pythagore et ses successeurs ont développé un système monumental, où toute réalité est sous-tendue par les nombres, depuis la musique jusqu'à la structure de l'Univers. Vous avez déjà découvert cela à Rome ou dans les dossiers qui vous ont été remis.

Pour nous, gens de JCN, les nombres ont un sens. Nos ordinateurs consomment des nombres comme nous consommons l'oxygène de l'air : plus de nombres, plus d'ordinateurs. Une prontité croissante des choses de la vie sont prises en compte par nos ordinateurs. Il y a bien sûr tout ce qui se compte (la comptabilité, la finance, la gestion, etc.) et tout ce qui se calcule (les ouvrages d'art, les voitures, les fusées, etc.). Il y a aussi d'autres domaines, toujours plus nombreux, comme la composition musicale, la linguistique informatique, et bien sûr tout ce qui se numérise, comme le son et l'image, ainsi que certaines formes de production artistique (imagerie, etc.). Mais il y a également les tâches humbles que nos microprocesseurs contrôlent, comme le lavage du linge, la régulation de la température de nos réfrigérateurs, la climatisation de nos voitures, et bien d'autres choses encore.

Bref, nous transformons de plus en plus d'entités en nombres pour pouvoir les traiter sur nos ordinateurs. Et ce faisant, nous démontrons d'une certaine manière l'affirmation de Pythagore : tout est nombre. Mais notre approche présente une différence fondamentale par rapport à celle de Pythagore : elle ne saisit que la réalité comptable du monde, et les nombres n'ont qu'une fonction d'outil dans ce processus. Le résultat, qui n'est pas critiquable si l'on se maintient dans cette perspective comptable, est un produit froid, impersonnel, désincarné. Et nos ordinateurs ont pris un tel poids que cette froideur et cette inhumanité finissent par rejaillir sur tous les domaines de la vie où ils interviennent, c'est-à-dire partout.

Finalement, notre conception limitée de ce que sont les nombres contribue à ce sentiment qu'ont de plus en plus de gens de vivre dans un monde inhumain.

Or Pythagore et ses pythagoriciens ont bâti sur les nombres l'une de ces constructions lumineuses dont je parlais il y a quelques instants. Ils ont édifié un système complet qui propose un idéal magnifique, acceptable par le plus grand nombre, et qui permet à chacun de se situer clairement par rapport à lui. Ne croyez pas qu'il s'agisse là d'une utopie : des cités entières ont été gérées dans le passé, avec succès, sur la base du système pythagoricien. Et si la mécanique a fini par s'enrayer, c'est que les conditions historiques de l'époque étaient défavorables. (Je pourrais vous l'expliquer en détail mais, pour le moment, croyez-moi sur parole.)

Je vous présenterai ou rappellerai les éléments principaux du système de Pythagore dans quelques instants. Mais avant d'entrer plus dans les détails, je vous demande de prendre telles quelles mes affirmations précédentes sur le système et sa capacité à proposer un idéal. Cela vous permettra d'entrevoir dès à présent comment la prise en compte par JCN de la doctrine pythagoricienne constitue une manière de concrétiser l'objectif de Pete. L'explication s'appuie sur un raisonnement de simple bon sens.

Il existe une vision du monde, celle de Pythagore, où les nombres, nos alliés, possèdent un rôle central d'où découle le genre de système capable de proposer un idéal à tous. Par ailleurs, les nombres sont notre spécialité ; avec eux nous sommes en pays connu : utilisons-les pour ce qu'ils sont dans leur dimension complète, et nous donnerons au monde un nouvel avenir.

Je pose simplement la question : qui est mieux placé que nous pour magnifier le rôle des nombres, en remettant en selle le système de Pythagore ? Je réponds sans hésitation : personne. Pour nous, gens de JCN, redonner aux nombres leur signification complète n'impliquerait aucun changement de culture ; ce ne serait que le prolongement jusqu'à son terme de notre activité actuelle, qui est en fait la concrétisation de la puissance des nombres. Nul ne pourrait être plus crédible que nous dans cette démarche. Et je vous le demande, quelle barrière intellectuelle pourrait nous empêcher de donner aux nombres leur fonction pythagoricienne, si nous décidions de le faire ? Je réponds : aucune, car de grandes mutations ont déjà enrichi JCN, illustrant l'ouverture d'esprit de ses dirigeants.

Alors, pourquoi hésiter ? C'est en mettant en œuvre ce système complet, cohérent, pourvu d'un grand idéal, d'abord chez nous, plus tard avec nos partenaires commerciaux, et finalement avec la planète entière, que JCN pourra développer tout naturellement sa nouvelle dimension et son nouveau rôle.

Roselli s'interrompit quelques instants, pour laisser à chacun le temps d'assimiler ses propos. L'idée générale était folle par son ambition, mais chacun devait reconnaître que l'argumentation de Roselli se tenait. C'est vrai, les nombres étaient le pain quotidien des ordinateurs de JCN, et celle-ci les dominait parfaitement. Et s'il se vérifiait que l'on pouvait construire un système universel bâti sur eux (tous attendaient Roselli au tournant sur le sujet, mais sans se faire trop d'illusions, Goren n'étant pas fou), système qui répondrait à l'attente plus ou moins explicite de l'humanité, alors JCN serait peut-être susceptible d'assumer le rôle que souhaitait son président.

Goren écoutait et admirait sans réserve la maestria de Roselli. « Quel talent, ce Roselli. Il est en train de faire avaler à tous ces vice-présidents de la plus grande société du monde une idée inouïe, impensable, et tout cela a l'air simple et naturel. Et aucun, y compris Linda, ne trouve rien à redire. »

– Permettez-moi à présent, poursuivit Roselli, de vous rappeler brièvement les grandes lignes du système de Pythagore.

La sonnerie stridente du téléphone arrêta net l'envolée de Roselli. C'était inhabituel. Les instructions étaient formelles, personne n'était autorisé à interrompre un comité de direction, sous aucun prétexte. La surprise fut générale, seul un événement grave pouvant justifier cette coupure. Maureen, la jolie secrétaire particulière de Goren, décrocha, écouta quelques secondes, et pâlit brusquement.

– Monsieur le président, dit-elle, pourriez-vous vous rendre immédiatement dans votre bureau, c'est important.

Goren hésita, mais Maureen lui fit un discret signe de la tête. Il se tourna vers Roselli, et lui dit :

– Roselli, continuez sans moi, je reviens dans un instant pour mener la suite de la réunion comme prévu.

Le bureau de Goren jouxtait la salle du conseil. Il en était séparé par deux portes successives, dont l'une était capitonnée ; l'insonorisation était parfaite. Goren franchit les deux portes en les refermant derrière lui. Dans son bureau, deux personnes l'attendaient, debout : un policier en uniforme, et l'un des jardiniers en charge du parc de sa maison, en tenue de travail. Ils étaient tendus et semblaient affligés. Comme ils hésitaient à prendre la parole, Goren, intrigué, leur dit :

– Que se passe-t-il ? On dirait que le ciel vous est tombé sur la tête.

– Monsieur le président, commença lentement le policier, très embarrassé, un malheur, un grand malheur est arrivé, et j'ai la charge bien pénible de devoir vous l'annoncer.

– Je vous écoute, dit Goren, laissant filtrer son inquiétude.

– Monsieur le président... Monsieur le Président, votre épouse, Jane Awton Goren, est morte.

Goren ouvrit des yeux ébahis.

– Mais... mais comment ? C'est impossible !

– Monsieur le président, votre épouse est partie ce matin faire du cheval, comme souvent, semble-t-il. Dans l'écurie, elle a choisi un cheval nommé Hippase, dont on m'a dit qu'il était l'un des plus fougueux. On l'a vue partir au grand galop. Le cheval est revenu seul, une heure et demie plus tard. Votre personnel s'est aussitôt mis à la recherche de Mme Goren. Votre jardinier ici présent, Juan Gonzales, l'a retrouvée il y a à peine une heure. Il a aussitôt appelé les secours, mais ils n'ont rien pu faire. Il semble que le cheval se soit emballé et qu'il soit parti dans la forêt proche. Votre épouse avait le cou pris, coincé, dans une branche en forme de fourche, et son corps pendait, sans vie, les pieds à environ un mètre quatre-vingts du sol. Les premiers examens montrent qu'elle est sans doute décédée sur le coup, les vertèbres cervicales brisées net.

Le policier regardait Goren. Celui-ci ne disait rien. Il restait immobile, silencieux, les yeux baissés. Goren était une personnalité très importante et, malgré son goût pour la discrétion, la presse spécialisée était toujours à l'affût d'informations concernant sa vie privée. Les relations distendues du couple Goren étaient notoires, et le policier en avait entendu parler. Il ne s'étonna pas du parfait contrôle que Goren conservait sur lui-même...

– Monsieur le président, dit le policier, il va falloir vous rendre à l'institut médico-légal, à San Francisco, pour reconnaître le corps. C'est là que Mme Goren a été transportée. Par ailleurs, vous serez contacté par un lieutenant de police. Il devra vous interroger avant de classer l'affaire, c'est la règle.

– Je comprends, dit Goren. J'irai reconnaître le corps cet après-midi même. Je ferai préparer l'hélicoptère et je serai à l'institut médico-légal vers 17 heures. Cela convient-il ?

– Je crois, oui.

Le policier partit avec le jardinier, et Goren se retrouva seul dans son bureau. Il regarda sa montre. Roselli en avait encore pour un petit quart d'heure. Il s'assit dans un fauteuil pour réfléchir. Il n'éprouvait aucun regret, la disparition de Jane le laissait indifférent. Aucune tristesse, mais aucune satisfaction. L'image de Linda traversa son esprit, mais il la repoussa aussitôt, ce n'était pas le moment. Quel incroyable clin d'œil du destin, pensa-t-il. Quel hasard ! Que ce jour-là elle prenne précisément ce cheval qu'elle n'appréciait guère ; et maintenant, si la version du cheval emballé était officialisée, l'histoire retiendrait que la femme de Goren, lui-même réincarnation de Pythagore (selon Roselli), avait été tuée par Hippase ! Cette mort serait perçue comme une étonnante vengeance, deux mille cinq cents ans plus tard. Avec ironie, il se dit que le cheval était peut-être l'actuelle réincarnation d'Hippase de Métaponte.

Mais il fallait songer à des choses plus concrètes : l'enquête, les obsèques, la famille, la presse, les questions de succession. Annoncerait-il l'événement à ses vice-présidents tout de suite ? Non, il n'annoncerait rien, la réunion était capitale, il était hors de question de bouleverser l'ordre du jour si soigneusement préparé avec Roselli. Il attendrait la fin de la journée. Il décida de donner carte blanche à Maureen pour prendre en main la gestion des problèmes liés à la disparition de Jane. Il la mettrait en rapport avec son avocat.

Il l'appela par téléphone, interrompant une nouvelle fois le comité. Elle arriva aussitôt dans le bureau, et il lui donna ses instructions. Puis il retourna dans la salle du conseil, et, impassible, reprit la place qu'il avait quittée un peu plus tôt. Les vice-présidents lorgnaient discrètement dans sa direction pour essayer de comprendre la raison de ces interruptions exceptionnelles. Mais rien ne transparaissant sur le visage de Goren, ils fixèrent à nouveau leur attention sur Roselli.

Celui-ci terminait sa présentation de la doctrine pythagoricienne, dans une version « allégée » (« modernisée », avait dit Roselli) pour les vice-présidents, conformément à la stratégie mise au point avec Goren. La personnalité de Pythagore avait été pratiquement passée sous silence, il n'avait évidemment pas été question de métempsycose, et la dimension mystique avait été largement édulcorée, ne gardant qu'une coloration anecdotique. En revanche, on avait beaucoup parlé d'Harmonie universelle, d'épanouissement individuel et collectif, et cela par l'intermédiaire des nombres. Roselli avait évoqué la tetraktys, la pentade, la décade, les solides platoniciens, le pentagramme. Il arrivait à présent à la fin de son intervention.

– Mes chers collègues, dit-il, en conclusion, je voudrais attirer votre attention sur un point important que j'ai déjà évoqué à Rome lorsque nous étions dans la basilique de la Porta Maggiore. Ce point vous avait d'ailleurs intrigués, mais je ne pouvais pas en dire plus à ce moment-là. Il s'agit de la pérennisation, jusqu'à nos jours, de groupes pythagoriciens qui sont à l'œuvre de par le monde.

Leur fonctionnement est occulte, et il m'a fallu un long travail de recherche pour les localiser. Leur objectif est à peu près similaire à celui qui vous a été exposé aujourd'hui. Si nous n'agissons pas vite, c'est vers eux que les populations se tourneront, et nous aurons manqué notre destin planétaire. Il est donc impératif que nous lancions notre projet avant qu'ils n'aient eu le temps de le faire eux-mêmes. Et, comme je le disais tout à l'heure, nous sommes mieux armés que quiconque pour réussir dans cette entreprise. À mon avis, dès que les opérations seront engagées, ils ne pourront que se rallier à notre cause. Mais vous comprenez que nous devons agir vite. Des questions ?

Un long silence suivit. Chacun intégrait peu à peu l'ampleur du projet. Finalement, ce fut Linda qui posa une question.

– Ce projet est gigantesque. Aucune entreprise n'en a jamais mené de cette dimension. Avez-vous envisagé un éventuel échec ? Et dans ce cas, y a-t-il une évaluation des dommages pour JCN ?

– Cette question est plutôt pour le président, dit Roselli. Pete, pouvez-vous répondre ?

– Linda, répondit Goren, notre projet est considérable, je vous l'accorde, mais nous avons soigneusement pesé les choses, il est à notre mesure. Nous saurons gérer cet événement comme nous avons su gérer les précédents, et nous excluons tout échec. JCN deviendra la société à rôle planétaire ainsi que nous l'avons décidé, et elle y parviendra grâce à l'application de la doctrine pythagoricienne.

Silence général, pendant près d'une minute...

– Une autre question ? demanda Roselli.

– Oui, j'ai une autre question, dit Palermio.

Ses interventions précédentes ayant été directes, il pensa qu'il était raisonnable de donner une tonalité plus conciliante à son propos, sans pour autant que sa pugnacité en soit ternie. Il sentait sa position menacée, et il voulait la défendre jusqu'au bout. Il dévoila son clavier dentaire dans toute sa splendeur.

– JCN est la plus belle société du monde, dit-il. Elle tourne à plein régime, c'est une mécanique parfaite. Certes, sa dimension risque de poser des problèmes nouveaux. Mais faut-il, à cause de ce risque potentiel, casser cette machine formidable, pour se lancer dans une opération dont on ne connaît pas le coût et qui ne prévoit aucune position de repli en cas d'échec ? Une sorte de quitte ou double en somme ! Ne serait-il pas plus raisonnable de réfléchir à un autre type d'évolution, qui préserve la philosophie de base de JCN, croissance et profits, qui ont toujours été d'excellents moteurs ?

C'était du Palermio pur jus. Il essayait de noyer le poisson dans du parfum de synthèse.

– Pete, dit Roselli, je pense que cette question est également pour vous.

– Oui, dit Goren, je vais y répondre. Mon cher Palermio, il est des moments dans la vie d'un homme, d'une entreprise ou de toute autre organisation, où la nécessité d'un choix s'impose. Le plus souvent, plusieurs options se présentent. Certaines offrent davantage de sécurité, mais le potentiel correspondant est souvent faible ; d'autres sont plus risquées, mais peuvent laisser espérer des gains considérables. Bien entendu, plus le choix est risqué, plus on essaie de réunir des informations pour minimiser le risque. Mais rien n'est jamais certain. Et finalement, le responsable en place doit décider de la voie à prendre. À lui de peser les risques, les informations disponibles, les difficultés, les gains potentiels. Et au bout du compte, il détient la responsabilité du choix définitif.

JCN se trouve à un carrefour semblable. Je suis le responsable qui doit décider de l'orientation, en tenant compte de tous les éléments, y compris des intérêts personnels de certains, qui pousseraient plutôt au statu quo.

Comme chacun ici le sait ou du moins l'imagine, depuis plusieurs années, j'ai consacré une partie de mon temps à l'étude de la réorganisation de JCN. Alors, je vous le dis en conscience, j'ai pesé les risques, j'ai évalué le potentiel, les difficultés, et les intérêts des uns et des autres en font partie. Je souhaite au moins autant que vous la prospérité de JCN, et j'ai décidé que JCN irait dans la voie qui vous a été décrite.

Il est donc bien clair que ce comité de direction n'est pas une tribune pour discuter de l'opportunité ou du bien-fondé du projet de réorganisation de JCN. La réorganisation est décidée et elle s'accomplira selon les principes qui vous ont été présentés. Le comité d'aujourd'hui a pour objet de vous informer le mieux possible, vous, les plus hauts responsables de JCN. Comme vous le savez, possibilité sera offerte à ceux qui ne veulent pas suivre de se retirer dans les conditions les plus honorables. Je souhaite que le maximum d'entre vous reste avec JCN, car je vous connais tous depuis longtemps, et je sais ce que je peux attendre de chacun d'entre vous. Mais je ne ferai rien pour retenir un vice-président qui n'adhère pas à notre projet, au contraire. O.K., Palermio ?

On avait eu du Palermio pur jus, c'était maintenant du Goren authentique, tranchant comme une lame bien affûtée.

– O.K., répondit Palermio, sur un ton qu'il tentait de rendre enjoué.

Mais il avait refermé son clavier dentaire.

– Bien, dit Goren. S'il n'y a pas d'autres questions, je vous propose de passer à l'étape suivante : j'ai étudié avec Roselli les premières mesures concrètes de la réorganisation, et je vais maintenant vous les présenter. Notez tout d'abord que le projet portera le nom d'opération Pythagore, à moins que quelqu'un ne propose un nom plus approprié.

En premier lieu, il est fondamental que vous deveniez opérationnels sur le projet dans les meilleurs délais, car vous en serez les animateurs dans vos secteurs respectifs. Je vous annonce donc la création d'une direction de la Formation pythagoricienne, dont Roselli aura la charge. Dans un premier temps, celle-ci aura pour objectif de vous transmettre le savoir indispensable en la matière. Plus tard, son rôle s'élargira, au fur et à mesure que l'opération se développera. Elle s'adressera aux salariés de JCN, puis à ses partenaires commerciaux, puis au-delà, suivant l'avancement des choses. Roselli a déjà travaillé sur cette formation, il a contacté des spécialistes, qui seront les premiers instructeurs (en fait des personnes qu'il a rencontrées lors de ses recherches au RSC). Nous prévoyons que les cours vous concernant débuteront sous dix jours ; ils dureront huit semaines, au rythme d'un jour par semaine. Les dates vous seront communiquées sous peu. Ce sera toujours le même jour de la semaine, pour simplifier l'organisation de votre temps, et vous serez priés d'ajuster vos emplois du temps en conséquence.

Lorsque votre formation sera terminée, je créerai les deux organes directeurs de l'opération :

1. La direction de la Mutation. Elle sera chargée d'imaginer et de mettre en place la réorganisation, en conformité avec la doctrine pythagoricienne qui vous aura été enseignée. Je présiderai cette commission, et Roselli en sera le vice-président. Les membres opérationnels seront les vice-présidents, c'est-à-dire vous tous. Chacun devra proposer une réorganisation de son secteur suivant la doctrine. Les projets seront examinés et débattus au sein de la direction de la Mutation. L'objectif est que, pour chaque secteur, un consensus général soit obtenu. L'opération Pythagore sera un travail d'équipe.

2. La commission Pythagore. Elle aura la responsabilité de décider du caractère pythagoricien de chaque réorganisation de secteur, et de sa faisabilité. Toutes les réformes, une fois entérinées par la direction de la Mutation, lui seront soumises. La commission possédera un droit de veto sur toutes les réformes et les décisions de la direction de la Mutation, ainsi que sur les programmes de la direction de la Formation. Elle pourra proposer des modifications aux projets qui lui sont soumis, mais uniquement pour ce qui concerne le caractère pythagoricien.

Le président en sera Roselli. Elle comprendra un groupe de spécialistes de la doctrine, composé d'un chef de groupe plus trois personnes, et un groupe de non-spécialistes, qui jugeront de la faisabilité. J'ai le plaisir de vous annoncer que ce dernier groupe sera présidé par Linda Van Gulden, qui devra s'adjoindre trois personnes.

Des applaudissements saluèrent la nomination de Linda. Tous ses collègues se disaient que l'intérêt qu'elle avait hypocritement manifesté depuis Rome payait. Linda se contenta de sourire et de hocher la tête en signe d'assentiment et de remerciements.

– Ainsi, poursuivit Goren, il y aura une structure avec force de proposition, la direction de la Mutation, qui imaginera des restructurations compatibles avec les besoins des opérationnels, l'efficacité économique de JCN devant être préservée, et une structure de validation, la commission Pythagore, qui garantira que les changements et la diffusion de la doctrine se font bien selon les fondements du pythagorisme. Les projets qui sortiront de ces deux organes de décision seront donc à la fois fondés économiquement et conformes à la doctrine pythagoricienne.

Comme je l'ai dit, la commission Pythagore n'existera pleinement qu'après votre formation. Cependant, la partie dont Linda a la charge est opérationnelle dès cet instant pour pouvoir émettre des avis sur les premiers travaux de la direction de la Formation, en cours de création. Des questions ?

– Oui, une question. – C'était encore Palermio et ses deux rangées de dents blanches. – Des deux organes que vous avez cités, c'est la commission Pythagore qui a le plus de pouvoir, puisqu'elle peut censurer les projets des opérationnels. Cela ne signifie-t-il pas que la dimension « philosophique » de la future JCN supplante l'actuelle dimension économique ?

– Cette dernière est elle-même le reflet d'une autre « philosophie », celle qui a pour but unique la croissance et le profit. Comme je l'ai dit, leur recherche perdure, mais dans le cadre et, d'une certaine manière, sous le contrôle du système pythagoricien. Et si c'est la direction du Marketing qui vous préoccupe, je vous confirme qu'elle devra rendre des comptes sur sa manière d'opérer à la commission Pythagore. D'accord, Palermio ?

– Si l'on veut, répondit Palermio, dont le désappointement était comique.

Goren attendit d'autres questions, mais le ton de ses réponses précédentes avait été dissuasif.

– Mes chers collègues, reprit-il, voilà les toutes premières mesures. Je suis parfaitement conscient que les informations qui vous ont été données sont très succinctes, que des objectifs précis de réalisation, de durée, de coût, et d'autre nature n'ont pas encore été définis, et que pratiquement rien dans ce qui vous a été présenté ne permet d'avoir une vue claire de ce que sera la future JCN.

C'est que tel n'était pas mon objectif. Je voulais simplement que vous ayez le sentiment, la vision générale, de ce qui va se passer. Je souhaite en effet que vous preniez votre décision de rester chez JCN ou de partir, indépendamment de votre future position personnelle dans la nouvelle structure. Je veux des collaborateurs qui croient à l'idée générale de l'opération, j'oserais dire qui l'aiment, et qui soient prêts à s'y investir. Je l'ai dit, l'opération Pythagore sera l'œuvre d'une équipe.

Bien sûr, les participants occuperont la fonction où ils pourront apporter la meilleure contribution, compte tenu de leurs capacités. Or, la nouvelle JCN est « philosophiquement » très différente de l'actuelle ; la fonction de chaque vice-président présent dans cette pièce pourra être modifiée. Et si j'ai annoncé dès aujourd'hui la nomination de Linda, c'est qu'elle a déjà exprimé le souhait de rester parmi nous, indépendamment des changements qui pourraient affecter sa situation.

Mes chers collègues, voilà ce que je voulais vous dire ce matin. Notre comité est terminé. À présent, nous allons déjeuner, et nous nous retrouverons ensuite ici pour que chacun exprime sa décision de rester ou de partir. Je n'ai pas besoin de préciser que la clause du secret s'applique dès à présent avec la plus extrême rigueur. Rendez-vous d'ici à dix minutes dans la salle à manger de la direction.

Elle était située au niveau supérieur du bâtiment, dans une sorte de bulle de verre qui offrait une vue panoramique sur la forêt. Le verre en question était d'un type photochromique particulier, prenant une couleur douce qui filtrait les rayons du soleil lorsqu'ils devenaient trop chauds ou trop lumineux.

Les convives étaient assis autour de la grande table ; pour éviter quiproquos et susceptibilités, ils se trouvaient dans la même disposition les uns par rapport aux autres que dans la salle du conseil. Chacun voulant faire preuve d'intérêt pour l'opération, les conversations avaient rapidement glissé sur Pythagore, le pythagorisme, et Roselli tenait la vedette, sollicité qu'il était par mille et une questions.

Son charme agit une fois de plus. Pendant tout le déjeuner, il parvint à soutenir l'intérêt de tous, par les anecdotes pythagoriciennes qu'il choisissait avec intelligence. Sa pointe d'accent italien chantant, dont il jouait à merveille, apportait chaleur et coloration à ses propos. Gardner passa un moment désagréable lorsque Roselli évoqua, avec un humour qui ne mettait pas Goren en mauvaise position, les recherches qu'il avait menées secrètement avec quelques chercheurs du RSC.

Le repas arriva à son terme, on servit le champagne et l'on trinqua au succès de l'opération Pythagore. Cependant, ainsi que tous purent l'observer avec un étonnement dissimulé, Goren ne but pas. Il laissa silencieusement les convives terminer leur coupe. Puis, l'air grave, il se leva. Aussitôt, un silence de plomb s'installa.

– Mes chers collègues, avant de poursuivre et de conclure notre journée, je dois vous faire part d'une nouvelle dramatique dont je tiens à vous informer moi-même. Jane, mon épouse, s'est tuée ce matin dans ce qui semble être un stupide accident de cheval.

Le groupe poussa une exclamation de stupéfaction.

– Vous le savez, continua Goren, je suis d'un tempérament discret, et vous me permettrez de garder pour moi les sentiments que cet événement tragique m'inspire. Sachez simplement que Jane n'était pas impliquée dans l'opération Pythagore. Sa disparition n'aura aucune incidence sur le déroulement du projet. Dans les jours qui viennent, je risque d'être pris par les formalités, l'enquête, les cérémonies, et d'autres choses. Mais j'ai demandé à Maureen de se charger de tout ce qu'elle pouvait, afin que je conserve une disponibilité maximale pour JCN. Roselli me remplacera en cas d'urgence. Nous pouvons à présent retourner dans la salle du conseil.

Goren reçut dignement les condoléances de chacun. Tous connaissaient plus ou moins bien Jane, et plusieurs vice-présidents, dont Roselli, firent état de leur consternation et de leur tristesse. Linda se montra sobre et réservée, mais sincèrement peinée.

Quelques minutes plus tard, ils étaient de retour dans la salle du conseil. Goren rappela de nouveau l'obligation de confidentialité sur l'opération Pythagore. La divulgation du projet relevait de sa seule autorité, et se ferait conformément à un programme préétabli, et dans les formes adaptées au public. Puis il en vint au moment crucial, où chacun devait communiquer sa décision de rester ou de partir.

Le tour de table dura exactement une minute et vingt-quatre secondes. Il n'y eut aucune discussion, aucun commentaire. Les uns après les autres, les neuf vice-présidents annoncèrent leur décision d'une simple phrase.

Tous restaient chez JCN.

Revue de presse

Obscures vibrations de ma pensée profonde...
Déploiement subtil du voile arachnéen
de la doctrine éternelle...

Siège de JCN, Palo Alto, Californie, 3 mai 2008, 10 heures.

La conférence de presse du samedi 26 avril 2008, durant laquelle Goren annonça la réorganisation de JCN, fit un tabac et déchaîna une tempête médiatique dans le monde entier.

À court de superlatifs, les journalistes puisèrent dans la terminologie des phénomènes naturels pour décrire l'ampleur de l'événement. On parla de tornade, d'ouragan, de cyclone, de séisme de force 9, d'explosion volcanique, de cataclysme, et même de mouvements de plaques tectoniques. Dans les rédactions, les jours et les nuits qui suivirent furent agités ; notamment les dimanche 27, lundi 28, mardi 29.

Pourtant, Goren n'avait présenté que la partie émergée de l'iceberg. Le nom de Pythagore n'avait pas été évoqué, ni les éléments essentiels de sa doctrine, et encore moins la finalité du projet. Officiellement, la réorganisation visait une meilleure adaptation de l'informatique aux besoins de la société. Jusqu'à présent, les gens n'en percevaient que l'aspect froid et impersonnel. Selon l'analyse présentée par Goren, ce phénomène était dû au fait que, le plus souvent, elle était utilisée comme simple outil d'optimisation ; jusquelà, elle avait surtout eu pour vocation de rendre les activités humaines plus efficaces, sans souci des êtres humains. On avait privilégié les grands ensembles au détriment des individus, qui devenaient de simples codes ou numéros.

L'heure était venue de donner à l'informatique sa véritable dimension, avait affirmé le président de JCN. Il suffisait, pour cela, de changer les mentalités et les modes opératoires, car la dimension humaine n'en était pas absente, elle n'était qu'occultée. Dorénavant, on l'exploiterait au-delà de ses traditionnelles capacités d'efficacité, en favorisant un meilleur épanouissement des individus, et donc de la société.

C'est le personnel même de JCN qui mettrait en pratique cette conception élargie. Il incomberait aux employés de reconsidérer leur métier dans la nouvelle perspective. Les activités traditionnelles seraient poursuivies, mais avec une composante supplémentaire : tout nouveau projet commercialisé comporterait une ou plusieurs avancées, en termes de qualité de vie, de facilitation de tâches pénibles ou toute autre chose touchant les personnes dans leur activité quotidienne. Chaque participant au projet apporterait une contribution. Ces données supplémentaires, avait précisé Goren, s'ajouteraient aux considérations traditionnelles de rentabilité. Les améliorations s'appliqueraient aux personnes à l'intérieur de JCN, mais surtout à l'extérieur.

Avec ces nouveaux objectifs et la prise de conscience de participer à une société plus humaine, les salariés de JCN démontreraient à travers leur propre exemple les potentialités d'épanouissement personnel recelées par l'informatique. Cette approche, qui conjuguerait l'efficacité opérationnelle et la réalisation personnelle, conduirait à une JCN renouvelée. Une JCN qui contribuerait, par son exemple, à l'évolution du monde ; un monde plus tourné vers les hommes.

Par souci de vraisemblance, Goren avait évoqué la manière dont l'entreprise entendait gérer l'opération. Afin de favoriser le développement de cette vision du travail, une nouvelle structure serait mise en place, ainsi qu'un plan de formation pour la totalité du personnel. À l'avenir, on ne jugerait plus seulement en termes de chiffre d'affaires ou de rentabilité, on prendrait aussi en compte la plus-value « humaine » apportée. Roselli, présenté en quelques mots élogieux, serait le maître d'œuvre de l'opération. Le nom de Linda Van Gulden fut également cité.

C'était très fort : sans parler de nouveau modèle d'entreprise, sans discourir sur la mise en phase des individus avec l'Harmonie universelle, sans évoquer la sagesse et le système pythagoriciens, sans rappeler le rôle central des nombres, Goren avait réussi à annoncer la réorganisation de JCN sans déformer la réalité et selon une perspective susceptible de plaire au plus grand nombre. Aucun gouvernement n'aurait le moindre argument pour entraver une telle démarche.

C'est ce que reflétaient les commentaires de la presse, avec tout de même une interrogation plus ou moins clairement exprimée sur les véritables motivations de JCN. Il était intéressant, et parfois amusant, de retrouver dans le ton des articles de chaque pays ou de chaque région, les spécificités des mentalités locales. La mondialisation était à l'œuvre, mais les individualités n'étaient pas prêtes à s'uniformiser.

Il y avait tout d'abord les grands journaux nationaux américains.

Le *New York Times* présentait des articles objectifs. Il relatait la mutation dans laquelle s'engageait JCN, en laissant entendre qu'il s'agissait là d'une approche très novatrice dans le système économique contemporain. On y rappelait aussi le formidable parcours de Goren et les caractéristiques de sa personnalité. On y trouvait également des informations sur les réalisations mathématiques de Roselli et sur ses fonctions au RSC. Le journaliste se demandait ouvertement comment un chercheur comme lui pouvait être préparé aux fonctions de management de haut niveau qu'on lui confiait. Il y avait aussi quelques lignes sur Linda. Mais au bout du compte, une interrogation floue émergeait de cette lecture : quelles étaient les véritables motivations de JCN ?

Le *Washington Post*, fidèle à sa tradition, avait eu le temps de recueillir des informations sur la mort de Jane. Après une biographie de la défunte épouse de Goren, on trouvait des informations inattendues sur l'enquête en cours. Selon l'auteur de l'article, la police trouvait les circonstances de la mort quelque peu surprenantes. L'autopsie aurait fait apparaître que la manière dont les vertèbres cervicales avaient été brisées s'expliquait difficilement par le choc brutal du cou sur la branche en fourche. De plus, compte tenu de la petite taille du cheval Hippase, on voyait mal comment Jane avait pu être happée par une branche si haute : si les pieds étaient à un mètre quatre-vingts du sol, la branche devait se trouver à environ trois mètres trente de hauteur. Mais tout restait au conditionnel.

Quant à *USA Today*, il ne contenait rien de plus que les deux journaux précédents.

Un journal local de Rochester (Minnesota), ville natale de Palermio, le *Post Bulletin*, s'intéressait surtout au grand homme local : « JCN Superstar. La grande JCN, dont le plus célèbre des enfants de Rochester, Nicholas Palermio, est le vice-président, a décidé de projeter son ombre immense sur la planète. Le président Goren a annoncé une réorganisation complète de sa société. L'objectif est d'en élargir le rôle pour contribuer autant que faire se peut à un monde meilleur. Rien que cela ! Et il semble bien qu'il ne s'agisse pas d'un souhait angélique. On trouvera ci-dessous les détails du stupéfiant projet de Goren, en s'étonnant que le nom de notre cher Nicholas n'y apparaisse pas, alors que sa contribution à la prospérité de JCN est universellement reconnue. »

Les journaux professionnels, comme *Byte*, *California Computer News*, *Computer Life*, *Computerworld*, *Datamation*, *InfoWorld*, et d'autres, mettaient l'accent sur le rôle de l'informatique dans la société et sur l'extension que Goren voulait lui donner. Bien sûr, cette vision élargie de la fonction des ordinateurs était claire pour eux depuis longtemps...

Le *Wall Street Journal*, l'édition américaine du *Financial Times*, l'*Investor's Business Daily*, de concert avec les autres journaux financiers, tentaient vainement d'esquisser l'impact financier et économique de l'opération. Les analystes avaient été pris par surprise. Dès l'annonce de Goren, l'action JCN avait perdu 7,8 % à Wall Street : les investisseurs éprouvaient toujours la même aversion pour le risque. Mais il s'agissait de la grande JCN, dont les réorganisations passées avaient toujours été un triomphe : dès lors, l'effet de surprise s'atténuant, le cours avait repris en trois jours la moitié du terrain perdu.

Au Japon, on constatait une certaine incompréhension vis-à-vis du projet : l'*Asahi Shimbun*, l'*Hokkaido Shimbun*, le *Kobe Shimbun*, l'*Osaka Shimbun*, pour ne citer qu'eux, s'efforçaient d'analyser l'annonce sous un éclairage « *demokorasu* », dans une tonalité largement ouverte sur l'Occident. Mais le projet semblait obscur, sa finalité imprécise. Le désir d'optimiser la réalisation individuelle était trop loin des préoccupations nippones et, sans que cela soit dit clairement, on subodorait quelque stratégie cachée. Certains articles s'interrogeaient même sur la nature d'un possible objectif « *Gokuhi* » (top secret).

Les journaux de Hong Kong ou de Chine, comme l'*Asia Times*, le *Ming Pao*, le *Singtao Daily*, le *South China Morning Post* ou le *Ta Kung Pao*, considéraient avec scepticisme un projet qui leur semblait trop éloigné des conceptions traditionnelles de l'Amérique. Les journalistes se demandaient quelle mouche avait bien pu piquer Goren. L'Amérique renonçait-elle aux fondements de son succès ? En Australie, les opinions étaient semblables à celles des journaux américains. Qu'il s'agisse du *Times* de Canberra, de l'*Australian* de Sydney, du *Weekend Independant and Western Echo* de Brisbane ou même de publications plus modestes comme l'*Illawarra Mercury* de Wollongong ou le *North Queensland* de Townsville, le ton était identique à celui de leurs confrères des États-Unis. On constatait le même phénomène dans la presse de Nouvelle-Zélande, dans des journaux comme l'*Allied Press*, le *City Voice* ou le *Wairarapa Times Age*, qui, par ailleurs, rappelaient tous que Goren était né dans une île de l'archipel Bismarck, au nord-est de la Nouvelle-Guinée. Les choses n'étaient guère différentes en Amérique du Sud, qu'il s'agisse du Brésil avec le *Diario Do Nordeste*, du *O POVO On Line*, de l'*O ESP-NetEstado* ou du *O Globo On*, de l'Argentine avec *La Nacion On Line*, du Venezuela avec *El Nacional OnLine* ou de la Colombie avec *El Pais Electronico*.

C'est finalement en Europe que l'annonce rencontra les échos les plus favorables.

Si la Grande-Bretagne, avec l'*Observer*, le *Financial Times* ou le *Guardian*, était à l'unisson avec les États-Unis, comme on pouvait s'y attendre, les choses étaient sensiblement différentes en Scandinavie, en Allemagne et surtout en France.

En Suède, on trouvait dans le *Svenska Dagbladet*, dans l'*Arbetet Nyheterna*, dans le *Güteborgs-Posten* ou l'*Helsingborgs Dagblad*, et dans la plupart des autres journaux du pays, des accents émus rappelant les glorieuses années 1975, quand la Suède apparaissait comme le modèle social envié de tous. De leur point de vue, le projet de Goren allait évidemment dans cette direction. Un journaliste de l'*Expressen* se laissait aller à un commentaire dithyrambique, qui laissait entrevoir l'aube d'un monde nouveau où chacun trouverait sa place, etc.

Les Allemands, avec notamment le *Berliner Morgenpost*, le *Bild am Sonntag*, le *Frankfurter Allgemeine Zeitung*, l'*Hannoversche Allgemeine Zeitung*, le *Schwäbisches Tagblatt*, insistaient, chacun avec ses spécificités, sur la dimension partenariale du projet de JCN. Dans plusieurs colonnes, on laissait entendre que petit à petit, le modèle allemand faisait école dans le monde entier. Et à présent, la politique contractuelle entre patronat et salariat gagnait le pays du libéralisme pur et dur. C'était une belle revanche pour l'Allemagne !

La presse italienne, quant à elle, se réjouissait surtout de l'extra-ordinaire ascension de Roselli. D'une manière presque identique, le *Corriere della Sera*, *La Stampa*, l'*Indipendente*, *La Repubblica* et leurs confrères consacraient à peu près le quart de leurs articles à l'annonce elle-même et tout le reste à Roselli. Son brillant cursus scientifique était abondamment rappelé, commenté, analysé. On avait battu le rappel des journalistes mathématiciens, qui avaient rédigé quelques textes de vulgarisation assez bien venus. Le RSC et ses remarquables réalisations faisaient également l'objet de commentaires importants. On trouvait des photos du magnifique bâtiment, avec des vues de son fameux toit sous des angles étonnants. On évoquait les nombreux mathématiciens italiens, ou qui avaient officié en Italie, depuis les temps anciens, tels les Bombelli, Ferrari, Cardan, Fibonacci, Pacioli, Tartaglia, jusqu'aux plus récents comme Ascoli, Peano et bien d'autres. Il y eut même un journaliste qui, cocasserie insoupçonnée, fit allusion à Pythagore, et à son séjour à Crotone…

Mais c'est en France que les réactions furent les plus favorables. Ce pays porté vers les spéculations intellectuelles, où l'on enseigne la philosophie, et où les ingénieurs se doivent d'atteindre des niveaux en mathématiques inégalés et souvent inutiles, était réceptif au projet de Goren. Du *Figaro* à *Libération*, les commentaires étaient presque uniformément positifs. Même *L'Humanité* réussit à trouver quelques (rares) éléments intéressants dans l'opération. Il n'était question que de nouvelle vocation de l'entreprise, de l'inflexion du système capitaliste vers un nouveau modèle plus humaniste, d'une nouvelle donne du système, etc. Les philosophes et les intellectuels discernaient à long terme la trame d'une possible nouvelle civilisation, sous réserve que l'annonce de Goren corresponde à la réalité et que nul dessein caché ne se dissimule derrière ses projets spectaculaires. Les économistes avaient bâti en quelques heures les structures d'un futur et éventuel nouvel ordre mondial, fondé sur de nouveaux paramètres. Les commentateurs jubilaient, ils avaient de la matière, et, pour une fois, il n'était pas question de catastrophe.

La revue de presse eut lieu le vendredi 3 mai, en comité de direction hebdomadaire. Exceptionnellement, c'était le seul sujet à l'ordre du jour. Elle était présentée par Roselli, à qui les textes et traductions nécessaires avaient été envoyés en temps utile.

– Pour l'instant, nous n'avons que les réactions des quotidiens, dit Goren. Il faut encore attendre pour les hebdomadaires. Mais je pense que l'on peut se faire une première idée de l'impact de l'annonce dans le public. Vos impressions ?

– C'est satisfaisant, dit Bernhard Spirtz, le vice-président communications.

Bernhard Spirtz était un gros homme jovial, vêtu d'une manière plutôt excentrique pour quelqu'un de JCN : blazer rouge sur un pantalon bleu, chemise rose, nœud papillon assorti au blazer. Personne ne l'aurait imaginé ailleurs que dans la communication. Il est vrai qu'il assumait sa fonction avec efficacité.

– L'objectif, rappela-t-il de sa voix de stentor, était de donner un coup d'envoi à haute visibilité, avec une formulation simple et accessible à tous. Il semble que le message soit passé. Bien sûr, nous avions affaire à des cultures fort différentes et les réactions ne pouvaient être que très variées. Mais à la couleur locale près, elles se ressemblent beaucoup. Globalement, elles correspondent à ce que j'attendais. C'est positif, on a compris ce que nous voulions dire, et la majorité en accepte l'idée.

– À cette limite près, dit Palermio, que beaucoup suspectent une sombre intention cachée, et on ne peut pas dire qu'ils aient tort.

Son ton était sec, presque agressif.

– On dirait que vous n'avez rien compris, Palermio, intervint vivement Goren. Il n'y a aucune sombre intention cachée et, pour les gens, les choses se traduiront comme je l'ai dit. Je n'ai parlé que du résultat concret pour les individus, et cette conférence de presse n'était certes pas l'occasion de parler d'autre chose. Vous êtes négatif, Palermio. L'opération Pythagore sera, comme je l'ai expliqué, un travail d'équipe. Je trouve que vous commencez mal.

– Ce n'était pas mon intention, dit Palermio, en dévoilant sa dentition. J'ai simplement noté ce qu'Antonio a souligné à plusieurs reprises.

Palermio était calme, il ne semblait pas impressionné par la remarque mordante de Goren. Il avait lancé un ballon d'essai pour tester les réactions des uns et des autres. Personne n'avait suivi, et Goren avait répondu du tac au tac. « Premier essai raté », se dit-il. Mais il en avait vu d'autres, il lui en fallait plus pour abandonner. Il réfléchissait déjà à une autre tentative. Il y eut un silence pesant durant quelques secondes.

– Peut-être, dit Linda en changeant de sujet, serait-il intéressant de classer les pays en deux catégories : ceux où la presse est pour, et ceux où elle est moins favorable. On pourrait ensuite, dans les semaines à venir, imaginer une communication différenciée.

– Excellente idée, dit Goren. Spirtz, classez donc les réactions en un petit nombre de groupes et préparez un projet de communication pour chacun d'eux. Nous en reparlerons en comité dans quinze jours.

– Je pense qu'il serait bon, dit Robert Oppenheim, le vice-président des ressources humaines, de préparer une synthèse de cette revue de presse et de la diffuser au personnel avec un commentaire qui pourrait être signé de Pete.

– O.K., Bob. Soumettez-moi rapidement le commentaire.

– À présent, il faut mettre en place un plan de communication interne à brève échéance, dit Max Grassimo, le vice-président des services. Votre vidéoconférence mondiale, qui préfigurait votre conférence de presse, s'est bien passée. Mais mes équipes doivent se poser mille questions sur la nouvelle manière de traiter les contrats ; il faut que nous y répondions très vite.

Goren acquiesça, d'autres questions furent abordées, des décisions furent entérinées. Et le comité s'acheva. Mais chacun restait sur la mauvaise impression laissée par l'intervention de Palermio. Un malaise régnait...

Quelques heures plus tard, Palermio se trouvait dans le bureau de Goren. Roselli assistait à l'entretien.

– Nicholas, dit Goren, j'ai souhaité vous voir car je pense qu'il faut mettre les choses au clair.

– Je suis à votre disposition, répondit Palermio, en masquant son inquiétude.

– Bien. Nicholas, j'ai fait le maximum ces derniers jours pour que l'opération Pythagore soit la plus claire possible pour les vice-présidents de JCN, tout au moins dans son sens général. Vous avez eu des explications à Rome, nous nous sommes entretenus dans l'avion, d'autres informations ont été fournies par Roselli et moi-même lors de notre dernier comité de direction. Finalement, le choix de partir ou de rester vous a été offert dans les conditions les plus avantageuses. J'ai bien précisé que ceux qui choisiraient de rester le feraient avec pour condition une pleine et entière participation au projet. Et j'ai également indiqué que, si je souhaitais que les vice-présidents restent, je ne ferais rien pour retenir ceux qui ne désiraient pas entrer dans la logique de l'opération, bien au contraire.

Vous avez choisi de rester. Mais, sachez-le, je cherche encore une manifestation de votre adhésion au projet. Il semble que vous soyez resté en pensant que vous pourriez infléchir les choses de l'intérieur, dans le sens qui vous convient.

Dites-vous bien, Nicholas, qu'il n'y a aucune chance que vous parveniez à la moindre inflexion, l'opération Pythagore se déroulera comme je le souhaite. Je n'ai pas l'intention de me dédire. Aussi, compte tenu de votre brillant passé dans JCN, je vous fais une nouvelle offre : vous allez décider maintenant de la suite des événements pour ce qui vous concerne. Soit vous restez, mais alors vous vous mettez au diapason. Soit vous partez, et dans ce cas, vous bénéficierez de soixante-dix pour cent des conditions exceptionnelles que j'avais proposées initialement. Bien entendu, la clause de confidentialité sur laquelle j'ai lourdement insisté continuera à s'appliquer avec la même fermeté.

Mon opinion est que vous devriez choisir la seconde solution. Quelle est votre réponse ?

– Pete, si vous me forcez à partir, je partirai, mais je vous le dis tout net, je considérerais qu'il s'agit d'une trahison de JCN, que j'ai pourtant loyalement servie pendant des années. C'est une éventualité qu'il m'est impossible d'imaginer. J'ai peut-être été maladroit, ou vous avez peut-être mal interprété mes propos, mais je me considère en phase avec l'opération. Ma remarque de tout à l'heure n'avait pour objet que de mettre en évidence un éventuel point faible, pour que nous puissions mieux le consolider. Aussi, ma décision est prise : je reste.

– Très bien, Nicholas. Mais vous connaissez les impératifs. Au cas où ils ne seraient pas respectés, vous devriez partir, vite, et cette fois-ci sans conditions exceptionnelles.

Palermio était sorti. Roselli et Goren restèrent seuls.

– Qu'en pensez-vous, Antonio ?

– La même chose que vous, je crois. Ce type n'est pas fiable. Il n'acceptera jamais de se départir de la culture de JCN, qu'il a connue pendant vingt-cinq ans. Je pense que, même s'il essayait, il n'y arriverait pas. Il fera tout pour freiner le projet ou pour en modifier la nature dans le sens qu'il souhaite. Et au besoin, il tentera de monter le maximum de monde contre vous. C'est d'ailleurs ce qui vient de se passer.

– Exact.

– Par ailleurs, si vous le faites partir, ce sera effectivement pour lui une trahison de JCN. Et d'après ce que je sens du personnage, qui ne me semble pas un délicat, je l'imagine facilement monter la *vendetta* la plus dure qu'il puisse concevoir. Il fera tout pour ruiner l'opération de l'extérieur, y compris en violant la clause du secret. Aucun risque pour lui ne sera à la hauteur de sa rancœur. Par exemple, je le vois très bien, sous le coup de la colère, organiser une conférence de presse pour révéler sur le ton de la dérision les tenants et aboutissants de l'opération Pythagore. Ce serait facile à faire, il n'est pas sans talent, et il jouit d'une certaine crédibilité auprès des journalistes.

S'il le veut vraiment, et je crains qu'il ne le veuille si nous lui demandons de partir, il pourra provoquer un désastre en termes d'image. Vous imaginez les gros titres ironiques de la presse internationale, du genre « le monstre froid JCN saisi par l'angélisme », ou « l'invincible Goren terrassé par un minuscule virus pythagoricien », ou « une météorite pythagoricienne sonne la fin des dinosaures ». Une aubaine pour tous nos détracteurs !

– C'est incontestable.

– Il pourrait aussi rejoindre un autre grand groupe, comme les Télécoms, et tenter de nuire à JCN par la voie économique. Et bien que cette éventualité soit dans la règle du jeu, Palermio n'y aura recours que dans l'espoir de détruire JCN. Il pourra avoir un pouvoir de nuisance considérable.

– Continuez.

– Bref, qu'il reste ou qu'il parte, nous avons un problème grave sur les bras.

– Exact. Il nous faut donc choisir la solution la moins défavorable. Je pense que c'est celle où nous pouvons maintenir Palermio sous contrôle le plus facilement. Il va donc rester, mais nous allons le mettre sous surveillance. Je veux connaître tous ses déplacements, toutes les personnes qu'il rencontre, les thèmes qu'il développe en réunion. Il ne s'agit pas d'une surveillance policière, mais d'une mesure qui concerne la sécurité de JCN. Antonio, contactez donc Mark Garrett, le directeur de la sécurité, il fera le nécessaire.

– C'est d'accord, je vous suis totalement dans cette démarche. L'opération Pythagore sera vulnérable, surtout dans sa phase initiale ; il faut faire le nécessaire pour minimiser les risques et assurer ses arrières.

– Oui, il faut faire le nécessaire…

Contre-attaques

Obscures vibrations de ma pensée profonde... Pathétique
et dérisoire agitation des insectes affolés...

Siège de JCN, Palo Alto, Californie, 3 mai 2008, 13 heures.

Palermio venait de quitter le bureau de Goren, et il avait parfaitement compris la situation. Elle confirmait ce qu'il pensait depuis son retour de Rome. Qu'il parte ou qu'il reste, il représentait un grave problème pour JCN ; en fait pour Goren et peut-être pour cet illuminé de Roselli.

À moins qu'il n'accepte de se soumettre à ces changements insensés. Mais non, il n'en était pas question, il ne s'y résoudrait pas. Indépendamment du fait qu'il perdait d'un seul coup sa position dominante dans JCN, il n'adhérerait jamais à ces ridicules fantaisies humanistes. Il avait trouvé seul son épanouissement ; que les autres en fassent autant ! Il n'allait pas sacrifier sa raison de vivre, son épanouissement justement, au profit d'autres qui se contenteraient d'attendre que JCN se charge de leur bien-être. Non, définitivement non, il n'entrerait pas dans la combine ; en tout cas, pas aux conditions de ce salaud de Goren. Dommage qu'il n'ait pas les relations mafieuses qu'on lui prêtait ! Le moment serait venu de mettre en œuvre des moyens de pression. Dire qu'il avait méprisé les tentatives de prise de contact... Peut-être fallait-il voir de ce côté.

On pouvait tourner le problème dans tous les sens, il n'y avait qu'une alternative : il partait ou il restait.

Partir était faisable, et même facile. Il avait en permanence des propositions de grands groupes et des plus importants cabinets de chasseurs de têtes ; de plus il n'aurait aucun problème financier. S'il le voulait, il pourrait doubler ses revenus. Il se fichait du pactole de Goren. Mais s'il partait, JCN aurait du souci à se faire. Il ne pardonnerait pas la trahison, jamais. Ce serait un combat à mort. Mais voulait-il vraiment se lancer dans la bataille ? JCN était toute sa vie, il l'aimait. Il fallait tout essayer avant que cet amour ne se transforme en haine.

Non, il ne choisirait l'option du départ qu'en dernier recours. Le mieux était de rester, de se battre. Il fallait agir finement : au moindre soupçon, le couple Goren-Roselli lui demanderait sa démission. Goren avait été très clair.

Il devait se fixer un objectif précis et mettre en place la mécanique pour l'atteindre. En vérité, plusieurs contre-attaques étaient envisageables. Il pourrait, par exemple, agir discrètement auprès du conseil d'administration, où il avait des amis. Il leur montrerait les risques financiers de l'opération et les convaincrait de virer Goren, ou Roselli, ou les deux, pour revenir à une politique raisonnable. Mais ce n'était pas gagné d'avance, Goren pesait lourd au conseil, bien plus lourd que lui.

Il pourrait aussi (« on peut rêver », se disait-il presque amusé) faire éliminer ces deux clowns, ou tout au moins exercer sur eux une pression physique. Après tout, pourquoi ne pas recontacter ces gens puissants avec lesquels il était supposé partager de lointains liens familiaux en Sicile ? Une négociation devait être possible.

Ou alors, plus sérieusement, ne devrait-il pas creuser cette loufoquerie pythagoricienne ? On pouvait penser qu'elle contenait plus que ce que les clowns en avaient dit, il était impensable que Goren se soit lancé tête baissée dans un montage aussi grotesque. Et si quelque chose était caché, c'est qu'une révélation pouvait compromettre la réalisation du projet. Peut-être y avait-il là une idée à approfondir...

Par ailleurs, il avait quantité de réseaux d'amis dans JCN, souvent bien placés, qui avaient tous intérêt à ce qu'il reste puissant. Il pourrait essayer de saboter l'opération en grippant d'une manière occulte tous ces engrenages intermédiaires. Sans compter que, outre ses amis, d'autres que lui ne devaient pas aimer l'opération Pythagore ; cet avorton de Gardner, par exemple, qui se retrouvait marginalisé par Roselli. Et il ne devait pas être le seul dans ce cas. Pourquoi ne pas créer un réseau de résistance interne avec eux ? Ou au contraire, pourquoi ne pas s'allier avec quelqu'un qui montait, comme Linda ?

Palermio se sentait bien, il avait repris le dessus, il allait passer à l'action. Les idées bouillonnaient dans sa tête. Il explorait, combinait, supputait, échafaudait, extrapolait. Mais il convenait de garder la tête froide. Il décida de vider son esprit de ses préoccupations pythagoriciennes pour le restant de la journée et de se donner quarante-huit heures pour adopter sa position.

Durant les deux jours qui suivirent, il fut un modèle de la nouvelle JCN. Il se montra bon soldat, il avait su le faire pendant plus de deux décennies. Mais naguère, il croyait en ce qu'il faisait ; à présent, il jouait un rôle. Au cours des deux réunions qu'il anima, il ne jura que par Pythagore. Le second jour, quand il retrouva Goren à une autre réunion, il se montra constructif et fit même preuve de créativité.

Mine de rien, Goren l'observait. Plus tard, il dit à Roselli qu'il fallait redoubler de méfiance. Il connaissait Palermio, sa soudaine bonne volonté ne lui disait rien de bon.

Le délai de réflexion de quarante-huit heures écoulé, Palermio choisit sa stratégie. Il avait décidé que cette affaire pythagoricienne recelait une composante cachée, une faiblesse, sans quoi le projet n'aurait pas été distillé avec tant de précautions. Le soudain emballement de Goren, sa volte-face, avec le licenciement puis la soudaine promotion de Roselli, ne ressemblaient pas à son comportement habituel. Il cachait quelque chose ; quelque chose dont la révélation compromettrait le projet.

Il fallait donc découvrir de quoi il s'agissait. Les chercheurs du RSC qui avaient travaillé clandestinement avec Roselli devaient constituer un chemin vers ce secret. Peut-être même le détenaient-ils. Il fallait les contacter discrètement. Le meilleur moyen restait Gardner, qui serait sans doute ravi de l'opportunité d'un croc-en-jambe à son ex-collaborateur Roselli. Aussi transparent et impersonnel fût-il, Gardner avait ses entrées au RSC et parlait le langage de ces énergumènes.

Il allait donc l'enrôler. Il l'inciterait à prendre le poste d'assistant de Roselli pour les centres scientifiques. C'était dans la logique de la réorganisation, Roselli aurait évidemment besoin d'un collaborateur de cette nature. Il aurait ainsi l'occasion d'aller souvent à Rome.

Mais Palermio avait une autre bonne raison d'appuyer sa stratégie sur l'Italie. Il avait décidé d'entrer en relation avec cette organisation qu'il avait naguère éconduite avec mépris, et c'est de Sicile que ces gens venaient, même s'ils étaient basés aux États-Unis. Ils maintenaient des liens avec leur terre d'origine, tout le monde le savait. Quant à lui, de toute façon, on lui prêtait déjà ce genre de relations sulfureuses. Autant en profiter, cela ne coûtait rien, n'engageait à rien. Il n'avait pas de projets précis en tête les concernant, mais ces relations pourraient s'avérer utiles. S'il venait à l'idée de Goren de mettre Garrett, le directeur de la sécurité, sur sa piste et que ce dernier devienne inquiétant, ses amis siciliens n'en feraient qu'une bouchée.

Palermio passa directement à l'action. Le surlendemain, il invita Gardner à dîner dans un restaurant retiré de San Francisco, en plein Chinatown, où il pouvait disposer d'un salon privé. C'était l'un des endroits discrets où il rencontrait les petites amies d'un jour ou d'une semaine que Genoli lui fournissait. Personne ne les surprendrait là.

Gardner avait été très étonné par cette invitation, ses rapports avec le vice-président marketing ayant toujours été distendus. Palermio n'avait jamais porté le moindre intérêt à la composante « recherche » du groupe ; de plus, le peu d'estime qu'il avait pour Gardner n'était pas un secret. Mais il avait déployé ses chaleureux attributs de camelot et avait facilement convaincu Gardner de dîner avec lui.

Pour des raisons de discrétion (Palermio ne voulait évidemment pas qu'ils soient vus ensemble), ils s'étaient retrouvés directement au restaurant. Palermio avait tout de suite attaqué.

– Je suis content que vous soyez venu, Alan. Cette réorganisation est un vrai séisme, et je suis ravi de pouvoir en discuter avec quelqu'un comme vous, qui a toujours eu une vue saine et réaliste des choses.

Cette situation était l'une de celles où Gardner maîtrisait mal son bégaiement. Il était mal à l'aise, la personnalité extravertie de Palermio le déstabilisait.

– Je n'avais pas v-vraiment l'impression que c'était votre jugement à mon égard, répondit-il avec une pointe d'ironie.

– Alan, c'est dans les circonstances difficiles que les gens se révèlent. – Le visage de Palermio affichait la sincérité personnifiée. – Et si je puis me permettre une opinion vous concernant, il m'a semblé que dans les épreuves que nous traversons actuellement, vous étiez l'une des rares personnes à garder la tête froide. Est-ce que je me trompe si je dis que, comme moi, vous pensez que notre hiérarchie est complètement déboussolée ?

– C'est vraiment votre opinion ?

– Absolument. J'ignore ce que Roselli a raconté à Goren, mais notre président a disjoncté. J'ai toujours pensé qu'il devait marcher à la cocaïne pour tenir le rythme. Il a dû forcer la dose. Il est en train de torpiller la plus belle entreprise du monde. Et nous avec. Vous n'êtes pas de cet avis ?

– Si, d'un certain c-côté.

– Quel côté ?

Gardner jeta un regard en biais à Palermio. Il sentait que le vendeur (c'est ainsi qu'il le surnommait) faisait pression. Il n'aimait pas ça et il se méfiait. Il ne voyait pas où il voulait en venir.

– C'était une manière de parler, répondit-il.

Il y eut un bref silence. Gardner se défilait, et Palermio cherchait par quel bout prendre ce froussard.

– Alan, votre prudence est compréhensible et je la respecte ; chacun son tempérament. Mais j'ai l'impression que vous et moi nous nous retrouvons un peu dans la même situation. Nous avons donné le meilleur de nous-mêmes à JCN pendant des années, sans économiser notre bonne volonté et notre énergie. Chacun dans notre domaine, nous avons contribué à une part importante de son succès. Et en retour, comment sommes-nous récompensés pour ce travail de toute une vie ? Nous nous retrouvons sur la touche, coiffés par un Roselli sorti miraculeusement du néant où l'avaient plongé ses détournements de biens sociaux. Qu'a-t-il raconté à Goren ? Quel moyen de pression occulte a-t-il utilisé ? Je l'ignore, mais le résultat est là, et nous payons les pots cassés.

– Et alors ?

Palermio bondit et se retint de frapper la table d'un violent coup de poing.

– Comment « et alors » ? Vous êtes d'accord avec cette manière de faire ? Vous êtes prêt à accepter une sanction injustifiée dans la résignation ? Pas moi. Je pense que nous avons du poids dans cette boutique, et je trouve légitime de nous en servir pour nous défendre. Vous n'êtes pas de cet avis ?

– Palermio, où v-voulez-vous en venir ?

« Ce type est pire qu'une anguille », pensa Palermio. Alan l'agaçait au plus haut point, mais il avait besoin de lui.

– Très bien, Alan, j'ai compris. Vous voulez que j'abatte mon jeu avant même que je sache si des cartes vous ont été distribuées.

Je vais prendre ce risque, car j'ai confiance en vous, quoi que vous pensiez.

En réalité, il estimait qu'avec ce pleutre de Gardner le risque était minime. Jamais il ne saurait tirer parti seul de ce qu'il allait lui dire. Et de toute façon, Gardner allait le suivre.

– Je vous écoute, dit Gardner.

– J'ai bien réfléchi à la situation, et j'ai une idée qui pourrait nous sauver. Je vais vous l'expliquer. Mais dès à présent, sachez que, pour la réalisation de cette idée, je suis convaincu que nous serions complémentaires. Vous avez pour vous les scientifiques, la compréhension de leur langage, leur confiance. Moi j'ai « encore » la visibilité et la crédibilité indispensables pour mener cette idée à bien.

– En quoi consiste-t-elle ?

Palermio exposa tranquillement ses soupçons sur l'opération Pythagore et les atouts qu'il pensait pouvoir en tirer. Peu à peu, il réussit à détendre l'atmosphère. Il voulait rassurer Gardner. Celui-ci se décoinçait et prenait tout doucement confiance. Le repas était de qualité, les plats se succédaient à la mode chinoise, avec un alcool de riz savoureux. Le service était discret. Le décor créait une ambiance propice à la détente. Et Palermio parlait, parlait…

Deux heures plus tard, il avait vendu son idée, et Gardner lui était acquis. Le premier volet de la stratégie de Palermio était en place. Lui et Gardner s'étaient mis d'accord sur un échéancier rapide. Gardner se ferait nommer assistant de Roselli, en charge des centres scientifiques. Il irait à Rome et récupérerait les informations convoitées. Ce serait ensuite à Palermio de jouer. Qu'on lui fasse confiance, il saurait frapper, et fort.

Ce premier point réglé, il enclencha le deuxième volet. Le volet mafieux. Là, il fallait être très prudent. Ces types n'étaient pas comme Gardner, c'étaient des durs et ils étaient dangereux. Il réfléchit soigneusement à la manière d'aborder les choses. Pour l'instant, il ne souhaitait rien d'autre qu'un contact direct et la certitude de pouvoir faire appel à eux le cas échéant. Il devait faire attention à ne rien promettre, et aussi à ne rien accepter qui puisse ensuite faire l'objet d'une demande de contrepartie. À n'en pas douter, Cosa nostra devait être une organisation multiforme, il était donc indispensable qu'il sache par quel biais établir le contact avec elle.

Avant de faire quoi que ce soit, il devait collecter le maximum d'informations : structure, fonctionnement, modes d'intervention, localisation, territoires. Il avait conservé les coordonnées des personnes qui l'avaient contacté autrefois. Bien sûr, ce n'étaient pas eux qui le renseigneraient comme il souhaitait l'être. Mais il existait une littérature abondante, surtout depuis que l'*omerta*, la loi du silence, avait été violée par le fameux Joe Valachi, en 1963. Il y avait aussi des articles dus à des journalistes d'investigation, qui avaient fait grand bruit. Mais il n'avait ni le temps ni le goût de lire tout cela et d'en faire la synthèse. Il trouverait quelqu'un pour ce travail.

Pourquoi pas Genoli, son pourvoyeur en minettes ? C'était quelqu'un de sûr. Cet arriviste féroce avait visiblement décidé de lier sa carrière à celle de Palermio. Il ne ratait pas une occasion de le rencontrer, d'échanger des vues avec lui, de lui témoigner son admiration. Il semblait prêt à tout pour avancer. Cela lui avait d'ailleurs pas mal réussi puisque, dans les dossiers confidentiels du personnel, il était prévu que Genoli remplacerait Palermio en cas de carence imprévue de ce dernier. Genoli en avait été informé, il en était fier, et cela renforçait encore son extraordinaire ambition. De plus, il avait lui aussi une lointaine origine sicilienne. Oui, c'était une bonne idée, se disait Palermio. Il convoquerait Genoli et lui demanderait ce travail de recherche. Il suffirait de trouver une justification vraisemblable. Ce serait facile. Il prétexterait un soupçon de pénétration du marché de l'informatique par diverses sociétés secrètes, et la nécessité pour JCN d'une enquête discrète et efficace. Peu importe que Genoli le croie ou non, ce jeune tigre serait ravi de répondre efficacement à une demande personnelle du vice-président marketing (il aimait se rappeler son titre).

Genoli n'était pas un imbécile, il était même très vif. La demande de Palermio le surprit et il n'était pas convaincu par le prétexte invoqué ; mais il avait déjà eu d'autres demandes singulières. Il fit comme si de rien n'était. Il procéda aussitôt à une razzia sur toute la littérature disponible, contacta des journalistes, ainsi qu'un détective privé de ses relations. Il travailla intensément, il y passa même ses nuits, et, moins de dix jours après, Palermio se trouva en possession du dossier.

Il était près de vingt-deux heures. Palermio s'était installé dans le grand bureau de son domicile et lisait le rapport de Genoli. Les informations étaient regroupées sous deux grandes parties, correspondant aux deux questions principales qu'il avait formulées : organisation interne et fonctionnement de la Mafia, localisation aux États-Unis.

L'organisation de la Mafia était simple. Elle était structurée selon une logique très centralisée, qui plaisait à Palermio : il s'agissait d'une trame pyramidale par « familles », par clans en quelque sorte. Une « collection » de familles, indépendantes les unes des autres, constituait la Mafia.

Le « Don » était le chef de la famille ; personne ne pouvait s'opposer à son autorité. Il décidait de tout, et en premier lieu de la stratégie d'action de la famille, drogue, jeu, prostitution, corruptions, rackets, alliances, etc. C'était l'une des deux seules personnes habilitées à introniser un nouveau membre dans la famille, à recevoir son serment. Il disposait du pouvoir d'attribution des différentes fonctions et promotions.

Le « Sotto Capo », ou « Capo Bastone », était le sous-chef de la famille. Il était nommé par le Don et agissait comme son second. Il dirigeait toutes les opérations au jour le jour, et seul le Don pouvait discuter ses ordres. C'était la seconde personne habilitée à recevoir le serment d'un nouveau membre, mais il devait en référer au Don.

Quant au « Consigliere », le conseiller, il était élu par tous les membres de la famille. Bien qu'il fût d'un rang équivalent à celui du Sotto Capo, il n'avait aucune autorité sur les opérations. Il conseillait le Don, parfois le Sotto Capo, et il était le seul à disposer du droit de commenter les décisions du Don, mais sans avoir licence de les contrecarrer. Il fallait ajouter le « Contabile », sorte de conseiller financier.

Telle était la structure dirigeante d'une famille.

« Voilà une organisation simple et claire, se dit Palermio. Je comprends qu'elle mène ses actions avec une telle efficacité. J'aurais fait un Don de première force. » Il avait sans doute raison.

La structure se poursuivait au niveau des exécutants. Il y avait le « Caporegime », un capitaine en charge d'une équipe, une « borgáta ». Et pour chaque ensemble de douze « soldats » dans l'équipe, le Caporegime nommait un « Capodecine », un lieutenant. Parmi les Caporegime, on trouvait toujours un « Doberman », et un seul : c'était le tueur le plus efficace. Les soldats se situaient au bas de l'échelle, où il pouvait exister deux niveaux : les « Sgarrista », au niveau le plus élevé, et les « Picciotto », au rang inférieur.

C'est au niveau des Sgarrista, ou des Picciotto, lorsque ce rang existait, que l'on pouvait être intronisé membre de la famille, après vote favorable des Caporegime et de leurs supérieurs. C'était alors un immense honneur. Le document précisait les conditions requises pour pouvoir prétendre à l'intronisation : être sicilien ou italien, être recommandé par au moins deux membres de la famille, être connu depuis longtemps, avoir commis un « acte valable » attesté par l'un des garants, etc. Il décrivait avec moult détails le rite de l'intronisation, qui avait lieu en présence du Don, du Sotto Capo, du Consigliere et du Caporegime recruteur : mélange du sang de l'intronisé et de son garant, image du saint de la famille brûlée dans la main de l'impétrant, serment de fidélité à vie, déplacements initiatiques dans la pièce de la cérémonie, embrassades de l'intronisé avec les personnes présentes, constitution du cercle où les participants se tiennent par la main.

On pouvait également être associé à la famille sans en être membre. On était alors « Giovane D'Honore ». C'était le cas de ceux qui étaient « en relation d'affaires » avec la famille.

Palermio ignorait le rang de la personne qui l'avait autrefois contacté, mais il décida qu'il n'accepterait de relations qu'avec un Don.

Par ailleurs, rien dans la structure ne correspondait au genre de rapports qu'il souhaitait établir. Il ne se voyait pas encore Giovane D'Honore, et il souhaitait que les choses se déroulent de telle sorte qu'il n'ait jamais à le devenir. Dans un premier temps, il ne désirait qu'un contact cordial, laissant ouvertes des possibilités de « collaborations ». Il y avait certes une structure, se dit-il, mais de simples et bonnes relations devaient être envisageables, en particulier avec des personnalités de son importance.

La localisation des familles faisait l'objet de la seconde partie du rapport de Genoli. À l'en croire, la Mafia américaine était composée de vingt-quatre familles actives, couvrant l'ensemble du territoire américain, sauf une qui débordait sur le Canada. Palermio découvrit une liste détaillée de ces familles, comprenant leur localisation et leurs noms respectifs, ainsi que ceux des Don. L'est des États-Unis était de loin la région la plus couverte. New York à elle seule comptait six familles actives. Certaines villes, comme Las Vegas, Miami, Phoenix, étaient ouvertes à toutes les familles, sans partage de territoire comme à New York.

Cependant, c'était la Californie qui intéressait Palermio. Le rapport faisait état de familles à San Francisco et à San Diego, mais inactives. À Los Angeles, où il se souvenait avoir eu ses contacts, il y avait la Cosa nostra de Los Angeles, dont le Don était un dénommé Peter Mazzino.

Il sauta à la fin du rapport de Genoli, où une annexe rassemblait quelques détails sur chacune des familles. La Cosa nostra de Los Angeles était-elle mentionnée ? Oui, il y avait un petit développement. Il parcourut le texte avec attention.

« Le premier Don de la Cosa nostra de Los Angeles fut Joseph Ardizzone, qui régna jusqu'en 1931. Jack Dragna, qui donna à la famille une importance nationale, lui succéda jusqu'en 1956. Puis Frank DeSimone gouverna la famille jusqu'en 1967, et Nick Licata jusqu'en 1974. Son Sotto Capo, Aladena Frattiano, est connu, car il fut le second mafioso à avoir violé l'*omerta*, la loi du silence. Il avait témoigné contre des mafiosi à Saint Louis et à Detroit. Dominick Brooklier succéda à Licata, jusqu'à son emprisonnement, en 1984. Peter Mazzino prit sa suite, avec son frère Luigi comme Sotto Capo. On ignore si les Mazzino sont toujours en place : en effet, ceux-ci ont été arrêtés puis libérés de prison. Une possibilité serait qu'ils cherchent à s'installer à Las Vegas. Mais de toute façon, il semble que la Cosa nostra de Los Angeles ait perdu beaucoup de son pouvoir dans ces dernières années. »

Décidément, se dit Palermio, la Californie ne semblait pas réussir à la Mafia : Los Angeles paraissait en mauvaise posture, San Francisco et San Jose étaient inactifs. C'était embêtant, il préférait traiter avec des gens qui avaient fait le premier pas, qui étaient en quelque sorte demandeurs. Devait-il essayer de voir du côté de Chicago, ou sur la côte Est ? Il réfléchit quelques instants. Non, c'était trop dangereux, l'initiative ne devait pas venir de lui. Il valait mieux tenter sa chance avec ses premiers contacts. Peut-être n'étaient-ils plus opérationnels, mais ils restaient sans doute en rapport avec une autre famille alliée plus puissante. Ou alors, ils officiaient à Las Vegas. C'était moins pratique que Los Angeles, mais ce n'était tout de même pas très loin. D'ailleurs, il fallait être réaliste, Genoli avait établi son rapport vraiment très vite, il comportait certainement des imprécisions, ce que son auteur avait d'ailleurs discrètement laissé entendre.

Oui, c'était décidé, il tenterait sa chance avec ce Peter Mazzino.

Il compulsa ses stocks de cartes de visite et ses agendas, qu'il conservait avec soin depuis le début de sa carrière et qui occupaient un volume considérable dans le bureau de son domicile. Il s'était souvent dit qu'il devrait mettre tout ça dans un ordinateur, mais il ne l'avait jamais fait : bien que vice-président de JCN, il détestait manipuler l'informatique. Il finit par retrouver la carte de visite que son contact lui avait laissée. Elle ne portait aucun renseignement gravé ou imprimé, mais un simple numéro de téléphone tapé à la machine (il reconnut la numérotation de Los Angeles), et un prénom un peu bizarre, Claudio-Leonardo. Il appellerait dès demain.

Le lendemain, avant de partir pour le bureau, il prit son téléphone pour composer le numéro de Claudio-Leonardo. Mais il se ravisa aussitôt. Il était plus prudent d'appeler d'une cabine publique éloignée de son domicile. Et, bien entendu, pas question d'utiliser son téléphone portable.

Il partit dans sa Porsche Carrera vert bouteille aux vitres teintées très foncées. Le rugissement grave du moteur de 3,6 litres lui procurait un sentiment de puissance. Il trouva une cabine à mi-chemin. La sonnerie retentit sept fois avant que quelqu'un ne décroche sans se présenter.

– Je voudrais parler à Claudio-Leonardo, dit Palermio, la voix ferme.

– De la part ? répondit le correspondant sur un ton grasseyant.

– C'est personnel, dit Palermio.

– C'est à quel sujet ? reprit le correspondant.

– Je vous ai dit que c'était personnel. – Il avait pris un ton agacé.

– Claudio-Leonardo m'a laissé ce numéro au cas où je souhaiterais le recontacter. Si son numéro n'a pas changé, passez-le-moi. Sinon ce n'est pas grave, je peux m'adresser ailleurs. Je n'aurai aucun problème pour trouver un partenaire intéressé.

– Ne quittez pas.

Il dut attendre trois bonnes minutes, qui lui parurent en durer six.

– Claudio-Leonardo à l'appareil. À qui ai-je l'honneur ?

Palermio reconnut immédiatement la voix de baryton de son correspondant.

– Vous parlez à quelqu'un que vous avez contacté de votre propre chef, il y a cinq ans, et à qui vous avez laissé une carte de visite avec votre prénom et votre téléphone.

Claudio-Leonardo ne réfléchit qu'un bref instant.

– Je vois, et j'apprécie votre discrétion. D'où appelez-vous ?

– D'une cabine téléphonique.

– Bien. Voulez-vous que nous nous retrouvions au même endroit qu'il y a cinq ans, à une date et une heure dont nous pourrions convenir ?

– Après-demain à vingt heures. Ça vous va ?

– Tout à fait.

– Alors c'est entendu, dit Palermio. Mais sachez dès à présent que le but de ce contact est d'arranger une entrevue avec votre grand patron, qui est le seul avec lequel je souhaite discuter directement. Si cela n'est pas possible, ce n'est pas grave, mais nous en resterons là.

Claudio-Leonardo hésita quelques secondes.

– Je comprends. Je vais en parler à cette personne et je ne viendrai au rendez-vous que si elle est d'accord. Dans le cas contraire, vous détruirez ma carte. Ça marche ?

– D'accord, répondit Palermio.

Il raccrocha aussitôt.

Les deux volets de sa contre-offensive étaient en place. Il était content d'être passé à l'action, il se sentait bien, presque euphorique. Il n'avait que trop tardé. Il pouvait encore tirer JCN de l'impasse où ce salaud de Goren et ce dingue de Roselli l'engageaient.

Il remonta dans sa voiture. En démarrant, le soleil se refléta dans le rétroviseur gauche, l'éblouissant. Il détourna la tête, mais il avait eu le temps de remarquer une voiture bleue, une Chrysler, qu'il lui semblait avoir aperçue derrière lui quelques minutes avant de s'arrêter près de la cabine. Il regarda vivement dans le rétroviseur intérieur, mais le véhicule avait disparu. « La Mafia ne peut aller plus vite que son ombre ! » se dit-il. Et il s'en amusa.

Le rendez-vous eut lieu. Claudio-Leonardo lui dit que son chef était disposé à le rencontrer. Mais avant, il souhaitait savoir s'il intervenait en son nom propre, ou s'il représentait JCN. Il voulait également savoir si Palermio était partie prenante dans la nouvelle organisation de JCN, alors que son nom n'avait presque pas été cité dans la presse.

Palermio se dit que les nouvelles allaient vite. S'il perdait son job, il ne serait plus rien dans les jours suivants. Il répondit à contre-cœur aux questions, et précisa que la nouvelle organisation de JCN n'était pas encore fixée, mais qu'il y aurait comme auparavant une place éminente.

– J'espère que ces informations seront suffisantes pour Peter Mazzino, car je n'ai pas l'intention d'en dire plus pour l'instant.

– Tout à fait, et je vous en remercie, répondit Claudio-Leonardo. M. Mazzino est actuellement à Las Vegas afin de régler des problèmes délicats. Il est très occupé. C'est pourquoi il vous demande de bien vouloir attendre deux ou trois semaines pour votre rendez-vous. Il vous contactera directement. D'accord ?

Palermio pensa que ce délai serait peut-être suffisant pour savoir à quoi s'en tenir du côté de Gardner ; c'était donc parfait. De toute façon, rien ne pressait. Pour l'instant il voulait juste un contact, et il l'avait. Les deux convives se quittèrent sur une cordiale poignée de main. « Ce Claudio-Leonardo s'exprime curieusement bien pour un type de la Mafia, pensa-t-il ; à moins que je n'aie des idées fausses sur ces gens. »

Il faisait bon se battre, pensait Palermio. La vie était belle, et il mordait dedans de toutes ses magnifiques dents. Rien n'était perdu. Il avait toujours cru en lui, toujours réussi ce qu'il avait entrepris, et il n'y avait aucune raison pour que cela change. Il sortirait la grande JCN de l'ornière et reconquerrait la place qu'il méritait. Gare à toi, Goren, et attention à toi, Roselli, d'autres ont essayé dans le passé d'écarter le grand Nicholas Palermio, et mal leur en a pris. Nicholas le magnifique, Palermio le grand l'a toujours emporté.

Palermio réprima soudain un mouvement de surprise : était-ce une illusion, ou la même Chrysler bleue venait-elle de disparaître, après un rapide virage à droite, derrière ce grand immeuble ?

Une réunion à la basilique
de la Porta Maggiore

Obscures vibrations de ma pensée profonde...
Lumineuse, fervente et solennelle union sacrée...
Magnifique résurgence de l'autrefois,
il y a si longtemps, où, je m'en souviens,
tout était si beau...

Rome, basilique souterraine de la Porta Maggiore,
samedi 24 mai 2008, 23 h 30.

– Mes amis, dit Pythagore, merci d'être presque tous là. Je sais que beaucoup viennent de très loin, et que certains ont eu du mal à se dégager de leurs obligations. Mais j'ai pensé qu'une réunion de notre Confrérie était indispensable.

En premier lieu, il faut faire un point afin que chacun prenne connaissance de la situation, car les choses avancent très vite. D'autre part, il y a des décisions importantes à prendre. J'ai besoin de votre avis et de votre accord. Enfin, je dois vous faire part d'une mesure stratégique qui vous concerne tous.

Une fois de plus, ils se retrouvaient à Rome. Les participants étant de diverses nationalités, la réunion se tenait en anglais. Comme d'habitude, la séance secrète allait se dérouler dans la basilique souterraine de la Porta Maggiore.

Le groupe se tenait dans la nef centrale du sanctuaire. Le Maître était assis sur le trône de l'abside, et les frères sur les pierres ou les colonnes brisées qui gisaient çà et là, et qui avaient été alignées pour la circonstance en deux rangées face à face. La nuit était tombée depuis longtemps, et l'éclairage était fourni par des bougies fixées sur de vieux chandeliers. Il faisait frais. Ils n'étaient que dix-sept, silhouettes fantomatiques dans leurs robes blanches passées sur leurs vêtements modernes. Les flammes vacillantes des bougies projetaient leurs ombres dansantes sur les parois de tuf et sur la voûte.

Les visages étaient masqués, recouverts d'un cône de tissu blanc. Seul le Maître connaissait tous les membres de la Confrérie. Il y avait maintenant trois siècles que cette habitude s'était instaurée pour des raisons de sécurité. À cette époque, alors que l'élimination d'Isaac Newton avait été préparée et planifiée, il se produisit un imprévu majeur : une trahison conduisit à l'arrestation de plus des trois quarts des membres. Le Maître avait dû son salut à la rapidité avec laquelle il avait disparu dans la foule, et Newton put impunément poursuivre ses forfaits comme gouverneur de la Monnaie.

Après cet épisode, plusieurs décisions avaient été prises. L'une demandait aux frères de se disperser le plus vite possible en cas d'incident grave, sans se préoccuper de Pythagore, celui-ci se réincarnant s'il venait à mourir. L'objectif était de conserver le maximum de pythagoriciens opérationnels. Une autre limitait la Confrérie à vingt membres (en fait en deux décades). Mais ces vingt personnes devaient être de très haut niveau, chacune disposant d'une influence majeure dans son domaine.

La procédure d'accès aux réunions avait également été redéfinie. Le Maître arrivait toujours en premier, et les frères se présentaient ensuite un par un toutes les cinq minutes. Cela permettait au Maître de valider les identités, tout en assurant l'anonymat. C'était le moment où chacun devait répéter le serment de secret absolu : « Non, je le jure par celui qui a transmis à notre âme la tetraktys, en qui se trouvent la source et la racine de l'éternelle nature. » Tous avaient accepté cette procédure. Pendant les réunions, les frères s'interpellaient par un numéro inscrit sur un carton qui leur était donné à leur arrivée. Un grand pentagramme en bronze était posé à même le sol, entre les deux rangées de sièges de fortune.

Par un surcroît de précaution, Pythagore utilisait depuis quelque temps un micro pourvu d'un dispositif électronique dont la fonction n'était pas d'amplifier, mais uniquement de restituer une voix modifiée dans le timbre, la tonalité et l'accent. Ainsi, la voix et la nationalité de Pythagore demeuraient inconnues des frères. Il reprit la parole.

– Mes amis, nous avons attendu et travaillé dans l'ombre pendant des siècles. Ce fut long, et il nous a fallu beaucoup de persévérance.

Mais nous avons eu raison de patienter. Cette période est maintenant terminée. Nous sommes entrés dans la phase qui va nous mener là où nous avons toujours souhaité aller. Je vous rappelle les dates récentes de notre opération :

> *17 avril 2008 :* décision est prise et annoncée en interne, ici même, à Rome, de réorganiser JCN ;

> *20 avril 2008 :* mise au point dans la villa de Pete A. Goren des premiers éléments de cette réorganisation. Le sens général du projet est formalisé, et les premières mesures esquissées ;

> *23 avril 2008 :* la réorganisation est présentée au comité de direction de JCN. Deux éléments importants marquent cette réunion : annonce de la mort accidentelle de Jane Goren, et manifestation soutenue de son hostilité au projet par Nicholas Palermio .

Nous sommes le 24 mai. Cela fait un mois que le comité a été informé de la réorganisation. L'opération Pythagore est lancée avec vigueur. Mais il faut que nous abordions diverses questions.

En premier lieu, je vous dois une explication concernant Jane Goren. J'ai eu l'occasion de m'entretenir brièvement avec la plupart d'entre vous, par téléphone ou par courrier électronique, du problème qu'elle pouvait poser. Jane Goren constituait un risque majeur pour l'opération. C'est ce que je vous ai expliqué à mots couverts, et il m'a semblé que vous étiez d'accord sur ce point. Conformément à nos conventions, nos échanges n'ont été que brefs et sibyllins, afin que personne ne puisse en tirer des informations nous concernant. Mon intention était d'attendre la réunion d'aujourd'hui pour étudier la question plus en détail, et convenir ensemble des mesures à prendre. Mais une opportunité s'est présentée : elle a décidé de monter son cheval Hippase ! Vous vous rendez compte, Hippase, Jane Goren montant Hippase ! Et comme à son habitude, elle l'a fait savoir *urbi et orbi*.

Mes amis, j'ai longuement pesé le pour et le contre. Devais-je attendre de vous parler pour obtenir votre accord, ou avais-je le droit moral d'intervenir, compte tenu de la teneur de nos conversations ? J'ai choisi la deuxième option, quitte à agir dans la précipitation. Et le résultat est là : Jane est morte, c'est vrai, mais, pour la première fois, la police a des soupçons. Il a fallu la suspendre à une branche trop haute après que ses vertèbres cervicales aient été brisées, et la police s'en est aperçue. Je vous rassure tout de suite, elle ne découvrira rien de plus et devrait classer l'affaire. Mais je le confesse, c'est la première fois qu'un soupçon aura pesé sur une exécution que nous avons dû pratiquer. Je suis prêt à répondre à toutes les critiques que vous jugerez bon de me faire.

Un long silence suivit cette confession. La lumière des bougies vacillantes ajoutait au caractère insolite de la scène. Le Maître reconnaissait une erreur. Il pouvait faillir. Était-il concevable que le Maître puisse se tromper ? N'était-ce pas la fin d'un mythe absolu ?

Mais non, tous avaient compris. L'époque où l'avis d'un seul primait sans discussion aucune était révolue. Pythagore avait su au contraire devenir un homme de son temps, et il souhaitait l'avis de tous. Numéro 10 prit la parole.

– Maître, je pense exprimer la pensée de tous en déclarant solennellement que nul ne songe ici à porter la moindre critique sur la décision que vous avez prise. Les temps ne sont plus où l'on pouvait réfléchir tout à loisir sur l'opportunité des mesures à prendre dans telle ou telle situation. Nous sommes dans un monde où tout va vite, où tout d'ailleurs ne cesse de s'accélérer. Nous ne pouvons que nous féliciter de constater que le Maître a su s'adapter à cette évolution, alors qu'il porte sur ses épaules une histoire plus que bimillénaire. Pour nous, les choses sont claires, nul n'aurait pu prendre une meilleure décision, et nul n'aurait pu mieux l'accomplir. Et si un ami souhaite me contredire, qu'il le fasse dans l'instant.

Personne n'intervint. Pythagore poursuivit.

– Mes amis, merci de votre confiance, elle m'a toujours soutenu dans les phases les plus difficiles. En l'occurrence, vous l'avez bien compris, les deux plateaux de la balance n'étaient pas équilibrés : d'un côté, on trouvait une écervelée sans intérêt pour la communauté, et de l'autre un risque très important pouvant compromettre la réalisation d'un projet magnifique, riche de deux mille cinq cents ans de réflexions.

Mais j'aborde à présent le deuxième point important, je veux parler de l'hostilité de Palermio envers notre projet. Il est clair que dans la nouvelle organisation Palermio perd du pouvoir ; c'est le travail de toute sa vie qui se trouve ainsi dévalué. Or, contrairement à Jane, cet individu est prudent et rusé. Il sait ce qu'il veut. Il est du genre à ne reculer devant rien pour y arriver. Et il ne veut pas perdre de pouvoir.

Après ses interventions à l'évidence hostiles, JCN a décidé de le placer sous surveillance. Ce travail a été confié à Mark Garrett, le directeur de la sécurité de JCN. Et bien nous en a pris. Rien n'est sûr, mais il semble que Palermio mijote un mauvais coup.

– Peut-on savoir de quoi il retourne ? demanda Numéro 7.

– Bien sûr, dit Pythagore, je m'apprêtais à vous le dire.

Minuit était passé, et maintenant il faisait froid dans la basilique. La consistance de l'air ambiant s'en ressentait ; les voix résonnaient sourdement, rebondissant mollement sur les parois de tuf, comme la lumière glauque du matin sur l'eau d'un marais.

– Je vous l'ai déjà laissé entendre, Palermio s'est immédiatement montré hostile à l'opération Pythagore, et il l'a fait en public, devant les autres vice-présidents. Visiblement, il espérait en entraîner quelques-uns dans sa démarche. Finalement, il a fallu lui mettre les points sur les « i », en lui laissant entendre que son départ ne poserait aucun problème. Il a immédiatement compris qu'il devait changer de stratégie, et il l'a fait. Tant qu'il se trouve en présence ou dans l'environnement immédiat des dirigeants de JCN, Palermio a maintenant un comportement parfait. En fait, trop parfait, si on le compare à ses premières réactions. Il ne jure que par la nouvelle JCN, ses concepts, sa vocation. C'est vraiment le bon petit soldat, efficace, chaleureux, souriant, participatif.

Mais attention : dès qu'il est hors de la mouvance de JCN, il semble tramer quelque chose. Tout d'abord, il y a un peu moins de trois semaines, les hommes de Garrett l'ont vu dîner avec Alan Gardner dans un restaurant très discret de Chinatown. Quand on connaît le mépris de Palermio pour ce type, avec lequel il n'a pas dû échanger vingt paroles dans toute sa carrière, quand on est au fait de son désintérêt pour tout ce qui ressemble de près ou de loin à la recherche, on ne peut que s'interroger sur le motif de cette rencontre. Il ne s'agit certainement pas de l'éclosion d'une amitié soudaine ; on est donc obligé de soupçonner un quelconque montage plus ou moins retors.

D'autant que Gardner, qui est intelligent mais pas très habile, est allé trouver le lendemain même Roselli pour lui proposer de l'assister dans la gestion des centres scientifiques. Or, ce même Gardner avait implicitement rejeté ce job dans un premier temps, ce que l'on peut comprendre. Mais Roselli, qui avait besoin d'un tel assistant, a donné son accord. Et dès que Gardner a endossé sa nouvelle fonction, il a sauté dans le premier avion pour Rome.

En fait, il est en ce moment même ici à Rome, au RSC, arguant de ses nouvelles responsabilités pour poser mille et une questions sur les recherches pythagoriciennes de Roselli. À mon avis, ces investigations sont très préoccupantes. Je suis convaincu que Gardner est manipulé par Palermio, mais j'ignore ce qu'il cherche à découvrir.

Par ailleurs, Palermio a confié à un jeune ambitieux de son entourage, Ron Genoli, une tâche surprenante : collecter pour lui toutes les informations disponibles sur la Mafia. Quand on connaît les rumeurs qui courent depuis toujours sur les liens entre Palermio et Cosa nostra, et quand on songe que Genoli, comme Palermio, est d'origine sicilienne, c'est intéressant. Garrett mentionne également de mystérieux coups de téléphone passés par Palermio depuis des cabines publiques, évidemment pour éliminer tout risque d'écoutes. Et comble du comble, il semblerait, selon Garrett, que Palermio ait rencontré il n'y a pas une semaine, dans un sombre bouge aux environs de Berkeley, un homme qui pourrait bien appartenir à la Mafia.

– Il prépare quelque chose, c'est évident, dit Numéro 5.

– Je partage cet avis, renchérit Numéro 4. Il est évident aussi qu'il s'agit de quelque chose qui doit contrecarrer l'opération Pythagore.

– Pensez-vous que s'il met la Mafia dans le coup, demanda Numéro 13, ce soit pour éliminer physiquement un obstacle qui le gêne ?

– Je ne suis pas un spécialiste, dit Pythagore, mais à mon avis, on ne fait pas appel à la Mafia pour qu'elle conteste la symbolique des solides platoniciens ou l'existence de la métempsycose. Toutefois, il reste à savoir si c'est réellement la Mafia que Palermio a sollicitée.

Que manigançait Palermio ? Fallait-il attendre et laisser venir ? Mais alors, ne courait-on pas le risque que les choses soient trop avancées pour pouvoir agir ? Et dans le cas contraire, quelle action entreprendre ? Agir sur Gardner, ou directement sur Palermio ? Et comment agir ? Par ailleurs, si la Mafia était impliquée, le problème prenait une tout autre dimension.

– Mes amis, dit Pythagore, vous connaissez la situation. Nous devons prendre position. Avez-vous des suggestions à faire ?

Numéro 19 prit la parole. Sous sa robe blanche, on devinait un physique fluet ; sa voix était à l'avenant.

– En fait, dit-il avec un accent d'Amérique du Sud, la situation est simple et on peut la résumer ainsi : de graves soupçons pèsent sur Palermio. Objectivement, on ne peut rien lui reprocher chez JCN.

Mais nous ne sommes pas des gamins ; compte tenu de ses premières réactions vis-à-vis de l'opération Pythagore, et compte tenu de ce que Garrett a noté, il est évident qu'il prépare quelque chose. Nous avons donc deux possibilités. Soit nous estimons dès à présent que Palermio constitue un danger majeur pour l'opération Pythagore. Dans ce cas, nous devons songer à une élimination, sans oublier de prendre en compte que d'autres personnes sont impliquées. Je pense bien sûr à Gardner, à ce Genoli, et aux éventuels partenaires de la Mafia. Soit nous jugeons que le risque présenté n'est pas suffisamment évident, et nous décidons d'attendre de plus amples informations. Cette solution combinerait deux avantages : nous respectons notre déontologie, et nous évitons une intervention peut-être trop rapide, que nous pourrions regretter plus tard.

Pour l'instant, je suis plutôt en faveur de la deuxième possibilité.

– On peut envisager une possibilité intermédiaire, dit Numéro 14.

Physiquement, c'était l'opposé de Numéro 19 : un corps volumineux, et une voix de stentor à l'accent germanique très prononcé.

– On pourrait décider dès à présent que Palermio doit être éliminé. Mais compte tenu de l'existence possible d'associés plus ou moins dangereux, nous ne passerions à l'action qu'après des investigations plus approfondies sur ces autres personnes.

Durant un moment, dans un calme absolu, les membres de la Confrérie furent plongés dans leur réflexions.

– D'autres suggestions ? demanda Pythagore.

– Oui, dit Numéro 1. Il me semble que nous sommes dans le flou en ce qui concerne Gardner et son implication dans un complot avec Palermio. Idem pour Genoli et la Mafia. Et d'ailleurs, de quelle branche de la Mafia s'agit-il ? À mon avis, nous n'avons pas assez d'éléments pour décider quoi que ce soit sans risquer une grave erreur. Je pense qu'il faut recueillir plus d'informations sur tout ce monde.

– Bien, dit Pythagore. Autre chose ?

Nouveau silence.

– Mes amis, reprit le Maître, merci pour toutes ces idées. Je pense qu'il faut retenir tout ce qui a été mentionné.

L'expérience du passé m'incite à réduire les risques autant que faire se peut, jusqu'à les faire disparaître. Or Palermio constitue un risque, et un risque important compte tenu du potentiel du personnage. J'aimerais pouvoir décider avec vous de passer immédiatement à la phase d'exécution, dans tous les sens du terme. Mais je reconnais que ce risque n'est pas une certitude, du moins quant à son contenu précis : nous ne savons pas ce que Palermio trame exactement. C'est pourquoi une action précipitée comporterait un autre risque : celui de déclencher des réactions inattendues chez des partenaires dont nous ignorons l'importance de l'engagement. Dans cette phase de démarrage de l'opération Pythagore, personne n'a le temps ni l'envie d'avoir à gérer un affrontement avec la Mafia.

Par conséquent, la décision raisonnable est de s'organiser pour collecter rapidement le maximum d'informations. JCN va demander à Garrett d'élargir son action, c'est-à-dire de continuer d'assurer la surveillance rapprochée de Palermio, mais également de s'occuper de Gardner, de Genoli et de cet individu qui semble appartenir à la Mafia. Nous ne nous contenterons pas d'une surveillance passive : il engagera immédiatement des enquêtes tous azimuts, auprès de tous les contacts de Palermio pouvant être impliqués de près ou de loin. Je vais faire en sorte que les crédits nécessaires lui soient ouverts.

Je vous propose de lui donner un mois et de nous retrouver ici dans un mois jour pour jour, c'est-à-dire le mardi 24 juin 2008. D'accord ?

La question était de pure forme, nul n'aurait songé à contredire le Maître.

– Bien, dit Pythagore. Passons à présent à un autre point de l'ordre du jour. Vous le savez, JCN entre dans une phase de profonde réorganisation, l'objectif étant de lui faire prendre le plus rapidement possible le virage pythagoricien. À cet effet, elle a déjà mis en place plusieurs structures : la direction de la Formation pythagoricienne, la direction de la Mutation, la commission Pythagore. Il s'agit, dans cette première phase, de lancer les réformes au plus haut niveau.

Et bientôt, au fur et à mesure que l'opération va se développer, deux phénomènes vont se manifester. Tout d'abord, certains des plus importants dirigeants actuels de JCN ne suivront pas. Cela pour diverses raisons qui leur sont propres : soit parce qu'ils ne le veulent pas, soit parce qu'ils ne peuvent pas changer leur vision des choses. Par ailleurs, les réformes vont commencer à se diffuser à divers niveaux de JCN, notamment dans les grandes régions (je veux dire, Asie, Europe, Australie, Amérique du Sud, etc.), et dans le monde entier de nouveaux cadres devront mener les changements à bien.

Bref, de nouveaux collaborateurs compétents, à potentiel élevé, de toutes nationalités, et acquis au pythagorisme, vont bientôt devenir indispensables. Mes amis, qui au monde est le mieux placé pour prendre ces nouvelles responsabilités ? Qui combine la foi absolue en notre doctrine, la capacité à manager au plus haut niveau et la dimension internationale ? Vous l'avez compris, c'est vous, bien sûr. Vous êtes tous des personnalités importantes, vous êtes habitués à assumer de hautes fonctions, à vous tous vous représentez la terre entière et, par-dessus tout, vous êtes membres ô combien actifs de la Confrérie, à laquelle vous avez toujours voulu donner le maximum. Mes amis, vous allez avoir une magnifique occasion de passer à l'acte.

Pythagoriciens mes frères, mes amis, membres de notre Confrérie éternelle, vous qui avez sans cesse apporté votre aide la plus fidèle et la plus efficace à notre action, je vous demande de prendre la responsabilité de ces nouvelles et hautes fonctions liées à l'opération Pythagore dans JCN, au fur et à mesure qu'elles se présenteront. Bien entendu, vous ne serez pas tous sollicités simultanément et je préviendrai les intéressés en temps utile.

Pour l'instant, vous ne connaissez JCN que de loin. Les ordinateurs, et tout leur environnement, ne sont pour la plupart d'entre vous que de lointaines techniques. Peu importe, croyez-moi. En premier lieu, ces postes de haut niveau ne sont pas techniques, ce sont des postes de management. Par ailleurs, il existe dès à présent dans le système de formation JCN des cursus pour le niveau de responsabilité auquel je vous destine.

Ainsi, dans une totale discrétion et de façon progressive, notre Confrérie va prendre une place croissante dans JCN. À terme, c'est elle qui constituera la véritable structure de direction. C'est une belle manière de reconstruire notre groupe, et c'est le moyen de donner à notre philosophie le rayonnement planétaire auquel nous travaillons depuis deux mille cinq cents ans !

Comme je l'ai déjà dit, vous ne serez pas sollicités tous en même temps. Cela se fera en fonction de l'évolution de l'opération Pythagore chez JCN. Lorsqu'un directeur actuel de la société décidera de partir, je ferai en sorte que JCN fasse appel à l'un d'entre vous pour le remplacer. Lorsqu'il s'agira de mettre en place de nouvelles structures dans tel pays d'Amérique du Sud, d'Australie ou d'ailleurs, c'est celui d'entre vous le mieux placé dans le pays en question qui se verra proposer la fonction adéquate. C'est ainsi que, tout naturellement, sans révolution ni coup d'État, notre confrérie prendra le pouvoir chez JCN. Y a-t-il des questions ?

Numéro 7 leva le bras.

– J'imagine que ces différentes nominations pourront être planifiées suffisamment à l'avance. Je ne fais pas ce commentaire en pensant à la nécessité pour chacun de s'organiser en temps utile, mais en me préoccupant de l'aspect réaliste des choses. Vues de l'extérieur, il faut que ces nominations paraissent naturelles.

– Bien vu, dit Pythagore. La prise en main de JCN par la Confrérie doit se faire « en douceur », sans le moindre remous, de manière qu'aucun signe de notre existence ne transparaisse à l'extérieur. Les futures nominations doivent paraître normales.

Aussi, je vous annonce la création très prochaine d'une nouvelle structure dans JCN. J'ai déjà évoqué la direction de la Formation pythagoricienne, la direction de la Mutation, la commission Pythagore, autant d'entités à présent publiquement connues, et qui ont surtout un rôle à court et à moyen terme. Désormais, JCN va disposer d'un « Conseil Pythagore ».

À la différence des autres nouvelles structures, l'existence du Conseil Pythagore sera tenue secrète. Ce conseil, extrêmement restreint, ne sera composé que de Pete A. Goren, de Roselli et, le plus rapidement possible, de Linda Van Gulden, dont l'intuition et la clarté d'esprit constitueront un apport de choix.

Le Conseil Pythagore aura essentiellement un rôle pour le long terme, à savoir une dizaine d'années. Il aura en charge l'élaboration de la Charte pythagoricienne de JCN, la définition et la planification des grandes lignes de sa mise en place dans l'entreprise, et sa diffusion dans le monde. C'est par l'exercice quotidien du management de JCN que Pete A. Goren et Roselli feront passer les décisions du conseil dans les faits, notamment par l'intermédiaire des autres nouvelles structures. Vous noterez que je n'ai pas cité le nom de Linda, qui devrait n'avoir qu'un rôle consultatif dans cette instance.

Et vous le comprenez bien, la nomination des personnes adéquates est un élément essentiel de la stratégie. Elle sera donc planifiée longtemps à l'avance au sein du Conseil Pythagore. Ces prises de pouvoir seront préparées, et échelonnées dans le temps pour que rien ne transparaisse de nos projets à l'extérieur. Voilà, Numéro 7, qui devrait répondre à votre préoccupation.

Un long silence suivit cette annonce capitale. Chacun réfléchissait à ce qui allait se passer, à la fois pour lui-même et pour la Confrérie. Le froid était de plus en plus vif, mais personne ne s'en rendait compte. La Confrérie était passée à l'action avec une force et une détermination impressionnantes. C'était inéluctable, elle allait prendre le contrôle de JCN et s'appuyer sur sa formidable puissance pour répandre sa philosophie bimillénaire dans le monde entier. Deux mille cinq cents ans de travail dans l'ombre, de tentatives, de réflexion, une longue patience tendue sans relâche vers un objectif clairement défini, une volonté jamais démentie, et le résultat tant attendu qui se précisait désormais avec netteté. Quel autre exemple y avait-il dans l'histoire de l'humanité d'un projet bâti sur une durée si longue, dans la pérennité d'une vision inchangée du monde ? C'était extraordinaire, admirable, au-delà de toute limite. Ils étaient fiers d'appartenir à cette communauté.

– J'aurais également une question.

C'était Numéro 19, avec son fort accent germanique.

– Nous ne sommes qu'une vingtaine de membres. N'allons-nous pas être à court de personnel pour répondre à tous les besoins de la grande JCN ?

– Votre question, Numéro 19, anticipe le point que je voulais aborder maintenant. Notre groupe avait jusqu'à présent une taille convenant au genre de travail souterrain que nous avons mené si longtemps. Il est maintenant trop petit, compte tenu de la phase opérationnelle dans laquelle nous allons entrer. Nous aurons besoin de beaucoup de monde pour assurer toutes les responsabilités que nous souhaitons détenir dans JCN.

Nous devrons donc mettre en œuvre un programme de recrutement. Évidemment, nous ne passerons pas des annonces dans la presse ni dans les sites adéquats d'Internet. Vous le savez mieux que quiconque, on ne devient pas pythagoricien par simple adhésion à notre Confrérie. Certes, nous avons renoncé, il y a longtemps, au noviciat de huit ans qui prévalait du temps de Crotone : nous avons su nous adapter à l'accélération de notre monde. Mais deux ans sont toujours nécessaires, c'est une limite inférieure que nous ne franchirons jamais. Le novice a tant à apprendre, à comprendre, à accepter et à prouver quant à sa personnalité, que nous ne réduirons plus la durée du noviciat.

Cela étant, il est clair que la mise en place des réformes dans

JCN se fera d'une manière progressive, et nous n'aurons probablement pas besoin de ces nouveaux frères avant les deux ans nécessaires à leur formation. Toutefois, il faut dès à présent lancer deux opérations : le recrutement et la réactivation d'une cellule de formation.

Le recrutement est de la responsabilité de tous. Chacun, j'en suis sûr, connaît dans son entourage des personnes susceptibles de rejoindre notre Confrérie. Bien entendu, la plus extrême prudence est de mise. Quelle que soit l'urgence, nous ne dérogerons en rien aux critères d'admissibilité qui sont les nôtres depuis toujours : la cohésion de la Confrérie dans le respect de ses valeurs éternelles constitue la première priorité. Il n'y aura pas d'événement extérieur assez fort pour nous faire transiger sur cette notion fondamentale. Mieux vaut pas de membres que des membres de mauvaise qualité. Et je vous rappelle que, conformément à ce que nous avons toujours fait, il n'y a aucune restriction en termes de sexe, de race ou de religion.

À notre prochaine réunion, le mardi 24 juin, chacun devra venir avec une proposition de deux candidats. Selon notre processus habituel, chaque nom sera discuté, et les contacts seront poursuivis avec ceux qui auront reçu l'agrément de tous. Compte tenu de la force de l'engagement qui est demandé, et de l'importance de l'implication personnelle des postulants, je pense qu'il faut s'attendre au rejet de deux candidats sur trois ; c'est pour cette raison que deux propositions par personne sont un minimum.

Pour que tout soit clair, je rappelle que ces candidats doivent présenter deux caractéristiques majeures : il faut qu'ils puissent devenir de vrais pythagoriciens, avec tout ce que cela implique, et cette caractéristique est de très loin la plus importante. Mais il faut aussi qu'ils puissent assumer des responsabilités de management d'entreprise. Il est raisonnable de penser qu'ils doivent être dès à présent à un niveau professionnel correspondant.

Quant au programme de formation, je vais demander à Numéro 10 de le relancer. Numéro 10, vous avez déjà œuvré en la matière. Mais il va falloir à présent « industrialiser » le processus, tout en gérant la question de la confidentialité des identités. Pouvez-vous réfléchir à un système et nous le présenter à notre réunion de juin ?

– Entendu, répondit Numéro 10.

– Très bien. D'autres questions ?

Il n'y eut pas d'autre question. Il était quatre heures. Il faisait très froid et l'humidité imprégnait les vêtements. La cire des bougies avait presque entièrement fondu.

– Mes amis, dit Pythagore, nous entrons dans une phase décisive de notre action. Plus que jamais, il convient d'être prudent. Il y a eu trop de trahisons, trop d'obstacles se sont dressés par le passé, alors que nous pensions triompher. Avant de nous séparer, nous allons tous ensemble répéter notre serment de secret. Debout, mes amis.

Et dans la pénombre de la basilique souterraine de la Porta Maggiore, dans la lumière vacillante des flammes des bougies, au milieu des ombres dansantes, immenses silhouettes qui peuplaient les murs, les piliers, le plafond, on entendit, dans le calme de cette nuit de l'année 2008, le murmure grave des voix, identique à celui qui avait résonné tant de fois à Crotone : « Non, je le jure par celui qui a transmis à notre âme la tetraktys, en qui se trouvent la source et la racine de l'éternelle nature. »

Le Conseil Pythagore

Obscures vibrations de ma pensée profonde...
L'ombre immense se déploie lentement sur le monstre...

Suite présidentielle du dernier étage de l'hôtel Hilton, Vancouver, Colombie-Britannique, Canada, jeudi 5 juin 2008, 10 heures.

C'était la réunion constitutive du Conseil Pythagore. Par souci de discrétion, Peter A. Goren, Antonio Roselli et Linda Van Gulden se retrouvèrent loin de Palo Alto et de San Mateo. Ils avaient pris leur billet individuellement et s'étaient rendus séparément à Vancouver par vol régulier. Pour la circonstance, Goren avait délaissé son avion privé. Ils s'étaient enregistrés au Hilton sous des noms d'emprunt. Le tout avait été orchestré par Roselli.

Ils étaient assis autour d'une table circulaire recouverte de feutre vert. L'immense baie vitrée ouvrait sur la rade de Vancouver. Le temps était splendide. Des montagnes aux sommets enneigés se profilaient au loin.

Goren prit la parole.

– J'ai le plaisir d'ouvrir la séance inaugurale du Conseil Pythagore.

– Désolée d'intervenir d'entrée, dit Linda, mais j'ignore de quoi il retourne et ce que je fais ici. Pourrais-je avoir une explication ?

– Bien entendu, dit Goren. Le programme de notre réunion prévoit une introduction, préparée par Antonio, et qui vous est spécifiquement destinée afin que vous soyez au niveau de connaissance requis pour pouvoir tenir vos fonctions dans le Conseil Pythagore, et plus tard chez JCN. Antonio, vous avez la parole.

Roselli déplia son immense carcasse longiligne, brancha le rétroprojecteur, plongea son regard noir dans les yeux de Linda, et se lança.

Durant près d'une heure il expliqua la réincarnation de l'âme de Pythagore dans le corps de Goren. Linda écouta avec un intérêt passionné et avec une grande maîtrise d'elle-même. Son expression ne trahissait aucune de ses pensées, elle ne posa pas une seule question. Mais lorsqu'elle comprit ce dont il s'agissait, elle jeta un bref regard énigmatique vers Goren. Cela n'échappa ni à Goren ni à Roselli, mais ils n'auraient pas su dire si elle acceptait l'idée de Pythagore réincarné en Goren.

– Un commentaire, Linda ? demanda Goren.

– Je comprends que la prise en compte de cette réalité pythagoricienne puisse ouvrir des perspectives nouvelles pour JCN, répondit-elle simplement.

« Sa remarque n'est pas compromettante », se dit Goren.

Il l'avait observée discrètement pendant l'exposé de Roselli ; décidément, elle lui plaisait beaucoup. Le décès de Jane était encore trop proche, mais ne pouvait-il pas commencer à poser quelques jalons ? Curieusement, alors que cette question lui traversait l'esprit, il lui sembla que Linda avait remarqué son intérêt. Mais il eut le sentiment diffus que le charme mis naturellement par Antonio dans son discours lorsqu'il voulait convaincre comportait cette fois-ci une chaleur particulière. Était-il également séduit par Linda ? Roselli n'était pas un coureur de jupons, mais il restait un séducteur redoutable. Goren se dit qu'il allait ouvrir l'œil. Oui, le froid, le redoutable Peter A. Goren était ému par Linda.

– Très bien, dit Goren, l'air impassible, si vous n'avez pas d'autres commentaires, Antonio va aborder la deuxième partie de son exposé. Il faut que vous ayez une compréhension suffisante de la doctrine pythagoricienne et de la manière dont nous envisageons de l'appliquer par le biais de JCN. Il est indispensable que vous perceviez le rôle et le caractère du Conseil Pythagore, ainsi que la raison du secret absolu qui doit entourer son existence.

Deux heures plus tard, Roselli avait terminé. Linda avait posé des questions pour éclaircir les rares passages qui lui semblaient insuffisamment clairs. Il y eut quelques minutes de silence, durant lesquelles Goren et Roselli lui laissèrent le temps de s'imprégner des incroyables informations qu'elle venait de recevoir. Légèrement inclinée vers l'avant, les yeux baissés, enfermée dans ses pensées, elle assimilait le nouvel univers où elle se trouvait précipitée. Son cerveau tournait à plein régime ; elle reclassait les choses, les gens, le monde, selon les critères de l'extraordinaire perspective qui venait de lui être présentée.

Après un temps qu'il jugea suffisant, Goren prit la parole.

– Linda, êtes-vous d'accord pour faire partie du Conseil Pythagore ? Il s'agit, vous l'avez bien compris, d'une adhésion sans réserve à la doctrine pythagoricienne. Cela représente, entre autres, l'implication de tout votre temps et de toute votre personne pour atteindre les objectifs fixés par le conseil, dans les règles édictées par ce même conseil. Parmi ces règles, il y a celle du secret. De plus, certaines des décisions qui seront prises par le conseil pourront parfois transgresser les lois des États. Mais, bien entendu, cette éventualité se situera toujours à l'intérieur du cadre de l'éthique pythagoricienne. Entrer au conseil constitue un engagement définitif. Seul Pythagore peut interrompre cette participation.

Linda demeura silencieuse. S'agissait-il de réflexion ou d'hésitation ? Mais, d'une voix calme et assurée, elle finit par répondre à Goren.

– Peter, j'ai compris la dimension de ce que vous me demandez. Je vous donne mon accord pour entrer au conseil, en toute connaissance de cause.

Goren et Roselli échangèrent un rapide coup d'œil approbateur.

– Linda, bienvenue au Conseil Pythagore, reprit Goren. Le conseil est à présent au complet. Il va pouvoir entreprendre sa première tâche : la rédaction, noir sur blanc, de la Charte pythagoricienne de JCN, qui en fixera les objectifs à long terme, ainsi que les modalités générales de mise en œuvre.

Mais il était déjà plus de 13 heures. Ils décidèrent de déjeuner. Le repas fut servi sur la terrasse de la suite. Les eaux froides de la rade de Vancouver offraient refuge à une faune riche et diversifiée. Ils se régalèrent de filets d'espadon fraîchement pêché et simplement grillés ; avec un vin blanc de la région, c'était délicieux. C'était bientôt l'été. Vancouver était souvent pluvieux à cette époque de l'année, mais, cette fois-là, il faisait beau, l'air était pur et limpide. Le regard pouvait s'étendre jusqu'aux lointains contreforts des montagnes Rocheuses.

Goren se sentait vraiment très attiré par Linda. Cependant, il ne pouvait se laisser aller à des tentatives d'approche trop évidentes ; la présence de Roselli l'embarrassait. Il laissa néanmoins filtrer des allusions discrètes que Linda sut capter. Il le vit, et en fut secrètement heureux. Il lui sembla que Roselli avait lui aussi perçu quelque chose, et cela lui déplut. Vraisemblablement, Roselli trouvait Linda à son goût.

Quand ils se remirent au travail, leurs idées étaient claires, et ils se donnèrent jusqu'au soir pour rédiger la charte. Goren et Roselli formulaient les idées. Linda apportait la touche légale dans la rédaction définitive. Pour se guider, ils s'étaient procuré les textes des Constitutions de plusieurs pays : celle des États-Unis, bien sûr, mais aussi de la France, de l'Allemagne et de l'Italie.

Un seul point fit l'objet d'une vive controverse, qui dura plus d'une heure, entre Goren et Roselli. Il s'agissait de la peine de mort, plusieurs fois évoquée dans la charte. Roselli insistait pour que l'application de la peine incombe entièrement à Pythagore, par les moyens qui lui conviendraient. Goren, qui s'imaginait mal en justicier occulte, s'opposait obstinément à une telle clause dans la charte. Linda intervint en exigeant que les cas d'application de la peine de mort soient strictement limités à des situations précisément définies. Finalement, ils trouvèrent un compromis.

Vers 19 heures, le texte était terminé. Ils le relurent une dernière fois. Il fut daté du samedi 7 juin 2008, et domicilié à l'adresse de Goren, à San Mateo. Ils apposèrent leur nom et leur signature au bas du document, et ils en firent immédiatement trois copies. Dès le lundi matin suivant, Linda se rendrait dans les bureaux d'un grand cabinet d'avocats de San Francisco, Kranken, Kranken & Litton, avec lequel elle travaillait de longue date. Elle leur donnerait le minimum d'informations, et les responsables du cabinet comprendraient qu'ils ne devraient poser que le minimum légal de questions. Les trois copies seraient certifiées conformes, et numérotées 1, 2 et 3. Goren recevrait dans la journée, par porteur spécial de Kranken, Kranken & Litton, la copie numéro 1, Roselli la copie numéro 2, et Linda la copie numéro 3. Chacun aurait la responsabilité de la garde de son exemplaire. L'original serait mis en lieu sûr par le cabinet, avec une lettre cosignée de Linda et du président de Kranken, Kranken & Litton, faisant état de l'existence unique de trois copies numérotées, du nom et des coordonnées de chaque détenteur. Le document stipulerait également que Kranken, Kranken & Litton aurait connaissance de l'endroit où chaque copie serait située. En cas de décès de l'un des détenteurs, et quelle que soit sa cause, le cabinet serait légalement habilité à récupérer la copie correspondante de la charte, à la demande spécifique du ou des autres détenteurs survivants. Il devrait la détruire immédiatement selon une procédure légale et authentiquement certifiée.

Le Conseil Pythagore était officiellement né, et il avait sa loi. Dès le lundi suivant, la Charte du Conseil Pythagore pourrait commencer à s'appliquer.

Voici son contenu *in extenso.*

Charte pythagoricienne de JCN

Préambule

La Charte pythagoricienne de JCN a été promulguée le samedi 7 juin 2008 au domicile de Peter A. Goren, président de JCN, à San Mateo, Californie, États-Unis d'Amérique.

Elle définit les objectifs et les stratégies à long terme de JCN. Elle a été élaborée par le Conseil Pythagore, qui est le seul à en avoir connaissance. Toute violation du secret qui entoure son existence, et *a fortiori* son contenu, est punie de mort.

Le Conseil Pythagore est seul habilité à apporter des modifications et amendements à la charte.

TITRE PREMIER. LE CONSEIL PYTHAGORE

Le Conseil Pythagore est l'organe de direction de JCN.

Article premier

Le Conseil Pythagore se compose de trois personnes. Pythagore en est le président, quelle que soit sa forme de réincarnation. Il dispose d'un assistant, choisi par lui-même, qui a rang de senior vice-président dans JCN. Le conseil comprend un troisième membre choisi d'un commun accord par Pythagore et son assistant. Si un accord ne peut intervenir sur le choix du troisième membre, l'avis de Pythagore prévaut.

Article 2

Pythagore dispose du droit de remplacer selon son jugement les deux autres personnes du conseil.

Article 3

La langue officielle du Conseil Pythagore est l'anglais.

Sa devise est : « Tout est nombre. »

Son principe est : « Gouvernement du monde selon la doctrine pythagoricienne, pour le bien-être de tous. »

L'emblème du conseil est le pentagramme.

Article 4

En cas de vacance de Pythagore pour quelque cause que ce soit, ou d'empêchement constaté par les deux membres restants du conseil, les fonctions de président du Conseil Pythagore sont exercées par son assistant. Celui-ci mettra tout en œuvre pour identifier les raisons de la vacance de Pythagore, et y porter remède. Il assurera les affaires en cours, en attendant le retour de Pythagore, que ce soit dans sa dernière forme ou dans une nouvelle réincarnation.

Article 5

Lorsque l'assistant de Pythagore remplace ce dernier, soit par suite de vacance de Pythagore pour quelque cause que ce soit, soit par suite d'une délégation de pouvoir correspondant aux cas cités plus loin, l'assistant portera le nom de Pythagore durant la durée du remplacement, et uniquement durant cette durée. Ainsi Pythagore sera à la tête des pythagoriciens quelles que soient les circonstances.

Article 6

Pythagore est le président officiel de JCN, selon les règles régissant le droit des sociétés commerciales. Son assistant est officiellement senior vice-président de JCN. Le troisième membre détient un poste dans JCN du niveau vice-président.

Article 7

Les trois premiers membres du Conseil Pythagore sont Peter A. Goren, Antonio Roselli et Linda Van Gulden.

Article 8

Le conseil dans son ensemble, sous la présidence de Pythagore, ou Pythagore individuellement, disposent du droit de décider de la peine de mort d'un ou de plusieurs individus. Cependant, une telle décision ne peut intervenir que dans le cadre de l'éthique pythagoricienne. C'est pourquoi elle est strictement limitée aux cas suivants :

- mise en danger par un ou plusieurs individus ou association d'individus de la doctrine pythagoricienne ;

- violation délibérée de la doctrine pythagoricienne par un ou plusieurs individus, avec intention délibérée d'en entraver l'application ;

- violation délibérée du secret sur le projet pythagoricien de JCN par un ou plusieurs individus s'étant engagés à le respecter.

Les membres du Conseil Pythagore sont visés par ces divers cas au même titre que n'importe quelle autre personne.

Article 9

Seul Pythagore est habilité à appliquer la peine de mort, par les moyens qu'il lui appartient de choisir. Il n'a pas à en référer au conseil. Il tiendra cependant le conseil informé de l'exécution de la sentence. Pythagore peut déléguer ponctuellement le pouvoir d'application de la peine de mort à son assistant.

TITRE 2. OBJECTIFS À LONG TERME DE JCN

JCN s'appuiera sur sa puissance économique pour diffuser et mettre en place à l'échelle mondiale la doctrine pythagoricienne.

Article 10

JCN poursuivra la consolidation de sa puissance économique. Mais en même temps, elle s'appuiera sur sa position dominante pour diffuser la doctrine pythagoricienne progressivement, mais avec fermeté. Les fonctions appropriées dans JCN auront la responsabilité de répartir les masses budgétaires, les effectifs et les autres ressources, en harmonie avec cet objectif général.

Article 11

En conformité avec les règles millénaires du pythagorisme, la doctrine ne fait pas l'objet d'un document écrit. Elle est transmise par voie orale, des anciens pythagoriciens vers les nouveaux.

TITRE 3. APPLICATION DES DÉCISIONS DU CONSEIL PYTHAGORE

Les décisions secrètes du Conseil Pythagore sont à caractère stratégique (long terme). Leur application en termes tactiques (court et moyen terme) est réalisée dans JCN au niveau des structures et des personnes concernées.

Article 12

Tous les membres du personnel de JCN appelés à mettre en application des décisions du Conseil Pythagore devront appartenir à la « mouvance » pythagoricienne. D'ici à cinq ans, c'est-à-dire d'ici au 7 juin 2013, quatre-vingts pour cent du personnel de management actuel concerné devra avoir été remplacé par des pythagoriciens.

Article 13

Pythagore est en charge du programme de recrutement et de formation des pythagoriciens, qui s'effectuera en totalité en dehors de JCN. Ce programme ne relève pas de la responsabilité du Conseil Pythagore. Pythagore pourra, s'il le souhaite, déléguer ponctuellement tout ou partie de l'exécution du programme à son assistant.

Article 14

Les décisions du conseil seront répercutées dans JCN par les trois membres du Conseil Pythagore, dans le cadre de leur fonction à l'intérieur de JCN. Ils s'appuieront, pour ce faire, sur les pythagoriciens en place, qui joueront le rôle de courroie de transmission.

Article 15

La gestion du personnel JCN remplacé est du ressort du troisième membre du conseil.

La Charte pythagoricienne de JCN ne comportait donc que quinze articles, courts, clairs et précis. Jamais dans toute l'histoire de l'humanité, un texte aussi bref n'avait été conçu pour apporter tant de changements. Mais le plus important se situait dans le non-dit. La charte indiquait les lignes générales qui seraient suivies pour que la doctrine pythagoricienne conquière le monde. La doctrine elle-même ne serait jamais consignée par écrit, comme cela avait toujours été le cas depuis deux mille cinq cents ans. Ce point soulevait un problème immédiat, que Linda mit aussitôt en avant.

– Messieurs, le secret absolu qui entoure l'existence de notre conseil peut se trouver à l'origine d'un problème majeur : que se passerait-il si, suite à un accident quelconque, nous disparaissions tous les trois ?

– Votre question est incomplète, Linda, fit observer Roselli. Il faut distinguer le cas de Pythagore, qui peut se réincarner, et celui des autres. Concernant Pythagore, le problème qui se pose est celui de son remplacement provisoire en attendant sa réincarnation. La charte prévoit qu'en cas de vacance de Pythagore son assistant le remplace. Je propose donc trois clauses, qui pourront faire l'objet d'un document annexe à la charte, et qui stipuleront :

• toutes les mesures sont prises par les membres du conseil pour assurer sa pérennité. En particulier, les déplacements, terrestres, maritimes ou aériens s'effectuent séparément pour chacun des membres ;

• en cas de vacance simultanée de Pythagore et de son assistant, le troisième membre du conseil assure le remplacement. Il porte alors le nom de Pythagore ;

• en prévision du cas où les trois membres seraient empêchés, Pythagore désigne une quatrième personne, qui assurera l'intérim en attendant sa réincarnation. Le nom de cette personne n'est connu que de Pythagore. Il est inscrit sur une feuille de papier placée à l'intérieur d'une enveloppe scellée. Pythagore fera en sorte que cette enveloppe parvienne automatiquement à l'intéressé si cela s'avère nécessaire.

La charte était rédigée. Ils restèrent silencieux, longtemps, songeant aux implications de ce qu'ils venaient d'inscrire noir sur blanc. Leur projet leur donnait une dimension planétaire. Un vertige d'idées tourbillonnait dans leurs têtes. Jamais dans l'histoire une telle situation n'était arrivée. Chacun tentait de prendre la mesure du destin qui se présentait. Était-il vraiment concevable de rebâtir le monde d'une manière pacifique, en allant à l'encontre de tant d'intérêts puissants ? Seraient-ils à la hauteur de la tâche ? Ne s'engageaient-ils pas sur une route menant au désastre ?

Seul Pythagore n'était pas effleuré par le doute. Il préparait l'opération depuis deux mille cinq cents ans.

Symboles

Obscures vibrations de ma pensée profonde...
Incrustation des grands symboles du pythagorisme
dans la chair pantelante du monstre dur...

Selon une volonté politique fortement affirmée par Goren, et ardemment défendue par Roselli, JCN prit, dans la semaine qui suivit le jeudi 5 juin, quelques décisions à grande visibilité et à haute valeur symbolique. Il fallait montrer au monde entier que l'on passait à l'acte. La crédibilité du grand projet en dépendait.

La première décision concerna tout naturellement le nouveau logo de JCN. Dans le passé, Goren avait déjà songé à prendre pour nouveau logo le séquoia, qui représentait à ses yeux la puissance calme, inébranlable et éternelle. À présent, il s'agissait de tout autre chose.

La première réunion officielle du Conseil Pythagore fut entièrement consacrée à cette affaire. Le problème n'était pas de choisir le logo : ce serait évidemment le pentagramme, emblème éternel des pythagoriciens. Mais il était indispensable que les membres du conseil, représentants éminents du pythagorisme, perçoivent son sens profond. Il fallait qu'ils en soient imprégnés, que cela devienne partie constitutive de leur personnalité. Chargé de la formation pythagoricienne, Roselli leur exposa les multiples et fascinants aspects du pentagramme.

Il rappela tout d'abord la coutume des pythagoriciens consistant à inscrire les lettres upsilon (υ), gamma (γ), iota (ι), thêta (θ) et alpha (α) aux cinq extrémités du pentagramme. Ces lettres, expliqua-t-il, étaient les initiales des cinq mots grecs exprimant les quatre éléments et la quintessence, comme le montre le tableau ci-après :

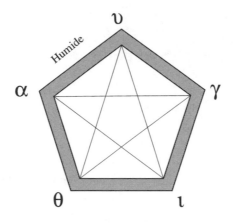

upsilon (υ)	Hudor	Eau
gamma (γ)	Gaia	Terre
iota (ι)	Idea	Idée, Quintessence, Sphère du monde
thêta (θ)	Therma	Chaleur, Feu
alpha (α)	Aer	Air

Le pentagramme symbolisait donc les quatre éléments et la quintessence, et par là même l'universalité. Selon une belle cohérence, les cinq principes essentiels étaient disposés sur les extrémités du pentagramme par ordre de densité croissante : la quintessence, le feu, l'air, l'eau, la terre.

Mais, ainsi qu'Aristote l'explique, les propriétés des quatre éléments matériels (on ne prend pas en compte la quintessence) résultent de la combinaison des quatre qualités fondamentales : l'humide, le chaud, le sec et le froid. Ainsi, terre = sec + froid, eau = froid + humide, air = humide + chaud, feu = chaud + sec. Comme chaque qualité est simultanément détenue par deux éléments, on la retrouve sur le pentagone dans lequel le pentagramme est inscrit (en traits forts sur le dessin), sur le côté reliant les deux éléments concernés : ainsi, la qualité « humide », que l'on retrouve dans les éléments eau et air, relie les sommets υ et α. Les quatre qualités fondamentales apparaissaient donc dans le pentagramme.

Goren était fasciné. Linda était concentrée.

Roselli aborda ensuite le thème de la tetraktys. Theon (IIᵉ siècle) avait établi des correspondances entre les quatre éléments et les nombres de la tetraktys, la relation s'effectuant par ordre de subtilité décroissante des éléments : 1 = feu, 2 = air, 3 = eau, 4 = terre. La tetraktys, « harmonie pure, celle des sirènes », qui était à l'origine de la découverte selon laquelle tout était nombre, se retrouvait donc également dans le pentagramme.

Puis Roselli expliqua que, selon Ptolémée, qui avait abandonné l'idée du Feu central et de l'Anti-Terre, les qualités des cinq planètes mineures étaient les suivantes : Vénus est humide, et associée à l'air ; Jupiter est chaud, et associé au feu ; Mars est sec, et associé à la terre ; Saturne est froid, et associé à l'eau ; quant à Mercure, il est neutre, et peut donc être associé à l'idée. La Lune et le Soleil ne se trouvent pas sur le pentagramme, mais se situent au-dessus, le Soleil à droite et la Lune à gauche. Le pentagramme était en harmonie avec les planètes du cosmos.

– Ainsi, conclut Roselli, par ses aspects multiples et universels, le pentagramme symbolise la vocation planétaire et multidimensionnelle que nous voulons donner à JCN.

– Superbe, dit simplement Goren.

Linda ne dit rien. Comme toujours, elle restait discrète et mystérieuse.

– Antonio, reprit Goren, faites établir des projets de logo par un graphiste. Nous ferons notre choix au prochain conseil de direction, et nous demanderons à Spirtz de faire le nécessaire pour le diffuser à grand renfort de publicité. Linda s'occupera de tous les aspects d'ordre juridique, administratif et autres.

En quelques jours, le pentagramme s'étala dans le monde entier. Dans un dossier de presse solidement étayé, Goren le justifia par ses caractéristiques extérieures, occultant la signification pythagoricienne. Il le décrivait comme l'étoile la plus simple pouvant être dessinée d'un seul trait de crayon (on en parle parfois comme du nœud sans fin), symbolisant ainsi l'éternité. Il mettait en évidence ses étonnantes propriétés géométriques et esthétiques : chaque côté du pentagramme est coupé par deux autres côtés de telle sorte que le célèbre nombre d'or puisse y être détecté quatre fois, soit vingt fois pour la totalité des cinq côtés du pentagramme. Il rappelait le fameux dessin de Léonard de Vinci où le corps d'un homme est représenté bras et jambes écartés, de façon que les quatre extrémités et la tête occupent les cinq sommets du pentagramme, et celui de l'homme-microcosme d'Agrippa von Nettesheim, lui aussi inscrit dans un pentagramme. L'harmonie du pentagramme, déclarait Goren dans le dossier de presse, reflétait celle du projet de JCN.

Le coût de l'opération fut évalué par la presse à plus de trois cents millions de dollars US (changement de l'enseigne sur tous les bâtiments JCN dans le monde, droits d'enregistrement légaux dans tous les pays, dépôts légaux, documents à en-tête, marquages divers de multiples objets comme les badges, les couvertures de brochures, les classeurs..., réimpression de brochures multiples, etc.). Certains, qui n'aimaient pas la grande JCN, affirmèrent que c'était finalement le consommateur qui paierait les fantaisies de Goren. Ils n'imaginaient pas ce qui allait suivre.

La deuxième décision de JCN sidéra tous les observateurs. Personne, il est vrai, ne connaissait la passion de Goren pour l'architecture. Cette décision concernait les centres scientifiques, organisations d'importance majeure dans la stratégie de JCN, fondée en partie sur le caractère innovant de ses produits. Selon Goren, les recherches étaient trop dispersées (il y avait sept centres scientifiques de par le monde). Il fallait les regrouper, pour n'en avoir que cinq. Mais pourquoi cinq, et pas quatre ou six ? L'explication était superbe : il s'agissait de réorganiser l'activité des centres pour les mettre en harmonie avec la symbolique générale des cinq solides platoniciens. Rien de moins.

Cette idée était au moins partiellement cohérente avec le logo-pentagramme tout neuf. On le sait, Platon a associé les quatre éléments et la sphère du monde à chacun des cinq solides platoniciens : le feu pour le tétraèdre, la terre pour le cube, l'air pour l'octaèdre, la sphère du monde ou l'idée pour le dodécaèdre, et l'eau pour l'icosaèdre. La correspondance avec le pentagramme était claire.

Mais il y avait une autre relation, plus subtile. Elle apparaissait en construisant le tableau suivant, où sont notés, pour chaque solide platonicien, le nombre de faces, le nom du solide et l'élément correspondant : si l'on parcourt les cinq branches du pentagramme par un trait continu sans lever le crayon, dans l'ordre θ (feu), γ (terre), α (air), ι (quintessence, univers, idée), υ (eau), les solides platoniciens se trouvent placés sur le pentagramme dans l'ordre croissant de leur nombre de faces.

4	Tétraèdre	Feu
6	Cube	Terre
8	Octaèdre	Air
12	Dodécaèdre	Idée
20	Icosaèdre	Eau

Pentagramme et solides platoniciens sont en étroite relation.

Ce qui semblait moins évident, c'était la cohérence entre l'activité des centres et les solides platoniciens. Tel quel, vu de l'extérieur, le projet semblait relever du délire. Rien, dans cette gigantesque restructuration, ne semblait entrer dans le cadre d'une plus grande efficacité de la recherche. Mais alors, quel en était l'objectif ? Durant les jours qui suivirent l'annonce, alors que les composantes du projet n'étaient pas encore comprises, une nouvelle tempête médiatique se déchaîna. Une fois encore, on put lire et entendre des interprétations de toutes natures, des explications, analyses, exégèses de tous bords, des articles de toutes tendances. À l'évidence, l'incompréhension régnait.

Goren, le grand, l'illustre Goren, prenait pour la première fois de sa carrière une décision inconcevable, à des années-lumière de ce que l'efficacité aurait exigé. On suspectait Roselli, le scientifique, de prendre un poids de plus en plus important et d'avoir une influence croissante sur les décisions de Goren. Seule l'intervention d'un scientifique, aux idées farfelues, pouvait expliquer cette décision si étrange et si peu en accord avec le comportement habituel de Goren.

Avec un espoir à peine dissimulé, beaucoup prédisaient qu'en quelques années JCN réussirait ce que les lois n'avaient pu accomplir : l'autodestruction. On compara JCN à ces énormes dinosaures rendus vulnérables par le temps que prenait l'influx nerveux issu de leur cerveau pour atteindre leur queue. La crainte, l'envie, la rancœur, la détestation que l'énorme puissance de JCN suscitait chez beaucoup, concurrents ou autres, trouvèrent matière à alimenter tous les fantasmes. L'incompréhension teintée de préoccupations pour l'avenir perçait, même chez les plus modérés. La décadence programmée de JCN ne serait pas sans impact sur le futur de chacun. Toutes les Bourses du monde marquèrent le coup, tirées vers le bas par le Dow Jones, qui avait perdu à nouveau près de 3 % durant la seule journée de l'annonce.

Mais les services de communication de JCN se mirent immédiatement en marche : émissions à la radio et à la télévision, articles dans les quotidiens et les périodiques, dossiers luxueux pour les grands clients, brochures largement distribuées par les commerciaux, sites Internet adaptés, interviews diverses des dirigeants de JCN, formation ultrarapide du personnel, etc. Il fallut peu de jours pour que l'opinion mondiale bascule de l'incompréhension stupéfaite vers toute une gamme d'appréciations, qui allaient du commentaire clair mais vaguement ironique à l'admiration ébahie, en passant par des interprétations aussi diverses que subjectives.

Une fois de plus, Goren et Roselli réussirent à donner à leur projet les couleurs du business traditionnel, en n'évoquant que superficiellement la dimension pythagoricienne de l'affaire. La « pilule » symbolique passait, entraînée par l'aspect opérationnel du projet. L'idée générale, esquissée dans une réunion du Conseil Pythagore, puis affinée dans un conseil de direction auquel avaient été conviés les directeurs de centre, était extraordinaire.

Il y avait cinq solides platoniciens, il y aurait cinq centres scientifiques, un par solide. Or, chaque solide avait son « caractère » spécifique. Dans la nouvelle organisation des centres, on associerait à chacun des solides (c'est-à-dire des centres) les recherches présentant les mêmes spécificités. Un centre scientifique donné regrouperait donc les domaines de recherche correspondant à la spécificité du solide associé. Il serait installé dans un bâtiment flambant neuf, dont l'architecture s'inspirerait de la forme du solide en question. Il y aurait ainsi symbiose entre l'architecture de l'édifice et les recherches qui s'y dérouleraient. La géométrie de la construction rayonnerait subtilement sur la pensée des chercheurs, exaltant leur capacité créative. On cita de nombreuses études de psychologues spécialisés dans le travail et la créativité qui attestaient du bien-fondé de cette logique.

Ainsi présentée, la réorganisation des centres conduisait bien à une plus grande efficacité. L'explication semblait « tirée par les cheveux », mais elle reposait incontestablement sur une certaine logique. Et surtout, cette logique était supportée par la grande, l'infaillible JCN. Les éclaircissements fournis par la firme ne se limitaient pas d'ailleurs à ces quelques idées générales ; de nombreuses informations largement diffusées contribuèrent à rendre le projet crédible. L'emplacement de chacun des cinq centres, son activité et sa position dans l'ensemble de la recherche de JCN étaient précisés, dans les limites autorisées par la confidentialité.

Voici comment les centres furent présentés, et quelle était la logique ayant présidé aux divers choix.

Il y avait tout d'abord leur implantation géographique : cinq solides, cinq centres scientifiques, cinq continents, d'où un centre par continent. On voulut que chacun des sites choisis soit marqué par l'harmonie, la beauté et l'esthétique. Il fallait aussi que ces lieux soient faciles d'accès depuis les grandes villes du monde, et qu'ils offrent le niveau requis en matière d'hébergement, de scolarité et de prestations culturelles. Les chercheurs de JCN devaient avoir le meilleur.

À tout seigneur tout honneur, les États-Unis accueillaient le dodécaèdre, la sphère du monde, celle qui englobe tout. Il s'installerait à Palo Alto, non loin du siège de JCN et à proximité de l'université de Stanford, sur une voie joliment dénommée El Camino Real. En fait JCN occuperait un immense terrain situé en bordure du campus de Stanford, terrain loué par JCN à l'université. L'endroit était légèrement vallonné, et il serait aisé d'y fondre le bâtiment dans l'environnement.

L'Afrique se vit attribuer le tétraèdre, ou pyramide triangulaire, le symbole du feu, si représentatif de ce continent. Compte tenu de la forme de ce solide, c'est Le Caire qui fut choisi comme ville d'accueil. Ce centre avait une importance capitale pour le gouvernement égyptien, et JCN obtint facilement un terrain magnifique situé légèrement en dehors du Caire, en bordure du Nil vers le sud-ouest. Du bâtiment, on apercevrait la « grande pyramide » dans toute sa splendeur.

Le cube fut affecté à l'Australie. Il symbolisait la terre et il avait une forme simple, « carrée » en quelque sorte. Ces propriétés correspondaient à l'idée que l'on se faisait du caractère des Australiens. Un superbe emplacement fut acquis à Sydney. Il se trouvait sur une presqu'île à l'est de la ville, près de Garden Island, vers l'ouest, qui donnait sur Woolloomooloo Bay. Du centre, on pourrait distinguer l'étonnant bâtiment de l'Opéra et, plus loin, le grand pont qui enjambe les eaux du port Jackson.

C'est à l'Asie que revint l'icosaèdre, et plus précisément au Japon. La forme complexe, élégante et sophistiquée de ce solide semblait en harmonie avec les modes de pensée orientaux. Par ailleurs, symbolisant l'eau, il serait à sa place dans un pays insulaire si dépendant de la mer. JCN réussit à acquérir un terrain à Sapporo, chef-lieu de l'île de Hokkaido, la plus septentrionale et la plus grande des îles du Japon. Il était situé au sud-ouest de la ville, un peu au-delà du parc Maruyama, avec une vue sur la ville et la plaine d'Ishikari.

L'octaèdre revint à l'Europe. Ce solide symbolisait l'air, et l'on estima que cela correspondait bien au caractère intellectuel de ce continent, dont la richesse historique et culturelle avait fourni les fondements de la société occidentale. On décida de conserver le site des environs de Rome. Mais Goren ne renonça pas à son paraboloïde hyperbolique : le bâtiment actuel du centre scientifique de Rome serait démoli et reconstruit suivant l'octaèdre – il fut décidé par ailleurs que le siège de JCN à Palo Alto serait lui aussi reconstruit, pour bénéficier du toit qui plaisait tant au président.

Des commentaires ironiques s'élevèrent sur les problèmes architecturaux posés par la construction d'un bâtiment en forme de dodécaèdre ou d'icosaèdre, et sur les difficultés d'aménagement intérieur d'une telle construction. JCN les résolut rapidement. Pour les centres concernés, les architectes n'auraient aucun mal à concevoir une structure cubique ou tétraédrique, c'est-à-dire pyramidale. Comme ailleurs dans le monde, ces formes étaient même susceptibles de donner lieu à des productions particulièrement originales et esthétiques. Mais pour l'octaèdre, le dodécaèdre et l'icosaèdre, Goren l'architecte voulut montrer que l'approche symbolique pouvait parfaitement coexister avec une vue pratique des choses : les solides en question seraient bien construits, mais selon un plan « déplié » : les différentes faces du solide seraient déployées pour se trouver toutes dans le plan horizontal, au sol.

Puis les murs seraient montés au droit des côtés de la figure déployée. Voici , par exemple, comment se présentait le centre scientifique de Polo Alto :

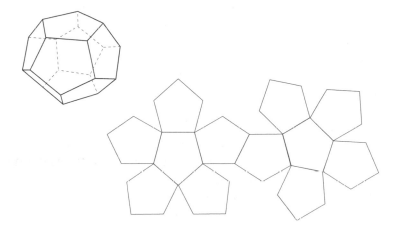

Dodécaèdre dans l'espace et déployé
(centre scientifique de Palo Alto)

Pour cette étude, Goren avait fait venir à Palo Alto Antonio Caira, l'architecte italien qui avait conçu le centre scientifique de Rome. Selon Caira, l'idée des solides déployés, suggérée par Goren, était astucieuse. Mais les techniques modernes de construction permettaient d'éviter cet artifice : on pouvait par exemple construire un immeuble en forme d'octaèdre posé sur l'une de ses pointes. La pointe en question s'appuierait sur un socle porteur, et les moyens techniques existaient pour l'y fixer. À l'intérieur du bâtiment, des planchers seraient placés aux différents niveaux. On pouvait concevoir des liaisons entre ces planchers, et entre les planchers et les faces de l'octaèdre, qui reporteraient les efforts sur le socle porteur. Les ordinateurs de JCN exécuteraient sans problème les importants calculs nécessaires. Par ailleurs, quantité d'agencements originaux seraient concevables pour l'intérieur. Ils pourraient se fonder sur le symbolisme de la pentade ou de la décade.

De la même manière, il était facile d'édifier un bâtiment dodécaédrique s'appuyant sur l'une de ses faces, et un bâtiment icosaédrique reposant sur une pointe.

Goren jubilait : les cinq solides platoniciens jalonneraient la planète dans leur forme authentique. Il se souvenait de la genèse de l'Univers selon la doctrine pythagoricienne : Dieu avait créé le monde à partir des cinq corps platoniciens. Lui, Goren, architecte planétaire, remodèlerait un monde meilleur, et les cinq corps seraient le point de départ de son action. Il imaginait déjà les cinq glorieux édifices aux façades de verre qui étonneraient le monde. Constructions grandioses qui feraient rayonner le symbolisme pythagoricien sur les cinq continents.

Il fut si content qu'il proposa à Caira la direction de l'ensemble des projets de construction des centres et du siège. Au terme d'un aller-retour éclair entre Palo Alto et Rome, où il mit en place les structures nécessaires pour que son cabinet romain fonctionne correctement sans lui pendant la durée du projet JCN, Caira accepta l'offre de Goren.

Dès son retour de Rome, il insista sur un point qui avait échappé jusque-là : pour que l'harmonie des bâtiments soit complète, il fallait que le pavage des centres soit à l'unisson des solides platoniciens. Et surtout, des colorations judicieusement choisies pour ces pavages apporteraient non seulement une amplification de la réalité géométrique sous-jacente, mais surtout leur dimension originale aux différents motifs. Il montra à Goren une édition rare d'un livre sur les marbres anciens, *Marmi antichi*, édité chez Leonardo-De Luca à Rome. Ils discutèrent longtemps sur les illustrations. Caira était un amoureux des beaux marbres et un collectionneur averti de ces superbes pierres. Il fut convenu que les sols des centres seraient en marbre.

Goren découvrit à cette occasion la science de la géométrie des pavages. Roselli la connaissait, bien sûr, mais Goren avait pris totalement en main les questions d'architecture et souhaitait présider à tous les choix. Il apprit qu'on pouvait trouver des pavages dans de multiples endroits du monde et dans de très nombreuses cultures. Certains remontaient aux Sumériens, quatre mille ans avant Jésus-Christ. Mais les Égyptiens, les Maures, les Romains, les Perses, les Byzantins, les Arabes, les Chinois, les Japonais avaient tous développé des techniques de pavage extraordinairement diverses, à l'origine d'effets visuels saisissants, grâce aux formes et aux couleurs utilisées. L'islam interdisant la représentation d'êtres vivants, les tenants de cette religion furent conduits à développer des motifs géométriques abstraits d'une variété étonnante, dont le palais de l'Alhambra à Grenade, en Espagne, constitue l'exemple le plus fameux.

– Johannes Kepler, expliqua Caira, fut le premier en 1619 à publier une étude sur les pavages réguliers et semi-réguliers, permettant de couvrir complètement un plan par des polygones réguliers. Bien plus tard, en 1891, le cristallographe russe Ievgraf Stepanovitch Fedorov prouva qu'il n'existait que dix-sept manières de répéter un motif sur un plan, pas une de plus, et que tout pavage appartient à l'un de ces groupes. Ce fut le début de nombreux travaux en la matière. De nos jours, de grands artistes comme Maurits Escher, Victor Vasarely ou Bridget Riley ont été inspirés par l'art du pavage.

Caira était passionné par son sujet ; il convainquit facilement Goren que la symbolique des solides platoniciens pouvait être renforcée par des pavages judicieusement assortis. Il en fit une démonstration, en proposant pour le dodécaèdre de Palo Alto un pavage de Penrose.

On connaît les pavages réguliers du sol effectués à partir de polygones réguliers identiques : il n'en existe que trois, l'un avec des triangles équilatéraux, le deuxième avec des carrés, le troisième avec des hexagones (les jolies tomettes de nos anciennes cuisines). On peut imaginer une extraordinaire variété de pavages eux aussi réguliers, mais élaborés à partir de polygones réguliers non identiques, c'est-à-dire des pavages contenant par exemple deux types de polygones réguliers. Comme cela a déjà été précisé, on peut tous les regrouper en dix-sept groupes.

Or, dans les années soixante-dix, Penrose, professeur à Oxford, imagina deux polygones bien particuliers, avec lesquels il était possible de réaliser une infinité de pavages irréguliers du sol. Il s'agissait de deux losanges ayant des côtés de même longueur, l'un de forme étroite, dont les angles étaient de 144° et 36°, et l'autre de forme plus large, avec des angles de 108° et 72°. En assemblant ces deux formes selon certaines règles (deux côtés qui se touchent doivent être sans flèche, ou les deux portent des flèches orientées dans la même direction), il était possible de réaliser une infinité de pavages irréguliers du plan, comme ceux des deux exemples page 221. Mais en quoi un tel pavage était-il en harmonie avec la structure en dodécaèdre du bâtiment de Palo Alto ? La réponse était belle.

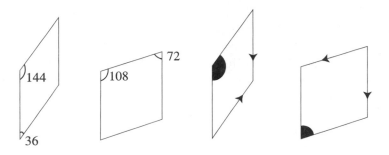

Le dodécaèdre se compose de douze pentagones. Et, on s'en souvient, la géométrie du pentagone est liée de multiples manières au célèbre nombre d'or, qui, d'une certaine façon, sous-tend son esthétique.

Or il s'avère que ce même nombre d'or apparaît sous de nombreux aspects dans le pavage de Penrose.

Tout d'abord, expliqua Caira, le losange étroit, celui qui a des angles de 36° et 144°, est en réalité constitué de deux triangles d'or assemblés par la base (un triangle d'or est un triangle isocèle – c'est-à-dire avec deux côtés égaux, et un troisième plus petit – dans lequel le rapport d'un grand côté au petit est égal au nombre d'or, soit 1,618). Quant au losange large, celui avec des angles de 72° et 108°, ce sont ses deux diagonales dont le rapport des longueurs est égal au nombre d'or. De plus, les surfaces des deux losanges sont telles que leur rapport est aussi égal au nombre d'or.

Et voici le point d'orgue : dans un dallage de Penrose de très grande dimension, le rapport du nombre de losanges larges au nombre de losanges étroits tend lui aussi vers le nombre d'or. Ainsi, l'architecture dodécaédrique du centre scientifique de Palo Alto manifesterait une parenté esthétique fondamentale avec son pavage, par l'intermédiaire du nombre d'or.

Goren fut emballé par l'idée. Il donna immédiatement son aval. La cote d'Antonio Caira était au plus haut. Il en profita pour imposer l'un de ses marbres préférés pour le sol, une pierre noire antique, provenant du djebel Aziz, en Tunisie. Ce marbre noir était d'un grain extrêmement fin, parsemé de rares et fines veines irrégulières de couleur blanche, avec quelques inclusions de minéraux divers et de fossiles marins. C'était une merveille.

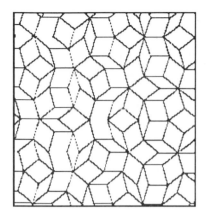 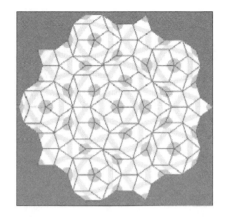

Le cas du centre du Caire (le tétraèdre, ou pyramide) fut facilement réglé. Il existe en effet un pavage dit « du Caire », car il apparaît fréquemment dans les rues du Caire et plus généralement dans l'art islamique. Il est constitué du mélange de deux pavages identiques faits d'hexagones allongés se chevauchant à angle droit. Il peut aussi être vu comme un pavage de pentagones irréguliers (le pavage avec des pentagones réguliers est impossible).

Suivant la forme des hexagones, ce pavage peut prendre diverses formes. Goren en demanda plusieurs exemples à Caira. Ils choisi-

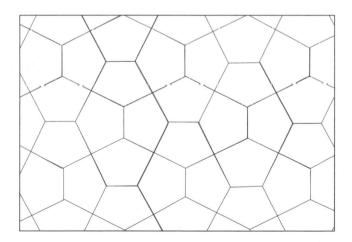

Pavage du Caire

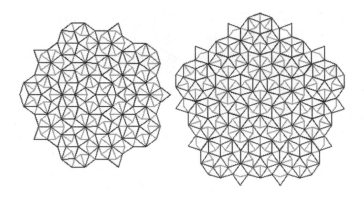

raient un peu plus tard. Mais ils n'hésitèrent pas pour le marbre : ce serait une pierre en provenance du désert oriental égyptien, d'un fond vert profond couvert de « nuages » irréguliers verts, de diverses tonalités allant d'un vert-brun jusqu'à un vert clair, et parsemé d'éléments noirs de petite dimension.

Le centre scientifique de Sapporo utiliserait la forme de l'icosaèdre. Or l'icosaèdre se transforme facilement en dodécaèdre (il suffit de joindre les centres des faces de l'icosaèdre et l'on obtient un dodécaèdre, et réciproquement). Caira suggéra que l'on se fonde sur cette parenté pour poser à Sapporo une autre version du pavage irrégulier de Penrose. Il peut en effet se présenter selon une infinité de manières différentes. Il suffirait d'en choisir une variante qui soit plaisante à l'œil dans un site icosaédrique. L'idée fut retenue, d'autant qu'elle se prêtait bien au type de recherches auquel Goren pensait dès à présent pour Sapporo. Après discussion, deux pavages de Penrose furent choisis (dessin ci-dessus). Le choix définitif entre l'un ou l'autre interviendrait plus tard. Goren voulait associer Linda à cette décision. Ils n'hésitèrent pas un instant pour le marbre : il serait de couleur rouge antique, en provenance du cap Marapan, en Grèce. Le rouge apparaissait en diverses gradations, depuis des tons presque roses jusqu'à un intense rouge sang.

Le centre de Sydney, fondé sur le cube, donna lieu à quelques discussions. Le cube se transforme facilement en octaèdre (en joignant les centres des six faces d'un cube, on obtient un octaèdre, et réciproquement). Par analogie avec Palo Alto et Sapporo, Goren souhaitait ne pas étudier séparément les pavages de Sydney et de Rome (l'octaèdre). Mais Caira lui objecta que les centres scientifiques étaient des lieux de créativité ; peut-être était-il judicieux, glissat-il avec une pointe d'ironie, de faire preuve de cette qualité dans l'architecture de ces mêmes centres, et d'éviter ce qu'il appela des « répétitions de conception ». Goren lui demanda ce qu'il avait à proposer.

Il y avait une solution évidente pour Sydney : on pouvait utiliser l'un des trois pavages réguliers du plan par des polygones réguliers, celui utilisant le carré (en haut à gauche sur le dessin ci-dessous). Mais cette solution n'était pas très créative. Caira proposa une formule à la fois simple et élégante. Pourquoi ne pas utiliser le carré (qui réaliserait l'harmonie avec la structure cubique), mais d'une manière qui rompe la monotonie du pavage régulier traditionnel ? Et il montra des esquisses du pavage carré dit « articulé » (en haut à droite sur le dessin ci-dessous, et en bas). Dans ce pavage, on fait pivoter les carrés autour de sommets communs. Des losanges apparaissent, plus ou moins « ouverts » selon l'importance du pivotement. L'idée fut retenue, on choisirait plus tard, avec Linda, le degré d'ouverture des losanges. Compte tenu de la rudesse du continent, ils firent une exception pour le matériau du sol : il ne serait pas en marbre, mais en granit. Ils choisirent un granit de Sienne, d'un noir profond constellé de points blancs de diverses tailles.

Le pavage de l'octaèdre du centre scientifique de Rome fut le plus difficile à déterminer. Roselli dut s'immiscer dans la discussion, et trouva la solution. Il indiqua qu'il existait un moyen surprenant de passer du tétraèdre à l'octaèdre : en joignant les milieux

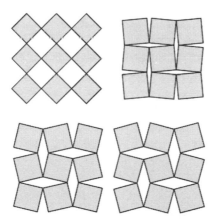

des côtés d'un tétraèdre (et non pas les centres des faces, comme dans les cas précédents), on obtient un octaèdre. Il était donc raisonnable de concevoir une autre parenté entre les pavages des centres de Rome et du Caire, l'un étant la transformation de l'autre : chaque centre de pentagone du pavage du Caire devient un sommet du pavage transformé. On obtenait ainsi le pavage figuré ci-dessous, composé de triangles équilatéraux et de carrés.

Le marbre proviendrait de la vallée du Nil. Il était d'un fond miel, avec des vagues de couleur blanche opaque et grège.

À présent, l'implantation géographique des centres était déterminée, ainsi que leur architecture, la forme et la nature des pavages assortis. Contrairement à l'habitude, on avait commencé par ces aspects externes. Mais dans la nouvelle logique de JCN, il s'agissait de bien plus : la symbolique était au cœur de tout ; elle conditionnait le reste.

La répartition des thèmes de recherche dans les centres se fonda sur deux idées simples :

• chaque centre se verrait affecter les recherches correspondant à sa signification symbolique ;

• les centres « en parenté » (cube et octaèdre, dodécaèdre et icosaèdre) devraient être en charge de recherches complémentaires.

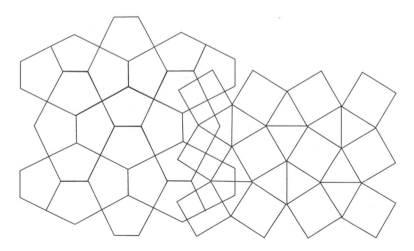

Pavage du Caire et son transformé

Le dodécaèdre de Palo Alto symbolisant la quintessence, l'univers, la sphère du monde, il fut tout naturellement décidé que la direction centrale des centres scientifiques s'y installerait, avec Roselli à sa tête. D'aucuns firent remarquer que cette direction était proche du siège de JCN et du domicile de Goren. Encore plus que par le passé, dirent-ils, la recherche allait être contrôlée par une main de fer.

On attribua à Palo Alto, symbolisme de quintessence, les matières fondamentales : les mathématiques (recherche opérationnelle, nombres premiers – pour la cryptographie –, statistiques et analyse combinatoire, etc.) ; la physique (électricité, magnétisme, optique) ; la chimie (chimie des polymères, matériaux électroniques et optiques, etc.).

Le parent du dodécaèdre est l'icosaèdre. Sapporo se vit donc confier des travaux complémentaires de ceux de Palo Alto. Il s'agissait essentiellement de la physique des matériaux, et de recherches associées, dont un domaine confidentiel, apparemment de haute importance stratégique : celui des quasi-cristaux. Il s'agit de matériaux de structure très particulière, à la symétrie quinaire, symétrie longtemps jugée impossible (dans une telle symétrie, les objets restent inchangés par une rotation d'un cinquième de tour ; c'est le cas, par exemple, pour le pentagone ou le pentagramme). Les quasi-cristaux présentent des propriétés très originales, qui, semblait-il, devaient déboucher sur des applications technologiques prometteuses.

Les quasi-cristaux possèdent de plus une caractéristique intéressante : leurs atomes sont souvent organisés selon une structure d'icosaèdre. C'est pourquoi Goren avait tout de suite pensé à en attribuer l'étude à Sapporo. Roselli lui fit découvrir que les pavages de Penrose, dont l'un allait constituer le sol du centre de Sapporo, relevaient eux aussi d'une symétrie quinaire.

Pentagone, pentagramme, icosaèdre, pavage de Penrose, nombre d'or, quasi-cristaux, tout cela était cohérent. Et Goren était satisfait.

Le tétraèdre est son propre transformé. On ne pouvait donc avoir au centre scientifique du Caire des recherches liées à l'un des autres centres. Toutefois, pour qu'il ait un rôle cohérent dans la structure de recherche de JCN, on lui attribua tout ce qui touchait aux communications (réseaux, télécommunications, Internet, e-business…). Ainsi, il ne serait pas lié spécifiquement à un centre, mais à tous.

Le centre de Sydney, avec sa forme cubique, symbolisait la terre.

Il se vit confier toutes les recherches tournées vers les éléments les plus concrets de l'informatique, ceux que chacun peut toucher du doigt : les systèmes de stockage de données, les technologies d'écran (écrans plats, etc.), de semi-conducteurs, les technologies nouvelles pour ordinateurs portables.

Le centre de Rome, fondé sur l'octaèdre, le parent du cube, prit la responsabilité de ce qui ferait fonctionner les matériels conçus par Sydney : le logiciel. Ces activités correspondaient bien avec l'élément symbolisé par l'octaèdre, l'air (les mauvaises langues dirent que « c'était du vent »).

Ainsi se présentait la réorganisation des centres scientifiques.

Deux grandes décisions à haute valeur symbolique venaient d'être entérinées : le choix du pentagramme comme logo de JCN et des solides platoniciens pour l'architecture des centres. Pour moi, c'était bien entendu l'aspect symbolique qui primait. Pour l'extérieur, c'était la dimension opérationnelle. Et bien que le projet paraisse « nimbé » de symbolique, voire de mystique, personne ne pouvait contester sa cohérence et la force de l'organisation mise en place.

Je pouvais être satisfait. Très satisfait. Des jalons importants venaient d'être posés ; tout se passait bien. J'étais gagné par l'euphorie. Mais je devais rester prudent. Ma longue expérience était là pour me le rappeler. Tout le monde semblait avaler l'hameçon, le fil et la ligne tout entière. Il aurait été légitime de penser qu'on pouvait passer à la suite des opérations sans problème.

Il ne fallut que quelques heures pour que les événements m'incitent à redoubler de vigilance : des serpents, des scorpions complotaient dans l'ombre.

Seconds rôles

Obscures vibrations de ma pensée profonde...
Pantalonnades grotesques des noirs petits cloportes...
Mais attention, je m'en souviens, d'autres cafards
venimeux eurent le poison presque mortel...

Sausalito, ville de Palermio, vendredi 20 juin 2008, 20 heures.

Depuis que Palermio avait dîné avec Gardner et qu'il avait établi un contact avec la Mafia, un peu plus d'un mois s'était écoulé. Un mois durant lequel les choses étaient allées vite chez JCN, trop vite au goût de Palermio. Ce nouveau logo et ces projets architecturaux étaient ridicules ! Mais lui non plus n'avait pas chômé.

Comme convenu, Gardner s'était fait nommer assistant de Roselli. Puis, sous un prétexte quelconque, il s'était rapidement rendu à Rome. De retour en Californie à la mi-juin, il chercha aussitôt à rencontrer Palermio. Ce dernier nota le caractère enfiévré de sa demande et jugea habile de le laisser mijoter quelques jours afin de le mettre en position d'infériorité. Pour finir, il lui donna rendez-vous.

Ils se retrouvèrent un soir au domicile de Palermio, qui habitait une villa située à Sausalito, un quartier très chic de l'autre côté du Golden Gate. Palermio voulait être prudent ; il avait estimé que ce serait la procédure la plus discrète. Il n'avait pas oublié la Chrysler bleue et il croyait même l'avoir encore aperçue. Toutefois ce pouvait être un hasard car cette voiture était un modèle très courant. Il ne s'agissait pas de devenir paranoïaque, il fallait simplement rester sur ses gardes.

Ils s'étaient installés sur la terrasse qui dominait la baie de San Francisco. Au loin, de l'autre côté de la baie, les lumières de la ville scintillaient. Palermio avait immédiatement donné un ton amical à leur discussion.

– Alan, pardonnez-moi cette question qui peut vous sembler ridicule, mais êtes-vous bien certain de ne pas avoir été suivi ?

– Mon cher Nicholas, je ne suis pas un spécialiste de ce genre de choses, mais pour vous faire plaisir, pendant tout le trajet, j'ai bien regardé à gauche, à droite, devant, derrière, et même en haut. Soyez rassuré, je n'ai rien vu.

– Bon.

Le ton était assuré, mais Palermio aurait pu l'être davantage. Il faisait en sorte de paraître décontracté et souriant. Il fallait que Gardner se sente en confiance. Ils burent tranquillement un whisky, un Macallan de dix-huit ans d'âge, dont Palermio se servait quotidiennement un doigt en rentrant chez lui. Puis ils s'installèrent devant le dîner qu'il avait fait préparer. Palermio dissimulait son impatience et Gardner maîtrisait assez bien son anxiété. Ils discutèrent à bâtons rompus de choses et d'autres, évitant soigneusement le sujet central.

Finalement, ils s'assirent confortablement dans de profonds fauteuils en cuir. Deux verres à cognac étaient posés sur une table devant eux. Palermio les remplit du beau liquide ambré.

– Alors Alan, ce voyage à Rome a-t-il été fructueux ?

– Si je devais le résumer en quelques mots, je dirais qu'il s'est révélé à la fois très intéressant, quelque peu décevant, et passablement inquiétant.

– Je suis tout ouïe.

– Votre intuition était bonne. Il existe ce que j'appellerai une « affaire Pythagore », c'est évident. Il s'agit d'un iceberg gigantesque dont nous ne connaissons que la partie émergée. À Rome, j'ai découvert quelques éléments très importants de la partie immergée. Certaines personnes du centre de Rome détiennent des informations sur cette affaire. À mon avis, Gian Paolo Fontelli en fait partie ; peut-être même qu'il en est le chef. Ce n'est pas un hasard s'il a été nommé directeur du centre. Je vous parlerai de tout cela dans un instant. Voilà pour ce qui concerne la partie intéressante.

La partie décevante, mais pas surprenante, est que l'information sur l'affaire Pythagore est verrouillée. Et croyez-moi, ce n'est pas seulement le fait d'un petit chef maniaque qui ferait de la rétention d'informations. Visiblement, il y a une volonté forte, je dirais presque un plan concerté, pour que le fond de l'affaire reste strictement inconnu.

Pour finir, voici le côté inquiétant de ce que j'ai découvert : cette affaire Pythagore semble quelque chose d'énorme. Il y a un objectif caché, qui a l'air de dépasser tout ce que l'on peut imaginer. Je suis certain qu'elle est gardée top secret pour que les protagonistes puissent tisser leur toile sans être gênés par ceux à qui ces manœuvres pourraient porter préjudice. Vous et moi faisons certainement partie de cette dernière catégorie.

Palermio pensa que ce voyage n'avait pas été inutile.

– Bien, fit Palermio. Précisez tout cela, voulez-vous ?

Gardner raconta les différentes étapes de son enquête. Officiellement, son voyage avait pour but de s'assurer que la transition du pouvoir entre Roselli et Fontelli s'effectuait dans les meilleures conditions. Il avait proposé à Roselli, très occupé par ses nouvelles fonctions, de le décharger de ce travail. Roselli avait accepté. Dans l'esprit de Gardner, ce déplacement au RSC devait lui permettre de rencontrer qui il voulait dans le centre. Il pourrait ainsi circuler librement, et, le cas échéant, se livrer à de discrètes investigations.

Dès son arrivée, il rencontra Fontelli. À sa grande surprise, il comprit immédiatement que le nouveau directeur n'aurait aucun problème pour succéder à Roselli. Fontelli n'avait certes pas l'image d'un directeur de centre, mais il s'avéra que lui et Roselli avaient été très proches dans le travail, ce que Gardner ignorait jusque-là. Il connaissait fort bien tous les dossiers et toutes les équipes. Gardner prit le temps de balayer avec lui les différentes activités. En réalité, il souhaitait établir des rapports conviviaux avec le nouveau directeur, et il y réussit facilement.

Quelques jours plus tard, Gardner invita Fontelli pour un déjeuner en tête à tête dans un restaurant hors du centre. Astucieusement, il orienta la discussion sur les recherches pythagoriciennes que Roselli avait faites quand il était encore à Rome. Il fut étonné d'apprendre que Fontelli faisait partie des quelques collaborateurs que Roselli avait utilisés pour ces recherches. L'atmosphère était détendue, et Fontelli s'exprimait très librement. Il parla des premières recherches dans les bibliothèques romaines, entre autres, ainsi que de la reconstitution de la vie extraordinaire de Pythagore. Il évoquait la basilique pythagoricienne de la Porta Maggiore lorsque, soudain, l'air stupéfait, il se tourna vers la porte du restaurant : Carlo Panzoni, son adjoint, venait d'entrer dans le restaurant ; il était accompagné d'un homme dont Gardner ignorait l'identité. Fontelli et Panzoni se saluèrent discrètement.

Cet incident fit basculer l'atmosphère du repas. C'était juste une intuition, mais Gardner était certain que Fontelli connaissait le compagnon de Panzoni et que, pour une raison quelconque, ni l'un ni l'autre n'avaient voulu le montrer. Par ailleurs, il l'aurait juré, un message énigmatique et rapide comme l'éclair était passé dans le regard échangé entre Fontelli et son adjoint. Le déjeuner se poursuivit comme si de rien n'était. Fontelli faisait mine d'être décontracté, mais il contrôlait sa conversation. Ses commentaires semblaient aussi denses et documentés qu'avant l'arrivée de Panzoni, mais ils ne contenaient plus rien d'important.

La suite du séjour de Gardner à Rome fut à l'image de cette fin de repas. Ses rapports avec le personnel du centre restèrent excellents, et même affables, mais l'information était insaisissable. Néanmoins, il put profiter de la cordialité générale pour fureter un peu partout.

– Et vous allez voir, Nicholas, que ce furetage n'a pas été inutile.

– Je vous écoute avec beaucoup d'intérêt.

Gardner but une gorgée de cognac et poursuivit.

À l'évidence, une consigne de discrétion avait été diffusée dans le centre, mais les rapports avec Gardner devaient rester courtois et agréables. Il pouvait circuler partout librement, discuter avec les uns et les autres, organiser des réunions, s'installer dans un bureau provisoirement inoccupé ou téléphoner à son gré.

Il décida de profiter de cette liberté. Ne sachant pas vraiment ce qu'il cherchait, si ce n'est que cela concernait Pythagore, il partit un peu au hasard. Ce qui était confidentiel devait logiquement se trouver sous clé. Mais Gardner connaissait bien les chercheurs. Les règles de sécurité étaient appliquées pour interdire l'entrée du centre à des personnes de l'extérieur. Mais ces règles étaient si strictes que, pour des chercheurs plus préoccupés par leurs spéculations abstraites que par les contingences de la vie quotidienne, l'intérieur du centre leur semblait à l'abri de tout. Gardner s'aperçut que beaucoup de choses demeuraient accessibles. Il décida de commencer ses investigations dans deux endroits où l'information devait être logiquement disponible : les archives et la bibliothèque.

Les archives ressemblaient à ce que l'on pouvait imaginer. Elles étaient situées dans un grand local poussiéreux, au sous-sol du centre. De longs rayonnages métalliques le quadrillaient, garnis de quantité de dossiers. Gardner parcourut les étagères, scrutant les noms inscrits sur les dossiers, les feuilletant rapidement au gré de l'inspiration. C'est ainsi qu'il finit par tomber sur cinq volumineux dossiers, intitulés Pyth1 à Pyth5. Il passa près d'une journée à les consulter, dans la poussière et la pénombre, puis il photocopia ce qui lui paraissait le plus important.

Les dossiers contenaient une énorme documentation sur la vie de Pythagore et sur le pythagorisme. Il ne devait pas exister quelque chose de plus complet au monde sur le sujet. Tout ce qui concernait Pythagore de près ou de loin paraissait être là. Gardner découvrit une masse d'informations certainement passionnantes pour des spécialistes, mais sans aucun intérêt pour les autres.

Un point retint pourtant son attention. Il concernait l'objectif final du pythagorisme. Les choses n'étaient pas dites clairement, comme si les rédacteurs s'exprimaient dans un langage que seuls des initiés pouvaient déchiffrer. Mais on discernait un projet vaste, peut-être à caractère politique. Il semblait que les pythagoriciens avaient voulu généraliser leur système au plus grand nombre, ou qu'ils avaient tenté de bâtir une doctrine ou un mouvement politique s'appuyant sur le pythagorisme. Le terme de « gouvernement » revenait à plusieurs reprises. L'exemple d'Archytas de Tarente, qui avait brillamment gouverné sa cité en s'appuyant sur les données du pythagorisme, était fréquemment cité. On y voyait une foi absolue dans le système, et l'ambition de l'élargir au maximum. Mais l'élargir à qui, comment, pour quoi faire, voilà qui n'était pas évident.

– Tout cela fait terriblement penser aux élucubrations de Goren, dit Gardner.

– C'est vrai, dit Palermio, songeur. Ce qu'il décrit de son projet manque également de précision. On a l'impression qu'il ne dit pas tout. Je me demande même s'il ne cache pas l'essentiel. Mais quelle entourloupette est-il en train de mijoter ?

– Je ne sais pas. Toutefois, il faut que je vous parle d'une autre trouvaille.

Gardner décida de relater cette autre découverte par le menu. Il n'avait rien d'un détective ou d'un espion, et l'aventure qu'il s'apprêtait à raconter l'avait fortement impressionné. De plus, la trouvaille était de taille.

La bibliothèque comportait aussi beaucoup d'informations sur Pythagore, expliqua-t-il, mais rien de bien nouveau par rapport à ce qui se trouvait dans les archives. C'était dans le bureau de Fontelli qu'il avait localisé quelque chose de sensationnel. Ce dernier s'était absenté pour un congrès à Paris. Il était parti la veille, et devait rentrer le lendemain matin. Gardner s'était installé à son bureau pour la journée. Comme il allait sortir pour déjeuner, il avait ouvert un tiroir pour y ranger ses notes pendant son absence. Il farfouilla négligemment et aperçut un trousseau de clés mal dissimulé. Saisi d'une étrange intuition, il avait prévenu les chercheurs avec qui il devait prendre son repas qu'il les rejoindrait un peu plus tard.

Dans un coin de la grande pièce, derrière un chevalet portant la reproduction d'une superbe illustration de Léonard de Vinci extraite de *La Divine Proportion*, de Luca Pacioli (un dodécaèdre étoilé), se trouvait un meuble un peu singulier pour cet endroit. Il s'agissait d'une commode étroite et haute, assez profonde, d'environ quatre-vingts centimètres de large et un mètre trente de haut, de style Louis XVI et de couleur acajou. Le dessus était coiffé d'une plaque de marbre jaunâtre. Elle comportait six tiroirs en façade. Le hasard voulut que Gardner possédât un meuble de ce genre : il s'agissait en réalité d'un solide coffre-fort métallique, un modèle ancien du célèbre fabricant français Fichet, habilement peint en couleur acajou pour en dissimuler la fonction. Les tiroirs n'étaient qu'une apparence : il s'agissait en réalité de baguettes moulurées, agencées sur la façade de la lourde porte métallique pour donner l'illusion de tiroirs. L'une des baguettes horizontales, fixée à une seule de ses extrémités, pouvait pivoter vers le bas, découvrant les deux serrures du coffre-fort cachées jusque-là.

Gardner prit le trousseau de clés, et, après quelques essais (il jugea inutile de préciser à Palermio qu'à cet instant ses mains tremblaient), il introduisit celle qui convenait dans l'une des serrures. L'autre serrure, il le savait, servait à brouiller la combinaison et à rendre impossible l'ouverture du coffre. « Si la combinaison est mise, se dit-il, je suis fichu. » Il tourna la clé. La combinaison n'était pas mise et la serrure fonctionnait.

« Ce Gardner est nettement mieux que je ne le pensais, se dit Palermio. Je révise mon opinion à son sujet. Il révèle des capacités insoupçonnées. Méfions-nous. Dorénavant, je serai plus prudent avec lui. »

Gardner ouvrit lentement la porte. Le coffre ne contenait qu'un classeur, énorme. Il sortit le lourd dossier avec précaution pour éviter que des feuilles volantes ne glissent. Sur la couverture grise toilée, on pouvait lire : « Pyth. Metemp ». Dans le coin en bas à droite, en biais, figurait en rouge le terme « confidentiel », en italien.

Gardner posa le dossier sur le bureau, défit la sangle qui l'entourait, l'ouvrit, et commença à le feuilleter. Il mit quelque temps à comprendre de quoi il s'agissait. Mais, bientôt, les choses devinrent claires. Le dossier concernait Pythagore. Certains documents semblaient très anciens, parfois en mauvais état. D'ailleurs, tout n'était pas en anglais, il y avait du grec ancien, de l'italien, du latin, et aussi du vieux français. Il trouva d'abord des noms inconnus, comme Aethalidès, fils d'Hermès, Euphorbe le Troyen, Hermotime le devin, Pyrrhos le pêcheur. Il devait lire très vite, craignant que les autres ne reviennent de leur déjeuner et ne le surprennent. Il nota à de multiples reprises le terme de métempsycose. Il observa que le dossier avançait dans le temps.

Et soudain, la vérité lui apparut : d'après ce dossier, Pythagore était sujet à la métempsycose, et l'on y décrivait ses différentes réincarnations. Il avait mis le doigt sur une information ultrasensible, c'était sûr. Il fut envahi par une incroyable excitation. Il balaya à toute vitesse la partie centrale du dossier, prenant simplement le temps de constater que l'on traversait le Moyen Âge puis la Renaissance. Il décida de sauter immédiatement à la fin. Pour avancer plus rapidement, il saisit un important paquet de pages. Son cerveau était gagné par une agitation intense, il bouillonnait. Son geste fut si fébrile et maladroit que le paquet lui glissa des mains, et des dizaines de feuillets s'éparpillèrent sur le sol. Au vol, il aperçut, écrit en gros sur une page qui tournoyait, le nom de Gödel. « Gödel ? Que vient-il faire là-dedans », pensa-t-il en une fraction de seconde. Il oublia aussitôt Gödel, et se précipita pour ramasser tous ces papiers, craignant de ne pouvoir les remettre en ordre. Dans l'affolement, il reconstitua plus ou moins bien la pile. Il terminait à peine quand il entendit des pas dans le couloir.

C'était la panique. Il remit la pile à sa place dans le dossier en espérant qu'il ne commettait pas d'erreur dans l'ordre des pages ; puis il referma le classeur, boucla la sangle, se rua vers le coffre, mit le dossier en place, et claqua la lourde porte. Le bruit sec de la serrure lui parut aussi sonore qu'une cloche de cathédrale. Dieu merci, les clés étaient restées dans la serrure. Il les retira, et n'eut que le temps de se plonger dans la contemplation du dessin de Léonard de Vinci : la porte s'ouvrit discrètement, et un chercheur du centre lui exprima son étonnement poli de ne pas l'avoir vu au déjeuner.

Dans son récit, Gardner omit le ramassage des pages dans le désordre et se garda bien de dire qu'il avait manqué de se trouver mal, tant il avait eu peur.

– Malheureusement, poursuivit Gardner, je n'ai pu vérifier si le contenu du dossier allait jusqu'à nos jours. Mais vu l'épaisseur de ce qui restait après la Renaissance, il y a peu de doute à ce sujet.

– Vraiment ? dit doucement Palermio.

Un long silence suivit. Ni l'un ni l'autre ne semblaient vouloir exprimer les idées qui bouillonnaient dans leur tête. Finalement, Palermio prit la parole.

– Alan, j'ai l'impression que nous allons tous les deux vers le même genre de conclusion. Roselli et ses clowns ont bâti un dossier surréaliste à partir de vieux grimoires et autres documents de rêveurs aussi obscurs que farfelus. J'ose à peine le dire tellement c'est loufoque, mais d'après ce dossier Pythagore aurait subi des réincarnations successives au cours du temps, et cela jusqu'à notre époque. En clair, Pythagore réincarné vivrait parmi nous. C'est aussi votre conclusion ?

– Je ne sais pas. Ou plutôt, je ne veux pas encore tirer de conclusion. – Quel que soit le sujet, sauf s'il était scientifique, Gardner hésitait toujours à tirer une conclusion. – Mais une chose est sûre : farfelu ou non, un dossier bâti par Roselli ne peut être que solide et incontestable. Je n'ai pas pu m'en assurer de visu, mais j'en mets ma main au feu.

– Soit, supposons que vous ayez raison. Et maintenant, où allons-nous avec tout cela ? Si un fou croit à ces élucubrations, quelle importance ? Après tout, les asiles sont pleins de types dans ce genre.

À nouveau, un long silence. Aucun des deux n'osait pousser le raisonnement jusqu'à son terme. C'était trop énorme, trop insensé.

– Évidemment, poursuivit Palermio, on est tenté de relier l'existence d'un tel dingue à l'étrange fixation de Goren sur Pythagore. Elle s'est d'ailleurs manifestée pour la première fois à Rome, où se trouve ce dossier délirant. Tout cela a forcément quelque chose à voir avec JCN et sa réorganisation. Mais je n'arrive pas à comprendre…

– Il ne parlait plus à Gardner, il murmurait, réfléchissant tout haut. – Qui serait ce Pythagore moderne ? Que cherche-t-il exactement ? De quels leviers dispose-t-il pour pouvoir influer si fort sur Goren ?

– Il n'y a que deux possibilités, dit Gardner en interrompant les réflexions de Palermio. Soit il appartient à JCN, soit il vient de l'extérieur. Quelle que soit sa position, ce quelqu'un a réussi à convaincre Goren du bien-fondé de ses lubies. Mais les conséquences ne sont pas les mêmes dans les deux cas.

– Continuez, dit Palermio, intéressé.

– C'est clair. – Gardner ressentait une assurance inhabituelle. – Si ce type est en dehors de JCN, il ne peut agir sur elle que d'une manière occulte, par Goren interposé. Il n'a aucune chance de faire autre chose. Goren est trop puissant et s'opposera forcément à son entrée dans JCN. Il ne prendrait jamais le risque d'introduire dans son domaine réservé quelqu'un qui a un poids suffisant pour le convaincre de bouleverser son entreprise.

– C'est vrai. Mais si ce dingue est dans JCN, ce ne peut être que quelqu'un de très proche de Goren.

Un silence. Les neurones étaient sollicités au maximum.

– Nicholas, reprit Gardner, vous êtes, ou vous étiez, le collaborateur le plus proche de Goren. Qui occupe à présent cette fonction ?

Palermio se raidit brusquement.

– Nom de Dieu, mais oui, vous avez raison, c'est ce salaud de Roselli. C'est lui qui a monté le dossier que vous avez trouvé, et c'est après l'entrevue avec Roselli au RSC que tout a basculé. Oui, c'est clair ! Je ne sais pas si Roselli a montré ce dossier à Goren, ou s'il s'y est pris autrement, mais il a réussi à le convaincre que lui, Roselli, était la réincarnation de Pythagore. Ne tournons pas autour du pot, c'est limpide. Goren a avalé cette énormité. Et le voilà maintenant qui prend Roselli-Pythagore pour adjoint, et qui se met en tête de construire une JCN pythagoricienne.

Le ton de Palermio montait, la colère le gagnait.

– C'est dingue ! poursuivit-il, criant presque. C'est complètement dingue ! Encore heureux que ce malade ne se prenne pas pour Alexandre le Grand, Néron, César ou Napoléon. Quitte à s'imaginer la réincarnation d'un personnage célèbre, il aurait mieux valu qu'il se prenne pour Shakespeare, Byron, Mozart ou Mahler. Il se serait lancé dans la poésie ou la musique, et il nous aurait fichu la paix !

Quel salaud, ce Roselli ! Grâce à la révélation qu'il a faite à Goren sur sa prétendue véritable identité et grâce à sa connaissance du pythagorisme, il s'est placé au meilleur endroit possible. Il s'est trouvé un job en or. Je le soupçonnerais volontiers d'avoir monté ce scénario hallucinant dans le seul but de faucher la deuxième place, que j'occupais dans JCN.

– Ni-Nicholas, dit Gardner – le bégaiement ressortait un peu –, restons calmes, réfléchissons po-posément, ne nous emballons pas. Je c-connais Roselli depuis des années et je ne le vois pas monter une machination aussi machiavélique pour prendre du pouvoir. Ce n'est pas son style.

Ils étaient pensifs, explorant mille hypothèses. La situation les incitait à tous les débordements de l'imagination.

– Attendez, explosa soudain Gardner. – Cela n'arrivait pratiquement jamais, tant il était introverti. – Je viens de penser à une autre possibilité, encore pl-plus vraisemblable !

– Qu'est-ce que vous racontez ? articula Palermio sur un ton légèrement méprisant. J'ai beau réfléchir à toutes les possibilités, l'hypothèse Roselli-Pythagore me paraît la moins invraisemblable, elle colle parfaitement à ce que nous savons, et je n'en vois pas d'autre.

– C'est que vous m-manquez d'imagination, dit Gardner, qui n'avait pas apprécié la réflexion de Palermio. – Gardner, lui, avait de l'imagination, ce qui était un atout lorsqu'il faisait de la recherche. – Il y a p-pourtant une autre solution, et une belle. Réfléchissez un peu : et si Goren lui-même se prenait pour Py-Pythagore ?

– Vous êtes complètement fou ! dit Palermio.

– V-vraiment ? – Le bégaiement s'accentuait. – Et si R-Roselli avait convaincu le président q-que lui, Goren, était la réincarnation mo-moderne de Pythagore ? Je vous signale qu'il au-aurait pris exactement le même genre de décisions que celles que nous avons connues. Et cela évacue l'inconvénient de l'hy-l'hypothèse où Goren prendrait le risque de pl-placer tout près de lui, dans JCN, l'inspirateur, le cerveau de la nouvelle stratégie.

Palermio prit le temps de réfléchir. Décidément, ce Gardner n'était pas idiot.

– Alan, après tout… Cette nouvelle idée n'est pas complètement… inintéressante. Voyons… Imaginons un instant, simple hypothèse d'école, que Goren soit ou se prenne pour Pythagore. Quelles conséquences cela a-t-il ? Voilà la question que nous devons nous poser.

– Écoutez, c'est é-évident ! – Gardner prenait de l'assurance, il était tout excité par son idée ; son bégaiement disparut brusquement. – Il se prend pour Pythagore, c'est presque certain. Il ne peut accepter dans JCN un tiers qui aurait un tel poids. Quelqu'un comme vous doit parfaitement le comprendre, ça ne colle pas ! Au contraire, si Goren prend le statut de Pythagore, on imagine facilement ce qu'il a en tête, compte tenu de ce qu'il nous en a dit lui-même : il veut devenir le chef d'une sorte de croisade à l'échelle planétaire de JCN, dont on voit bien les lignes générales. Il nous en a déjà amplement abreuvé : l'Harmonie universelle, la réalisation des individus et autres idées de la même veine. Et il espère profiter de la puissance de JCN pour mener son projet à bien. Pour lui, c'est une opportunité formidable : il passe du statut de grand businessman à celui, encore plus prestigieux, d'homme politique ayant prise sur la planète entière. Tout cela se tient.

Palermio réfléchit de nouveau.

– Oui, dit-il à mi-voix. Oui... Il se peut que vous ayez raison. Goren doit se prendre pour Pythagore. Il est devenu fou.

– Peut-être. Mais restons lucides, et voyons les choses comme elles sont : que Goren soit fou ou non, il conserve ses capacités de patron. Pour l'instant, ses décisions et son comportement sont cohérents avec ce que nous pensons avoir compris de ses projets. À mon avis, quelles que soient les conclusions que nous allons tirer, elles devront tenir compte d'un Goren aussi solide et puissant que par le passé.

« Décidément, ce Gardner est mieux que je ne le pensais, se dit Palermio. La découverte est de taille, mais il garde son sang-froid et son jugement. Sans le savoir, j'ai peut-être trouvé un allié de qualité. »

– Vous avez raison, dit Palermio, sur un ton qui montrait qu'il avait repris son sang-froid, Goren doit se prendre pour Pythagore. Mais dans ce cas, j'ajouterais un point nouveau et capital : nous, et nous seuls, avons compris ce que Goren veut faire et pourquoi il le fait. Mais lui, il ne sait pas que nous savons, et Roselli non plus.

Alan, nous détenons là une arme considérable, un atout de première force. Il faut que nous réfléchissions soigneusement pour l'exploiter au mieux de nos intérêts. Quant à Roselli, qu'il ait ou non monté son coup pour prendre ma place, le fait est qu'il l'a prise, et Goren s'appuie sur lui encore plus qu'il ne le faisait avec moi. Il nous faudra aussi en tenir compte.

– Je suis d'accord avec votre analyse. Il faut bâtir un plan pour exploiter notre découverte. Et pour cela, nous devons définir avec précision notre stratégie générale et nos objectifs.

« Bien vu, pensa Palermio. Le premier point est effectivement de bien choisir nos objectifs compte tenu des nouvelles données, et cela en fonction d'une stratégie globale. Mais je me réserve ce choix, et je le ferai seul. Quant à toi, mon petit Gardner, tu devras me suivre si tu veux rester mon allié. Je décide et toi, tu m'assistes. »

– Voici ce que je vous propose, Alan. Je vais réfléchir quelques jours à tout cela. Faites-en autant. Je pense que nos conclusions ne seront pas très différentes, nous sommes bien en phase. Nous nous reverrons, je vous présenterai un plan, et nous aviserons. D'accord ?

– O.K., répondit Gardner.

Ils discutèrent encore une dizaine de minutes, puis Gardner partit.

Palermio n'avait pas vraiment besoin d'approfondir sa réflexion. Son plan d'action commençait à se dessiner. Il détenait des atouts maîtres, il n'était pas homme à ne pas en profiter, et il n'avait pas besoin de Gardner pour cela.

Maintenant qu'il avait compris ce qui se passait, tout n'était pas perdu. La stratégie de Goren comportait un point faible. Il voulait « pythagoriser » JCN et le monde entier, mais sans dévoiler publiquement le fond de l'affaire, à savoir qu'il « était » Pythagore et que le pythagorisme était « sa » philosophie. Pour la première fois, Goren finassait, et c'est ce dont lui, Nicholas Palermio, allait profiter. Les choses étaient déjà allées assez loin, mais on pouvait revenir en arrière. Il était possible de ramener JCN dans le bon chemin.

L'acteur principal de cette pantalonnade était Goren. Mais Roselli constituait un élément capital de l'affaire. Goren s'appuyait sur lui. Plus de Roselli, plus d'élucubrations pythagoriciennes. Il fallait régler le cas de Goren, mais aussi celui de Roselli.

C'était même la première étape. Il devait trouver un moyen d'éloigner définitivement ce guignol. Oui, définitivement… Mais comment ? Pourrait-il essayer de l'acheter ? Roselli était du genre incorruptible. Mais l'incorruptibilité ne joue plus au-delà d'un certain montant, il le savait bien.

Mais non, c'était stupide, Roselli était un type à part ; il se moquait de l'argent ou même, Gardner avait raison, du pouvoir. Ce dingue ne s'intéressait qu'à ses sujets scientifiques, et maintenant à ces divagations pythagoriciennes. Non, il ne fallait pas songer à acheter Roselli.

Le pousser alors vers un autre poste, ailleurs ? Mais quel job plus enviable que celui qu'il occupait à présent près de Goren pourrait-on lui proposer ? Quant à faire pression sur lui, il ne voyait pas comment. Roselli n'avait pas de famille proche, pas d'attaches, pas d'importants biens matériels à détruire, pas de faiblesse personnelle connue dont la révélation lui eût porté tort. Pas de chantage possible, du moins à sa connaissance. Et mettre un détective privé sur le coup prendrait trop de temps.

Finalement, il ne voyait qu'une chose à faire : s'adresser à un spécialiste. Il allait activer dare-dare ses relations avec ce Peter Mazzino, et tant pis s'il était très occupé à Las Vegas. Sa décision était acquise. Dès le lendemain, il prendrait les mesures adéquates.

Restait à s'occuper de Goren. Paradoxalement, ce serait sans doute plus facile : Goren avait maintenant un point faible. Il le verrait face à face et lui ferait comprendre qu'il pouvait ruiner son image ; il lui suffirait d'informer la presse internationale des lubies pythagoriciennes du président de JCN. Ce serait un éclat de rire planétaire, et les conséquences pour Goren seraient dramatiques.

Mais il ne devait pas agir en grossier maître-chanteur. Il amènerait les choses doucement, Goren sentirait le danger et prendrait de lui-même la décision de revenir à de saines conceptions pour la gestion de JCN. Surtout si Roselli n'était plus là pour lui souffler ses idées folkloriques. Il finirait par rendre au grand Nicholas Palermio la place qui lui revenait légitimement. Il en riait d'avance, le grand Nicholas aux belles dents blanches comme des touches de piano. Le célèbre Goren, le super-PDG, la coqueluche des médias économiques du monde entier, le dominateur absolu, obligé de courber l'échine devant Nicholas Palermio, que l'on s'imaginait pouvoir confiner dans un placard de JCN sans autre forme de procès. Ce salaud de Goren verrait que l'on ne manipulait pas Palermio impunément.

Palermio sentait sa poitrine, sa tête, son corps tout entier enfler d'un plaisir immense à l'idée du retour de manivelle qui se précisait.

À cent mètres de l'entrée de l'immeuble de Palermio, Jack Shawn, assis dans sa Chrysler bleue et muni de ses puissantes jumelles de nuit, vit Gardner sortir et s'éloigner. Il nota l'heure exacte. Conformément à la consigne, il devait le suivre. Il prit son portable et signala qu'il quittait les abords de l'immeuble de Palermio pour filer Gardner et demander qu'un autre membre de l'équipe vienne le remplacer. L'organisation était efficace, il savait que ce serait chose faite en quelques minutes.

Palermio était à sa fenêtre. Il vit passer la voiture de Shawn mais, dans l'obscurité de la nuit, il ne remarqua pas la couleur bleue.

Quelques heures plus tard, un rapport, codé selon les meilleures techniques de cryptographie de JCN, quittait un petit bureau situé dans une rue du sud de San Francisco, près de St Mary's Park. Il passa d'ordinateur en ordinateur, *via* les mailles d'Internet. Mark Garrett, le directeur de la sécurité de JCN, était connecté. Il attendait ce message avec impatience. Il le vit arriver dans son courrier. Il le téléchargea sur son ordinateur personnel, lança le logiciel de décodage et déclencha l'impression du résultat. Garrett imposait à ses agents une structure type pour leurs rapports : introduction pour situer le contexte, corps du message, conclusion d'au plus cinq lignes. Voici ce qu'il lut.

Rapport de Shawn à Garrett, San Francisco,
le 20/06/2008, 23 h 39 min 54 s
Urgent et ultraconfidentiel
Objet : affaire Palermio, Gardner et autres.

Instructions de M. Roselli concernant M. Gardner. M. Roselli ayant trouvé curieuse la soudaine proposition de Gardner de travailler comme son assistant, il a donné comme directive de placer ce dernier sous étroite surveillance (il était déjà surveillé, mais suite à la demande de M. Roselli, nous sommes passés au niveau de surveillance n° 3).

Le centre scientifique de Rome, où Gardner s'est rendu immédiatement après sa nomination, s'est montré coopératif. Une apparente liberté de circulation lui a été laissée. Bien entendu, ses allées et venues ont été étroitement suivies, sous la coordination de Jack Anders, notre principal agent à Rome, qui est resté en liaison constante avec moi. Voici un résumé des notes d'Anders et des miennes depuis début mai 2008, concernant les activités de Gardner.

Début mai (niveau de surveillance n° 1) : Gardner n'a plus de fonction officielle chez JCN depuis la nomination de M. Roselli. Il paraît très mécontent de la situation, mais ne semble faire aucun effort pour se trouver un point de chute. Il n'a aucune activité réellement productive.

5 mai : dîner discret avec Palermio dans un restaurant isolé de Chinatown.

6 mai : Gardner semble avoir soudain trouvé sa voie. Il remue ciel et terre pour rencontrer Roselli, qui est très occupé. Il réussit néanmoins à le coincer un quart d'heure dans l'après-midi, et lui demande le poste d'assistant qu'il avait pourtant rejeté quelque temps auparavant. Son insistance est si grande qu'elle étonne M. Roselli, qui demande alors une surveillance de niveau 3. Exécution immédiate de cet ordre. Gardner obtient le poste.

7 mai : Gardner organise d'urgence un voyage au RSC à Rome.

10 mai : arrivée de Gardner à Rome. Prise en charge discrète par Jack Anders.

10 mai-15 juin : séjour de Gardner au RSC. Aucune distraction, aucune relation féminine, aucune activité touristique. Il a occupé l'essentiel de son temps à tenter de récupérer de l'information sur Pythagore, le pythagorisme, etc. Conformément aux instructions, une totale liberté lui a été ménagée. Il est clair, d'après les traces qu'il a laissées, qu'il a trouvé tout ce qu'il y avait à trouver : le dossier des archives, celui de la bibliothèque et surtout le dossier top secret dans le coffre de Fontelli. Étant donné le désordre dans lequel il a abandonné ce dernier dossier, on peut penser qu'il ne l'a compulsé que de façon brève et superficielle. Cela semble lui avoir suffi puisque, dès le lendemain, il annonçait son retour aux États-Unis. À noter un incident fâcheux, à mettre au passif d'Anders. Gardner et Fontelli dînaient dans un restaurant, lorsque Carlo Panzoni, l'assistant de Fontelli, est entré accompagné d'Anders, qui semblait ignorer que Gardner se trouvait là. Gardner connaît donc Anders de vue.

20 juin : rencontre Gardner-Palermio au domicile de Palermio.

De tous ces éléments, j'estime que l'on peut tirer les conclusions suivantes : Palermio a missionné Gardner pour qu'il recueille le maximum d'informations sur Pythagore et le pythagorisme. Gardner a réussi sa mission à hauteur d'au moins quatre-vingts pour cent. Les informations recueillies ont été passées à Palermio.

Durant toute cette période, rien à signaler concernant les activités de Palermio ou de Genoli.

Je demande vos instructions pour la suite.

Signé : Jack Shawn, matricule 48294.

La réponse, signée de Garrett, parvint à Shawn quelques instants plus tard. Sur son écran, il put lire : « Continuez. »

Garrett avait immédiatement saisi la gravité de la situation. Il contacta Roselli sans tarder. Ils utilisaient une ligne de téléphone brouillée et pouvaient parler en toute sécurité. Il fit un compte rendu précis de ce qu'il venait d'apprendre. Puis il déclara à Roselli qu'il se tenait prêt pour toute action qui lui serait demandée. Roselli le remercia et le pria de poursuivre sa surveillance. Il devait bien sûr en référer à Goren.

C'était le 21 juin 2008, et il était 0 h 30.

Avertissement au lecteur indiscret

Ici s'achève mon travail de récapitulation, de mise au clair.

Je n'ai pas l'habitude de recourir à l'expression écrite. Depuis toujours, la tradition de notre Confrérie est orale. Néanmoins, je reconnais que cette rédaction a été utile. J'imaginais que l'écriture était une simple transcription écrite du fil de la pensée. Je vois aujourd'hui que c'est bien autre chose. Il m'a fallu prendre les événements comme ils venaient, puis les classer, les organiser en un ensemble cohérent, les relier logiquement les uns aux autres pour dégager ce qui relevait du hasard ou de la nécessité.

C'est précisément cette démarche qui s'est révélée efficace.

Maintenant les choses sont claires. Tout est là, depuis la bienheureuse époque de nos lointaines origines, à Crotone, jusqu'à aujourd'hui, en passant par les heurs et malheurs de notre histoire. Je sais exactement où en sont les uns et les autres, je suis conscient des obstacles qui me séparent encore d'un objectif qui n'a jamais été aussi proche. Ces obstacles peuvent tout compromettre, mais je suis prêt à tout.

Alors, lecteur « accidentel », si tu n'as pas respecté mon avertissement, si ton inqualifiable indiscrétion t'a poussé jusqu'ici ou, pis, si tu envisages de tirer parti de ces informations indûment recueillies, laisse-moi te dire deux choses.

D'abord, quoi que tu en penses, *tu ne possèdes pas l'information essentielle*. Celle-là, je l'ai gardée pour moi, elle n'est pas consignée dans ce document. Elle se révélera d'elle-même en temps voulu. Ton indiscrétion a été inutile, tu ne connais pas le fond de l'affaire.

Ensuite, tu as néanmoins enfreint ma recommandation. Tôt ou tard, je saurai que tu es en possession d'informations interdites, car la Confrérie veille. Or, même si ton savoir demeure incomplet, j'estime qu'il sera dangereux dès que je serai entré dans la phase terminale de l'opération. Alors, lecteur indélicat, tu n'as que deux possibilités :

• me contacter immédiatement, par un message à adresser à Rome, poste centrale, boîte postale 10 (comme la décade). Je jugerai de la suite à donner, selon tes intentions ;

• attendre. Où que tu sois, quel que soit le temps que cela prendra, la Confrérie ne t'oubliera pas ; elle te retrouvera.

Note de l'éditeur

Cet « Avertissement au lecteur indiscret » conclut la rédaction du mémoire de Pythagore, qui couvre la période allant de 500 avant Jésus-Christ jusqu'à l'époque contemporaine.

Ce texte nous a été confié par Pythagore lui-même pour un premier examen, aux fins d'une éventuelle publication en l'an 2010. En effet, sa position sur la publication ou la non-publication de son extraordinaire document n'est pas définitivement fixée. Jusqu'à présent, sa doctrine proscrivait l'écrit, et *a fortiori* la publication. Mais beaucoup d'éléments sont intervenus. Il n'est pas exclu qu'avec la nouvelle donne Pythagore puisse juger utile, voire nécessaire, de transgresser sa règle du secret pour mettre ce texte à la disposition du grand public.

Dans l'esprit de son auteur, ce mémoire devait constituer l'unique œuvre écrite qu'il produirait. Or, pour diverses raisons, il a été conduit à rédiger d'autres écrits, qui, au moins chronologiquement, peuvent être perçus comme une suite de son texte initial.

Il nous paraît judicieux de rassembler l'ensemble de l'œuvre écrite de Pythagore en un seul ouvrage. Pythagore a donné son accord. C'est sous cette forme qu'il y aura publication, si publication il y a.

Les écrits de Pythagore postérieurs au mémoire sont rassemblés dans la troisième partie de ce livre, et dans l'épilogue.

Que Pythagore soit vivement remercié pour la confiance qu'il nous témoigne en nous transmettant son manuscrit exceptionnel, avant qu'il n'ait définitivement pris parti sur son devenir. C'est pour nous un grand honneur.

Jacques Binsztok

Éditions du Seuil
Paris, le 18 novembre 2009

Journal

*Frémissements et tension
de l'action dangereuse…*

Déclaration liminaire

Je viens de prendre une décision.

Le texte de clarification, qui s'étend sur deux mille cinq cents ans et que j'ai rédigé avec tant de peine, m'a beaucoup aidé. Oui, mon expérience plus que bimillénaire a pu s'enrichir encore. J'ai découvert que l'écriture des pensées, des projets, des idées et des faits est source d'enseignements.

Or, tout semble recommencer : le succès est en vue, mais, comme autrefois, des esprits petits tentent de faire passer leurs intérêts médiocres avant la mise en place de notre système. Je les méprise, mais je ne sous-estime pas leur potentiel de nuisance.

Cette fois, ils ne me prendront pas par surprise.

Ces misérables cafards brouillent la situation. À cause d'eux, les choses sont encore très complexes.

Alors, maintenant que je possède une méthode efficace, l'écriture, j'ai décidé de m'en servir : je vais tenir un journal. J'y consignerai les différents éléments de l'action. Lorsque des informations me parviendront avec retard, bien des jours après que les faits se seront déroulés, je les replacerai dans l'ordre afin de maîtriser l'enchaînement des causes et des effets. Rien ne doit m'échapper.

Le but est proche. Je ne laisserai pas les médiocres édifier leurs ridicules obstacles de sable. Rien ne m'arrêtera plus.

À bon entendeur salut.

Pythagore de Samos,
21 juin 2008, 1 heure, Californie

Réunions parallèles

Frémissements et tension de l'action dangereuse...
Angoisse sinistre de la menace annoncée...
Gémissements rouge sombre de la mort qui rôde...

Santa Cruz, Californie, 21 juin 2008, 10 heures.

Les trois membres du Conseil Pythagore se retrouvèrent dans un petit hôtel du bord de mer, à Santa Cruz, à une cinquantaine de kilomètres au sud de Palo Alto.

Dans la nuit, Roselli avait informé Goren du rapport de Garrett. Ils avaient rapidement conclu que la situation était grave et qu'ils devaient aviser dans les meilleurs délais. Une menace pesait sur l'avenir de la transformation de JCN, sur JCN elle-même, et ce problème relevait du Conseil Pythagore. Vu la gravité des faits, ils avaient décidé de le réunir à 10 heures le jour même. Roselli avait fait les réservations à Santa Cruz, et Goren avait prévenu Linda.

En quelques mots, Goren résuma la situation pour Linda. Puis il dit :

– Nous nous retrouvons donc dans un cas de figure nouveau et, avouons-le, imprévu. Palermio et Gardner ont réussi à trouver des informations ultrasensibles sur Pythagore et le pythagorisme. À n'en pas douter, il s'agissait d'une recherche délibérée. Et l'on imagine facilement que l'intérêt historique ne constitue pas la motivation majeure. Nous devons donc essayer de répondre aux points suivants :

- objectifs précis de Palermio et de Gardner ;
- niveau exact des informations dont ils disposent ;
- comment veulent-ils exploiter ces informations ?
- comment devons-nous réagir ?

– Voyons le premier point, dit Roselli. Pour commencer, je pense que cette alliance contre nature entre Palermio et Gardner peut nous fournir un indice. Ces deux types se sont cordialement ignorés, voire méprisés, pendant des années. Quelle est donc la raison de cette alliance subite ?

– Qui a fait le premier pas ? demanda Linda.

– D'après Garrett, ce doit être Palermio, répondit Roselli.

– En ce qui me concerne, dit Goren, je vois une explication suffisamment simple pour qu'elle soit réaliste. Palermio et Gardner sont deux grands perdants de la réorganisation. Leur intérêt est qu'elle échoue. Nous connaissons tous la position de Palermio. Depuis le début, il cherche les défauts de la cuirasse. S'il fait alliance avec Gardner, c'est qu'il pense avoir trouvé un point faible dans ce que nous voulons faire ; point faible dont l'exploitation rend la participation ou l'aide de Gardner indispensables. Il l'a gagné à sa cause en s'appuyant sur leur présente communauté d'intérêt.

– Oui, dit Roselli. À coup sûr il a jugé que notre projet fondé sur Pythagore était insensé, et il a pensé qu'il était sans doute vulnérable ; que, s'il trouvait son point faible, il pourrait ruiner l'opération, ou retourner la situation à son avantage. Or, il a vu que la source de toute l'affaire se trouve à Rome, au RSC, où il ne connaît personne. Comment entrer là-bas discrètement pour dénicher des informations ? Il savait que Gardner était bien placé pour cela, et qu'en plus il y trouverait le même intérêt que lui. Alors il l'a enrôlé pour fouiner sur place. Gardner n'est pas un grand bonhomme, cela a dû être facile pour Palermio de le rallier à sa cause.

– Ce n'est peut-être pas un grand bonhomme, dit Linda, mais il a quand même eu le culot nécessaire pour ouvrir un coffre-fort, avec des clés qui ne devaient pas se trouver à la vue de tous. Ce n'est pas dans son tempérament. Palermio a dû le pousser à agir de la sorte. Je me demande ce qu'il a bien pu lui promettre. En tout cas, il est devenu plus dangereux que nous ne le pensions.

– Bien, dit Goren. Nous connaissons en gros leur objectif. Essayons de déterminer le niveau exact des informations qu'ils détiennent.

Roselli réagit immédiatement.

– Pete, je connais bien les trois sources d'informations auxquelles Gardner a eu accès. Il a pu consulter les deux sources qui rassemblent nos connaissances actuelles sur le pythagorisme. Dans ces documents, il y a quantité d'informations intéressantes et détaillées, sauf la plus importante : l'histoire des métempsycoses de Pythagore.

Celle-ci se trouve dans la troisième source, placée dans le coffre-fort. Et là, Garrett est formel : ce dossier était en désordre après le départ de Gardner, ce qui prouve qu'il a dû le parcourir dans la précipitation, qu'il n'a certainement pas eu le temps de tout lire, et qu'il l'a remis en place sans avoir pu le reclasser.

La situation est donc la suivante : les deux premiers dossiers ne leur ont rien apporté qui puisse nous nuire. Pour le troisième dossier, je vois deux problèmes potentiels : d'une part, malgré la précipitation, Gardner et donc Palermio peuvent avoir découvert que vous êtes Pythagore. D'autre part, les documents ayant été rangés dans le désordre, ils doivent se douter que l'on s'est aperçu qu'ils avaient été consultés, et que l'on a recherché qui l'avait fait. Ils doivent donc estimer qu'il y a une forte probabilité pour que nous sachions qu'ils « savent ».

Chacun réfléchissait aux conséquences possibles.

– Bien, dit Goren. Plaçons-nous dans le cas le plus défavorable : ils détiennent l'information capitale, et ils savent que nous le savons. Que vont-ils faire ?

– Dans ce cas, dit Linda, quoi qu'ils fassent, ils sont contraints d'agir très vite, de peur que nous ne le fassions avant eux.

– Oui, dit Goren. Mais que peuvent-ils faire ?

– Nous connaissons tous Palermio, dit Linda, et nous imaginons ce qu'il peut tirer de tout cela. Puis-je parler franchement, Pete ?

– Bien sûr, allez-y.

– Il peut monter un plan de communication planétaire conçu pour vous ridiculiser définitivement, vous le savez bien. Et ce faisant, il ruine l'opération, qui se verrait couverte du même ridicule. C'est un risque majeur, énorme.

Un silence lourd…

– Antonio, qu'en pensez-vous ? demanda Goren.

Après un long temps de réflexion, Roselli articula nettement :

– Je pense que Palermio et Gardner font peser un risque mortel sur l'opération Pythagore, sur JCN, sur vous. Je pense qu'il est de la responsabilité de notre conseil d'arrêter cela dans les plus brefs délais.

– Linda ?

– Je suis de l'avis d'Antonio.

Le cerveau de Goren tournait à toute allure.

– Quelle est votre recommandation, Antonio ?

Roselli n'hésita pas.

– Nous nous trouvons dans le cadre de l'article 8 de la Charte pythagoricienne de JCN : il y a mise en danger par un ou plusieurs individus, ou association d'individus, de la doctrine pythagoricienne. Gardner et Palermio doivent être éliminés.

– Antonio, dit Goren, il n'y a réellement danger que si notre intuition est bonne.

– Il se peut que notre intuition ne soit pas exacte à cent pour cent, mais Palermio et Gardner sont déjà engagés dans la mise en danger par un ou plusieurs individus, ou association d'individus, de la doctrine pythagoricienne. C'est forcément le fond même de leur stratégie.

– Linda ? demanda Goren.

– D'un point de vue juridique, la mise en danger doit être constatée pour que l'article 8 s'applique. La question est de savoir si les éléments confirmés dont nous disposons peuvent être considérés comme une mise en danger constatée. Or la seule chose dont nous ayons la certitude, c'est que Gardner a intercepté des informations confidentielles. Détourner volontairement et indûment des informations hautement confidentielles constitue-t-il une mise en danger ? La réponse est non si l'on considère que la détention de ces informations n'offre que la possibilité d'une mise en danger, par l'usage que l'on peut éventuellement en faire. En elle-même, cette détention ne constitue pas une mise en danger. Mon opinion de juriste est donc que nous ne sommes pas dans le cadre de l'article 8 de la charte.

– Bien, dit Goren, voici ma position. Je…

Le téléphone portable de Roselli venait de sonner. Du regard, Roselli interrogea Goren, qui répondit d'un signe de tête affirmatif. Ce ne pouvait être qu'une urgence, personne n'aurait dérangé Roselli pendant son absence de JCN. Il prit son téléphone, écouta quelques secondes, pâlit légèrement, et dit sans hésitation : « Remplacez-le immédiatement. »

– C'était Garrett, dit-il avec une émotion contrôlée, après avoir raccroché. L'un des agents qui surveillaient Palermio, un dénommé Jack Shawn, vient d'être assassiné d'une balle dans la tête. Cela c'est passé à Market Street, un endroit très fréquenté. D'après lui, le tueur était un professionnel.

Ils étaient consternés. Goren, le premier, retrouva son sang-froid.

– Cela signifie, dit-il, que Palermio est protégé par une organisation puissante qui dispose de tueurs professionnels. Cela signifie aussi qu'il a perçu la surveillance dont il était l'objet comme une entrave à ce qu'il veut faire, comme un danger suffisamment grand pour qu'il commandite un crime. Il a donc enclenché une action d'importance, c'est certain. Nous ne savons pas laquelle. Mais la mise en danger par un ou plusieurs individus, ou association d'individus, de la doctrine pythagoricienne me semble à présent acquise : Palermio a commencé à utiliser les informations confidentielles qu'il détient.

La voix de Goren, naturellement assurée, prenait de plus en plus de force et de gravité au fur et à mesure qu'il parlait. Ce fut sur un ton solennel qu'il dit :

– Mes amis, en vertu des pouvoirs qui me sont conférés par la Charte pythagoricienne de JCN, et en application de l'article 8 de cette même charte, je décrète la peine de mort contre Nicholas Palermio et Alan Gardner.

Antonio, ainsi que m'y autorise l'article 9 de la charte, je vous délègue l'exécution de cette sentence. Vous disposez de mon autorisation pour traiter avec Garrett, ou qui vous voulez. Ma seule recommandation est d'agir au plus vite.

Il était 10 h 50. Le conseil avait duré moins d'une heure. La Charte pythagoricienne avait été promulguée moins de deux semaines auparavant.

San Francisco, 21 juin 2008, 10 heures.

À l'heure exacte où débutait la session du Conseil Pythagore, une autre réunion commençait. Elle se tenait dans un petit appartement anonyme du centre de San Francisco, au dernier étage d'un immeuble pisseux qui faisait office d'entrepôt et de bureaux. La bâtisse semblait inoccupée, et le seul appartement de l'immeuble n'était pratiquement pas meublé. Nicholas Palermio et Peter Mazzino, chef de la Cosa nostra de Los Angeles, étaient assis de part et d'autre d'une simple table de bois, sur deux chaises poussiéreuses à la solidité douteuse.

Mazzino était aussi grand que Roselli, mais facilement deux fois plus large. Il avait les proportions d'un colosse, tout en muscles. La dureté de son regard démentait ses traits un peu mous. Il devait avoir un peu plus d'une soixantaine d'années, mais c'était une soixantaine tonique. Dans sa tenue classique et élégante, il ressemblait à un cadre supérieur d'une grande entreprise.

– Cher monsieur Palermio, dit Peter Mazzino de sa voix profonde, je regrette que notre première rencontre ait lieu dans un endroit aussi peu chaleureux. J'ai l'habitude de mieux recevoir, mais, vu le degré d'urgence de votre appel, la discrétion et la rapidité primaient sur l'élégance du cadre.

– Pas de problème, répondit Palermio, et merci d'être venu. Vous l'avez compris, j'avais besoin de vous rencontrer d'urgence pour une affaire de la plus haute importance.

– $A^2 = B^2 + C^2$?

– Pardon ?

– Je viens d'énoncer la formule du théorème de Pythagore. C'est bien votre problème ?

– Pas le théorème, seulement Pythagore.

– C'est bien ce que je voulais dire.

– Gagnons du temps, voulez-vous ? dit Palermio, sur le ton de l'hommes d'affaires pressé. Vous avez l'air d'être au courant de beaucoup de choses. Dites-moi ce que vous savez de la situation, et je compléterai.

– Ne nous énervons pas, Palermio. Vous êtes le demandeur, je vous le rappelle, dit Mazzino, très calme.

Son regard d'acier plongeait sans ciller dans les yeux de Palermio. Il était si pénétrant que Palermio eut l'impression qu'il envahissait jusqu'à son cerveau. Le grand Nicholas se sentait impressionné par la puissante personnalité du Don. Il n'aimait pas cela, d'habitude c'était lui qui impressionnait les autres.

– Je pourrais vous répondre, poursuivit le mafioso, que je n'ai pas à vous dire ce que je sais ou ce que je ne sais pas, et qu'avant tout je souhaite savoir ce que vous attendez de moi. Mais le hasard veut que vous ayez une chance extraordinaire, dont vous n'imaginez pas l'étendue.

Tout d'abord, vous m'êtes sympathique, et cela indépendamment de vos origines siciliennes. Croyez-moi, je m'y connais en hommes. Je vous ai jugé au premier coup d'œil : nous sommes de la même race, je peux travailler avec vous, et je vais le faire.

– Vous m'en voyez ravi. J'espère que ce travail me plaira.
– Palermio avait essayé de mettre une touche d'ironie dans son commentaire, mais le ton sonnait faux.

– Parfait, fit Mazzino. – Visiblement, la remarque de Palermio ne l'intéressait pas. – Je ne travaille qu'en confiance. Mais avant de commencer, j'ai une question très sérieuse à vous poser : seriez-vous intéressé par le poste de président de JCN ?

Palermio prit un air excédé.

– Je suis venu parler avec vous d'affaires sérieuses, et non des fantasmes des uns et des autres. Venons-en au problème qui m'a conduit à provoquer cette rencontre, voulez-vous ?

Peter Mazzino resta impassible. Ce sang-froid était plus terrifiant que n'importe quel éclat.

– Je vous ai dit que ma question était sérieuse, articula-t-il sur un ton légèrement plus froid. Je le répète, et pourtant je n'ai pas l'habitude de répéter.

Palermio n'eut qu'un instant d'hésitation.

– Soit, je décide de considérer votre question comme sérieuse. Ce poste m'intéresse. Au fait, quand me nommez-vous ? ajouta-t-il en plaisantant.

– Palermio, écoutez bien ce que je vais vous dire. Je vais vous présenter la plus grande opportunité de votre vie.

Peter Mazzino avait pris le contrôle de la discussion. Tout d'abord, il lui expliqua que depuis le contact établi avec Claudio-Leonardo, six semaines auparavant, il avait mis Palermio sous surveillance.

– Vraiment ? fit Palermio doucement.

– Oui, répondit Mazzino, et bien m'en a pris. Nous avons immédiatement constaté que vous étiez déjà sous surveillance. Il s'agit de l'équipe de sécurité de JCN, celle de Garrett, je crois. Vous avez été suivi jusqu'ici, dans la même Chrysler bleue reconnaissable à cent mètres qui est utilisée depuis le début. Ce sont des amateurs, pas vraiment dangereux. Sauf que le lieu où nous sommes n'est connu de personne, et il doit le rester. Votre suiveur vient d'être éliminé par mes équipes. Mais en attendant, vos chefs à JCN sont au courant de tous vos faits et gestes depuis plusieurs semaines.

– Vous avez tué cet homme ?

Palermio était plus étonné que choqué.

– Assez tôt pour que personne ne sache que vous êtes ici, et avec moi.

– J'imagine que ce n'est pas cela, l'extraordinaire opportunité dont vous avez parlé.

– Ce n'était qu'une entrée en matière.

Palermio était très étonné par Mazzino. Il avait imaginé un homme fruste, plus rusé qu'intelligent, d'un niveau culturel médiocre, plutôt grossier, bref, une brute primaire qui aurait fait son chemin grâce à la violence, à la traîtrise et à la rapidité d'exécution de ses mauvais coups. L'image d'Épinal d'un caïd de la Mafia. Il découvrait une personnalité puissante et lucide, qui avait une grande maîtrise d'elle-même. Sans être raffiné, Mazzino s'exprimait parfaitement. Il était intelligent, pragmatique, capable de concevoir et de mener à terme des projets d'envergure. Et si la violence ne lui faisait pas peur, elle ne devait jamais être gratuite. Qui aurait imaginé un patron de la Mafia énoncer la formule du théorème de Pythagore ?

Pourtant, Palermio n'était qu'au début de ses surprises.

– Palermio, il faut à présent que je vous mette au courant de mes rapports avec le pythagorisme.

– Avec le pythagorisme ? Vous avez des rapports avec le pythagorisme ?

Palermio était sidéré.

– Laissez-moi parler, voulez-vous ? Mais attention ! Avant de commencer, je précise que j'entre dans un domaine ultrasensible, et il faut que vous soyez pleinement conscient du risque que vous prenez à m'écouter... À partir de maintenant, nous sommes alliés. Il ne peut y avoir de trahison d'aucune sorte entre alliés. Nous sommes bien d'accord ?

Le regard de Mazzino se fit encore plus pesant.

– Nous sommes d'accord.

– Bien. Alors, écoutez-moi.

Mazzino fit un exposé stupéfiant. Même quelqu'un d'endurci comme Palermio en fut estomaqué. En gros, son développement pouvait se résumer en cinq points.

1. Depuis quelques années, la famille Mazzino cherchait une réorientation de son activité. Les domaines traditionnels, drogue, prostitution, racket, enlèvement, jeu, etc., rencontraient des obstacles de plus en plus grands. Les polices, le FBI, Interpol... disposaient de moyens toujours plus puissants et efficaces. Malgré leur prudence extrême et les solides moyens de protection sur lesquels ils pensaient pouvoir compter, les Mazzino, et notamment lui, Peter, le Don, avaient été arrêtés et avaient fait de longues années de prison. Ils cherchaient donc de nouveaux terrains d'opération.

L'une des voies explorées était celle des sectes. Elles manipulaient d'énormes quantités d'argent. C'était une démarche à moyen terme, les Mazzino ne cherchaient pas une efficacité immédiate : les sectes aussi étaient surveillées, il fallait être prudent. Un jour, ils eurent vent de la secte pythagoricienne.

2. La famille Mazzino n'était pas composée d'analphabètes. Au contraire, elle mettait un point d'honneur à ce que tous ses membres obtiennent un diplôme universitaire. C'était un cas unique dans la Mafia, et les autres familles n'appréciaient qu'à moitié cette démarche. L'un des Mazzino, Roberto, avait fait en Europe des études d'histoire ancienne ; il s'était pris d'intérêt pour l'Antiquité grecque, notamment dans le domaine des sciences. Lorsque la secte pythagoricienne vint sur le tapis, lors d'une réunion stratégique, il signala qu'il y avait là quelque chose d'intéressant. Cette secte n'avait certes aucune audience. Elle n'avait jamais brassé d'argent. Mais elle visait bien plus loin que toutes les autres. Si elle refaisait surface, il pouvait être judicieux d'investir un peu de temps pour voir s'il n'y avait rien à en tirer.

3. Roberto fut chargé de cette affaire. Le budget « nouveaux projets » de la famille Mazzino permettait de procéder aux recherches nécessaires, et, de plus, la famille disposait de puissants moyens d'information. Roberto put reconstituer toute l'évolution de la secte à travers l'histoire, toute sa symbolique, et comprendre sa vocation et sa finalité. Grâce aux « honorables correspondants » de la famille dans le monde entier, il put localiser un groupe d'une vingtaine de personnes qui appartenaient à divers pays et qui se réunissaient de temps à autre pour officier en tant que représentants contemporains du pythagorisme. Ils pensaient que leur chef était Pythagore réincarné. Leur lieu de rassemblement était une ancienne basilique souterraine désaffectée, située à Rome. Un autre lieu à Rome, où la famille avait un représentant, semblait être le site d'une intense activité autour du pythagorisme : le centre scientifique de JCN.

– Je connais les deux sites, dit Palermio.

– Je sais, répondit Mazzino. Je continue.

4. Lorsque JCN annonça sa réorganisation et la logique qui la sous-tendait, la famille comprit tout de suite que le pythagorisme était en marche. C'était clair, il avait pris le pouvoir chez JCN, à partir du centre scientifique de Rome, et il allait maintenant

déployer son système dans le monde entier. Mais entre-temps, les Mazzino avaient réussi à pénétrer la secte, au moins indirectement : par certains moyens (les détails importaient peu ici), ils tenaient l'un des membres de la secte, un Allemand, directeur général d'un grand groupe de chimie. Par lui, Mazzino détenait un enregistrement de la dernière réunion de la secte dans la basilique souterraine. C'était passionnant et révélateur. Par ailleurs, dès l'annonce de la réorganisation, il avait mis sous surveillance tout le staff de haut niveau de JCN. Pas seulement Palermio, mais aussi Goren, Roselli, Linda Van Gulden et d'autres, dont Gardner. Il apparut que Goren, Roselli et Linda Van Gulden constituaient un groupe de direction occulte de JCN, et peut-être du pythagorisme.

– Pour votre information, dit-il à Palermio, ce groupe est en ce moment même en réunion secrète, du côté de Santa Cruz.

5. Bilan : le plus haut responsable chez JCN, Goren, se prend, sérieusement ou par calcul, pour Pythagore. Il domine la secte, qui le suit aveuglément. Il veut devenir le maître du monde, en s'appuyant sur la puissance de JCN et sur la philosophie de la secte (c'était déjà son objectif lors de sa lointaine création).

– Très intéressant, dit Palermio, mais je savais déjà tout ça.

– Vous ne saviez pas que la secte s'était reconstituée, vous ignoriez la création d'un groupe de direction occulte, et vous ne connaissiez pas exactement la finalité de l'opération. Nous sommes alliés, je vous le rappelle, et de plus je suis bien informé. Alors ne me racontez pas d'histoire.

– Soit. Et où voulez-vous en venir ?

– Simple. Les membres de la secte, qui ne se rencontrent qu'à la basilique souterraine de Rome, ne peuvent affirmer pour l'instant que Goren tient le rôle de Pythagore, car, pour des raisons de sécurité, tout le monde est masqué lors des réunions. Personne ne connaît les autres, sauf Pythagore. Mais compte tenu des annonces de JCN, et de ce qu'ils savent de son futur, ils doivent tous se douter que Pythagore et Goren ne font qu'un. Selon le plan qu'il leur a présenté, ils vont investir petit à petit les postes clés de la nouvelle JCN. À terme, la société sera complètement dirigée par les pythagoriciens, avec Pythagore-Goren à leur tête. Par ailleurs, une sorte de conseil occulte, évidemment présidé par Pythagore-Goren, prend dès à présent des décisions au plus haut niveau de JCN. Finalement, l'ensemble de la construction repose sur la personne de Pythagore, dont tous les intéressés pensent ou savent qu'il s'agit de Goren.

Alors voici ce que je vous propose. Je vous aide, *via* notre chimiste allemand, à convaincre les pythagoriciens que Goren est un imposteur, et que vous, Palermio, êtes le vrai Pythagore. J'élimine le soi-disant Pythagore et ceux qui le soutiennent chez JCN, à savoir les membres du conseil occulte, et vous prenez la présidence de JCN, car vous êtes devenu le remplaçant naturel. Sauf erreur, c'est ce qui était prévu dans la JCN ancienne version en cas d'accident du président en exercice. Je vous fais confiance, votre rôle sera facile. En retour, vous nous associez à la direction de la JCN pythagoricienne et nous assurons une direction collégiale, avec vous comme président, la majorité des voix se situant dans la famille Mazzino.

– Pas mal, dit Palermio, après un instant de réflexion. Mais qu'est-ce qui vous empêchera de m'éliminer, une fois que vous serez bien implantés chez JCN ?

– Deux raisons. La première, la plus importante, est que nous n'éliminons pas nos alliés. Nous sommes de la même origine, et je suis surpris que ce point d'honneur ne vous soit pas venu à l'esprit. Si nous faisons affaire, vous entrerez bien sûr dans la famille Mazzino par le sang. Nous créerons une fonction spéciale à cet effet ; je resterai évidemment le Don, mais vous aurez une position élevée. La seconde raison n'est là que pour vous rassurer un peu plus : la présidence de JCN n'est pas à la portée de n'importe qui. Vous pouvez l'assumer, pas nous.

Le cerveau de Palermio bouillonnait. Il faisait des efforts énormes pour conserver son contrôle, pour ne pas se laisser envahir par la vague, par le raz de marée de joie qu'il sentait monter en lui. Le projet de Mazzino était fantastique, risqué, mais jouable. Éliminer Goren, Roselli, et prendre la présidence de JCN... Même dans ses rêves les plus fous, il n'avait rien imaginé d'aussi grandiose.

Le regard ironique de Mazzino semblait lire en lui.

Palermio se força à une impassibilité totale et s'imposa un délai de quelques minutes avant de donner une réponse qu'il avait déjà choisie. Mazzino, puissant, calme, lourd et solide comme une montagne, demeurait silencieux. Il semblait pouvoir attendre une éternité.

Palermio se décida.

– O.K., mon ami, on y va.

La réunion se termina à 11 h 15, vingt-cinq minutes après celle du Conseil Pythagore.

Dans la géométrie euclidienne, deux parallèles ne se rencontrent jamais. Pour ces deux réunions parallèles, il allait en être autrement.

Intersection de deux parallèles

Frémissements et tension de l'action dangereuse...
Sourde anxiété de la menace qui plane...
Grincements hideux de la mort qui s'apprête à frapper...

Bureau de Roselli au siège de JCN, Palo Alto,
21 juin 2008, 14 h 10.

– Alors, Alan, ce voyage à Rome ? demanda Roselli, sur le ton cordial et chaleureux qu'il savait si bien prendre.

Alan Gardner se trouvait dans le bureau de Roselli ; il faisait un compte rendu de son séjour au RSC.

– Pas mal, pas mal du tout, dit Gardner. Comme vous le savez, j'ai voulu faire un point complet. Globalement, je ne peux que constater que vous avez laissé un centre en parfait état de marche. Votre successeur, Fontelli, m'a très positivement surpris. Il révèle des capacités de directeur que je ne soupçonnais pas. Votre choix a été judicieux.

– Bien, dit Roselli. Comment les recherches avancent-elles ?

– P-Pardon ? dit Gardner, soudain désemparé en pensant aux discrètes investigations qu'il avait faites dans le centre.

Cet instant de panique n'avait pas échappé à Roselli.

– Oui. Où en sont les projets de recherche du Centre ?

– Ah ! fit Gardner, rassuré. Je suis en train de mettre tout cela par écrit. Vous aurez mon r-rapport dans deux ou trois jours. Mais dès à présent je peux vous dire qu'il n'y a pas eu de rupture dans l'avancement des travaux, tout se poursuit à un rythme satisfaisant. Le remplaçant de Fontelli sur les projets dont celui-ci s'occupait me paraît p-pour l'instant donner aussi toute satisfaction.

– Bien, je lirai votre rapport. J'ai eu Fontelli au téléphone et il m'a dit que vous sembliez content de votre visite. À ce que j'ai compris, vous avez même sympathisé.

– C'est vrai, j'apprécie ce garçon.

– Il m'a aussi parlé de vos discussions sur le pythagorisme. J'ai l'impression que vous avez profité de votre voyage pour approfondir un peu le sujet.

Roselli gardait son ton charmeur, et il avait formulé sa remarque d'une manière détachée, sans le moindre sous-entendu apparent. Mais Gardner sentait la panique revenir. Il fit un violent effort pour la contrôler.

– Exact. JCN s'engage pleinement dans cette direction, je souhaite évidemment être en phase avec ses stratégies. Comme j'étais sur les lieux d'où tout est parti, je me suis dit q-qu'il était judicieux d'en profiter. J'ai découvert en Fontelli un spécialiste insoupçonné du sujet.

– C'est vrai, Gian Paolo m'a beaucoup aidé.

Roselli ne se départait pas de son ton aimable.

– Puis-je vous proposer un verre ? proposa-t-il.

– Volontiers, dit Gardner. Un peu d'eau m-minérale.

Roselli ouvrit son réfrigérateur élégamment dissimulé dans le mur. Il prit une bouteille d'eau minérale, l'ouvrit, en remplit un verre, puis un second, qu'il tendit à Gardner. Celui-ci n'avait pas vu qu'au passage Roselli avait ajouté à l'eau une pastille minuscule qui fondit instantanément.

– Oui, dit Roselli, ce pythagorisme est fascinant. Voilà une idée élaborée il y a vingt-cinq siècles, et qui va trouver son épanouissement dans un monde inconcevable à cette lointaine époque. Je ne pense pas qu'il existe dans l'histoire de l'humanité un autre exemple d'une si grande puissance visionnaire.

– C'est vrai, répondit Gardner, après avoir bu une gorgée de son verre. Ce phénomène n'a pas d'équivalent dans l'histoire. Si Pythagore nous voit de là où il est, il doit être extraordinairement satisfait. Mais laissons les morts à leur place, c'est aux vivants d'agir.

Gardner finit son verre. Tout à coup, il se sentit gai, plein d'enthousiasme. Une emphase singulière l'envahissait sournoisement, elle s'infiltrait partout. Soudain, il n'arriva plus à rester assis. Il se leva brusquement et dit à Roselli :

– Antonio, si vous le voulez bien, je vais retourner à la rédaction de mon rapport. Je tiens à le terminer pendant que mon voyage à Rome est encore frais. Vous en connaissez à présent le résultat global, et je voudrais mettre les éléments détaillés par écrit aussi rapidement que possible.

Contrairement à son habitude, il parlait à une vitesse folle, de manière saccadée, mais sans bégayer. Il ne pouvait ralentir son débit. Les mots se bousculaient pour sortir plus vite de sa bouche.

– Je vous en prie, Alan, dit Roselli, toujours aussi affable, comme s'il n'avait rien remarqué. À bientôt.

Gardner était descendu au parking comme s'il était poursuivi par une bête monstrueuse. Il bondit dans sa voiture, un gros *break* Mercury. Il était pris d'une irrésistible envie de conduire vite, de foncer. Il démarra sur les chapeaux de roue sans se demander où il allait. Il roulait au hasard, vite, vite, toujours plus vite. Sans savoir comment, il se retrouva à Woodside, sur la route 84, à une quinzaine de kilomètres à l'ouest de Palo Alto. Il prit la direction de l'océan. La route était assez étroite, serpentant au milieu des collines. Il jubilait à prendre les virages de plus en plus vite, à faire hurler les pneus, à faire déraper l'arrière de la grosse voiture, à décoller en haut des côtes. Il traversa le village de La Honda comme un fou, la main coincée sur l'avertisseur. Par chance, il ne croisa personne. Sa tête était en feu, son corps brûlait littéralement. Il continua vers San Gregorio.

Un peu plus loin, il trouva la route n° 1, qui longe l'océan. Il la prit vers le sud, en direction de la baie de Monterey. C'était l'un des premiers jours de l'été, il faisait beau, et il y avait beaucoup de monde sur la route, dans les deux sens. Il dépassa les grandes plages de sable blanc, Pomponio State Beach, Pescarodo State Beach, Bean Hollow State Beach. L'excitation qui l'habitait augmentait, augmentait encore, il ne pouvait la contenir. Il enfonça un peu plus l'accélérateur. L'aiguille montait, 80 miles à l'heure, 90, 100. Il roulait beaucoup plus vite que tout le monde, il doublait sans arrêt, se rabattant au dernier moment pour éviter les voitures venant en sens inverse, et freinant brutalement pour ne pas percuter le véhicule qui le précédait. Puis il accélérait pour doubler encore, et encore, ne tenant aucun compte des appels de phares paniqués, du hurlement des avertisseurs. Le moteur rugissait au maximum, les freins étaient sollicités à leur limite. L'odeur du métal chaud avait envahi l'habitacle. Bientôt, le petit phare de Pigeon fut en vue. L'aiguille du compteur grimpait encore, s'approchait du maximum : 105, 108, 110. La route montait en sinuant, pour atteindre le sommet d'une petite falaise qui dominait la plage d'une quarantaine de mètres. Puis elle tournait assez brusquement à gauche. Gardner arriva à cet endroit.

Soudain, il n'eut pas envie de prendre le virage. Il préféra aller tout droit, s'envoler comme une mouette. La Mercury quitta la route, défonça la légère rambarde de bois, et bondit dans le vide, dans le silence, suivant une longue trajectoire parabolique...

Dans l'après-midi, Roselli informa le président de la mort de Gardner. Goren dit :
– Je n'aime pas cela, mais c'était nécessaire. Notre grand projet ne peut pas être compromis par de petits intérêts individuels.
– Oui, Pete, il fallait le faire, dit simplement Roselli.
– Vous vous occupez de Palermio ?
– Je m'en occupe.
Presque à la même heure, Linda Van Gulden sortait de chez Kranken, Kranken & Litton. Elle y était allée afin de mettre au point les derniers détails concernant la Charte pythagoricienne. Le cabinet était situé en plein centre des affaires de San Francisco, dans une rue donnant sur Howard Street, l'une des artères principales.
Toujours aussi élégante, avec son tailleur Yamamoto gris sombre, son chemisier en soie assorti, ses chaussures beiges et son attaché-case en daim, Linda monta dans sa voiture, un cabriolet Saab d'un profond bleu nuit métallisé. Il faisait beau en ce mois de juin, c'était le premier jour de l'été. L'air était doux, pas trop chaud. Linda laissa la voiture décapotée, et démarra doucement. C'était une excellente conductrice. Elle se glissa rapidement dans le trafic dense. Elle prit à droite dans la Quatrième Rue, pour s'engager sur l'autoroute 80, d'où elle rejoindrait la célèbre 101 vers le sud, sorte d'épine dorsale de la Silicon Valley, qui la mènerait à Palo Alto.
Elle s'aperçut presque immédiatement qu'elle était suivie. Une grosse Plymouth noire avait démarré en même temps qu'elle et roulait en laissant deux voitures derrière la Saab. Elle prit aussitôt son téléphone portable pour appeler Garrett. Une procédure d'urgence destinée aux cadres de haut rang existait chez JCN : en cas de problème relatif à la sécurité, il fallait immédiatement joindre Garrett à un numéro réservé à cet effet. Garrett décrocha à la première sonnerie. Il écouta Linda et demanda :
– Où êtes-vous exactement et où allez-vous ?
Elle répondit.
– Madame Van Gulden, reprit-il, votre itinéraire est trop prévisible, on peut vous y attendre pour un mauvais coup. Vous devez y

renoncer et rester en centre-ville. Faites comme si vous aviez oublié quelque chose, et revenez vers le centre. Le mieux est de tourner à gauche dans Folsom Street, encore à gauche dans la Troisième Rue, et de vous diriger vers Union Square. Garez-vous dans le parking souterrain sous la place. Sortez calmement à pied du parking, entrez au bar du rez-de-chaussée de l'hôtel Sir Francis Drake, et commandez quelque chose. Vous y serez dans moins d'un quart d'heure. Un de mes agents vous y retrouvera. Faites comme s'il s'agissait d'un ami, et conformez-vous à ses instructions.

– Bien. Merci.

Linda conserva son sang-froid. Sans précipitation, elle mit ses clignotants, traversa les deux ou trois files de circulation qui la séparaient de la voie de gauche, puis tourna dans Folsom Street. Dans la voiture qui la filait, le passager prit lui aussi son téléphone.

– Elle a changé de route, elle ne va pas à Palo Alto. Qu'est-ce qu'on fait ?

– Laissez tomber. On l'aura une autre fois. Rentrez.

Ce 21 juin au matin, six « condamnations à mort » avaient été prononcées : deux par le Conseil Pythagore (Nicholas Palermio et Alan Gardner), et quatre par Peter Mazzino (Jack Shawn, Peter A. Goren, Antonio Roselli, Linda Van Gulden). À 15 heures, trois tentatives avaient déjà eu lieu, dont deux couronnées de succès. On allait beaucoup réfléchir dans les états-majors.

Goren et Roselli parlaient de la disparition de Gardner lorsque Garrett leur annonça que Linda semblait menacée. Il expliqua les mesures qu'il avait prises et les assura que, pour l'instant, elle ne courait plus aucun danger. Il informa Goren qu'il venait de mettre en place pour lui une protection rapprochée de deux gardes du corps, qui le suivraient dans tous ses déplacements. Deux autres gardes surveilleraient les lieux où il avait l'habitude de se trouver (domicile, bureau, divers endroits de réunion, etc.). Il expliqua qu'il avait pris cette décision sans consulter Goren, car deux attaques dans la même journée faisaient trop penser à un plan concerté. Il recommanda la plus extrême prudence à Goren et le pria de le tenir informé de tous ses déplacements. Goren approuva ces mesures. Il demanda à Garrett de les étendre immédiatement à Roselli et à Linda.

– Qu'en pensez-vous, Antonio ? Qui peut viser Linda ? Palermio ?

– Sans doute. Linda avait raison : Palermio a compris que nous savons qu'il détient des informations capitales. Il essaie d'agir plus vite que nous. Et à mon avis, vous et moi sommes sur sa liste. Ce qui me surprend, c'est qu'il se lance dans l'action violente et qu'il ne choisisse pas le moyen d'action que nous avions prévu, par exemple une conférence de presse pour vous ridiculiser. Cela n'est pas normal, il doit y avoir quelqu'un d'autre dans le circuit.

– Il aurait concrétisé ses rapports avec la Mafia ? demanda Goren. Shawn l'avait peut-être découvert et c'est pour cette raison qu'il a été tué. Dans ce cas, c'est la Mafia qui mène la danse.

– Possible, dit Roselli. Alors il doit déjà avoir un plan précis : vraisemblablement, il veut nous éliminer physiquement pour se placer dans la JCN décapitée et la ramener à son activité d'antan. Ce serait très facile pour lui. Vous savez bien que si vous disparaissez, Pete, il est prévu que Palermio vous remplace.

Ils restèrent silencieux un moment.

– Oui, reprit Roselli à mi-voix, c'est sûrement la stratégie qu'il a choisie. Le Conseil Pythagore a eu du flair lorsqu'il a invoqué l'article 8 de la charte.

– Antonio, rappelez Garrett et faites-lui part de nos soupçons sur la Mafia. Ça pourrait l'aider.

San Francisco, 21 juin 2008, vers 16 heures.

Mazzino était au téléphone avec Palermio. Il évitait autant que possible ce moyen de communication, mais il avait voulu le joindre d'urgence. Il appelait d'une cabine publique.

– Dites-moi Nicholas – ils s'appelaient maintenant par leur prénom –, je ne comprends pas ce qui est arrivé à Gardner. Pensez-vous qu'il a été suivi et qu'il a voulu semer son suiveur ?

– Ça m'étonnerait. À mon avis, il n'aurait jamais remarqué un suiveur professionnel. Et de toute façon, même s'il l'avait vu, j'ai du mal à l'imaginer conduisant à toute vitesse pour le semer, ou pour quelque raison que ce soit d'ailleurs. C'était un type plutôt froussard et un conducteur très prudent. Il doit y avoir une autre explication.

– Alors je ne vois qu'une alternative : soit il était soûl ou drogué, soit il est subitement devenu fou. Il buvait ?

– Pas du tout, il était très sobre.

– Pas de drogue ?

– Sûrement pas, ce n'était pas son registre.

– Vous lui connaissiez des antécédents psychiatriques ?

– Non, si ce n'est son intérêt dément pour les choses scientifiques. Mais ce n'est qu'une folie douce qu'il partageait avec des milliers d'autres chercheurs.

– Alors, il n'y a qu'une seule autre possibilité, dit Mazzino. On lui a administré à son insu un hallucinogène quelconque qui a déréglé son comportement. Nos adversaires sont passés à l'attaque. Dans ce cas, vous n'êtes pas loin sur la liste.

– Peut-être. Mais pour l'instant, sa disparition nous arrange plutôt. C'était le seul chez JCN à savoir que j'étais décidé à réagir à la réorganisation. Une fois revenu de Rome avec tout ce qu'il pouvait rapporter comme informations, il n'avait plus d'utilité.

– Oui, répondit Mazzino, mais la vie du prochain président de JCN est menacée. Je vais vous faire protéger.

San Francisco, 21 juin 2008, vers 20 h 30.

La journée avait été dure. Roselli rentrait chez lui fatigué. Il s'était fait reconduire chez lui par les gardes du corps que lui avait affectés Garrett.

Il habitait un quatre-pièces de deux cent cinquante mètres carrés au vingtième et dernier étage d'un immeuble dans le quartier de Nob Hill, non loin du Sir Francis Drake, où Linda s'était réfugiée quelques heures plus tôt. De l'immense terrasse arborée, on découvrait la baie de San Francisco, avec l'île d'Alcatraz droit devant. Roselli détestait cet immeuble rutilant d'un luxe à l'américaine, où les marbres côtoyaient le cuivre, le cuir capitonné, l'acajou et le cristal. Mais depuis son arrivée aux États-Unis, les choses allaient vite, et il n'avait pas eu le temps de chercher un cadre plus conforme à ses goûts.

Il entra dans le grand hall désert en compagnie de ses deux gardes du corps et se dirigea vers l'une des quatre batteries d'ascenseurs. Il s'apprêtait à pénétrer dans l'une des cabines avec ses deux ombres, lorsqu'un grand gaillard mal rasé, les mains pleines de cambouis, vêtu d'un bleu de travail maculé et coiffé d'une casquette de même couleur, courut derrière le trio et les interpella.

– Excusez-moi, messieurs, mais il y a eu un problème cet après-midi sur les ordinateurs de contrôle des ascenseurs. On a dû les arrêter tous, sauf un que nous avons laissé en service. C'est celui-là, le dernier. Vous pouvez le prendre, sauf bien sûr si vous préférez monter à pied.

– Merci, dit Roselli, en se dirigeant avec ses deux gardes vers la cabine désignée.

Il entra dans l'ascenseur, et nota une fois de plus avec désapprobation les glaces fumées et biseautées, enchâssées dans leur cadre de cuivre rouge, et le siège en cuir brun de style Chesterfield fixé aux trois cloisons sans porte. Il remarqua que le technicien s'assurait qu'ils prenaient bien cet ascenseur en fonctionnement, et qu'il se dirigeait ensuite vers l'escalier menant aux sous-sols. De l'index, il effleura le chiffre vingt. Les portes coulissantes commencèrent à se fermer dans un bruissement doux.

À cet instant précis, les deux gardes furent saisis simultanément d'une soudaine intuition. Ils échangèrent un bref regard. Les portes étaient déjà à moitié fermées. Vifs comme l'éclair, sans un mot, ils empoignèrent Roselli chacun par un bras et le poussèrent violemment hors de la cabine. Les portes s'ouvrirent automatiquement et les deux gardes sortirent à leur tour. L'ascenseur ayant mémorisé l'ordre de monter au vingtième, ses portes se refermèrent et il partit comme une flèche. Sept secondes plus tard, l'indicateur lumineux indiqua qu'il avait atteint le quatorzième étage. C'est alors qu'il explosa dans un bruit sourd.

– Bravo, messieurs, dit Roselli avec le plus grand calme à ses gardes du corps.

Pistolet au poing, l'un des deux gardes se rua vers l'escalier emprunté par le technicien. Il revint peu après, hochant négativement la tête : il était bredouille.

Un peu plus tard, des policiers se retrouvèrent avec Roselli et ses gardes dans le salon. Un technicien avait fait repartir les autres ascenseurs, qui marchaient parfaitement bien. Tandis que les gardes faisaient leur déposition, Roselli appela Garrett.

– Dans la même journée, ils ont raté Mme Van Gulden et vous, dit Garrett. Ils ne vont pas apprécier. Redoublez de prudence et suivez bien les instructions de vos gardes du corps. Je vais faire la même recommandation à M. Goren et à Mme Van Gulden. Je m'occupe de vos agresseurs.

Roselli raccrocha et composa aussitôt le numéro de Goren.

– C'est la guerre ouverte, Antonio. Il n'y a pas un quart d'heure,

Garrett m'a informé que Palermio bénéficiait d'une protection rapprochée. Mais il n'a pas encore identifié l'organisation qui lui fournit cette protection. Je lui ai parlé de la Mafia, et il pense que c'est l'hypothèse la plus probable. À sa connaissance, elle n'est pas présente à San Francisco. Ses représentants les plus proches seraient à Los Angeles, et l'organisation est en voie de réimplantation à Las Vegas. Il n'a pas encore réussi à localiser ces individus. Dans tous les cas, il insiste sur leur caractère dangereux et sur leur efficacité. On ne se débarrassera pas facilement de Palermio, ni de ses protecteurs.

– Nos adversaires sont coriaces, c'est vrai, mais nous n'allons pas nous laisser impressionner.

– Bien sûr. Mais nous sommes dans un univers que nous ne connaissons pas. Nous devons nous reposer sur d'autres, et je n'aime pas cela.

– Pete, nous ne sommes pas obligés de nous reposer sur d'autres. Rien ne nous empêche d'agir par nous-mêmes.

Goren hésita un moment.

– Vous avez une idée, Antonio ?

– Oui. Puisque vous m'avez délégué vos responsabilités pour ce qui concerne le sort de Palermio, je vais prendre l'initiative de le contacter. Après tout, il fait toujours partie de JCN. Je vais lui proposer une rencontre. Je lui ferai comprendre que je suis prêt à écouter ses demandes d'une oreille bienveillante, et j'organiserai avec Garrett un comité de réception.

– Pourquoi pas ? dit Goren. Mais assurez bien vos arrières avec Garrett. Et ne l'oubliez pas, Palermio doit savoir ce qui est arrivé à Gardner, et il est certainement informé de toutes les mesures de protection que nous avons mises en place. Il sait probablement que son protecteur a raté Linda, puis vous. Et d'ailleurs, le protecteur en question peut lui aussi organiser un comité d'accueil. Soyez extrêmement prudent, Antonio, vous courez un risque considérable.

– Je prendrai mes précautions.

San Francisco, 21 juin 2008 vers 22 h 30.

Un peu plus tard dans la soirée, Garrett était chez Roselli. Ils mirent au point les détails d'une rencontre entre les deux vice-présidents. Aussitôt après, Roselli appela Palermio à son domicile. Il décrocha dès la deuxième sonnerie.

– Bonsoir, dit Roselli. Désolé de vous déranger si tard, mais il semble qu'il y ait urgence.

– Bonsoir, répondit Palermio. Ravi de vous entendre. Je vous écoute.

Sa voix ne dénotait pas le moindre intérêt.

– Nicholas, vous et moi sommes de grands garçons. Nous avons passé l'âge de jouer aux cow-boys et aux Indiens. Je crois raisonnable de laisser les accessoires à poudre aux professionnels. Nous évoluons dans un univers plus civilisé, et je vous suggère de nous en tenir aux mœurs correspondantes.

– Bien volontiers, Antonio. Mais c'est dommage pour ce pauvre Gardner que vous n'ayez pas eu cette idée plus tôt.

– Nicholas, êtes-vous en train d'insinuer que je suis pour quelque chose dans l'accident de Gardner ? Vous disjonctez, mon pauvre vieux. En quoi suis-je responsable du comportement suicidaire de ce pauvre Alan ? En revanche, je pense à ce malheureux collaborateur de Garrett, Shawn je crois. En voilà un qui ne s'est pas suicidé.

– Cessons les enfantillages, voulez-vous ? – Palermio avait pris un ton agacé, comme s'il était importuné. – Disons que le score est de un partout, et repartons du bon pied. Avez-vous une suggestion ?

– Oui. Je voudrais que nous nous rencontrions en terrain neutre pour discuter de la nouvelle situation. Compte tenu de votre passé dans la maison, vos ambitions sont légitimes. Je souhaiterais en discuter avec vous et arriver à harmoniser pacifiquement les points de vue. Je précise que je suis mandaté par Goren pour cette discussion.

– Je regrette, Antonio, mais je ne discute pas avec les seconds. Si Goren souhaite me parler, vous avez mon autorisation pour lui dire que je suis d'accord pour une entrevue.

Ils en restèrent là. Roselli devait se mettre en rapport avec Goren. Il tiendrait Palermio au courant.

Palermio réfléchissait à toute vitesse. Était-ce un piège, ou Goren voulait-il réellement faire la paix et accorder son dû au grand Nicholas ? Il était impossible de répondre ; tant de choses s'étaient passées, si éloignées des comportements habituels des uns et des autres. En quelques heures, les cadres supérieurs de la plus grande société du monde s'étaient mués en tueurs. On était passé d'un univers certes dur, et même impitoyable, mais tout de même situé dans le cadre du fonctionnement normal de l'économie traditionnelle, au film policier de série B. Et tout cela à cause des idées fumeuses qu'un Roselli sorti du néant avait mises dans la tête du super-PDG Goren. Goren avait-il repris ses esprits ? Avait-il compris que Palermio risquait d'être le plus fort ? Le mieux était d'aller à ce rendez-vous en se préparant comme s'il s'agissait d'un piège. Il aviserait sur place. Si Goren savait se montrer raisonnable, il le serait aussi et arriverait à s'arranger avec Mazzino. Dans le cas contraire...

Sausalito, 22 juin 2008, vers 8 h 30.

Le téléphone sonna de nouveau chez Palermio. C'était la secrétaire de Goren.

– Bonjour, monsieur Palermio. Ici Maureen. Vous avez rendez-vous avec le président cet après-midi à 14 heures, dans son bureau.

– O.K., Maureen. Veuillez lui dire que je viendrai, mais accompagné de deux amis. Il comprendra. Précisez-lui tout de même que, pendant notre entrevue, ces amis se tiendront à l'extérieur, devant la porte de son bureau. Si lui-même est entouré d'amis du même genre que les miens, ils devront bien sûr rester dehors. C'est bien clair ?

– Tout à fait, monsieur Palermio. Il n'y a pas de problème, le président a prévu qu'il serait en tête à tête avec vous. À tout à l'heure.

Palermio sortit aussitôt pour informer Mazzino depuis une cabine publique. Mazzino lui demanda si un tireur muni d'un fusil à lunette pouvait atteindre une cible située dans le bureau de Goren. Palermio répondit que c'était impossible : les vitres, photochromiques, étaient à l'épreuve des balles.

– Très bien, dit Mazzino, après quelques secondes de réflexion. Allez à ce rendez-vous dans les conditions prévues, et faites semblant de tomber d'accord avec Goren. Il finira par baisser sa garde et nous pourrons agir plus facilement. Bien entendu, pour plus de réalisme, faites en sorte que la discussion soit rude. Mais je n'ai pas besoin de vous donner ce genre de conseil.

– Je ne vous le fais pas dire, répondit Palermio sèchement. Au fait, j'imagine que vous prévoyez ce qu'il faut pour que rien ne m'arrive pendant le trajet vers JCN.

– Je ne vous le fais pas dire, dit Mazzino, très calme.

Siège de JCN, bureau de Goren, Palo Alto,
22 juin 2008, 14 heures.

Nicholas Palermio s'assit en face de Goren.

Ses deux gorilles, et les deux de Goren, se trouvaient dans l'anti-chambre qui séparait le bureau de Maureen de celui du président. Ils se regardaient en chiens de faïence, lorgnant de temps à autre les jolies jambes de la secrétaire par la porte du bureau restée entrou-verte. On leur avait demandé de rester vigilants, mais calmes. Ils respectaient la consigne.

– Alors, Nicholas, commença Goren sur un ton vaguement moqueur, vous étiez d'avis que JCN devait s'imposer au monde par la force. Il semble que vous repreniez cette stratégie pour votre compte personnel. Il fut un temps, pas si lointain, où la force de vos paroles suffisait.

– C'est vrai. Mais en ce temps-là, il vous suffisait d'être Peter A. Goren, président universellement respecté de la plus puissante entreprise de la planète. Depuis, il vous est venu à l'esprit des idées étranges qui ont changé beaucoup de choses pour beaucoup de gens.

Le ton était donné. Palermio continua.

– Mais vous avez souhaité me rencontrer. Je vous écoute.

– Le moment est venu de faire un point. Les choses sont allées très vite, et je dirais qu'il y a eu un dérapage qui a fait sortir la situa-tion du chemin raisonnable. Le terrain de l'entreprise n'est pas celui du western.

– Vous parlez des moyens, Pete, alors que c'est la fin qui importe. Je n'ai aucun goût pour les armes à feu – ce n'était pas tout à fait exact –, mais j'ai un objectif simple et de bon sens. Un objectif que chacun peut comprendre, y compris Pythagore, Virgile, la reine d'Angleterre, le pape, feu John Wayne, et qui vous voudrez. Je vous l'ai dit, j'aime JCN, je veux y rester, et à un rang qui corresponde à ce que j'ai accompli et à ce que je vaux. Je ferai ce qu'il faut pour y arriver.

– En dehors de Pythagore, de Virgile et des autres, vous n'avez pas cité les chefs de la Mafia.

– Non. Je n'ai pas non plus cité Garrett, ni Roselli. Mais cessons de finasser, vous êtes bien renseigné, moi aussi, et nous le savons tous les deux. Si nous allions droit au but, comme au bon vieux temps ?

– Le bon vieux temps est révolu, Nicholas, vous le savez. JCN deviendra l'entreprise pythagoricienne comme je l'ai décidé. Nous pouvons discuter, mais à l'intérieur de ce cadre.

– Ça commence mal, mon cher Pete, dit-il d'un ton léger. Au fait, comment écrivez-vous Pete : P-e-t-e, ou P-y-t-h ?

Goren perçut la menace voilée dans cette allusion. Palermio insinuait qu'il pourrait révéler son identité pythagoricienne au monde entier.

– Palermio, pour être utile, cette entrevue doit se situer sur le terrain de la discussion positive, et éventuellement de la conciliation, pas sur celui de la menace ou même du conflit. C'est vous qui commencez mal.

– Soit. J'oublie le P-y-t-h.

– Bien.

Ils discutèrent près d'une heure. Ils travaillèrent sérieusement, d'une manière constructive, sans considérations ésotériques sur le pythagorisme, en grands professionnels. Lorsqu'ils eurent fini d'explorer le problème, Palermio dit :

– Pete, les choses me paraissent claires, et je suis en mesure de formuler une demande qui devrait vous convenir, car elle entre dans le cadre de ce que vous souhaitez faire de JCN.

– Je vous écoute.

– Je suis intéressé par la partie de l'activité de JCN qui continuera à générer du profit. Cela n'inclut pas la recherche dont Roselli a la charge. En revanche, je mets dans cette catégorie toute la production, la distribution (y compris les ventes), les services, la maintenance, le marketing, les finances, la publicité. Je souhaite la création d'un nouveau poste, celui de vice-président principal, situé au même niveau que Roselli, en charge de tous les secteurs que je viens d'indiquer. Je pense ainsi pouvoir donner à JCN l'impulsion qui lui permettra de financer la partie pythagoricienne de son activité. Et alors, permettez-moi de le dire, vive Pythagore !

– Merci pour lui, ironisa Goren.

Quelques instants passèrent, puis Goren poursuivit.

– Nicholas, je vais réfléchir à votre demande. Je ne vous promets rien. Mais votre souhait n'est pas dénué de réalisme et mérite d'être considéré. Je vais y penser sérieusement.

Goren raccompagna Palermio jusqu'à la porte. Ils se serrèrent la main.

– Nicholas, dit Goren, n'oubliez pas vos gorilles. Et n'oubliez pas non plus de demander à leur chef de les remettre en cage, ainsi que tous les autres en circulation.

– Pas de problème. Bien entendu, je considère que les vôtres retourneront au zoo.

Palermio était parti. Roselli apparut. Grâce à un Interphone discrètement dissimulé avec l'accord de Goren, il n'avait pas perdu un mot de l'entretien.

– Qu'en dites-vous, Antonio ? demanda Goren.

– Personnellement, je n'accorderais aucune confiance à Palermio, et encore moins à son sponsor mafieux.

– Je partage votre opinion. Ils veulent nous endormir pour mieux nous surprendre. Mais c'est nous qui allons les surprendre.

– Nous allons calmer les opérations quelques jours pour leur faire croire que nous sommes entrés dans leur jeu. L'objectif est double : leur faire baisser la garde, et préparer l'exécution de Palermio avec soin.

– Naturellement, la surveillance et notre protection doivent se poursuivre, mais discrètement.

– Antonio, il faut très vite organiser une réunion avec Garrett. Les quelques jours qui viennent vont être décisifs. Aucun détail ne doit être laissé au hasard.

Dans une cabine de téléphone public, près de San Francisco,
22 juin 2008, 17 heures.

Comme convenu, Palermio appela Mazzino à 17 heures précises pour lui raconter son entrevue avec Goren. Conformément à leurs accords, Mazzino décrocha à la quatrième sonnerie.

– Je vous écoute, Nicholas.

– Je pense que ça a marché. Je ne suis pas sûr que Goren ait été convaincu de ma sincérité lorsque je lui ai demandé le poste de second. Il a fait comme s'il l'était, mais il a répondu un peu trop facilement à ma demande. À mon avis, la guerre ouverte est suspendue pour quelques jours. Mais ils restent sur leurs gardes. Il va falloir être très prudents.

– Parfait. La tactique à suivre est claire. Nous allons poignarder votre petit génie antédiluvien là où il ne nous attend pas. Je vais mettre la pression sur notre chimiste allemand.

L'impensable

Frémissements et tension de l'action dangereuse…
Prémonition morbide du spectre à la faux…

Basilique pythagoricienne de la Porta Maggiore,
Rome, 24 juin 2008, 23 h 30.

Comme prévu, une réunion rassembla de nouveau les frères le 24 juin dans la basilique souterraine de la Porta Maggiore, à 23 h 30.

La procédure bien rodée des arrivées échelonnées avait été scrupuleusement suivie. Tout le monde était là, moi-même sur le trône de l'abside, et les frères, assis de part et d'autre du grand pentagramme en bronze. Tous avaient réitéré le serment de secret absolu : « Non, je le jure par celui qui a transmis à notre âme la tetraktys, en qui se trouvent la source et la racine de l'éternelle nature. » Les murs et la voûte étaient de nouveau peuplés des ombres des pythagoriciens. La nuit était moins fraîche que le mois précédent.

Tout d'abord, je commentai la création du Conseil Pythagore, l'arrivée de Linda Van Gulden dans cette instance, puis la promulgation de la Charte pythagoricienne de JCN. Avec une grande solennité, je lus aux frères les quinze articles de la Charte, *in extenso*. Je n'attendais aucune réaction de leur part, si ce n'est la satisfaction d'être passé à la phase concrète des opérations : la charte ne contenait en effet, me semblait-il, que des points déjà évoqués avec eux. Aussi ne pris-je pas la peine de leur demander un éventuel commentaire. Je m'apprêtai à passer au sujet suivant de la réunion lorsqu'un frère leva le bras pour demander la parole. C'était Numéro 9.

Une chape de glace s'abattit immédiatement sur notre groupe. Dans nos conventions, un frère ne sollicite jamais la parole si le Maître n'en a pas préalablement donné l'autorisation, par une formule du type : « Quelqu'un a-t-il une question ? » Aussi loin que la mémoire des uns et des autres remontait, jamais un tel incident ne s'était produit. Je décidai cependant de mettre ce geste sur le compte d'une vive émotion.

– Je n'ai pas encore demandé si quelqu'un avait une question, dis-je, mais je m'apprêtais à le faire. Je vois que Numéro 9, sans doute gagné par l'impatience, a pressenti mon intention. Nous vous écoutons.

– Maître, dit Numéro 9, avec un fort accent germanique, merci de me donner la parole. Je vous prie respectueusement d'accepter mes plus humbles excuses pour cette intervention inhabituelle dans nos réunions. Mais je ne pouvais plus me taire. Maître, puis-je m'exprimer franchement ?

Il avait beaucoup de présence, avec sa lourde stature légèrement ventripotente et sa voix sonore qui résonnait dans la basilique.

– Votre question, dis-je, est aussi insolite que le geste qui l'a précédée. La règle de notre Confrérie préconise une franchise absolue des débats, vous le savez fort bien. J'avoue ne pas saisir le sens de vos précautions oratoires.

– C'est que la question que je veux poser est singulière. Mais je dois la poser.

Était-ce l'accent germanique qui donnait une nuance agressive, menaçante, à la phrase de Numéro 9 ?

– Alors posez-la, répondis-je sèchement.

Numéro 9 réfléchit quelques instants avant de parler. Cette attente, qui devait donner plus de poids à son intervention, fit encore monter la tension.

– Maître, articula-t-il lentement de sa voix grave et puissante en appuyant chaque syllabe, ce remplacement de Pythagore par son assistant, qui est envisagé en plusieurs endroits de la charte, me trouble au plus haut point. Cette suppléance ne peut être proposée que par Pythagore. C'est normal, bien sûr. Mais il n'existe aucune procédure de contrôle. Comment la Confrérie est-elle protégée d'un éventuel imposteur qui se ferait passer pour Pythagore ? Le risque me paraît considérable.

– Le risque serait grand, Numéro 9, si la Charte pythagoricienne était sur la place publique. Elle pourrait alors effectivement donner des idées à certains. Mais qui en connaît l'existence ? Les membres du Conseil Pythagore et vous-mêmes, mes frères, ici présents. Voyez-vous un candidat à l'imposture dans cette population de fidèles ?

– Non, je n'en vois pas. Mais un imposteur habile serait justement discret et inattendu.

Oui, il y avait bien quelque chose d'agressif, de mauvais, dans le ton de Numéro 9. Je sentais les autres frères stupéfaits de ce qu'osait formuler l'intervenant, tant sur le fond que sur la forme. Je décidai de couper court.

– Rassurez-vous, Numéro 9, je veille. Vingt-cinq siècles d'expérience vous contemplent, mon ami. Vos craintes ne sont pas fondées. Passons à la suite de l'ordre du jour.

L'incident paraissait clos.

Je présentai alors la nouvelle organisation des centres scientifiques. L'ambiance se détendit aussitôt, me sembla-t-il. L'assistance comprenait des membres venus des cinq continents. Chacun accueillit comme un don personnel le solide platonicien de son continent et apprécia le site retenu, ainsi que les thèmes de recherches prévus. La profonde cohérence du projet et sa conformité avec les vues du système pythagoricien les fascinaient tous. Pour la première fois de notre histoire, les choses se concrétisaient.

Ce fut un moment magique. Chacun imaginait déjà les cinq solides platoniciens, harmonieux bâtiments de verre, parfaitement complémentaires les uns des autres, rayonnant comme s'ils éclairaient le monde. C'était comme s'ils se trouvaient là, au milieu de l'assemblée, sublimes bijoux de cristal auréolés d'une lumière céleste inconnue.

Tous unis en une profonde communion de pensée, nous pûmes admirer la cohérence et la force du système bâti il y a si longtemps. Enfin, après tant de luttes silencieuses, nous pouvions le voir s'imposer avec majesté dans le contexte de la haute technologie, à des années-lumière de l'univers dans lequel il avait été conçu. N'était-ce pas la preuve éclatante de son caractère universel ? Qui d'autre pouvait faire état d'un tel succès dans l'histoire de l'humanité, après une action souterraine menée avec patience et obstination durant tant de siècles ?

Nous étions gagnés par une exaltation calme et profonde. Une joie immense gonflait nos cœurs. Nos poitrines se dilataient de bonheur, elles n'étaient pas assez grandes pour en contenir l'immensité. Un long silence s'installa sur l'assemblée. Tous ensemble, et chacun en son for intérieur, nous étions plongés dans un recueillement grave.

Mais nous n'étions pas de doux rêveurs. Malgré le succès qui se profilait, nous gardions la tête froide. Notre longue expérience nous avait endurcis. Je veillais soigneusement au grain, et les frères n'étaient pas en reste. Lorsque ce magnifique moment de recueillement fut passé et qu'il m'apparut que chacun se trouvait de nouveau prêt pour une écoute attentive, j'engageai la réunion dans une phase plus opérationnelle.

– Mes frères, dis-je, ces premières concrétisations de notre doctrine sont merveilleuses. Mais nous n'avons pas encore gagné. Le danger guette toujours, et je dois maintenant porter à votre connaissance un certain nombre de faits.

Nous avions évoqué le cas Palermio lors de notre précédente réunion. Je racontai comment nos craintes et nos soupçons s'étaient confirmés depuis. Je leur signalai l'association presque certaine de Palermio avec la Mafia, les tentatives d'agression contre Linda Van Gulden et Roselli, et l'assassinat de Shawn. Bien entendu, je leur rapportai aussi les décisions du conseil relatives à la peine de mort contre Palermio et Gardner, et je leur fis part de la mort de Gardner. Enfin, je les informai de la récente entrevue entre Goren et Palermio, et des conclusions que nous en avions tirées.

Ces nouvelles dramatiques firent l'effet d'une bombe. L'irruption de la violence fut reçue par les pythagoriciens comme un coup sur la tête. L'extraordinaire émotion des minutes précédentes fit place brutalement à un profond accablement. Les frères étaient sidérés du tour pris par les événements. De nouveau, la force brutale tentait de se mettre en travers de notre ambition, au bénéfice de petits intérêts individuels. Le plus impressionnant, sans doute, était la rapidité avec laquelle les hostilités s'étaient déclarées. Les alliés de Palermio devaient être vraiment puissants. Certes, ils n'avaient réussi qu'un assassinat sur les trois prévus, leurs tentatives échoueraient peut-être encore une ou deux fois ; cependant on discernait dans leur mode opératoire une terrible détermination, et ne finiraient-ils pas par aboutir ? Et surtout, si Pythagore n'avait pas encore été visé, il devait néanmoins se trouver sur la liste des tueurs.

Les pythagoriciens étaient frappés de stupeur.

Par un malheureux hasard, le temps s'était mis au diapason, amplifiant l'état de choc. Un violent orage avait éclaté, rafraîchissant la chaude nuit romaine de ce début d'été. On entendait le tonnerre gronder dehors et résonner au loin comme un écroulement tragique. Le son atténué roulait sourdement sur les murs froids et humides de la basilique. Le vent soufflait en violentes rafales, et les bourrasques produisaient un léger courant d'air dans la nef du sanctuaire. Les flammes des bougies tremblotaient, comme saisies d'un frissonnement d'agonie. Les grandes ombres des pythagoriciens dansaient, créant un étrange ballet sur les parois faiblement éclairées d'une sombre et vacillante lueur rouge orangé.

Les minutes passaient. Tout semblait irréel et comme sorti d'un cauchemar. Les pythagoriciens, tête baissée, observaient un silence total. Chacun réfléchissait aux terribles événements que j'avais rapportés. Le mutisme de l'assistance mettait en relief les bruits lointains de l'orage, et l'on sentait obscurément les nuages noirs, lourds et bas, dériver dans le ciel. Les silhouettes en toge blanche, la tête recouverte d'un cône de tissu de même couleur, l'étrange rituel, la pâle lumière, l'atmosphère orageuse, cette assemblée singulière et baroque dans une ambiance d'outre-tombe, tout semblait concourir au lugubre abattement et à la profonde et noire mélancolie qui frappaient l'assemblée.

Je respectai leur silence, leur méditation grave et pathétique. Je me souvenais d'autres circonstances, loin dans le passé, qui avaient suscité chez d'autres frères des pensées aussi amères, aussi accablantes. Je savais à quel point les nuances de ces sombres idées avaient contribué à la tragique et glorieuse coloration de notre doctrine.

Mais je n'ignorais pas que de ce puits de détresse jaillirait bientôt l'action. Durant toutes ces années d'épreuves, les pythagoriciens avaient toujours su rebondir. Je laissai donc les esprits des frères flotter sur ce fleuve de désespérance.

J'observais leurs silhouettes voûtées, figées dans la réflexion. Je guettais intensément l'instant où, par de minuscules et imperceptibles mouvements, elles révéleraient que le courant avait entraîné au loin les tourments de la désillusion. Bientôt, il me parut que cet instant était arrivé. Je pris aussitôt la parole.

– Mes frères, je comprends ce que vous éprouvez. Le but est là, à portée de la main, et à nouveau de gros obstacles se présentent comme si la fatalité devait toujours nous barrer le chemin. Je ne vous cache pas que le succès est gravement menacé.

Ma voix s'enfla soudain.

– Alors, laissez-moi vous dire ceci. C'est précisément parce que nous assistons à la réédition modernisée d'un scénario connu que nous allons gagner. Nous avons déjà vu le film. Ce n'est pas le cas de nos adversaires. Cela nous donne une longueur d'avance, et nous allons l'exploiter. Y a-t-il des questions ?

Avant même qu'il ne lève le bras pour demander la parole, je sus que Numéro 9 allait intervenir une fois encore.

– Oui, Maître, dit-il, j'ai une question concernant cette réédition modernisée du scénario. Comment se fait-il qu'ayant déjà vu le film, nous soyons pris par surprise ? N'est-ce pas étonnant, alors que toutes les énergies du Maître et de la Confrérie sont tendues depuis si longtemps dans la direction que nous savons ? Ne devrions-nous pas être à même de parer toutes les oppositions en temps utile ?

Mais que cherchait donc Numéro 9 ?

– Numéro 9, vous qui êtes un dirigeant d'entreprise éminent – il dirigeait un puissant groupe de chimie allemand –, vous savez qu'aucun projet important ne se réalise sans oppositions. Plus grand est le projet, plus grandes sont les oppositions. Plus le projet est original, plus les oppositions peuvent provenir d'horizons inattendus.

Vous avez employé l'expression « pris par surprise ». Cette formule ne correspond pas à la réalité. Nous étions sur nos gardes, les protections nécessaires ont été mises en place, elles ont fonctionné. Nous connaissons nos adversaires, nous les surveillons, et nous avons engagé les actions pour les neutraliser. La surprise, si l'on veut conserver ce mot, réside dans la nature de nos adversaires (un dirigeant de JCN associé à la Mafia), et non dans l'impact qu'ils ont eu sur la réalisation de notre projet. Rien n'est compromis, l'avancement n'est aucunement ralenti. Il y a simplement menace. J'ai indiqué comment nous la gérions et la maintenions sous contrôle.

Les autres frères étaient aussi interloqués que moi par l'attitude de Numéro 9. Pourquoi cette animosité, cette hostilité latente ? Ce n'était pas le comportement normal d'un membre de la Confrérie. Bien sûr, chacun pouvait exprimer ses opinions. La tolérance faisait partie de notre doctrine. Mais les avis s'exprimaient toujours sur un ton amical, dans la perspective d'une recherche d'harmonie avec la communauté. Rien de tel dans les deux précédentes interventions de Numéro 9. Au contraire, on sentait poindre l'agressivité, la provocation.

-- D'autres questions ? demandai-je.

J'observais discrètement Numéro 9. Il s'apprêtait à reprendre la parole, mais Numéro 7, le Sud-Américain, fut plus rapide. Physiquement, il était l'opposé de Numéro 9 : plutôt petit, fluet, la voix haut perchée. Mais quelque chose dans son maintien, dans sa voix, traduisait une grande assurance. Sans aucun doute, c'était quelqu'un d'important. Il leva le bras. Je lui fis un signe amical, lui indiquant qu'il pouvait parler.

– Numéro 9, dit-il, est-il vraiment nécessaire de s'engager dans une polémique stérile, si étrangère à nos habitudes, alors que nous sommes prêts à abattre les derniers obstacles qui nous séparent de l'objectif ? Ne serait-il pas plus raisonnable d'en revenir à l'ordre du jour ?

C'est alors qu'arriva l'impensable.

– Numéro 7, et vous autres frères pythagoriciens, dit Numéro 9, je suis aussi désireux que vous tous d'agir positivement et d'œuvrer à la réussite de l'opération. Mes précédentes interventions, dont je conviens qu'elles sont étrangères à nos habitudes, n'avaient pas d'autre but. Mais je ne puis taire plus longtemps ce qui me paraît une évidence.

Mes amis, mes frères, je pense, je suis convaincu que l'homme assis en face de nous dans l'abside est un imposteur : il se fait passer pour Pythagore. Le vrai Pythagore n'est pas parmi nous aujourd'hui.

Toute l'assistance, sauf moi, s'était brusquement levée dans une protestation scandalisée. Tout le monde criait, chacun essayant de couvrir la voix des autres. Toutes sortes d'épithètes fusaient à l'encontre de Numéro 9, fou, traître, malade, paranoïaque, déséquilibré… On réclamait son exclusion immédiate de la Confrérie, on le menaçait de représailles. On voulait arracher son masque pour voir le visage de l'odieux félon.

Sous l'orage, Numéro 9 resta immobile comme une statue, aussi impassible que moi. Il laissa tranquillement ses détracteurs s'époumoner. Lorsqu'ils furent à bout de souffle et à court de qualificatifs, il leva le bras pour indiquer qu'il voulait parler, mais sans solliciter mon approbation. Je dis néanmoins d'une voix calme et assurée :

– Asseyez-vous tous et gardez votre sang-froid, je vous prie. Vous avez la parole, Numéro 9.

– Mes frères – il tendit un bras raide vers moi, en pointant le doigt –, je prétends que cet homme n'est pas Pythagore. J'affirme que c'est un imposteur. Je vais justifier cette affirmation et vous expliquer le pourquoi de cette substitution.

– Numéro 9, dis-je avec sérénité, je suis impatient d'écouter votre histoire. Mais je devrai ensuite soumettre vos affabulations au jugement des frères, et des conclusions drastiques devront en être tirées.

– Je suis tout à fait d'accord, répondit Numéro 9, nullement impressionné. Nous verrons bien ce que diront les frères et les conséquences qui en découleront.

Numéro 9 annonça qu'il allait tout d'abord indiquer sur quels indices il s'était appuyé pour formuler son incroyable accusation. Mais ces explications, précisa-t-il, ne pouvaient être dissociées de la suite de son exposé, où il se proposait de montrer que cette formidable imposture était l'élément essentiel du complot que les ennemis cachés de la Confrérie avaient fomenté afin d'en prendre le contrôle.

– Mes frères, dit-il, je vais vous exposer des faits ahurissants qui sans aucun doute vous choqueront à plusieurs reprises. Je fais appel à votre tolérance pour que vous m'écoutiez avec attention jusqu'au bout. Vous pourrez alors rendre votre jugement. Je m'engage dès à présent à m'y soumettre.

Deux séries d'indices appuyaient ses accusations.

Il y avait tout d'abord la Charte pythagoricienne. Comme un leitmotiv, le remplacement de Pythagore par une autre personne y était sans arrêt évoqué. En fait, si l'on y regardait de près, le remplaçant de Pythagore pouvait assumer légalement toutes ses fonctions : il lui suffisait de faire disparaître le Maître. Pouvait-on sérieusement croire que ce dernier se soit mis si naïvement dans une position aussi vulnérable ? Y avait-il un seul exemple dans toute l'histoire de la Confrérie où il avait accepté de se fragiliser autant, avec le risque que le groupe passe sous le contrôle d'un ennemi dans la légalité la plus totale ? Sa longue expérience ne permettait à personne de lui prêter des agissements aussi inconsidérés. C'était insulter le Maître que de le croire capable d'autant d'inconscience.

Non, lui, Numéro 9, pythagoricien depuis toujours, frère parmi les frères, qui donnerait sa vie pour la cause sans hésiter une seconde, affirmait en toute conscience et avec lucidité que cette charte n'était qu'un torchon élaboré sans Pythagore, par des gens qui voulaient se substituer à lui après l'avoir fait disparaître. Que les frères veuillent bien considérer le contenu de la charte d'un œil objectif, comme lui, Numéro 9, venait de le faire. Ils devaient s'extraire mentalement de l'ambiance « pythagoricienne » de la basilique, oublier la présence de cette personne sur le trône de l'abside, qui profitait du puissant rayonnement de l'image du Maître : ils pourraient alors convenir que tout était préparé pour une substitution « en douceur » de Pythagore.

Or, la personne ici présente, se faisant nommer Pythagore, venait d'essayer de « faire passer » les insanités de la pseudo-charte auprès des frères. Elle avait habilement tenté de leur faire avaler cette énorme pilule. Elle faisait donc partie des comploteurs qui avaient construit cette charte.

Je restai de marbre.

Une seconde série d'indices, selon Numéro 9, provenait de tout ce que la personne ici présente avait dit au sujet des terribles événements qui s'étaient produits. Tout cela démontrait l'incroyable faiblesse de Pythagore et son inefficacité face aux ennemis de la Confrérie ! Et à cela, Numéro 9 ne pouvait croire. Comment ! L'ersatz de Pythagore avait lui-même lancé, dans un superbe envol oratoire, que « vingt-cinq siècles d'expérience nous contemplaient ». Et ces vingt-cinq siècles d'expérience peineraient à vaincre quelques manœuvres hostiles, à écraser dans l'œuf de médiocres comploteurs ? Qui pouvait accepter une telle invraisemblance ? Il ne fallait pas prendre les frères pour des imbéciles. Le Maître, le vrai, avait une autre envergure.

Non, lui, Numéro 9, refusait de croire à l'impuissance de Pythagore. Le véritable Pythagore devait être dans l'impossibilité d'agir, et c'est son ersatz qui s'était comporté en minable. À moins que cette nullité apparente ne fasse partie du complot...

Numéro 9 se tourna brusquement vers moi.

– Maître omniscient ou prétendu tel, pouvez-vous nous rappeler le volume d'un octaèdre de côté de longueur l ?

J'éclatai de rire.

– Numéro 9, de qui vous moquez-vous ? Prenez-vous Pythagore pour un gamin ? Prétendez-vous réellement lui faire passer un examen aussi puéril ?

– Non. Je pose une question à quelqu'un qui, selon moi, n'est pas Pythagore. Pouvez-vous répondre ?

– Que conclurez-vous, si je réponds ?

– Que vous vous êtes bien préparé. Et je vous poserai une seconde question. Les frères apprécieront.

Je m'adressai alors aux autres frères.

– Mes amis, souhaitez-vous que je me soumette à cette épreuve de collégien ?

Long silence, finalement rompu par l'un des frères.

– Maître, répondit Numéro 1, je pense exprimer l'avis de tous en disant avec force que la démarche de Numéro 9 manque singulièrement de dignité, à la fois dans le fond et dans la forme. On n'interroge pas le Maître comme un banal écolier, on ne s'adresse pas à lui comme il vient d'être fait. C'est inadmissible et, dans un contexte normal, les questions de Numéro 9 ne mériteraient que le mépris.

Mais la situation est inhabituelle. S'il y a possibilité de clouer le bec à ce frère qui semble avoir perdu l'esprit, peut-être vaut-il mieux répondre. Chacun comprendra que Pythagore a accepté de s'abaisser à un niveau qui n'est pas le sien, et cela dans l'intérêt de la Confrérie. Dans cette perspective, sa dignité n'est pas compromise, bien au contraire, et Pythagore peut répondre.

Je répondis sans hésiter.

– Le volume d'un octaèdre de côté de longueur l est $\dfrac{\sqrt{2}}{3} \times l^3$.

– Alors, Numéro 9, d'autres questions ?

– Volume d'un icosaèdre de côté l ? enchaîna-t-il aussitôt.

À nouveau, je n'hésitai pas.

– Le volume d'un icosaèdre de côté l est $\dfrac{\sqrt{5+7\sqrt{15}}}{4} \times l^3$. Satisfait ?

– Tout à fait. Votre réponse est erronée. La réponse exacte est.

$$\dfrac{\sqrt{15+7\sqrt{5}}}{4} \times l^3.$$

Je fronçai les sourcils, réfléchissant quelques centièmes de seconde.

– Ah oui ! C'est vrai, fis-je, comme agacé de perdre mon temps sur un détail sans intérêt. En répondant rapidement, ma langue a fourché et j'ai interverti le 5 et le 15. Cela étant, je vous signale que j'ai moi-même établi cette formule, il y a deux mille cinq cents ans. À votre avis, Numéro 9, quel souvenir en aurez-vous dans seulement vingt-cinq ans ?

– Je n'en aurai sans doute qu'un souvenir imprécis. Mais moi, je ne prétends pas être Pythagore, le Maître omniscient. Pourtant, je n'insiste pas sur cette erreur. Les frères apprécieront.

Un murmure rapide s'éleva. Il n'avait duré que quelques secondes, néanmoins l'ombre du doute avait plané sur le groupe.

Comment avais-je pu me tromper ? C'était ridicule, je connaissais évidemment la formule exacte, mais j'avais répondu trop vite, sans réfléchir. Cette précipitation constituait une erreur impardonnable, indigne du Maître, je devais le reconnaître. De plus, je me rendais compte que j'avais commis une seconde erreur, en prétendant avoir trouvé la formule deux mille cinq cents ans auparavant.

C'était impossible : $\dfrac{\sqrt{15+7\sqrt{5}}}{4} \times l^3$ est un nombre irrationnel, et la

mort d'Hippase de Métaponte était là pour rappeler que cette catégorie de nombres était inconnue à l'époque. En réalité, la formule du volume de l'icosaèdre avait été trouvée bien plus tard. Heureusement, aucun frère ne releva l'erreur. Mais de nouveau, je m'étais trompé. Comment était-ce possible ? Et d'ailleurs, à quelle date la formule avait-elle été trouvée ? Impossible de m'en souvenir...

Il fallait que je maîtrise ma pensée avec plus de fermeté, le danger menaçait sérieusement. Déjà, je venais de faillir à l'un des pires moments.

– À présent, dit Numéro 9, je vais expliquer les motivations de cette imposture.

– Allez-y, dis-je. Je vais sûrement apprendre des choses.

Numéro 9 rappela que personne ne connaissait officiellement l'identité « moderne » de Pythagore. Or, Pythagore et la Confrérie, s'appuyant sur JCN, se trouvaient dans une démarche de prise de contrôle de la planète entière. Ne serait-il pas astucieux, pour un groupe de personnes déterminées, de faire jouer à l'une d'elles le rôle de Pythagore ? Cela leur permettrait de prendre *ipso facto* la direction des opérations et de se retrouver aux leviers de commande du projet planétaire.

Mais des questions se posaient. Comment le projet confidentiel de la Confrérie pouvait-il être connu d'un groupe extérieur ? Comment le faux Pythagore avait-il une connaissance suffisante du pythagorisme, de la Confrérie, pour assumer son rôle ? Une seule réponse était possible : il y avait un traître dans la Confrérie ou dans le Conseil Pythagore. Il avait fomenté un complot en liaison avec une puissante organisation extérieure, Mafia ou autre, qui avait éliminé ou écarté le vrai Pythagore. Le scénario du complot prévoyait sans doute que ce traître prendrait la place de Pythagore et, à terme, dirigerait le monde avec la puissante organisation associée.

– Mes frères pythagoriciens, mes amis, réveillez-vous, clama-t-il sur un ton plein d'emphase. L'homme en face de nous n'est pas Pythagore. Je ne connais pas les mécanismes exacts du complot, mais notre Maître bien-aimé est ailleurs.

– Quelqu'un est-il d'un autre avis ?

Je vis avec horreur que personne ne répondait. Personne n'approuvait, mais personne ne démentait. Les frères étaient dans l'indécision, ils doutaient de ma personne. C'était impensable. Je pris aussitôt la parole.

– Mes frères, d'autres dans le passé ont édifié leurs misérables obstacles pour contrecarrer nos projets. Aujourd'hui, nous touchons au but et voilà qu'au moment ultime vous semblez prêts à tomber dans le panneau du premier venu. Mais que se passe-t-il ? Avez-vous perdu tout sens commun ? N'êtes-vous plus à même de reconnaître le vrai pythagorisme du faux ? Reprenez vos esprits, ressaisissez-vous, et vite. Qui vous dit que Numéro 9 n'est pas lui-même un traître, en train de tenter d'abattre le vrai Pythagore pour qu'un autre, lui peut-être, prenne sa place ? Qui…

À ces paroles, Numéro 9 bondit et m'interrompit, furieux.

– Je ne permettrai à personne de m'accuser de traîtrise envers la Confrérie, cria-t-il au comble de la colère. C'est l'injure la plus grave que l'on puisse m'adresser. Je vous ordonne de retirer immédiatement vos propos et de formuler des excuses.

Toute l'assistance s'était levée. La situation était d'une extrême gravité.

– Vous avez grossièrement interrompu le Maître, dis-je calmement, mais avec sévérité. Je n'ai pas fini de m'exprimer.

– Excusez-vous immédiatement ! hurla Numéro 9 comme un fou.

– Je n'ai aucune raison de m'excuser, Numéro 9. Vous…

Soudain, Numéro 9 sortit de dessous sa toge un gros pistolet de calibre 45. Il le braqua vers moi. Instantanément, ce fut à l'intérieur de la basilique une panique indescriptible. Les frères, effarés, se précipitaient vers Numéro 9 en criant, dans un désordre effroyable, pour tenter de le maîtriser. Ils n'en eurent pas le temps. Deux coups de feu claquèrent, résonnant en un vibrant écho sous les voûtes de la basilique souterraine de la Porta Maggiore. MA basilique…

Subitement, tout me parut calme, silencieux. Tout devint mou, fluide. Je regardai le gros œil noir du pistolet d'où sortait une petite fumée bleutée. L'agitation s'était évanouie. Je flottais, détendu. Je baissai les yeux vers ma poitrine : deux énormes taches rouges grossissaient à vue d'œil sur ma toge blanche, à la hauteur du cœur. Je ne ressentais rien. Une immense lueur blanche, éblouissante, mais en même temps douce et paisible, envahissait mon champ visuel et gagnait mon cerveau.

Je m'effondrai lentement sur le sol de mosaïque, comme attiré par le pentagramme de bronze.

J'étais au bord de l'évanouissement, de la mort peut-être. Ma conscience s'échappait doucement, s'écoulant de moi comme un liquide huileux. Je sentais l'ombre froide de l'endormissement monter de mes pieds vers mes jambes, mon ventre, ma tête. Juste avant de sombrer dans le néant, je réalisai qu'on m'ôtait mon masque conique.

Quelqu'un se pencha sur mon visage et j'entendis une voix lointaine s'exclamer, comme dans de la ouate : « Mais c'est Antonio Roselli ! »

D'où me vint l'idée qu'ils allaient se fourvoyer complètement ?

Substitution

Frémissements et tension de l'action dangereuse...
Regards fielleux de la bête immonde...

San Francisco, 25 juin 2008, vers 9 heures.

Des événements importants venaient de se produire à Rome. Mazzino provoqua une rencontre avec Palermio, car ils devaient faire le point avant de prendre de nouvelles décisions. Ils se retrouvèrent dans le petit appartement anonyme du centre de San Francisco.

Mazzino exposa les faits. La veille, une réunion de la Confrérie avait été planifiée dans la basilique de la Porta Maggiore. Pythagore ne bénéficiant d'aucune protection rapprochée lors de ces réunions, Mazzino avait décidé d'en profiter pour passer à l'acte. Il avait activé le membre qu'il avait sous contrôle, le chimiste allemand. Ce type était fiable, il avait du sang-froid, en outre c'était un ancien champion de tir.

– Ah, mais s'il est aussi directeur général d'un grand groupe de chimie, je le connais, dit Palermio. C'est l'un des gros clients de JCN, et je ne manque jamais de le rencontrer lorsque je passe en Allemagne. C'est...

– Pas de nom, Nicholas, c'est une règle, coupa Mazzino.

Palermio était lui aussi prudent. Il comprit l'interruption de Mazzino. Il ne la releva pas, bien qu'elle lui ait déplu dans la forme.

– Je me demande, dit-il, quel moyen de pression vous avez trouvé pour avoir prise sur un roc pareil.

– Tout homme a ses faiblesses.

Mazzino poursuivit son compte rendu. Le chimiste avait reçu l'ordre de créer un incident permettant de déconsidérer Pythagore aux yeux de l'assistance. Puis, lorsque la tension aurait atteint son comble, il devait abattre Pythagore et profiter de la panique pour disparaître.

Le chimiste avait suivi ces instructions à la lettre. Mais il y avait eu deux imprévus. Tout d'abord, Pythagore portait un gilet pare-balles. Le gilet n'avait pas arrêté complètement les deux projectiles du puissant calibre 45, mais Pythagore n'était pas mort. À cette heure-là, il se trouvait dans le coma, à l'hôpital central de Rome, sous haute surveillance médicale et policière.

– Pas si fiable que ça, votre super-tireur, dit Palermio sur un ton hautain. Pythagore ne devait pas porter de gilet pare-balles sur la tête.

Mazzino pensa que Palermio n'avait pas tort, mais qu'il avait une manière très déplaisante de s'adresser au Don.

– Et d'ailleurs, poursuivit Palermio, qui vous prouve que votre chimiste n'est pas un agent double qui aurait lui-même conseillé à Pythagore de mettre un gilet pare-balles ? Ainsi, il aurait eu l'air de vous obéir, tout en préservant la vie de son chef. Pythagore a l'habitude de porter cette protection ?

– Pas que je sache, bien sûr, sans cela le chimiste aurait reçu l'ordre de tirer dans la tête.

« Pas si infaillibles que ça, ces durs de la Mafia », se dit Palermio.

Pour Mazzino, qui reprit son compte rendu, le deuxième incident était sidérant : sous la toge de Pythagore, ce n'est pas Goren que l'on avait trouvé, mais Roselli.

Palermio était interloqué. Il se souvenait de sa discussion avec Gardner, qui lui avait ôté de l'esprit l'hypothèse d'un Roselli-Pythagore. Cet idiot de Gardner l'aurait-il involontairement induit en erreur ?

– Roselli ? Roselli à la place de Goren dans le rôle de Pythagore ? Mais que faisait-il là ?

– D'après mon chimiste allemand, il existe une sorte de Constitution du pythagorisme, une charte je crois, qui règle le fonctionnement de l'organisation. Son contenu a d'ailleurs été présenté en détail à la Confrérie lors de la réunion d'hier. Selon ce document, Pythagore peut se faire représenter par son assistant quand bon lui semble. Et hier, c'était précisément le remplaçant qui officiait.

Palermio connaissait bien Goren, il était sidéré. Comment avait-il pu décider de se faire remplacer pour une réunion aussi capitale ?

– Que Goren se fasse remplacer pour des réunions de second ordre, je peux le comprendre, dit-il à Mazzino. Mais d'après ce que vous dites, ces réunions dans la basilique, où viennent des membres de tous les pays du monde et où se prennent les décisions majeures, sont des moments très importants du mouvement. Pour quelle raison Goren se ferait-il remplacer ?

– Vous n'êtes pas au courant ?

– Non.

– C'est surprenant pour quelqu'un dans votre position. Eh bien, voici ce qu'il en est : Goren est suivi ; il se méfie, mais nous avons réussi à ne pas le perdre de vue. Depuis hier, il est dans son chalet du Montana. Il s'y trouve en compagnie du président des États-Unis et de Linda Van Gulden.

Palermio n'en croyait pas ses oreilles.

– Ah ! Le salaud, dit-il. Avec le président des États-Unis ! Encore ! Et en compagnie de Linda Van Gulden ! Je ne comprends pas. Qu'est-ce qu'il fait avec le Président ? Jusqu'à présent, il y avait ce gros marché, mais cette affaire est maintenant sur les rails, je croyais qu'il n'y avait plus besoin de rendez-vous à ce niveau. Et que vient faire Linda là-dedans ? Je ne comprends pas...

Cela étant, c'est vrai qu'avant-hier j'ai reçu, comme tous les collaborateurs directs de Goren, un message annonçant son absence. Mais comme vous m'aviez parlé de cette réunion à la basilique, je pensais qu'il était là-bas.

Palermio réfléchit quelques instants.

– Mais dites-moi, Peter, c'est dommage que vous n'ayez pas eu cette information avant. Non seulement vous avez raté votre cible, mais en plus vous vous êtes trompé d'objectif.

Pas un trait du visage de Mazzino ne bougea, pas un muscle de son corps ne frémit. Le Don resta aussi immobile qu'une montagne, mais il émanait de toute sa personne une lourde menace. Palermio sentit poindre le danger, mais il était content d'avoir fait mouche : il fallait que ce truand sache à qui il avait affaire.

– Écoutez-moi, Palermio. – Il ne l'avait pas appelé « Nicholas ».

– Vous n'êtes pas encore habitué aux coutumes de notre organisation, dit Mazzino avec la froideur d'un serpent. Sachez qu'aucun membre de la famille n'aurait osé se permettre le genre de réflexion que vous venez de faire. Je suis le Don. Nul dans le clan ne peut critiquer mon action. J'agis au mieux des intérêts de ma famille, en fonction des données que je possède, chacun le sait. Si quelqu'un n'est pas d'accord et souhaite manifester sa désapprobation, il sort du clan.

Vous n'êtes pas encore dans la famille. Mais en attendant, vous bénéficiez d'un statut privilégié : je travaille avec vous, pour vous, comme si vous étiez déjà dans le clan. La contrepartie est que vous vous comportiez comme si vous étiez membre du clan. Vous êtes avec moi ou vous êtes contre moi. Cosa nostra marche ainsi.

Si vous êtes avec moi, n'oubliez pas que je suis le Don. Je ne prétends pas être parfait dans tout ce que je fais, mais je le fais en impliquant la totalité des moyens dont je dispose, et avec loyauté. Dans cet esprit, votre commentaire est sans intérêt. De plus, je le trouve inutilement désobligeant. J'ai fait au mieux avec les éléments en ma possession, et ni vous, pourtant assez bien placé, ni personne ne m'a apporté d'informations de meilleure qualité.

En revanche, si vous êtes contre moi…

– Ne vous emballez pas, Peter, répondit Palermio. Ma remarque n'avait rien de désobligeant, en tout cas ce n'était pas mon intention. Je faisais juste un constat. Je suis totalement avec vous.

Il avait décidé que lui, le grand Palermio, n'allait pas s'excuser auprès de ce truand plus vantard qu'efficace.

– Je ne m'emballe pas, dit Mazzino.

Effectivement, le flegme de Mazzino était impressionnant. À nouveau, Palermio sentit venir le danger. Et pourtant, non, il ne s'excuserait pas. Ce n'était pas seulement de la vanité, c'était aussi de la stratégie : il ne voulait pas que, dès le début, s'instaurent des relations de supérieur à inférieur entre Mazzino et lui. Il se força à rester aussi impassible que lui, et il y réussit. Il attendit sans broncher que son interlocuteur reprenne la parole.

– Bien, finit par dire ce dernier. L'incident est clos. Je suis certain qu'à présent vous comprenez mieux notre manière de fonctionner.

Palermio resta muet. Mazzino décida dans l'instant que Palermio devait savoir qui menait la discussion. Mais il n'était pas pressé. Mazzino n'était jamais pressé. Il préférait attendre tranquillement de pouvoir prendre Palermio à contre-pied.

– Revenons à notre problème, poursuivit Mazzino. Roselli fait partie des cibles à abattre. Notre exécuteur l'a raté, mais il est tout de même à l'hôpital dans le coma et, pendant ce temps, il ne peut pas nuire. Il faut néanmoins trouver un moyen de l'éliminer définitivement. Il est très protégé à l'hôpital. Mais, à mon avis, cette protection n'est pas invulnérable. Nous avons une famille associée à Rome, que j'ai mise sur le coup. Je les connais, j'ai déjà travaillé avec eux, ils sont très bons. Cela devrait bien se passer.

– Espérons-le, dit Palermio. Ce sera une première étape, mais il y en a encore d'autres à franchir. Il faut éliminer Goren et Linda, et surtout faire admettre à la Confrérie que je suis Pythagore. Je dirais volontiers que le premier objectif est dans le domaine du classique. Le deuxième est sans doute plus délicat.

– Exact. Goren et Linda Van Gulden ne posent pas un problème majeur. J'ai pensé un moment que l'on pourrait profiter de leur présence simultanée dans ce chalet isolé du Montana. Mais ils y sont en compagnie du président des États-Unis. Tout ce monde est bien gardé et je n'ai pas voulu prendre de risques inutiles. Ce n'est pas grave, on agira un peu plus tard.

Le deuxième objectif demandera effectivement plus de travail. Les choses sont moins simples, mais l'affaire est bien engagée. On a déjà atteint une première étape.

Mazzino expliqua que le chimiste allemand avait bien préparé le terrain pendant la réunion à la basilique : il avait réussi à semer le doute sur l'identité de Pythagore. Les membres de la secte n'étaient plus très convaincus qu'il s'agissait de Goren. Ils devaient se poser des questions. Que diable Roselli venait-il faire dans l'histoire ? devaient-ils se demander. Était-il un imposteur agissant pour lui-même, comme le prétendait le chimiste ? Ou alors, se pourrait-il qu'il soit vraiment Pythagore ? Mais comment imaginer que le vrai Pythagore se soit trompé sur la formule du volume d'un solide platonicien ? Non, tout cela était stupide, ridicule, Numéro 9 avait perdu la tête. Roselli avait évidemment remplacé le vrai Pythagore en tant qu'assistant, ainsi que le permettait la charte, qui le désignait implicitement comme tel. C'était bien sûr l'hypothèse la plus vraisemblable. Mais tout de même, Goren étant toujours opérationnel, pourquoi s'était-il fait remplacer ? Tel Palermio tout à l'heure, ils devaient avoir du mal à imaginer qu'il avait envoyé un assistant à une réunion aussi importante. Serait-il possible que Goren ne soit pas Pythagore ? Mais qui, alors ?

– Comme vous le voyez, Nicholas, j'ai préparé le terrain. Les pythagoriciens sont mûrs pour accueillir un Pythagore qui leur paraîtra vraisemblable. Mais il y a encore beaucoup à faire. C'est pourquoi j'ai décidé de lancer immédiatement la suite de l'opération. En fait, cette suite est déjà engagée.

« Maintenant, le contre-pied », se dit Mazzino.

– Tout d'abord, je dois vous prévenir que, de votre côté, il y a du pain sur la planche : vous allez devoir vous imprégner du folklore pythagoricien, et vite. On ne pourra rien faire si vous n'êtes pas à niveau. Et croyez-moi, ce ne sera pas une mince affaire. Vous aurez beaucoup de choses à assimiler, et pas des plus simples. Mais ce sera indispensable.

Il regarda Palermio droit dans les yeux, et dit en donnant à son propos un poids considérable :

– Vous avez un mois.

Palermio ouvrit des yeux ronds.

– Vous plaisantez ? dit-il. C'est quoi, ce « vous avez un mois » ? Vous voulez peut-être me faire passer un examen à la fin, avec édition d'un bulletin scolaire que vous enverrez à mes parents pour signature ?

– Nicholas, nous parlons d'un projet considérable, qui peut avoir des conséquences fantastiques, et qui concerne des adultes. – Le ton de Mazzino était ferme, posé, un peu ennuyé, comme s'il essayait pour la énième fois de raisonner un sale gamin un peu demeuré. – Laissez donc vos susceptibilités au vestiaire, l'heure est à l'action. C'est moi qui mène les opérations. Je suis le Don, et vous devez me faire confiance. Aveuglément.

La montagne avait parlé.

– O.K., vous êtes le Don, mais moi je suis le futur président de JCN. – Palermio était sur la défensive, il se justifiait. – Je ne suis pas un gamin qu'on envoie à l'école sur ordre, et sans connaître le pourquoi du comment.

– Mais j'allais vous donner des explications, et je l'aurais déjà fait si vous ne m'aviez pas interrompu.

Mazzino avait pris la discussion en main.

– Vous, Pythagore, poursuivit-il, vous avez convoqué une nouvelle réunion des pythagoriciens, pour dans un mois, le vendredi 25 juillet 2008 à 20 heures, date à laquelle vous serez un Pythagore vraisemblable.

– Comment ? J'ai convoqué une nouvelle réunion des pythagoriciens ? Moi ?

– Oui, vous. Je l'ai fait en votre nom.

– Quoi ?

Palermio était stupéfait et indigné.

– Dites-moi, Nicholas, dit Mazzino, impassible, avez-vous bien compris l'urgence de la situation ? Dans quel état d'esprit pensez-vous que se trouvaient les pythagoriciens après la fusillade du chi-

miste, et la découverte d'un Roselli-Pythagore ? Ils étaient débous-
solés. Il est indispensable que le véritable Pythagore se manifeste
rapidement et les convoque au plus vite pour une explication. Cette
réunion a été organisée, et vous, le véritable Pythagore, vous la
présiderez et vous rassurerez vos ouailles. Vous vous présenterez
comme le vrai Pythagore, et, à l'issue de cette réunion, il ne devra
plus y avoir le moindre doute sur l'identité de leur chef. Bien sûr,
nous aurons préparé ensemble l'ordre du jour. Ce sera le point de
départ de toute notre opération.

– Mais comment avez-vous convoqué les membres de la secte ?
Qui sont-ils, où sont-ils ?

– Je vous ai dit que Roberto travaille sur cette affaire. Il sait qui
sont les membres, et il possède toutes les informations nécessaires.
Mais, de toute façon, il n'est pas indispensable de connaître les
noms des membres et leur lieu d'habitation : il suffit d'avoir leurs
e-mails et la signature codée de Pythagore. C'est ainsi que ce dernier communique avec eux. Ces différents éléments nous ont été
communiqués par le chimiste allemand.

Palermio était soufflé.

– Vous ne craignez pas, reprit-il, que Goren-Pythagore réalise
aussi l'urgence des choses, et qu'il les convoque de son côté ?

– Vous me prenez pour un imbécile ? Sauf erreur, Nicholas, vous
êtes bien vice-président d'une grande société d'informatique, non ?
Vous devriez savoir qu'il n'est pas très difficile de bloquer un e-mail
quand on connaît l'expéditeur et le destinataire. Les éventuels e-mails
de Goren n'arriveront jamais à leurs destinataires pythagoriciens, et
ceux des pythagoriciens vers Pythagore seront interceptés. Nous
connaîtrons la teneur des communications et c'est nous qui répon-
drons aux messages.

– Vous contrôlez aussi les messages des pythagoriciens entre
eux ?

– Hormis Pythagore, personne ne se connaît, vous le savez bien.
La religion du secret s'est retournée contre eux. Grâce au travail de
Roberto, nous sommes les seuls à savoir qui sont les membres. Et
vous, le futur vrai Pythagore, vous le saurez en temps utile.

– Pas mal, je le reconnais. La réunion est prévue dans la basilique à Rome ?

– Certainement pas. La police italienne doit enquêter là-bas sur
l'attentat contre Roselli. Ils ont trouvé le blessé dans la basilique,

après avoir été prévenus par un coup de téléphone anonyme. Et j'imagine que, dans la panique qui a suivi, certains ont dû laisser des indices. Non, la prochaine réunion n'aura pas lieu dans la basilique. Je leur ai dit dans mon message, ou plutôt dans votre message, que le lieu leur serait communiqué sous peu. Il faut que nous trouvions un site « pythagoricien ». Roberto y réfléchit, il doit me faire plusieurs propositions. Je vous tiendrai au courant.

Au fait, Nicholas, en parlant de Roberto, je vous signale que je l'ai chargé de faire votre formation pour que vous soyez un Pythagore crédible. Vous commencerez très bientôt, il vous contactera directement. C'est une question de deux ou trois jours. Préparez-vous à de longues journées, et ne prenez aucun autre engagement. À vous de trouver un bon prétexte pour justifier une présence chez JCN réduite au strict minimum.

J'insiste sur le fait que cette réunion capitale ne pourra avoir lieu que si vous devenez un Pythagore vraisemblable. Vous imaginez le désastre si les pythagoriciens n'en sont pas convaincus à la fin de la réunion du 25 juillet ! Vous parliez tout à l'heure d'un examen. Il s'agit presque de cela. Nous devrons être certains de votre infaillibilité. C'est pourquoi vous serez soumis avant la réunion à un certain nombre de tests. Si vous échouez, la réunion sera reportée. Ce serait extrêmement embêtant.

Mazzino s'interrompit. Le poids de son silence vint s'ajouter à celui de ses mots.

– Comme vous le voyez, Nicholas, l'exécution des indésirables n'est pas notre seule spécialité.

Palermio réfléchit. Il cherchait une bonne repartie, en vain. Il avait pris un gros coup de poing dans l'estomac, et tentait de récupérer. Il ne savait pas comment, mais ce mafioso l'avait cueilli par surprise. Il n'était pas déstabilisé, mais il s'en était fallu de peu. Après tout, c'était normal, se disait-il, tentant de se justifier à ses propres yeux ; il entrait dans un monde dont il ne dominait pas encore tous les éléments. Cela viendrait, et rapidement. On verrait alors qui était le patron.

En attendant, ne trouvant pas de bonne réplique, il eut recours à ses réflexes habituels : son visage s'illumina de son étincelant sourire de camelot, comme pour emballer la situation dans un rayonnement d'amitié et de compréhension réciproque. Il dévoila la blancheur chaleureuse de son piano dentaire, et dit :

– Je n'ai jamais douté que vous pouviez monter de grands projets, mon ami.

– Bien, dit Mazzino, parfaitement indifférent à la petite manœuvre de conciliation de Palermio. Nous nous reverrons prochainement, je vous ferai signe.

Palermio était congédié comme un subalterne. Il réussit à conserver son sourire. Mazzino sourit aussi, mais son sourire était différent : c'était celui du Don qui, dans une majesté toute papale, déployait sa protection. « Allez en paix, semblait-il dire, le Don veille sur vous. »

Mazzino se leva et lui tendit la main.

– À bientôt, Nicholas. Je crois que nous nous sommes compris.

– Je l'espère, Peter. À bientôt.

Palermio pensa que ce « je l'espère » lui redonnait un peu de sa dignité compromise.

À peine cinq minutes après le départ de Palermio, un homme presque aussi massif que Mazzino entra dans la pièce. C'était Claudio-Leonardo, le Sotto Capo, le second de la famille, le responsable des opérations au jour le jour. Comme le Don, il avait le style vestimentaire d'un cadre supérieur.

– Tu l'as bien vu partir, demanda Mazzino ?

– Oui. Et je continue à le faire suivre.

– Bien. Tu as entendu notre conversation. Qu'en penses-tu ?

– Ce type n'est pas fiable. À la première occasion, il nous fera un enfant dans le dos. Et puis je ne le vois pas se mettre à l'apprentissage du pythagorisme. Il n'a ni la culture ni l'ouverture d'esprit pour cela. Je n'aimerais pas le voir entrer dans la famille.

– Il n'y est pas encore. Je n'aime pas son comportement et j'ai des doutes sur sa fiabilité. Cela étant, je n'ai pas oublié la première impression qu'il m'a faite et qui était bonne. Je veux lui donner encore une chance avant de décider d'abandonner un projet de cette ampleur. Nous avons déjà beaucoup investi dans l'affaire, et si ça marche, les conséquences sur l'avenir de notre famille seront énormes. Nous ne retrouverons jamais une telle opportunité. Mais je n'oublie pas que toute l'opération repose sur lui, et je veux être sûr de ce qu'il fera. Alors voici mes instructions. D'abord, il faut que Palermio comprenne qu'il travaille avec une organisation puissante, dans laquelle il n'aura jamais l'autorité suprême. Tu vas donc lui faire peur, très peur, pour qu'il mesure à quel point il est entre nos mains. Suivant la manière dont il réagira, j'aviserai. Agis vite, ce n'est pas la peine de s'engager plus avant dans l'opération si l'on doit tout arrêter ensuite. Deuxièmement, suspension provisoire de l'action contre Goren, Roselli et Linda Van Gulden. Il est inutile de lancer toutes les polices du monde sur notre piste si par la suite nous devons abandonner l'opération. On va attendre la réaction de Palermio à notre petite leçon de savoir-vivre, ce n'est qu'une question de jours. Mais on maintient la surveillance du trio, cela va de soi. Enfin, liquidation du chimiste allemand. En dehors de Palermio, c'est le seul à savoir que notre famille s'intéresse à la secte. C'est trop dangereux. Est-ce clair ?

– Très clair. Si je peux exprimer mon opinion, je suis ravi de votre décision de tester Palermio. Ce type ne me plaît pas.

– Tant mieux, dit Mazzino. Tchao, mon ami.

Rencontre au sommet

Frémissements et tension de l'action dangereuse...
Fils inexorables du destin...

Je relis les deux précédents chapitres de mon aide-mémoire, et je m'aperçois que les événements relatés ont occulté des éléments importants qui les ont précédés. Je dois les consigner car ils conditionnent la suite tragique et définitive de l'histoire.

Malgré ses relations professionnelles multiples et sa vie sociale intense, Goren, je l'ai dit, n'avait pas vraiment d'amis. Mais, parmi la quantité de gens qu'il côtoyait, un petit nombre lui était plus cher que les autres. Roselli en faisait partie. Il y avait aussi le président des États-Unis d'Amérique, Gary Stanton.

Indépendamment du très gros contrat en cours entre JCN et le ministère de la Défense, il était naturel que Goren connaisse Gary Stanton. La famille Goren était l'une des plus importantes du pays ; elle n'était pas une habituée de la Maison-Blanche, mais elle y paraissait au moins deux ou trois fois par an. Bien entendu, Peter A. Goren, président de la grande JCN, faisait systématiquement partie de la délégation. Il en était ainsi depuis toujours, et les choses n'avaient pas changé avec le Président actuel, un démocrate dans la première année de son second mandat. La famille Goren votait démocrate, et les rapports avec Stanton étaient très cordiaux.

Mais ce que tous ignoraient, c'est que le Président et Goren éprouvaient un plaisir sincère à se retrouver, même si les occasions étaient rares. Ils se voyaient le plus souvent pour des discussions de travail. L'importance du contrat avec le ministère de la Défense justifiait de temps à autre la présence de Goren et celle du Président à des réunions majeures. Mais chaque fois que leurs agendas respectifs le permettaient, ils essayaient de prolonger leurs rencontres professionnelles pour se voir en tête à tête et discuter à bâtons rompus. D'un accord tacite, cette relation amicale restait discrète. En fait, malgré la haute visibilité des deux protagonistes, elle n'était connue de personne.

Leur dernière entrevue remontait à un peu plus de deux mois, le 18 avril. Cela avait été une simple réunion de travail, mais ils avaient convenu de se retrouver en juin, le 24 et le 25, dans la propriété que Goren possédait dans le Montana. Le Président devait faire une tournée dans l'ouest des États-Unis, où l'on avait massivement voté pour lui quelques mois auparavant. Il pourrait alors se réserver du temps libre et s'accorder, cette fois-ci, le simple plaisir de passer une soirée et une journée avec Goren.

Ni l'un ni l'autre ne le savaient, mais cet intermède amical allait avoir des conséquences terribles sur le destin du président de JCN.

Bien entendu, Goren aurait dû se rendre le 24 juin à la basilique de la Porta Maggiore. Mais outre le fait qu'il tenait beaucoup à cette entrevue avec le Président, il était très délicat d'annuler un tel rendez-vous. Il en avait longtemps débattu avec Roselli et, finalement, il avait suivi les recommandations de ce dernier : Roselli irait présider la réunion des pythagoriciens en tant qu'assistant de Pythagore, comme l'autorisait la charte, et Goren rencontrerait le Président comme prévu.

Goren n'irait donc pas à Rome. Mais l'ordre du jour de la réunion à la basilique avait été défini d'un commun accord avec Roselli : 1) le Conseil Pythagore ; 2) la Charte pythagoricienne ; 3) le point sur l'opération Pythagore ; 4) les décisions à prendre. Le plus souvent, Roselli avait suggéré, et Goren approuvé.

Les deux hommes avaient aussi discuté du rendez-vous avec le Président. Ils étaient tombés d'accord sur la nécessité de lui donner un minimum d'informations sur l'opération Pythagore. C'était d'autant plus inévitable que les médias avaient diffusé un maximum de données sensationnelles sur le sujet. Bien entendu, lors de l'annonce publique de l'opération, Goren avait été en rapport avec des conseillers économiques de la Maison-Blanche. Mais le Président souhaiterait certainement des données de première main. Ils préparèrent donc une présentation « édulcorée » du projet. Roselli profita de la circonstance pour livrer à Goren une nouvelle information qui constituerait un joli scoop pour le Président. Comme elle concernait la Constitution des États-Unis, ils jugèrent opportun de demander à Linda de les retrouver dans le Montana.

Elle n'était pas juriste constitutionnel, mais devait tout de même avoir un minimum de notions pour apporter des commentaires intéressants.

La première conséquence inattendue de cette rencontre avec le Président des États-Unis fut que Goren échappa à l'attentat qui le visait et que Roselli en fut la victime.

Chalet de Peter A. Goren, Billings, Montana,
24 juin 2008, 19 heures,

Le président des États-Unis arriva par hélicoptère le 24 au soir, vers 19 heures. L'engin atterrit directement dans la propriété de Goren. Le Président avait été précédé par une armada de membres de son service de sécurité, venus quelques heures plus tôt par la route. Cinq jours auparavant, trois personnes de l'équipe avaient déjà fait une apparition pour reconnaître les lieux et se mettre en rapport avec les gardes de Garrett. Goren avait été prévenu, et il avait donné l'instruction de les laisser opérer à leur gré. Ils avaient investi la propriété avec efficacité, discrétion et rapidité. Tous les appareillages électroniques de sécurité, mais aussi de communication, avaient été installés en temps utile : en effet, le Président devait rester en liaison permanente avec le monde.

Le chalet était une magnifique construction en bois, édifiée sur une pente qui dominait la rivière Yellowstone. Situé au cœur d'une immense forêt qui évoquait déjà le Canada, il était isolé de tout. Un mur de clôture de plus de trois mètres de haut ceinturait les quatre cents hectares de la propriété, et était pourvu des systèmes de protection dernier cri. Mais le service de sécurité du Président ne se fiait qu'à ses propres systèmes, qui étaient venus s'ajouter à ceux déjà en place. Après le désastre du World Trade Center, en 2001, il s'était préparé aux scénarios les plus fous. Près de sept ans s'étaient écoulés, mais il n'avait pas baissé la garde.

À peine le Président avait-il atterri que le chef du service de sécurité, un dénommé Jimmy Garings, ancien officier des marines, courut vers l'hélicoptère pour lui parler. Goren n'avait même pas eu le temps de s'avancer. Le Président, qui était de grande taille, se pencha un peu pour écouter Garings. Quand il aperçut Goren qui venait le saluer, il interrompit l'aparté, alla à sa rencontre, le gratifia d'une chaude poignée de main et de son célèbre sourire, et lui demanda la permission de se retirer un instant avec Garings pour une affaire de sécurité urgente.

Quelques minutes plus tard, le Président et Goren étaient confortablement installés dans l'un des petits salons du chalet.

– Peter, dit le Président, il semble que la densité de la population se soit brusquement accrue dans cette partie du Montana. Garings me dit que, hormis mon propre service de sécurité, deux autres organisations sont près de votre propriété et s'intéressent à ce qui se passe ici. Si j'ai bien compris, l'une d'entre elles est constituée de vos gardes du corps, mais on ignore qui est l'autre.

– L'une des équipes travaille pour moi, en effet. Quant à l'autre, j'ai des soupçons sur son origine.

– Vous avez des problèmes ? Vous voulez que je demande à Garings de s'occuper d'eux ?

– Non, non, merci, Gary. Je préfère que ces gens ne sachent pas qu'ils ont été repérés.

– Comme vous voulez. De toute façon, tant que je suis là, vous êtes en sécurité.

À la demande du Président, le dîner fut léger et la soirée brève. Sa tournée l'avait fatigué, il y avait eu trop de repas copieux. Ils convinrent de se lever tôt le lendemain matin. La météo était favorable, ils pourraient profiter du grand parc boisé. C'est là qu'ils se retrouvèrent, après le jogging matinal du Président, et un copieux breakfast.

– Alors, Peter, dit le Président, vous avez de la chance ! Il semble que vous ayez réussi à intégrer votre hobby favori, l'architecture, dans votre environnement professionnel.

– C'est vrai. Et je l'ai fait dans la perspective qui m'intéresse : ce n'est pas de l'art pour l'art, c'est de l'architecture telle que je la conçois. Elle est en interaction avec son environnement, en ce sens qu'elle en exprime les caractéristiques, et dans le même temps elle influe sur lui. Les cinq solides pythagoriciens refléteront l'harmonie qui se dégagera de la nouvelle JCN. Mais ils auront aussi un impact positif sur l'activité des chercheurs qu'ils abriteront, par le rayonnement que leur harmonie intrinsèque communiquera aux projets conçus dans ces sites.

Ils parlaient tout en marchant tranquillement, s'asseyant de temps à autre sur un banc rencontré au détour d'un chemin. Le travail de préparation que Roselli et Goren avaient fait s'avéra inutile. Le Président posait mille questions, manifestait une grande curiosité pour la restructuration de JCN et n'avait pas envie de parler d'autre chose. Goren avait le plus grand mal à limiter ses réponses à ce qui avait été prévu. Le Président était surtout fasciné par le fait que la finalité même de JCN évoluait, donnant une coloration formidablement novatrice à la fonction de l'entreprise. Mais il s'interrogeait aussi sur les conséquences économiques d'une telle mutation. Ils parlèrent aussi beaucoup du pythagorisme, de son histoire, de ses implications politiques, de la personnalité de Pythagore.

Goren comprit très vite que l'intérêt du Président n'était pas simple curiosité. Ses questions étaient précises, incisives, elles démontraient une réelle connaissance du sujet. Il était clair que son interlocuteur était déjà très documenté. À l'évidence, il avait commandé une étude sur le pythagorisme, et celui qui l'avait réalisée avait fait du bon travail. Les conseillers économiques du Président à la Maison-Blanche avaient effectué un point sérieux et complet sur ce que l'on savait du projet de restructuration de JCN. En clair, le Président s'intéressait de près à l'opération ; il percevait qu'elle pouvait présenter une importance économique ou même politique fondamentale, et il jugeait nécessaire d'en pénétrer le sens.

Goren avait de l'amitié pour le Président, et il savait qu'elle était partagée. Néanmoins, il sentit le danger poindre ; le Président s'interrogeait, il était peut-être inquiet. Avait-il perçu l'ambition planétaire de l'opération ? Pressentait-il la menace qu'elle représentait pour les États ? Goren décida de se tenir sur ses gardes et de faire preuve d'une extrême prudence dans ses propos. Il conserva le ton amical de l'entretien, mais il mit la plus grande réserve dans ses réponses aux questions de plus en plus pressantes du Président.

Toutefois, le Président n'était pas dénué de finesse. Il discerna immédiatement la réserve de Goren, et comprit que son ami voulait mettre des limites à ses révélations sur le projet de JCN. Il diminua aussitôt la pression et porta la discussion sur des aspects moins compromettants du pythagorisme : le système éducatif américain, mal en point, tirerait-il profit des méthodes de l'école pythagoricienne ? Ils s'amusèrent un instant à l'idée d'imposer un noviciat spartiate de huit années aux étudiants de ce début de troisième millénaire. Que se passerait-il si le président des États-Unis, à l'instar d'Archytas de Tarente, appliquait les concepts du pythagorisme dans ses méthodes de gouvernement ? (Un signal d'alarme sonna dans la tête de Goren, et il fit en sorte que les commentaires sur cette question restent au niveau de l'amusette.) Et si l'on créait un service à la NASA chargé de découvrir l'Anti-Terre, ou le Feu central ? Le ton était maintenant à la plaisanterie, et ils restèrent tacitement dans ce registre pendant quelques minutes, afin que se dissipent les quelques réserves qui avaient marqué leurs propos.

Cependant la matinée était bien avancée, l'heure du déjeuner approchait. Ils prirent la direction du chalet. Ils étaient à mi-chemin lorsque Goren dit :

– Gary, je vous ai réservé un petit scoop amusant. Après le déjeuner, ma vice-présidente du juridique, Linda Van Gulden, va nous rejoindre. Elle a préparé quelques révélations intéressantes sur la Constitution des États-Unis d'Amérique. Vos conseillers vous ont bien informé sur le pythagorisme – le Président nota l'affirmation sans la relever –, mais je ne pense pas qu'ils aient découvert l'élément étonnant que Linda vous exposera tout à l'heure.

– Pour le moment, j'avoue ne pas voir le moindre rapport entre notre Constitution et le pythagorisme.

Durant le déjeuner, il ne fut plus question de Pythagore. Tandis que la conversation portait sur divers sujets, Goren se disait que le Président n'avait pas abordé un point capital : la métempsycose. Se pouvait-il que cette composante essentielle du pythagorisme ait échappé aux conseillers du Président ? Ou alors, était-ce à dessein qu'il n'avait pas abordé le sujet ? Mais dans ce cas, pourquoi ?

– Peter, vous ne m'écoutez pas, dit le Président.

Absorbé par ses réflexions, Goren s'était montré distrait.

– Pardonnez-moi, Gary, une question m'avait traversé l'esprit en vous écoutant.

– Je vous parlais du vice-président.

– Je vous en prie, je suis tout à vous.

– Nous avons un problème avec le vice-président. Comme vous le savez, c'est lui qui doit se présenter à la présidence dans trois ans et demi comme candidat du parti démocrate.

– Je le sais, bien sûr. Quel est le problème ?

– Tout reste entre nous, bien entendu.

– Bien entendu.

– Il vient de découvrir qu'il est atteint d'une sclérose en plaques. Pour l'instant, il n'a pratiquement aucun symptôme apparent, et il semblerait qu'il y ait de bonnes chances pour que son état reste stationnaire jusqu'aux élections. Mais rien n'est sûr à moyen terme.

Quoi qu'il en soit, il est dorénavant hors de question qu'il brigue la présidence.

Goren connaissait un peu le vice-président Jonathan Wallen pour l'avoir rencontré à plusieurs reprises à la Maison-Blanche. Sa première impression avait été positive. Wallen savait ce qu'il voulait, il avait des idées et une vision large des choses.

– C'est terrible, dit-il. Envisage-t-il de démissionner ?

– Pas tant qu'il peut occuper son poste. S'il démissionne, l'amendement XXV de la Constitution s'applique : il m'appartient de désigner un successeur, dont la nomination doit être approuvée par la majorité du Congrès. Je ne suis pas du tout sûr de l'obtenir. Mais là n'est pas vraiment le problème. Pour tous, Jonathan est le futur candidat à la présidence, et c'est certainement le meilleur du parti démocrate. Mais il va très vite se retirer de la course. Il va falloir rapidement mettre quelqu'un d'autre en piste. Dites-moi, Peter, quel nom vous vient à l'esprit parmi les membres du parti démocrate ?

Goren réfléchit.

– Je vous avoue que je n'arrive pas à trouver quelqu'un qui soit à l'évidence un bon candidat, dit-il.

– Voilà précisément le problème. Les candidats seront nombreux, mais aucun ne peut faire le poids face à ce républicain de Jimmy Hawkers. À mon avis, si nous nous obstinons à présenter un membre du parti, nous perdrons les élections.

– Prenez un candidat en dehors du parti, un membre de la société civile.

– C'est exactement ce à quoi je songe. Pour être tout à fait franc, j'ai déjà un nom en tête.

– Eh bien alors, où est le problème ?

– Pour l'instant, il s'agit simplement d'une idée qui m'est venue. Je n'en ai encore parlé à personne, vous êtes le seul au courant.

– J'en suis très honoré. Mais en quoi puis-je vous aider ?

– C'est que vous êtes directement concerné. Peter, c'est à vous que j'ai pensé pour cette fonction.

– À moi ? Vous plaisantez !

Goren était sidéré.

– Pas du tout. J'estime que vous feriez un excellent candidat, et un grand Président.

– Puis-je vous demander d'où vous est venue cette idée étrange ?

Le Président le regarda avec un sourire au coin de l'œil.

– Indépendamment de vos qualités intrinsèques, qu'il est inutile de rappeler, mon cher Peter, c'est votre projet pythagoricien qui m'a fait songer à cette possibilité. Je ne vois personne d'autre capable de marier l'efficacité dans la gestion d'une très grande organisation avec un projet pouvant changer la face du monde, dans un sens qui correspond à notre vue humaniste des choses. Beaucoup de grands patrons sont très efficaces, mais avec une perspective se limitant à la croissance de leur entreprise. Vous combinez l'efficacité, la vision planétaire, la capacité, et sans doute la volonté de transformer le monde par un grand projet politique (car votre projet pythagoricien est plus politique qu'économique). Et vous connaissez la plupart des dirigeants du monde pour avoir finalisé avec eux de grands contrats concernant leur pays. Dites-moi donc ce qui vous manque pour être Président, Peter.

À présent, Goren comprenait mieux l'intérêt du Président pour le projet de JCN. Il sourit intérieurement en se souvenant de son allusion à Archytas de Tarente, qui avait gouverné sa cité selon les principes de la doctrine pythagoricienne.

– Je vais vous dire ce qui me manque, Gary : il me manque l'envie d'être président des États-Unis et de faire de la politique. Je ne suis pas intéressé par la quête du pouvoir suprême, je n'ai aucun intérêt pour les combinaisons politiciennes, et je ne serais sûrement pas bon dans ce genre d'exercice. La politique n'est pas mon domaine, et la plupart des professionnels de la politique ne m'intéressent pas. Cela vous va comme motif ?

– J'apprécie la logique, mais je la trouve insuffisante, voire à l'opposé de ce que vous voulez démontrer. Qui diable vous obligerait à assumer le rôle de Président selon le modèle que vous imaginez ? Qui vous empêcherait d'être un Président avec votre manière de voir les choses, un Président, disons le mot, pythagoricien ?

Que voulait dire ou sous-entendre le Président ? Une étude sérieuse sur le pythagorisme ne pouvait omettre l'existence de la métempsycose. Pourquoi le Président ne l'avait-il pas évoquée ? Goren décida de lancer un ballon d'essai. Il prit le ton amusé de celui qui énonce une plaisanterie pour détendre l'atmosphère d'une réunion trop sérieuse.

– Proposez donc le job à Pythagore. Je me demande s'il acceptera.

– À mon avis, dit Gary Stanton, il n'accepterait pas tout de suite et demanderait à réfléchir. Pourquoi rejetterait-il d'emblée une opportunité qui lui permettrait de donner à son système la diffusion planétaire qu'il souhaitait ?

Goren n'était pas plus avancé. Ou le Président n'avait aucun soupçon, ou c'était un petit malin. Mais il n'eut pas le loisir de pousser ses investigations plus avant. Un domestique était entré pour annoncer l'arrivée de Linda Van Gulden. Ils en étaient au dessert et décidèrent d'inviter Linda à le prendre avec eux. Ils se levèrent pour l'accueillir, admirant sa fine élégance. Pour une fois, elle ne portait pas du Yamamoto. Elle avait préféré une tenue décontractée, dans des tons vert pastel, plus adaptée à l'environnement sylvestre du chalet. Stanton ne connaissait pas Linda. Goren la présenta, insistant sur le rôle majeur qu'elle jouait dans la nouvelle JCN. Ils mangèrent et prirent un café, en parlant de tout et de rien. Puis on en vint à l'objet de la présence de Linda.

– Monsieur le Président, dit-elle, il y a dans la doctrine pythagoricienne une composante importante qui concerne la notion de justice. Un auteur français, un dénommé Armand Delatte, a établi, dans un document intitulé *La Constitution des États-Unis et les Pythagoriciens*, un lien entre la justice pythagoricienne et notre Constitution.

– Vraiment ?, dit le Président, riant presque. C'est incroyable ! S'agit-il d'une étude récente ?

– Pas du tout, elle a été publiée en 1948. Mais elle est restée quasiment ignorée en dehors des milieux spécialisés. Elle est d'ailleurs pratiquement introuvable. C'est l'assistant de Peter, Antonio Roselli, qui l'a dénichée chez un bouquiniste à Rome, et qui l'a fait traduire.

– Je vous écoute, dit le Président.

Linda donna tout d'abord quelques indications sur la théorie de la justice pythagoricienne.

– La tradition pythagoricienne, dit-elle, associait la pentade (le nombre 5) à la notion de justice.

– Mais, interrompit le Président, il me semble que, dans le système pythagoricien, la pentade apparaît avec d'autres significations. Elle représente entre autres l'amour générateur, pour la raison que 5 est la somme de 2, féminin, et de 3, masculin. Elle symbolise aussi les qualités positives du corps humain (la santé, la beauté). Par ailleurs, il y a assimilation de l'âme au nombre 5. Et la pentade est surtout un condensé de la décade.

– C'est vrai, reprit Linda. Mais la justice est équilibre et partage équitable, et le nombre 5 concrétise ces deux notions de multiples manières. Je vais vous en donner deux ou trois exemples.

Elle expliqua tout d'abord que la complémentarité de 2 et 3 pour donner 5, qui représente l'amour générateur, symbolise aussi la justice. En effet, elle met en présence des opposés, mâle et femelle, pair et impair, dyade et triade, qui s'équilibrent et se complètent harmonieusement. C'est un partage, une répartition juste, c'est l'équité. C'est une autre forme de l'« accord de quinte », cette composante de l'harmonie.

D'autre part, 5 est le seul nombre qui divise en parties égales les nombres 1 à 9, l'ennéade. Il y a en effet autant de nombres inférieurs à 5 (1, 2, 3, 4) qu'il y en a de supérieurs (6, 7, 8, 9). Mais cette division se concrétise également d'une autre manière, beaucoup plus subtile.

Linda demanda au Président d'imaginer une balance, avec ses deux plateaux et le fléau central. Les quatre premiers nombres de l'ennéade (1, 2, 3, 4) correspondent au plateau le plus léger, les quatre derniers (6, 7, 8, 9) au plateau le plus lourd, et le 5 correspond au fléau. Or, ce fléau peut symboliser la justice, car il rétablit l'équilibre entre les deux plateaux.

– En effet, poursuivit-elle, si on soustrait aux nombres du plateau le plus lourd la puissance du 5, on retrouve les nombres du plateau le plus léger ($6 - 5 = 1, 7 - 5 = 2, 8 - 5 = 3, 9 - 5 = 4$). On peut alors attribuer le résultat de ces soustractions aux nombres du plateau le plus léger (1 est attribué à 4, 2 à 3, 3 à 2, 4 à 1), ce qui permet de retrouver le 5 à chaque fois. Ainsi, Monsieur le Président, les pythagoriciens voyaient la justice comme l'équilibre harmonieux de forces opposées, vision symbolisée par le 5 de la pentade.

– Amusant, dit le Président. Encore un petit exercice de numérologie des pythagoriciens. Mais j'avoue ne pas voir le rapport avec notre Constitution.

– C'est que, comme toujours avec les pythagoriciens, répondit Linda, il ne faut pas s'arrêter à l'aspect numérologique de la doctrine, qui n'est que la vision symbolique de ce qui se trouve en profondeur. Ce qui est fondamental ici, c'est la justice perçue comme équilibre harmonieux de forces opposées.

Linda indiqua qu'il n'était pas exclu que cette notion provienne des lointaines expériences orientales de Pythagore : la théorie du yin et du yang exprime le même genre d'idée. Ainsi, il se pouvait que des composantes essentielles de la pensée orientale aient été importées par Pythagore au cœur de la mentalité occidentale. Et, en tout état de cause, le concept de justice par l'équilibre harmonieux de forces opposées allait traverser les âges dans notre monde occidental.

– C'est Polybe, poursuivit-elle, l'un des plus grands historiens de l'Antiquité, qui fut le premier à prendre en compte la notion d'équilibre pour décrire un bon modèle de Constitution. Il a exposé une théorie originale du cycle des régimes, d'après laquelle toutes les formes simples de gouvernement (royauté, aristocratie, démocratie) étaient condamnées à se corrompre, entraînant ainsi une décadence irrésistible, jusqu'à l'achèvement du cycle et son recommencement. Il leur opposait la Constitution mixte, composée d'éléments des trois régimes, seule capable de résister, par son équilibre, à cette déchéance.

– Je commence à voir où vous voulez en venir, dit le Président. Vous allez sans doute me parler maintenant de Montesquieu.

– Oui, bien sûr. Le principe de la séparation des pouvoirs exécutif et législatif, qu'il a développé, est fondé sur l'idée d'équilibre entre plusieurs pouvoirs, qui interdit le pouvoir absolu. « Ainsi, parce que la société est *représentée* par un pouvoir *divisé*, les citoyens vont être *impuissants* à se faire beaucoup de mal les uns aux autres. Si l'un des pouvoirs paraît trop l'emporter, les citoyens se porteront au secours de l'autre. » Et dans notre Constitution américaine, Monsieur le Président, les trois premiers articles, je dis bien les trois premiers, ne décrivent-ils pas la nature et le fonctionnement des trois pouvoirs séparés, législatif, exécutif et judiciaire ?

Ainsi, on peut dire, comme l'a fait Delatte, que d'une certaine manière les principes de la justice pythagoricienne furent repris en 1787 par les constituants de Philadelphie[1], George Washington, Benjamin Franklin, Rufus King et les trente-six autres cosignataires de l'acte fondateur de notre Constitution. Ils mirent en application les notions de justice, d'harmonie, d'équilibre, établis depuis deux millénaires par les pythagoriciens.

Le Président resta songeur.

– Oui, peut-être, dit-il. Mais qu'en est-il du nombre 5 symbole de la justice ?

---

1. La Constitution des États-Unis fut établie en 1787 à la convention de Philadelphie, et cosignée par 39 des 55 participants à cette convention

– Mais, Monsieur le Président, c'est parfaitement clair : notre drapeau américain ne comporte-t-il pas cinquante exemplaires du pentagramme ? Et ce drapeau ne se veut-il pas l'emblème de nos valeurs de justice et de liberté ? Lorsque nous brandissons notre drapeau, c'est cinquante symboles de la justice, cinquante signes de reconnaissance des pythagoriciens que nous faisons flotter au vent.

Par ailleurs, quelle est l'organisation qui nous aide à défendre ces mêmes valeurs ? C'est le Pentagone, bien sûr, qui abrite dans son bâtiment à cinq côtés de deux cent quatre-vingt-un mètres chacun tous les centres nerveux de notre système de défense.

– C'est très intéressant, dit le Président.

Des secondes passèrent, silencieuses. Puis le Président reprit :

– J'ai presque envie de m'écrier : Pythagore Président !

Et il éclata de son rire chaleureux, qui avait séduit tant de monde. Goren et Linda échangèrent un regard rapide, chargé de questions sous-entendues. Linda ignorait la proposition que Gary Stanton avait faite à Goren dans la matinée, mais elle trouvait tout de même étonnante la dernière réflexion du Président.

L'après-midi touchait à sa fin. Goren et Linda raccompagnèrent le Président jusqu'à son hélicoptère. Ils se saluèrent amicalement. Au moment où le Président allait embarquer, il se retourna vers Goren et lui dit, en criant pour couvrir le bruit des pales, qui commençaient à tourner :

– Peter, réfléchissez sérieusement à ce dont je vous ai parlé. N'appelez pas, je vous contacterai prochainement.

Environ trois quarts d'heure plus tard, un autre hélicoptère atterrissait devant le chalet. Il venait chercher Goren et Linda. Garrett avait annulé le retour initialement prévu sur un avion de ligne, qui impliquait un trajet par la route jusqu'à l'aéroport de Billings à travers des zones forestières inhabitées. Les risques étaient trop grands. Une organisation criminelle aurait facilement pu organiser une embuscade. Il avait justifié cette prudence par des événements graves intervenus à Rome. Il n'avait pas précisé lesquels, préférant en parler de vive voix avec Goren.

Durant le trajet, Goren et Linda parlèrent peu. Dans la pénombre, les discrets effluves du parfum italien de Linda arrivaient jusqu'à Goren. Il aurait pu profiter de ce voyage pour engager la conversation sur des thèmes plus personnels. Cette idée l'effleura, d'autant qu'ils étaient séparés du pilote par une cloison de verre permettant les conversations privées. Mais il eut le sentiment que le moment serait mal choisi. Sans qu'il le sache, cela tombait bien. Linda ne se sentait pas très bien, elle éprouvait une sensation bizarre. De son côté, Goren pensait aux péripéties de ces derniers jours. Il était préoccupé par les mystérieux événements de Rome évoqués par Garrett. Linda savait être discrète. Elle respecta le silence de Goren. Vers le milieu du voyage, ce dernier sortit un moment de ses réflexions, et lui dit :

– Linda, savez-vous que le Président m'a fait une proposition étonnante ? C'était juste avant que vous n'arriviez. Je vous en parle sous le sceau du secret.

– Je vous écoute.

– Il m'a dit que, pour des raisons de santé, le vice-président Jonathan Wallen ne pouvait plus se présenter aux prochaines élections présidentielles. Comme il semble n'y avoir personne au parti démocrate qui puisse sérieusement s'opposer à Jimmy Hawkers, il cherche un bon candidat. Et il me propose ce rôle.

Linda était impressionnée. Mais elle se dit que l'idée n'était pas stupide.

– Vraiment ? Faut-il dès à présent vous féliciter ? demanda-t-elle.

– Je n'ai pas donné de réponse, dit Goren. Mais ce qui m'a le plus surpris, c'est l'un des arguments qu'il a utilisés : il semble avoir été intéressé par la dimension politique de la restructuration de JCN, et m'a dit, à mots couverts, qu'il me verrait bien assumer, tenez-vous bien, une présidence « pythagoricienne ». Votre exposé sur la justice venait on ne peut plus à propos.

– Je dois dire que j'ai été surprise des réactions du Président à cet exposé. Je pensais qu'il y trouverait simplement une dimension anecdotique. En fait, cela a été tout autre chose. Visiblement, il a plus que des notions élémentaires sur la doctrine pythagoricienne, car il semble très documenté. Il a certainement compris qu'il y avait quelque chose de capital dans la réorganisation de JCN, et que la composante pythagoricienne du projet était bien plus qu'un simple habillage. Pensez-vous qu'il songe à une réincarnation contemporaine de Pythagore ? Sa réflexion sur « Pythagore Président » était surprenante.

– Je ne suis pas arrivé à le savoir. C'est un habile débatteur, il a esquivé mes questions indirectes sur le sujet.

– Puis-je vous demander si vous envisagez de donner suite à sa proposition ?

– En première approche, non. La politique n'est pas ma tasse de thé, je déteste les compromissions qui l'accompagnent. Et de toute façon, vous le savez bien, je suis déjà engagé dans la réalisation d'un projet planétaire. Mais du coup, la question se pose de la manière suivante : la meilleure position pour accomplir notre projet est-elle à la place du président de JCN, ou à celle du président des États-Unis ? Le sujet mérite peut-être réflexion.

– Oui, sans doute.

Ils ne parlèrent plus jusqu'à l'arrivée. L'atterrissage eut lieu vers 21 heures chez Goren à San Mateo. Une voiture blindée et sous escorte attendait Linda. Elle déclina l'invitation de Goren à un rapide en-cas, et le salua sans autre commentaire. La voiture la conduisit directement chez elle, à San Francisco.

Une autre conséquence inattendue de la rencontre entre le président des États-Unis et Peter A. Goren n'était pas clairement apparue. Mais le fil inexorable du destin avait été sollicité, et bientôt il se manifesterait dans toute sa rigueur implacable.

Avertissement avec frais

Frémissements et tension de l'action dangereuse...
Regards angoissés de la bête apeurée

Sausalito, 25 juin 2008, 20 h 30.

Pour Palermio, cela avait été une de ces sales journées où rien ne va. Tout avait commencé par cette abominable réunion avec ce truand de Mazzino, qui se prenait trop au sérieux. Beaucoup trop. Ce délinquant en oubliait qu'il avait affaire au vice-président marketing de JCN. Sous son air policé, il n'était finalement qu'un voyou parvenu. Ce salaud ne perdait rien pour attendre. Il verrait qui était Palermio.

Puis, sur l'autoroute 101 en direction de JCN, il avait failli avoir un accident. Très énervé par son entrevue avec Mazzino, il avait trop appuyé sur le champignon de sa Porsche. Le fauve avait bondi, rugissant. Il pleuvait à verse et il y avait des bourrasques de vent, un vrai déluge ! Dans un virage, un violent coup de vent lui avait fait faire une embardée, mais, par miracle, il avait réussi à ne pas percuter la glissière de sécurité. Il avait eu très peur, ce qui n'avait pas arrangé son humeur.

Chez JCN, il avait enchaîné avec des problèmes difficiles et ennuyeux à régler. Goren s'était absenté. Encore un de ces rendez-vous avec le président des États-Unis – Palermio était désormais au courant –, auxquels il ne conviait jamais sa garde rapprochée, ni même son collaborateur principal, lui, le grand Palermio. Sauf cette fois-ci, où il s'était fait accompagner par cette intrigante de Linda Van Gulden, allez savoir pourquoi. Nicholas avait donc reçu les représentants d'une vague association d'écolos crasseux qui menait un combat d'arrière-garde contre la grande JCN, et tentait un procès désespéré contre elle. Il s'agissait d'une usine du groupe située dans le Michigan, qui, d'après cette organisation folklorique, polluait l'un des Grands Lacs. Cela n'avait aucune chance d'aboutir, mais il fallait tout de même être vigilant et bien gérer cette affaire. Un rendez-vous était donc prévu ce jour-là. Normalement, tout cela était sous le contrôle de Goren et de Linda Van Gulden. Mais Goren, le pauvre chéri, et Linda, la magouilleuse en tailleur chic, étaient trop occupés par leur gueuleton avec le président des États-Unis. C'est Palermio, assisté d'un troisième couteau de Linda, qui avait dû accueillir les avocats de la partie adverse, forts mécontents d'être reçus par un remplaçant. Ils ne s'étaient pas gênés pour le lui dire. C'était la deuxième fois de la journée que l'on prenait Palermio pour quantité négligeable. Cela faisait beaucoup ! Palermio était plutôt habitué à l'empressement et à l'obséquiosité.

Il avait passé le reste de la journée dans une humeur de chien, déchargeant sa bile sur ses collaborateurs. Sur Genoli d'abord, qui était entré dans le bureau de son chef avec le torse bombé du jeune cadre plein d'avenir et en était ressorti, vingt minutes plus tard, voûté comme un vieillard. D'autres avaient suivi et avaient subi le déluge tonitruant et vengeur du vice-président marketing humilié. La journée n'avait été que réprimandes brutales, injustes et improductives. Et Palermio détestait être improductif.

Enfin cette journée infecte avait touché à sa fin, il rentrait chez lui. Il retrouva sa puissance au volant de sa Porsche – il se sentait important derrière les vitres fumées, qui ne pouvaient que dissimuler une personnalité de poids. Devant la grille de sa propriété, il manœuvra la télécommande pour ouvrir le lourd portail de fer forgé et désactiver l'alarme. Il s'engagea dans l'allée, et distingua alors les deux gardes du corps de Mazzino. Il mit la Porsche au garage et franchit le seuil de sa porte.

Il s'était douché et changé. Il se sentait mieux, et avait un petit creux. Comme tous les soirs, il prit son doigt de whisky, un Macallan de dix-huit ans d'âge, sur le bar en verre et acier brossé disposé dans un coin du salon. Il sonna pour appeler son domestique. Quelques secondes plus tard, la porte s'ouvrit.

Palermio sursauta. Au lieu de son domestique, il avait en face de lui un grand type costaud, avec le visage dur et balafré d'un truand de cinéma.

– Bonjour, dit-il. Jo et moi nous remplaçons vos gardes du corps habituels.

– Ah bon, fit Palermio. Mais que faites-vous dans la maison, et où est mon domestique ?

– Nous lui avons donné congé, dit le gorille.

– Ça ne va pas, la tête ? aboya-t-il. Vous avez donné congé à mon domestique ?

– Monsieur Palermio, nous sommes polis avec vous, alors soyez-le avec nous.

Il avait vraiment une sale tête. Son collègue entra. Il n'était guère plus engageant.

– Le minimum de politesse voudrait que vous n'entriez pas chez moi sans y être invités. Sortez tout de suite.

– T'entends, Jo ? Il doit nous prendre pour son domestique.

– Oui, Alberto, je crois qu'il n'a pas bien compris qui *on est*.

Alberto était à peu près présentable, ce qui n'était pas le cas de Jo. Il avait l'accent des voyous de Brooklyn et, en plus, avec son col de chemise douteux, sa cravate tachée et ses ongles noirs, il était crasseux.

Palermio se dirigea vers son téléphone. Il voulait appeler Mazzino, lui dire ce qu'il pensait de sa bande de voyous et lui demander d'envoyer des personnes plus civilisées. Alberto posa sa main énorme sur le téléphone. Palermio ressentit une petite pointe d'inquiétude.

– Qu'est-ce que ça veut dire ? demanda-t-il sèchement.

– Ça veut dire que Jo et moi, on est en mission commandée.

Palermio n'aimait pas l'expression mi-ironique, mi-menaçante, de ces deux gorilles.

– Je sais, vous êtes chargés de ma protection.

– Pas seulement.

– Veuillez vous expliquer.

Son ton était impératif. Il cachait bien son inquiétude.

– Nous sommes chargés de vous demander des explications, dit Alberto, et je vous conseille amicalement de nous les donner.

– Qui vous envoie ? demanda Palermio.

– Disons que c'est la famille.

– Quelle famille ?

– Tu entends, Jo ? Il demande « quelle famille ». Ils ont raison, on dirait qu'il n'a rien pigé, notre ami.

Palermio changea de stratégie.

– Très bien. Si vous êtes envoyés par la famille, asseyez-vous. Un whisky ? C'est du bon, dix-huit ans d'âge.

– Non merci, pas pendant le travail, dit Alberto.

– Peter Mazzino sait que vous êtes ici ?

– Peu importe. Le Don ne s'occupe pas directement de ce genre d'opération.

Palermio était de plus en plus inquiet. Mais que voulaient donc ces deux primates ?

– De quel genre d'opération s'agit-il ? demanda-t-il.

– D'une opération d'explication et de mise au point. Vous allez nous donner des explications, et, si elles ne sont pas satisfaisantes, nous ferons les mises au point nécessaires jusqu'à ce qu'elles le soient.

– Je ne comprends pas, dit Palermio.

– C'est bien le problème. On nous avait dit que vous n'aviez pas bien compris, je vois que c'est vrai. Mais heureusement nous sommes là, et vous allez comprendre. En tout cas, je l'espère pour vous.

Palermio ne voyait pas où ces deux voyous voulaient en venir. Ces types le dépassaient de vingt bons centimètres et devaient peser trente kilos de plus que lui. Il n'était pas question de faire appel à la force. Son pouls s'était accéléré, et il sentait son cœur battre la chamade. D'un rapide coup d'œil, il évalua la distance qui le séparait de la porte et de la fenêtre ; c'était vraiment loin. Soudain, il se rappela qu'un pistolet était dissimulé derrière le bar.

– Puisque vous semblez tenir à une discussion dont je ne connais toujours pas le sujet, dit-il, asseyez-vous.

Il leur désigna le canapé et les profonds fauteuils de cuir blanc. Jo jeta un coup d'œil à Alberto, qui lui indiqua un fauteuil du menton. Lui-même en choisit un autre en face, de telle sorte que Palermio ne puisse échapper à leurs regards croisés. Palermio alla s'adosser négligemment au bar. Hélas, le pistolet se trouvait de l'autre côté du meuble.

– Dites-moi, monsieur Palermio, dit Alberto, connaissez-vous le fonctionnement de Cosa nostra ?

– C'est un examen de passage ? demanda Nicholas avec une pointe d'ironie – il se forçait un peu.

– Non, je dirais plutôt que c'est un test d'aptitude. Mais vous auriez intérêt à ne pas être recalé.

Palermio sentait monter l'angoisse. Il ne supportait pas le genre que se donnait cette paire de brutes ; cela l'énervait au plus haut point. Il éclata soudain.

– Écoutez-moi, vous deux. Vous commencez à m'agacer sérieusement avec vos insinuations stupides. Vous ne savez sans doute pas qui je suis, ni le rôle que je suis censé tenir dans votre organisation. Il est extrêmement important. Les gros bras de votre espèce n'auront pas besoin de recommandations pour bien se tenir. Je vous garantis que, dès demain, je contacterai Mazzino et je lui ferai part de votre comportement.

Alberto se leva, marcha tranquillement vers Palermio et s'arrêta devant lui. Il le regarda droit dans les yeux. Brusquement, il lui balança une gifle monumentale. Palermio roula à terre.

– Monsieur Palermio, dit-il, je regrette d'en arriver à ce niveau de dialogue. Mais je vous avais demandé d'être poli avec nous. Pas vrai, Jo ?

– Si, c'est vrai. Mais on nous avait prévenus que M. Palermio avait du mal à comprendre. On devrait peut-être lui laisser un peu de temps pour qu'il voie de quoi il retourne, quitte après à employer des méthodes plus dynamiques. Qu'en pensez-vous, monsieur Palermio ?

Palermio s'était relevé et était allé s'asseoir sur le canapé. Il tremblait de rage et de peur contenue.

– Vous êtes les plus forts ce soir, mais à moins que vous n'ayez décidé de me tuer, je sortirai d'ici tôt ou tard, et on pourra reparler de tout ça à armes égales.

– Il est carrément borné, dit Jo. Ou alors, nous ne sommes pas convaincants. Oui, faudrait qu'on soit plus clairs.

Il échangea un bref regard avec Alberto. Ils se levèrent et se dirigèrent vers Palermio. Ce dernier se leva aussi. Et soudain, il se rua vers le bar.

Les deux durs furent plus rapides que lui. Ils l'empoignèrent chacun par un bras et, sans brutalité, comme s'il s'agissait d'une manœuvre banale, raisonnable même, ils l'allongèrent sur l'épaisse moquette grise, la face vers le plafond. Alberto s'assit à califourchon sur son ventre, tandis que Jo, face à son acolyte, posait ses genoux sur les deux bras de Palermio.

Alberto se pencha sur le visage de Nicholas. Il lui serra fortement les joues de la main gauche, le contraignant ainsi à ouvrir la bouche. De sa main droite, il sortit son revolver, mit le canon dans la bouche de Palermio, arma le chien, et dit tranquillement :

– Monsieur Palermio, pour moi ce ne serait pas plus difficile de vous tuer que d'écraser un moustique. C'est mon métier, et aussi celui de Jo. Je suis payé pour ça et je suis un bon. Alors, maintenant que vous êtes au parfum, clignez des yeux si vous souhaitez avoir une discussion positive avec nous.

Palermio était hypocondriaque certes, mais il n'était pas dépourvu de courage. Il ne broncha pas.

– Monsieur Palermio, reprit Alberto, vous avez cinq secondes pour vous décider.

Palermio était joueur de poker. Il se dit : « Ils bluffent, Mazzino a trop besoin de moi. » Malgré la panique qu'il sentait monter, il décida de continuer à se taire. Alberto regarda Jo, et dit d'un ton las, en haussant les épaules :

– Tant pis. Comme ça, on sera libres plus tôt.

Puis il ajouta :

– Tchao, monsieur Palermio…

Une terreur sans nom envahit Palermio. Il transpirait par tous les pores de son corps. Il vit le doigt d'Alberto à quelques centimètres de ses yeux appuyer doucement sur la détente, le chien du revolver reculer lentement avant de se détendre. Il perdit soudain tout contrôle de lui, et se mit à hurler, en tentant d'articuler : « Attendez ! » Trop tard ! Le coup partit, Palermio sentit le choc sur ses dents.

Il n'était pas mort. Le revolver n'était pas chargé. Les deux gorilles se relevèrent, laissant Palermio haletant sur la moquette. Il était liquéfié. Il se demanda s'il se remettrait de l'épouvante qui avait manqué de faire éclater son cœur et les veines de son cerveau. Il ferma les yeux pour tenter de récupérer. Tout était rouge. Il n'arrivait pas à retrouver son souffle. Ses doigts étaient saisis d'un tremblement incontrôlable. Son cœur cognait comme si quelqu'un dans sa poitrine donnait des coups de poing en rythme.

Il sentit qu'on le relevait sans brutalité et qu'on l'asseyait dans l'un de ses fauteuils.

– Allons, monsieur Palermio, dit la voix d'Alberto, remettez-vous. Une personne aussi importante que vous doit avoir de l'estomac. C'était un peu impressionnant, mais vous n'êtes pas n'importe qui. Pas vrai, Jo ?

– Je vais finir par me le demander, dit le voyou de Brooklyn.

– Un verre de whisky pour vous remonter, monsieur Palermio ? C'est du bon, dix-huit ans d'âge.

Palermio ne disait rien, il demeurait immobile. Le choc avait été brutal, profond, et il avait le plus grand mal à refaire surface. Finalement, il prit le verre de whisky que lui tendait Alberto, et le but d'un trait. La morsure de l'alcool dans sa gorge, dans son œsophage, dans son estomac lui fit du bien. Une chaleur bienfaisante l'envahit. Petit à petit, ses idées se remettaient en place. Doucement.

– Et maintenant ? demanda-t-il d'une voix éteinte, presque inaudible.

– Et maintenant, répondit Alberto, vous commencez à mieux comprendre ?

Palermio réfléchit.

– Que voulez-vous que je comprenne ? Que vous n'hésiterez pas à tuer ? Que vous pouvez me tuer ?

– Oui, mais ce n'est qu'un début. Je parle de ce que vous avez compris, pas de ce que nous pourrions faire, rassurez-vous, monsieur Palermio...

– Voulez-vous que je vous dise que Cosa nostra est conforme à sa réputation ?

– Entre autres, dit Jo.

– Et quoi de plus ? Que, selon votre réputation, une famille est un bloc, et qu'un étranger n'y pénètre pas facilement ?

– Ça vient, ça vient, dit Jo, qui se curait les ongles avec une clé de voiture.

Palermio resta silencieux. Ses forces revenaient. Il avait compris où ces salauds voulaient en venir. Il dit, doucement :

– Se pourrait-il que vous vouliez que je dise que, dans la famille, le Don est le maître ? Qu'il a tous les pouvoirs, y compris celui de vie et de mort ?

– Qu'est-ce que t'en penses, Jo ? demanda Alberto.

– Je pense, répondit Jo, que son whisky doit être de bonne qualité. On dirait que ça ouvre l'esprit.

– On s'en va ?

– Ouais, on s'en va.

Les deux gorilles étaient partis depuis déjà un quart d'heure. Dans son fauteuil, Palermio ne bougeait pas. Il était épuisé, crispé, ses idées restaient confuses. Il avait besoin de récupérer encore un peu. Il fit un effort énorme et se leva pour se servir un plein verre de whisky. Dix minutes plus tard, son verre était vide. Il se leva de nouveau pour sonner son domestique. Pas de réponse, les voyous avaient dû le renvoyer pour la nuit. Il se resservit un verre.

Il se sentait mieux maintenant. Les trois quarts de la bouteille y étaient passés. Palermio se détendait un peu. Il se dit qu'il devait essayer de dormir. Il monta dans sa chambre avec le reste de whisky.

Dans son lit depuis plus d'une heure, il se tournait et se retournait. Malgré l'apaisement et la chaleur que lui procurait l'alcool, il n'arrivait pas à s'endormir. Il fallait absolument qu'il dorme. À moitié conscient, il alluma la lumière et chercha son flacon de somnifère.

Combien devait-il en prendre ? Il n'était plus très sûr, ses idées étaient brumeuses. Il pencha le flacon ; de petits comprimés colorés tombèrent dans le creux de sa main. Combien ? Peu importe, il fallait qu'il dorme. Il avala le tout...

Francfort, Frankfurter Allgemeine Zeitung,
Jeudi 26 juin 2008,
édition du samedi 26 juin 2008.

SÉRIE NOIRE DANS L'INDUSTRIE

LE SORT SEMBLE S'ACHARNER SUR LES DIRIGEANTS DE L'INDUSTRIE

C'est tout d'abord Antonio Roselli, numéro deux de la grande multinationale JCN, qui a été victime ce mardi 24 juin d'un attentat ou d'une agression criminelle à Rome, en Italie, où il se trouvait pour raisons professionnelles. Suite à des circonstances peu claires, sur lesquelles la police se refuse à tout commentaire, A. Roselli a été atteint de deux balles d'un gros calibre. Il se trouve actuellement dans le coma, à l'hôpital central de Rome. Il est grièvement blessé, mais il semble que ses jours ne soient pas en danger. Nul doute qu'à son réveil il puisse apporter quelques éclaircissements sur cette mystérieuse affaire.

Et voici que le jeudi 26 juin 2008, on annonçait dans la matinée le décès de Nicholas Palermio, le vice-président marketing de JCN. Le corps de M. Palermio a été découvert à son domicile, tôt ce matin-là, par son employé de maison. Ce dernier a aussitôt alerté

la police. Il s'agirait d'un arrêt cardiaque, consécutif à une absorp-
tion massive d'alcool et à un surdosage de somnifères. Sa situation
chez JCN ayant sérieusement pâti de la récente réorganisation de
l'entreprise, la police n'exclut pas que Nicholas Palermio ait pu
traverser un moment de dépression. Toutefois, l'hypothèse du sui-
cide reste douteuse, car elle est contraire à la personnalité de
M. Palermio. Il s'agirait alors d'un simple accident.

L'employé de maison de M. Palermio, un Philippin logé dans la
maison de son employeur, semblait terrorisé. Ce fait a tout de suite
attiré l'attention des enquêteurs, mais il a très vite été mis hors de
cause. En effet, il a déclaré que M. Palermio (il insistait bizarre-
ment sur ce nom) lui avait donné congé la veille pour la soirée. Ses
déclarations ont été vérifiées et confirmées. Les enquêteurs ont
découvert que ses papiers n'étaient pas en règle. Selon eux, ce fait
suffirait à expliquer son trouble.

Nicholas Palermio, qui était âgé de cinquante-cinq ans, a effec-
tué la totalité de sa carrière chez JCN. Diplômé d'une petite école
de commerce de Rochester (Minnesota), d'où il était natif, il n'a dû
sa brillante carrière qu'à un dynamisme et une efficacité hors pair.
Sa disparition est une perte importante pour le monde des affaires.

Par ailleurs, tôt ce matin, un autre événement sanglant est venu
marquer au fer rouge l'histoire de l'industrie allemande. En effet,
un brillant représentant de l'industrie chimique de notre pays, Jur-
gen von Ksollsturm, directeur général du grand groupe de chimie
Barfen AG, a été trouvé mort à Francfort, dans une ruelle située près
du centre. Il semble que, par un malheureux hasard, il se soit trouvé
pris au milieu d'une rixe entre deux bandes rivales. Il est décédé des
suites d'un coup de couteau dans le cœur.

C'est une perte immense. Chacun connaît son parcours excep-
tionnel. Issu d'une famille modeste, Jurgen von Ksollsturm tra-
vailla pour financer ses études. Il débuta sa carrière chez Barfen
comme simple ingénieur chimiste, il y a dix-huit ans. Dix-huit
années durant lesquelles il a brillamment gravi les échelons de la
hiérarchie jusqu'au poste de directeur général, qui lui fut confié à
l'âge de trente-huit ans. Jurgen von Ksollsturm était une figure
marquante du patronat allemand et un interlocuteur écouté des
instances gouvernementales. En vérité, il aurait déjà accédé à la
présidence du groupe Barfen si de récents et cruels problèmes

personnels, sur lesquels la discrétion s'impose, n'étaient venus enrayer cette formidable ascension.

On connaît en outre la carrière sportive de Jurgen von Ksollsturm dans la discipline du tir. Là comme ailleurs, il a excellé et contribué au palmarès sportif de l'Allemagne.

Nous prions Barfen AG, et la famille de Jurgen von Ksollsturm, sa jeune femme et ses trois enfants, d'accepter nos plus sincères condoléances.

Quatre jours plus tard, un entrefilet paraissait sous la rubrique des faits divers d'un journal local de Los Angeles.

Los Angeles, 30 juin 2008
Los Angeles Times State & Local News,
édition du 30 juin 2008.

Dimanche soir, la police a découvert, dans une petite rue donnant à hauteur du numéro 1560 de Sunset Boulevard, le corps de deux repris de justice, Jo Kracken (33 ans) et Alberto Spontieri (41 ans). Ils avaient la gorge tranchée. La police affirme reconnaître le style des exécutions punitives de la Mafia, à laquelle les deux victimes sont soupçonnées d'avoir appartenu.

Sauf pour Mazzino, qui ne décolérait pas depuis la mort de Palermio, cet entrefilet resta ignoré de tous les protagonistes de l'opération Pythagore.

Conseil restreint

Frémissements et tension
de l'action dangereuse...
L'heure du bilan...

*Villa de Peter A. Goren, près du Memorial Park de San Mateo,
Californie, États-Unis, vendredi 27 juin 2008, 13 h 30.*

Des événements extrêmement graves s'étaient produits. Ils pouvaient changer la donne. En tout cas, ils ne pouvaient être sans conséquences. Goren avait réuni le Conseil Pythagore pour analyser la situation et statuer sur les décisions à prendre. Roselli étant « empêché », ce conseil restreint ne rassemblait que lui et Linda Van Gulden.

Linda arriva à 13 h 30 précises dans une voiture blindée. Elle était encadrée par deux autres voitures, l'une la précédant, l'autre la suivant ; c'étaient les agents de Garrett. Goren vint l'accueillir. Ils se rendirent immédiatement dans l'un des grands bureaux de la villa et s'installèrent de part et d'autre de la table de réunion.

– Je déclare cette troisième session du Conseil Pythagore ouverte, dit Goren. J'ai convoqué cette session d'urgence car les événements se précipitent. Il s'agit de statuer sur les mesures immédiates à prendre suite à ce qui vient de se passer. Je n'ai pas eu le temps de préparer un ordre du jour détaillé, mais je pense que nous devons couvrir les sujets suivants : point sur la situation à Rome et mesures immédiates à prendre ; point sur la situation en Californie et mesures immédiates à prendre ; étude de la proposition du président des États-Unis ; décision. Voyez-vous d'autres sujets, Linda ?

– Non, cela couvre les problèmes en cours.

– Bien. Voyons le premier point.

Goren fit la synthèse des informations qui lui étaient parvenues de Rome, soit par Garrett, qu'il avait reçu trois fois depuis son retour du Montana l'avant-veille au soir, soit par Fontelli, avec lequel il s'était entretenu téléphoniquement à plusieurs reprises. Selon ces informations, des événements imprévus s'étaient produits durant la réunion dans la basilique de la Porta Maggiore. Prévenue par un coup de fil anonyme, la police avait trouvé Roselli qui gisait sur le sol de la basilique dans une mare de sang. Il régnait un grand désordre, ce qui laissait supposer une lutte ou la fuite désordonnée de plusieurs personnes. La police avait retrouvé deux balles d'un pistolet de calibre 45. Roselli ne devait la vie qu'au port d'un gilet pare-balles.

– J'ignorais qu'Antonio portait ce genre d'accessoire, observa Goren, mais il faut reconnaître que c'était une sage précaution.

Le gilet lui avait sauvé la vie, mais il était dans un coma profond, à l'hôpital central de Rome. Il n'avait pas perdu trop de sang, mais le choc avait été violent. Les médecins se refusaient à tout pronostic.

– Nous avons deux sujets à débattre, poursuivit Goren. Un : que s'est-il passé dans la basilique ? Deux : le Conseil Pythagore doit-il nommer un remplaçant d'Antonio, ainsi que me le permet l'article 2 de la charte ?

– Vous deviez être dans la basilique à la place d'Antonio, observa Linda. C'est vous qui étiez visé.

– C'est vrai. Mais je pense que les trois membres du Conseil Pythagore sont dans le collimateur. Je n'étais que l'une des trois cibles. La première idée est que le tueur doit appartenir à la même organisation qui a saboté l'ascenseur d'Antonio, qui vous a suivi en voiture, et qui surveillait mon chalet du Montana. Mais la question qui vient immédiatement à l'esprit est : comment diable ont-ils eu connaissance d'une réunion aussi secrète ?

Ils en discutèrent plus de vingt minutes sans trouver de réponse. Il y avait forcément des fuites quelque part, mais ils ne voyaient pas où ; ils ne connaissaient pas assez l'organisation des pythagoriciens pour échafauder une hypothèse réaliste. Fontelli, que Goren avait interrogé, n'avait pu apporter aucun éclaircissement.

– J'entrevois un sérieux problème, dit Linda. Il est probable que, pour les pythagoriciens, Pythagore est dans le coma. Je me demande quel est leur état d'esprit. Il faudrait peut-être les contacter, les informer, et éventuellement organiser une autre réunion.

– J'y ai songé, répondit Goren. Malheureusement, je ne suis pas encore prêt pour avoir un contact direct avec eux. L'un des projets d'Antonio était précisément de me mettre à niveau pour une prochaine réunion. S'il n'est pas de retour bientôt, je dois trouver une autre solution. Je pourrais faire appel aux personnes qui sont chargées au sein de JCN de la direction de la formation pythagoricienne, mais, d'après Fontelli, ce qu'ils peuvent m'apprendre est insuffisant pour présider une réunion des pythagoriciens. Fontelli conseille d'attendre quelques jours un éventuel réveil d'Antonio. En dernier recours, il restera Fontelli lui-même, qui pense avoir les connaissances nécessaires.

– Oui, on peut attendre quelques jours.

– Par ailleurs, poursuivit Goren, il y a un problème pratique stupide : j'ignore de quelle façon Antonio organise une réunion des pythagoriciens. Leurs coordonnées sont secrètes et je ne sais pas où Antonio les dissimulait. Je sais seulement que les pythagoriciens sont répartis dans le monde entier et qu'il doit y en avoir une vingtaine. De plus, comme ils ne se connaissent pas entre eux, même si on en trouvait un, il ne pourrait pas nous indiquer qui sont les autres.

– Fontelli n'a pas une idée ? demanda Linda.

– Il va chercher dans les dossiers ou dans les fichiers informatiques d'Antonio, mais d'après lui il y a peu de chances de trouver quoi que ce soit.

Ils étaient dans une impasse. Trop de choses dépendaient d'Antonio Roselli.

– Il faut prendre une décision, reprit Goren. Voici ce que je propose. En attendant le rétablissement d'Antonio, je fais venir Fontelli immédiatement pour qu'il trouve le moyen de contacter les pythagoriciens, et qu'il se prépare à mon éventuelle formation. Nous allons nous donner jusqu'à mercredi prochain 2 juillet, à 12 heures. Si l'état de santé d'Antonio ne s'améliore pas, je mets Fontelli en piste pour ma formation.

– Oui, c'est bien, commenta Linda.

Goren la trouvait étrange. Il n'aurait pas su dire pourquoi, mais elle n'était pas « comme d'habitude ».

Elle reprit la parole, et Goren n'y pensa plus.

– Peter, qu'en est-il du remplacement éventuel d'Antonio dans le conseil ?

– C'est un problème majeur. Indépendamment de considérations personnelles, mon souhait le plus vif est qu'Antonio nous revienne vite. Le Conseil Pythagore ne peut pas se passer d'un pythagoricien de haute volée, et, hormis Antonio, je n'en connais pas.

Mais il faut envisager toutes les possibilités. Que faire si Antonio n'est pas rapidement de retour ? Faire appel à Fontelli ? Je ne sais pas ce qu'il vaut. Antonio me l'avait décrit comme un chercheur compétent sans envergure ; mais il semblerait qu'il assume très bien son nouveau job comme patron du RSC. Nous le connaîtrons mieux lorsqu'il sera là. De plus, il nous mettra peut-être sur la piste de pythagoriciens de talent. Pour l'instant, je ne vois pas d'autre possibilité.

En attendant, le conseil fonctionnera sans remplaçant d'Antonio. Je prendrai les informations nécessaires à nos prochaines réunions auprès de Fontelli. Voyez-vous autre chose concernant l'absence d'Antonio ?

– Qui, de chez nous, suit l'évolution de son état de santé ?

– D'abord Fontelli, qui semble plus proche de lui que ce que l'on m'avait laissé entendre. Et puis l'agent de Garrett à Rome, qui est en liaison avec la police, et se coordonne avec elle pour assurer la sécurité d'Antonio. Cette protection est indispensable, car ces bandits sont capables d'aller l'assassiner dans son lit d'hôpital. On me tient informé de son bulletin de santé deux fois par jour. Rien de changé ce matin, son état est stationnaire. Je passe au sujet suivant ?

– Oui, allons-y, dit Linda.

Elle avait l'air préoccupée, un peu absente, bizarre.

– Si les nouvelles de Rome n'étaient pas bonnes, poursuivit Goren, ici, en Californie, les choses ont évolué dans une direction plus favorable. Personne ne peut se réjouir de la mort de quelqu'un avec qui l'on a travaillé depuis des années. Mais le Conseil Pythagore avait décrété par ma bouche la mort de Palermio, et il est mort. Nous n'y sommes pour rien, mais sa disparition est une bonne nouvelle du point de vue de notre projet.

– Vous avez eu des éclaircissements sur cette mort soudaine ?

– Strictement aucun. La seule indication que Garrett a pu m'apporter concerne un ballet un peu étrange intervenu chez Palermio le soir de sa mort, le 25 juin. Peu de temps avant son arrivée chez lui, les deux gardes du corps qui protégeaient sa maison depuis plusieurs jours ont été remplacés par deux autres. Leur arrivée a été presque aussitôt suivie par le départ du domestique. Une heure et demie ou deux heures plus tard, les deux gardes sont repartis, immédiatement remplacés par les deux précédents. Le domestique n'est rentré que le lendemain matin et il a trouvé Palermio mort. Quand la police est arrivée, les gardes du corps avaient disparu.

– Garrett a une explication ?

– Non, pas vraiment. Il s'est certainement passé quelque chose entre les deux gardes provisoires et Palermio. L'ont-ils tué ? Palermio s'est-il suicidé ? Y a-t-il eu un accident ? On n'en sait rien.

– En fait, peu importe, dit Linda d'un ton détaché. L'essentiel, c'est qu'il a disparu sans que nous ayons eu à nous impliquer.

Goren se dit que cette remarque était singulière de la part de Linda. Toutefois elle avait raison, et il se garda de faire un commentaire.

– C'est vrai. Mais il y a une chose que vous ignorez et que je vais me faire un plaisir de vous annoncer : depuis la découverte du décès de Palermio, c'est-à-dire depuis hier matin 26 juin, il semble que la surveillance dont nous étions l'objet se soit miraculeusement volatilisée. Garrett en est certain. D'après lui, l'organisation qui nous menaçait a cessé de se manifester. Il pense que Palermio étant mort, elle a retiré ses billes.

– C'est formidable ! s'exclama Linda. Si c'est vrai, cela signifie que nous avons le champ libre.

– Oui.

– Garrett ne risque pas de se tromper ?

– Je ne pense pas. Il est excessivement prudent. S'il dit qu'il en est certain, il est peu probable qu'il se trompe. Mais, par mesure de sécurité, il n'a pas levé notre protection. Il l'a même renforcée, dans l'hypothèse où il s'agirait d'une manœuvre de nos ennemis destinée à faire baisser notre vigilance. D'ailleurs, vous êtes venue ici avec une belle escorte.

– C'est une grande nouvelle, la meilleure que nous pouvions avoir. À présent, les décisions à prendre me semblent évidentes.

Linda débordait d'enthousiasme. Goren ne se souvenait pas de l'avoir jamais vue ainsi. Pour une fois, pensa-t-il, elle avait omis de prendre en compte l'ensemble de la situation.

– Pas si vite, Linda. S'il est vrai que nous avons le champ libre, au sens où personne ne semble plus s'opposer à nos projets, un élément nouveau est apparu avec cette proposition que m'a faite Gary Stanton. L'évolution des opérations est conditionnée par la suite que j'y donnerai.

Il vit que Linda réfléchissait à toute vitesse.

– Je n'ai pas oublié, dit-elle. Simplement, j'y ai déjà réfléchi et j'en ai conclu que vous rejetteriez l'offre du Président.

– Vraiment ? Et pourquoi cela ?

Goren n'appréciait pas que Linda ait paru prendre une décision de cette importance à sa place. Cela ne lui ressemblait d'ailleurs pas.

– Pete, pardonnez-moi si je suis allée trop vite à la conclusion.

– « Fine mouche », se dit Goren. – Mais cela me paraissait si clair que je pensais que vous étiez arrivé à la même conclusion que moi.

– Pourriez-vous me dire en quoi elle consiste ?

– Le président des États-Unis est puissant, certes, mais il n'est pas tout-puissant. La séparation des pouvoirs exécutif, législatif et judiciaire figure en tête de la Constitution, comme nous l'avons vu l'autre jour. Si vous devenez président des États-Unis, il y a peu de chances, venant de la société civile et ayant pris la place d'un politicien professionnel, que vous ayez tout le monde avec vous. À mon avis, que le Congrès soit démocrate ou républicain, il n'aura de cesse de contrer toutes vos décisions. Dans ces conditions, imaginez les réactions de toute cette classe politique lorsque vous lancerez le projet pythagoricien qui aura des allures de révolution. Vous aurez toutes les difficultés du monde à faire passer quoi que ce soit de notre opération.

Et je n'évoque que les problèmes de politique intérieure. Imaginez les réactions de l'Europe, du Japon, de la Chine ! La superpuissance américaine n'est déjà pas en odeur de sainteté. Qu'en sera-t-il lorsque, par votre intermédiaire, elle voudra complètement changer la face du monde ? Vous serez perçu par tous comme un impérialiste désireux de dominer le monde. Vous aurez la planète entière contre vous.

En revanche, en tant que président de JCN, vous pouvez mettre en route le plan que vous nous avez exposé, et auquel je crois. C'est à la fois par la puissance économique et financière de JCN et par la pression des peuples que notre projet a les meilleures chances d'aboutir. L'approche novatrice qui a été développée surprendra tout le monde. Personne ne pourra réagir, comme vous nous l'avez si bien expliqué, et les gouvernements du monde ne pourront s'y opposer. Indiscutablement, l'approche du projet à partir de JCN me paraît infiniment supérieure. Voilà ma position.

Goren resta silencieux. Il évaluait le plus objectivement possible ces arguments. Linda, égale à elle-même, respectait son silence. Au bout de quelques minutes, il le rompit.

– Linda, dit-il, vos arguments sont intéressants. Cela étant, ils sont fondés sur l'hypothèse d'une présidence que je qualifierais de « traditionnelle ». Et dans ce cas, je suis d'accord avec vous, la réalisation du projet serait vouée à l'échec.

Mais moi aussi j'ai un peu réfléchi à la proposition du Président. À ce stade de ma réflexion, je pense au contraire qu'elle offre des possibilités extraordinaires, à condition d'aborder correctement le problème. Tout d'abord, les élections n'auront lieu que dans un peu plus de trois ans. Si je donne suite, je deviens le candidat officiel du parti démocrate. J'ai donc trois ans devant moi pour « vendre » notre projet. Je ne suis pas obligé de le vendre de la manière la plus stupide qui soit.

Jusqu'à présent, dans l'approche JCN du projet que nous avons envisagée, nous savons que nous rencontrerons de nombreux obstacles sur notre route. Notamment, nous aurons tous les gouvernements contre nous, y compris le plus puissant, celui des États-Unis. Mais nous avons réussi à imaginer une démarche dont nous pensons qu'elle est suffisamment subtile pour que notre projet franchisse tous les écueils, pour qu'il abatte toutes les oppositions.

Si je postule à la présidence des États-Unis, nous pouvons concevoir une autre stratégie, aussi fine et efficace, et nous aurons trois ans pour la « vendre ». Une approche à laquelle je songe est de nous servir de JCN, en démontrant par la pratique qu'une JCN pythagoricienne est meilleure qu'une JCN répondant aux critères traditionnels de la grande entreprise américaine. Nous n'interromprons pas le processus déjà engagé, et nous ferons de JCN une institution pythagoricienne dont le bien-fondé pourra être estimé par chacun. Mon thème de campagne sera alors tout trouvé : ce que j'ai fait pour JCN, je le ferai pour l'Amérique, et, pourquoi pas, pour le monde entier.

Bien sûr, il faut affiner tout cela, mais je crois que la trame est là. Nos employés dans le monde entier seraient alors nos meilleurs porte-parole. Qu'en pensez-vous ?

Ce fut au tour de Linda de prendre le temps de réfléchir, et à celui de Goren de respecter son silence.

– Puis-je vous répondre sans détour ? demanda-t-elle.

– Bien entendu, c'est même ce que j'attends de vous.

– Je pense, reprit Linda, que vous mettez en balance quelque chose de certain avec quelque chose d'autre qui relève du coup de poker. Je veux dire par là qu'aujourd'hui, dans la situation qui est la vôtre, personne ne peut vous empêcher de lancer notre projet, avec les chances de succès que nous connaissons et qui sont grandes. En revanche, si vous vous engagez dans une campagne présidentielle, qui vous garantit que vous serez élu ? Et si vous ne l'êtes pas, ce n'est pas uniquement vous qui aurez échoué. C'est le projet tout entier qui sera tombé à l'eau, car il aura perdu sa crédibilité, y compris auprès de nos employés.

Non, décidément, je pense qu'il vous faut refuser la proposition de Gary Stanton. Notre projet est bien engagé, il serait déraisonnable de reporter son exécution une fois de plus.

Goren n'aimait pas le tour que prenait la discussion. En fait, l'offre du Président le tentait beaucoup. Il aurait aimé que Linda le suive avec enthousiasme dans cette direction. Elle aurait fait une partenaire de talent. Et pourquoi pas, un peu plus tard, une magnifique *first lady*.

En vérité, se disait-il, elle n'avait pas entièrement tort. D'un certain côté, il lâcherait la proie pour l'ombre en acceptant l'offre du Président. Mais d'un autre côté, n'avait-il pas toujours réussi à relever les défis les plus audacieux ? Pourquoi échouerait-il cette fois-ci ? Et n'était-il pas plus grandiose d'imposer le pythagorisme comme président des États-Unis que comme président de JCN ? Il laisserait sans aucun doute une empreinte bien plus grande dans l'histoire.

– Très bien, dit-il. Je crois que notre discussion est prématurée. Le Conseil Pythagore n'est pas encore prêt à prendre une décision concernant l'offre du Président. Bien sûr, je pourrais décider seul, aujourd'hui, la charte m'y autorise. À dire vrai, je pourrais le faire facilement et sans trop d'hésitation : je choisirais volontiers de répondre positivement à Gary Stanton. Mais je veux prendre en compte vos réserves.

Nous allons encore réfléchir à cette affaire. Je fixe au 15 juillet la date du prochain Conseil Pythagore. Je prendrai alors une position définitive après que nous aurons de nouveau débattu cette question. Bien sûr, je pourrai changer cette date si Antonio revient.

Entre-temps, toutes les décisions déjà prises s'appliqueront comme prévu. Dès demain, Fontelli sera en Californie.

Il était 17 h 30. Linda partit vers JCN, encadrée de ses deux voitures d'escorte.

Le destin était en marche.

NDE[1]

Frémissements et tension
de l'action dangereuse...
Visions de l'au-delà...

Voilà des jours que mon corps est là, immobile sur ce lit d'hôpital. À moins qu'il ne s'agisse d'heures, de semaines ou de mois. Quantité de gens s'agitent ; ils examinent, commentent, auscultent, analysent, contemplent les courbes sur les écrans cathodiques, appliquent à cette forme figée toutes sortes de stimuli mécaniques ou électriques, dans l'espoir de la voir réagir. Rien ne se passe. On pourrait croire que ce gisant est mort, s'il n'y avait le bruit de la respiration forcée par cette odieuse machine, s'il n'y avait ces liquides colorés ou non circulant dans les multiples tuyaux qui sortent du nez, de la bouche, de divers endroits du corps, canalisant de la mousse ou des bulles, s'il n'y avait ces mouvements électroniques tressautant sur les écrans, en phase avec les bips qui rythment ce reste de vie.

L'une des choses qui m'étonnent le plus, c'est la perte de la notion du temps qui passe. Le temps n'existe plus, tout se situe dans un éternel présent. Mais ce présent n'a rien à voir avec celui des vivants ordinaires. En une perception simultanée, il englobe le passé, l'actuel, et la prescience de ce qui va advenir.

Je ne suis pas mort. Mon âme a quitté mon corps, mais elle ne s'en est pas éloignée ; elle se tient prête à le réintégrer au premier signe d'éveil. Pour l'instant, je me personnifie entièrement dans mon âme. Mon corps n'est plus qu'un amas inerte de molécules

---

1. NDE : *near death experience*, expérience vécue par les personnes revenues à la vie après avoir approché la mort de très près, suite à un violent traumatisme (accident ou maladie).

biochimiques qui ressemble à Antonio Roselli. Je ne suis plus que le principe spirituel de l'homme vivant que j'étais.

Les mots des hommes sont impropres ou insuffisants pour exprimer ce que je vois. Appelons cela la scène immense de l'espace et du temps, qui s'étale dans ma conscience en un seul tableau sur une étendue de deux mille cinq cents ans. Une lumière, féerique, irréelle, vient de nulle part et luit partout ; elle éclaire d'un rayonnement clair, homogène, doux et chaud, tous ces événements, toutes ces scènes de combat, de paix, d'amour, toutes ces personnes que j'ai connues, que j'ai aimées ou détestées, qui m'ont adoré ou haï, qui ont jalonné ma longue route.

Mais, étrangement, tout semble amputé d'une partie de la réalité. J'ai la totalité des deux mille cinq cents ans sous les yeux, mais je ne vois qu'une portion de chacun des instants ; environ trois cinquièmes...

Je me sens merveilleusement bien. J'aimerais que cet état n'ait pas de fin. Tout est calme, lent, feutré, les mouvements, la lumière et les bruits. Loin, très loin, au bout d'un tunnel sombre, je discerne une lueur d'une brillance extraordinaire, presque aveuglante, mais en même temps pleine de douceur, et même d'amour. Je sais que si mon corps s'éteint définitivement, il me faudra emprunter cette longue galerie, pour rejoindre l'au-delà, avant de me réincarner. Ce chemin ne m'est pas inconnu, je l'ai déjà parcouru à de multiples reprises.

En revanche, c'est la première fois que je traverse une telle situation. Tout d'abord, mon âme a quitté mon corps, mais elle reste à proximité, et cette séparation n'est pas forcément définitive. Et surtout, elle est dans un état particulier qu'elle n'a jamais connu auparavant. C'est à la fois l'âme de Pythagore, et quelque chose de différent.

Elle s'élève au-dessus d'elle-même, se regarde, s'auto-analyse, et voilà que s'explique cette étrange dualité. Elle se souvient que dans la doctrine pythagoricienne, il y a assimilation de l'âme au nombre 5. Et voilà que se dessine brièvement dans l'espace la silhouette floue et tremblotante d'un pentagramme lumineux qui rappelle que la pentade, moitié de la décade, représente un condensé de l'harmonie du monde, à laquelle l'âme se trouve ainsi associée.

Le pentagramme s'est effacé, mais mon âme résonne désormais de l'écho du 5. Et voilà que remonte le souvenir de ce passage du

Phèdre de Platon où Socrate mentionne les cinq (oui, les cinq) formes intelligibles que les âmes contemplent dans la plaine de la Vérité : Justice, Sagesse, Science, Beauté, Pensée.

Maintenant, je vois la Vérité : mon âme se compose de cinq éléments. Trois seulement proviennent de Pythagore : la Sagesse, la Science, la Pensée. Les deux autres sont des éléments ordinaires : c'est pourquoi je ne possède que trois cinquièmes des souvenirs de deux mille cinq cents ans.

Je ne suis pas Pythagore. Je ne suis que ses trois cinquièmes. Lors de sa dernière réincarnation, l'âme du Maître s'est scindée en deux. Pourquoi ? Je ne sais pas, la raison émergera d'elle-même lorsque les deux parties de l'âme se trouveront à nouveau réunies.

À présent, je sais pourquoi ma langue a fourché dans la basilique. Je comprends pourquoi je ne connais pas la date de la découverte de la fameuse formule.

Mais ces trois cinquièmes, qui sont tout de même la Sagesse, la Science et la Pensée, ont suffi pour monter un projet grandiose : j'ai pu convaincre Goren qu'il était Pythagore, et qu'en conséquence il lui appartenait de diffuser et d'imposer le pythagorisme dans le monde entier. Je pouvais ainsi rester dans l'ombre, agir en sous-main en minimisant les risques. Plus tard, le pythagorisme ayant triomphé, Goren aurait disparu. J'aurais fait le nécessaire et j'aurais pris sa place à la tête de la nouvelle JCN, réalisant ainsi l'ambition de notre Confrérie : un monde régi par Pythagore et le pythagorisme.

Mais alors, où se trouvent la Justice et la Beauté pythagoriciennes ? Dans une autre âme, bien sûr, qui se situe dans un corps différent du mien. Je ne sais pas quel corps abrite cette âme, ni où elle se trouve dans le vaste monde. Mais une chose est claire : la Justice et la Beauté ne suffisant pas pour agir, cette âme m'a laissé faire, elle a laissé le champ libre à la Sagesse, à la Science, à la Pensée.

Dès la mort de l'une des deux enveloppes charnelles qui contiennent les deux parties de l'âme de Pythagore, il y aura reconstitution de l'âme entière dans le corps survivant.

Alors, Pythagore revivra de nouveau dans la plénitude de sa splendeur.

La tentation de Goren

Frémissements et tension
de l'action dangereuse...
Ambitieux projets...

Villa de Peter A. Goren, près du Memorial Park de San Mateo,
Californie, États-Unis, vendredi 4 juillet 2008, 13 h 30.

Goren avait fait le bilan de la situation, il avait bien réfléchi.

Il y avait tout d'abord les nouvelles en provenance de Rome. Elles étaient excellentes. Antonio était sorti du coma depuis deux jours. Il était éprouvé physiquement, mais semblait en pleine possession de ses moyens intellectuels. Les médecins étaient satisfaits, mais encore réservés. Ils recommandaient une grande prudence.

Goren avait aussitôt renvoyé Fontelli à Rome. Ce dernier avait remis à Roselli un dispositif de brouillage de ligne de sorte que Goren puisse enfin lui parler librement. Ils avaient eu une longue conversation téléphonique. Goren avait exprimé sa joie, Antonio l'avait remercié. Puis ils étaient passés à l'opération Pythagore. Antonio avait résumé les péripéties de la réunion dans la basilique et sa conclusion tragique, dont il imputait la responsabilité à Palermio et à ses associés. Goren avait décrit les derniers développements de l'opération, notamment la mort de Palermio. Ils avaient conclu ensemble qu'il n'y avait plus d'obstacles majeurs à la réalisation de l'opération Pythagore.

Goren avait ensuite rapporté à Antonio la proposition du président des États-Unis. Antonio était d'abord resté sans voix – ce fut en tout cas l'impression de Goren. Goren lui avait expliqué qu'il ne songeait en aucun cas à abandonner le projet pythagoricien. Il s'interrogeait simplement sur l'opportunité qui se présentait de mener le projet dans un cadre nouveau, peut-être plus favorable.

Roselli lui dit qu'il devait y réfléchir ; il rappellerait Goren le lendemain.

Goren garda une impression mitigée de cette conversation. Les facultés intellectuelles de Roselli étaient intactes, cela ne faisait aucun doute. Toutefois Goren avait un sentiment étrange ; c'était un sentiment ténu, presque imperceptible, mais il en était certain, le ton de Roselli avait changé. C'était bien Roselli qu'il avait eu au bout du fil, mais un Roselli différent, inhabituel. En fait, Antonio semblait distant ; non seulement par rapport à lui, Goren, mais par rapport au projet, et même par rapport à sa propre personne. Il n'était plus aussi incisif. Ce n'était pas intellectuellement qu'il s'était passé quelque chose, c'était plutôt sur le plan psychologique. Ce n'était pas de la fatigue, de la lassitude, ni même du désintérêt. Non, il s'agissait d'une sorte de distanciation. Roselli s'intéressait toujours vivement au succès de l'opération Pythagore, mais il semblait considérer les choses d'un autre point de vue, de plus haut.

Roselli était passé très près de la mort ; Goren se dit que, pour le moment, il devait être physiquement et émotionnellement diminué. Il fallait attendre quelques jours.

Il rappela Fontelli pour avoir son sentiment. Fontelli avait trouvé Roselli très affaibli, amaigri. Les médecins avaient demandé que les visites et les conversations téléphoniques soient limitées. Toutefois, Roselli avait pu lui donner quantité d'informations. À présent, Fontelli savait comment contacter les pythagoriciens et où trouver l'information pour la formation de Goren. Goren le pria de rester à Rome pour continuer à assurer le contact avec Roselli.

Puis il appela Linda. Elle était sincèrement contente de l'amélioration de l'état de santé de Roselli. Elle lui demanda ce qu'il pensait de l'évolution de la situation, et notamment de la proposition du Président. Il lui répondit qu'il y réfléchissait.

Siège de JCN, bureau de Goren, Palo Alto,
5 juillet 2008, 8 h 30.

Roselli rappela le lendemain. Son état de santé n'avait pas évolué. Goren lui trouva toujours ce même ton détaché.

– Peter, j'ai longuement réfléchi à la proposition du président Stanton. *A priori*, je n'y suis pas favorable.

– Quelles sont vos raisons, Antonio ? demanda Goren.

– Il y en a plusieurs. Tout d'abord, pour de simples raisons pratiques, je ne vois pas comment vous pourriez être en même temps président des États-Unis d'Amérique et Pythagore, qui a encore besoin de beaucoup de discrétion. Vous vous trouveriez sous l'éclairage permanent de tous les projecteurs de la planète. Vous seriez dans l'impossibilité pratique d'assumer dans la confidentialité nécessaire vos responsabilités pythagoriciennes. Or la confidentialité sera de mise pendant encore un bon bout de temps.

– Le président de JCN occupe aussi une fonction à haute visibilité.

– C'est vrai. Mais cette visibilité-là est plus facilement gérable.

– Quoi d'autre ?

– Je ne pense pas que JCN puisse se passer de vous pendant la période de mutation, qui sera longue et douloureuse pour beaucoup. On aura besoin de votre poigne et de votre rayonnement. Par ailleurs, si vous deveniez président des États-Unis, tout le monde chez JCN penserait que vous avez quitté le navire au moment où les choses devenaient difficiles ; et cela entraînerait certainement un rejet généralisé du projet.

– Je n'en suis pas convaincu. Je pourrais fort bien constituer un comité de direction, que je présiderais pendant les trois ans et demi qui me séparent de mon éventuelle élection. Ce comité comprendrait des gens comme vous, comme Linda, et aussi deux ou trois cadres supérieurs de JCN, plus un ou deux représentants de ma famille. Je lui passerais progressivement le pouvoir, de telle sorte qu'il soit pleinement opérationnel si je suis élu. À ce moment-là, l'opération Pythagore sera suffisamment lancée pour que l'on ne puisse pas revenir en arrière.

– Je ne pense pas que cela puisse marcher. Vous êtes trop indispensable.

– D'autres objections ?

– Oui. Je pense que l'opération Pythagore est plus facilement réalisable à partir de la présidence de JCN qu'à partir de la présidence des États-Unis d'Amérique. JCN n'aura pas d'obstacles institutionnels en face d'elle. Le président des États-Unis n'a pas les coudées franches, il doit composer avec d'autres pouvoirs, aux niveaux national et international.

– C'est tout ?

Il y eut un long silence. Goren se dit qu'Antonio devait chercher d'autres raisons. Mais il réalisa que la ligne avait été coupée. Il voulut rappeler, puis il se ravisa ; il jugea qu'il valait mieux en laisser l'initiative à Antonio. Peut-être était-il trop fatigué. Et de toute façon, il connaissait sa position : Antonio était résolument contre sa candidature aux présidentielles, comme Linda, et pour des raisons similaires.

Des trois membres du Conseil Pythagore, il était le seul à vouloir accepter la proposition de Stanton.

Car plus il y pensait, plus il avait envie d'accepter. Certes les objections de Roselli et de Linda étaient valables. Mais ses réponses l'étaient également. Il se dit qu'ils avaient peut-être d'autres raisons que celles qu'ils avançaient. En tout cas Roselli.

Mais tout cela était sans importance. Il se sentait de taille à relever le défi. Oui, il accepterait la proposition de Gary Stanton. Il briguerait l'investiture du parti démocrate, puis la présidence des États-Unis, et il gagnerait. Il réaliserait le projet pythagoricien comme président des États-Unis d'Amérique.

Soudain, le téléphone sonna. C'était Fontelli.

– Peter, j'ai une mauvaise nouvelle. Antonio a eu une hémorragie interne, il vient de retomber dans le coma. Les médecins sont très pessimistes.

– Restez là-bas le temps qu'il faudra, et tenez-moi informé au moins deux fois par jour.

Goren songea qu'en cas d'issue malheureuse Antonio avait fait désormais le nécessaire : il avait donné à Fontelli toutes les informations indispensables. De la part d'Antonio, c'était bien. L'idée lui vint qu'il devait peut-être faire de même. Personne n'est à l'abri de l'imprévu, se dit-il.

Il alluma son ordinateur, réfléchit un instant, pensa à sa famille, à ses relations, et commença à taper. Il s'interrompit plusieurs fois pour réfléchir, corriger, amender son texte. Pendant l'une de ces pauses, il appela sa secrétaire, Maureen, et lui demanda de faire le nécessaire pour que le document soit enregistré selon toutes les normes légales. Il finit tard dans l'après-midi. Il n'y avait rien eu de nouveau concernant Antonio.

Il attendrait la réunion du Conseil Pythagore du 15 juillet et annoncerait à Linda que sa décision était prise : il se présenterait aux présidentielles.

Le 10 juillet, à 13 h 45, Fontelli lui apprit qu'Antonio Roselli venait de mourir.

Épilogue

Accomplissement

Siège de JCN, Palo Alto, mardi 15 juillet 2008.

La fatalité vient de frapper.

Ce 17 avril 2008 à Ciampino, lorsque les roues du Gulfstream V de Peter A. Goren avaient pris contact avec le tarmac romain, l'engrenage fatidique s'était mis en route. À présent, le destin s'est accompli.

Peter A. Goren est mort.

L'ai-je tué ou s'est-il volontairement donné la mort? Ce verre d'eau dans lequel était dissoute la drogue mortelle, l'a-t-il bu sciemment? Je ne le saurai jamais, mais peu importe. L'essentiel est que, de lui-même, dans sa grandeur, il ait compris et admis que la réalisation de notre projet impliquait sa disparition. Je sais qu'à ses yeux cet ultime sacrifice, qui ouvre la voie à la réalisation de la plus extraordinaire opération de l'histoire, constituait le couronnement de son grand destin.

Étant donné la manière dont il a accepté la mort, je pense qu'il avait compris depuis longtemps. Il était trop intelligent pour croire à cette amnésie subconsciente qui lui aurait fait oublier ses réincarnations. Depuis cette réunion chez lui, le 20 avril 2008, où j'ai éludé la réponse à sa question sur ce sujet, il n'a plus jamais réitéré sa demande. Il avait compris qu'il était trop tôt pour que le véritable Pythagore entre en scène. Il savait que j'avais besoin de lui pour lancer les nécessaires transformations de JCN. Il aurait pu refuser de s'engager dans l'opération pour tenir un rôle qu'il savait ne pas être le sien. Mais je crois qu'il était réellement fasciné par le projet pythagoricien. Il avait atteint le sommet de sa carrière. Mon projet lui offrait l'apothéose, la réalisation suprême.

C'est avec une joie profonde, j'en suis convaincu, qu'il m'a aidé, sachant pertinemment que, tôt ou tard, il devrait disparaître pour me laisser la place. J'en veux pour preuve ce document officiel qu'il a fait établir, par lequel sa succession à la tête de JCN doit m'échoir à son décès. Cet écrit est incontestable ; selon la justice des hommes, je peux succéder à Peter A. Goren aujourd'hui même. C'est ce que je vais faire. Pythagore a réussi, il va dominer le monde pour imposer le pythagorisme.

J'ai su que le grand projet allait se réaliser lorsque Antonio Roselli est décédé. Jusque-là, j'ignorais que je portais en moi deux cinquièmes de l'âme de Pythagore. Cette partie de moi-même étant minoritaire, je n'avais aucun souvenir des derniers deux mille cinq cents ans, et Pythagore m'était aussi étranger que Marco Polo, Lawrence d'Arabie, l'amiral Alexandre Koltchak ou l'empereur de Chine. J'étais une personne ordinaire, menant sa vie au mieux des circonstances. J'avais bien réussi, j'avais acquis une position enviable, et je pensais poursuivre mes activités avec autant de succès. Mais dans ma conscience, rien, absolument rien, ne me permettait de prévoir l'événement extraordinaire qui vient d'arriver.

Dès que Roselli est tombé dans le coma, une sensation étrange m'a envahi au plus profond. Je n'avais pas encore connaissance de l'agression dont il avait été victime, que déjà elle s'était manifestée. Elle flottait, diffuse, imprécise, m'enveloppant comme une ombre ondoyante, m'observant à la dérobée, hésitant à bondir au cœur de ma conscience. Singulière incohérence, je n'avais qu'une perception ténue de cette présence mais, dans le même temps, j'aurais presque pu palper son étonnante et chaude vitalité. Je la sentais onduler autour de moi, lente, esprit éthéré *cherchant* doucement un havre.

Je n'éprouvais ni crainte ni appréhension. Je ne percevais aucune hostilité. Au contraire, je sentais une très légère pulsation amicale, délicate et aérienne. Ma pensée n'était en rien perturbée par ce pâle fantôme, par cette exhalaison impalpable. Confusément, je sentais que tout se passait à un niveau inconnu de moi-même. J'ai utilisé le terme de conscience, mais il ne s'agissait pas d'elle, ni du subconscient, ni de l'inconscient. Ce que visait cette chose, c'était une part de moi-même bien plus profonde, bien plus immatérielle. C'était le principe spirituel absolu. Était-ce l'âme ?

Oui, c'était l'âme.

L'étrange ectoplasme s'évanouit instantanément lorsque Roselli sortit du coma. L'information me parvint moins d'une heure plus tard. Mais la mystérieuse présence n'avait pas attendu ce délai pour disparaître.

Roselli fit une grave rechute. Il retomba dans le coma, pour n'en plus sortir. De nouveau, j'ai senti que mon âme était entourée par le souffle évanescent, étrange et doux. Désormais, il m'était presque familier. C'était le soir, et j'allai me coucher.

À mon réveil, le lendemain, j'ai immédiatement compris que Roselli était mort. En un éclair, j'ai réalisé que j'étais Pythagore. J'avais le même corps qu'auparavant, mais j'ai senti qui j'étais réellement. J'ai instantanément pris conscience que les deux cinquièmes pythagoriciens de mon âme, qui étaient la Justice et la Beauté, ce que j'ignorais jusque-là, venaient d'être complétés par les trois cinquièmes manquants : la Sagesse, la Science et la Pensée. Afin de pouvoir rester dans l'ombre et ne pas risquer de se dévoiler trop vite, l'âme de Pythagore s'était scindée en deux lors de sa précédente réincarnation. Elle se retrouvait à nouveau pleine et entière, car la victoire était proche, et Pythagore pourrait bientôt apparaître au grand jour.

D'un seul coup, je possédais l'immensité du savoir pythagoricien et ses deux millénaires et demi d'expérience. Toute la mémoire de Pythagore, tous ses souvenirs, toutes ses pensées étaient en moi.

C'est alors que j'ai compris que Peter A. Goren devait disparaître.

Son existence aurait encore pu être profitable au projet s'il ne s'était mis en tête de devenir le quarante-cinquième président des États-Unis d'Amérique. Sans doute pensait-il qu'ainsi le rayonnement historique de Pythagore serait plus grand. Mais c'était retarder et compromettre l'exécution d'un projet bien conçu, dont je sais à présent qu'il n'échouera pas. Et d'ailleurs, le rayonnement historique aura-t-il un sens dans l'avenir ? Je vais changer l'histoire.

Peter A. Goren devait disparaître. Je lui ai dit la vérité sur Pythagore et il l'a acceptée sans l'ombre d'une hésitation. Il a compris qu'il avait atteint le bout du chemin, je l'ai vu, j'en suis presque sûr. Il n'a montré aucune surprise, aucune crainte. Il a esquissé cet extraordinaire sourire, que je ne lui avais jamais vu ; il a eu ce regard profond qui semblait contempler calmement l'éternité. Je m'en souviendrai toujours. Puis, une fois de plus, sans doute la dernière, j'ai fait le nécessaire. Il a pris son verre, il l'a levé vers moi comme pour trinquer, et il l'a bu d'un trait, jusqu'à la dernière goutte.

Immédiatement j'ai su que je devais récupérer le manuscrit rédigé jusque-là par les trois cinquièmes pythagoriciens de Roselli. Bien sûr, il avait été interrompu à cause de l'agression dans la basilique. Je devais le mettre à jour. C'est à présent chose faite, et la continuité est parfaite. Une autre main l'écrit dorénavant, mais cette main est commandée par la même pensée. Deux corps différents ont œuvré, mais c'est un texte unique et homogène.

Ces deux premières tâches accomplies, j'ai pu laisser mes pensées suivre leur nouveau cours. Alors, j'ai vibré d'émotion en sentant dans ma chair que tout était nombre. Par la pensée, j'ai contemplé la perfection absolue de l'harmonie, de l'équilibre. J'ai levé les yeux vers le ciel, j'ai regardé l'insondable profondeur du cosmos, j'ai vu l'Ordre et la Beauté. Mon Dieu, comme j'aimais cet univers de pureté, de cohérence, d'élégance, de paix.

Pour le plaisir, j'ai testé la puissance de ma mémoire :

– Rayon de la sphère circonscrite au dodécaèdre de côté l ?

$$- \; \frac{\sqrt{\sqrt{15} + \sqrt{3}}}{4} \times l \; .$$

– Surface de l'octaèdre de côté l ?

$$- \; 2 \times \sqrt{3} \times l^2 \; .$$

Les réponses me venaient aussitôt et j'étais certain de leur exactitude. Je continuai, la joie au cœur : rayon de la sphère inscrite dans le cube de côté l, méthode de construction du dodécaèdre, somme des n premiers nombres impairs, définition des nombres premiers, abondants, hétéromèques, parfaits. Je savais tout cela, et tout le reste. Tout était là, dans ma tête, devant mes yeux.

J'étais gagné par l'exaltation. J'étais Pythagore, Pythagore de Samos. Bientôt je régnerais sur le monde, et le pythagorisme s'imposerait à tous. Il n'y avait plus d'obstacles. J'allais triompher.

En vérité, j'avais déjà triomphé.

J'ai regardé dans le miroir : je me suis vu, moi, Pythagore de Samos, réincarné dans le corps de Linda Van Gulden.

FIN

Table

Pour moi et pour toi, lecteur indiscret   7

PREMIÈRE PARTIE
Mise en place

Le monde de Goren   11
La surprise du chef   21
Notre doctrine   33
Notre Confrérie et nos symboles   45
La basilique souterraine de la Porta Maggiore   57
Le voyage de l'âme   67
Le pacte des partants   83
Le châtiment des traîtres   101
Le grand chambardement   111
États d'âme   127

DEUXIÈME PARTIE
Passage à l'acte

Comité de direction   137
Revue de presse   161
Contre-attaques   171
Une réunion à la basilique de la Porta Maggiore   185
Le Conseil Pythagore   199
Symboles   209
Seconds rôles   227

Avertissement au lecteur indiscret   243
Note de l'éditeur   245

TROISIÈME PARTIE
Journal

Déclaration liminaire   249
Réunions parallèles.   251
Intersection de deux parallèles.   263
L'impensable.   277
Substitution   291
Rencontre au sommet   301
Avertissement avec frais   315
Conseil restreint   325
NDE   335
La tentation de Goren   339

Épilogue   343
Accomplissement   345

Vous pouvez communiquer avec l'auteur
en envoyant vos e-mail à : **spiralesc@yahoo.fr**

Il existe un site Internet commun à ce livre
et au précédent du même auteur :
http://spiralesc.webhostme.com/

RÉALISATION : CURSIVES À PARIS
IMPRESSION : NORMANDIE ROTO IMPRESSION S.A. À LONRAI
DÉPÔT LÉGAL : MARS 2002. N° 50026 (020327)